# 三體 0: 球狀閃電

류츠신
장편소설

허유영 옮김

# 삼체 0

# 구상섬전

다산책방

## 차례

이 소설 속에 등장하는 구상섬전(球狀閃電)의

특성과 활동에 대한 묘사는

실제 역사적 사실을 근거로 했다.

일러두기

○ 구상섬전(球狀閃電)은 영어로 'ball lightning', 우리말로는 '구전', '구형 번개' 등으로 번역되는 용어로, 작품이 지닌 고유한 세계관을 전달하기 위해 중국어 어휘를 그대로 옮겼다.

○ 저자의 주는 '원주'로 표기하였고 그 외 모든 주는 역자의 것이다.

# 서곡

BALL
LIGHTNING

오늘은 내 생일이다. 저녁이 되어 부모님이 케이크에 초를 켜고, 셋이서 촛불 열네 개를 가운데 두고 둘러앉고서야 비로소 오늘이 내 생일임을 알았다.

밖은 천둥 번개가 몰아치고 있었다. 온 우주가 곳곳에서 번쩍이는 번개와 우리 집만으로 이루어진 듯한 착각이 들었다. 푸른 번개가 번쩍이는 순간 창밖의 빗방울이 또렷이 보였는데 마치 하늘에서 크리스털로 만들어진 커튼을 드리운 듯 투명한 구슬이 하늘과 땅 사이를 가득 채운 것 같았다. 문득 세상이 정말로 그런 곳이라면 재미있을 것 같다는 생각이 들었다. 매일 집을 나서면 크리스털 구슬이 알알이 매달려 있고 그 커튼 사이를 걸을 때마다 사방에서 잘강잘강 소리가 울리는 것이다. 그렇게 영롱하고 투명한 세상이 사나운 번개를 견딜 수 있을지 모르겠지만……. 내 눈에 비친 세상은 언제나 다른 이들이 보는 것과 달랐다. 나는 늘 세상을 다르게 바꿔보고 싶었다. 이것이 자라오며 내가 스스로에 대해 알게 된 유일한 사실이다.

저녁 무렵부터 폭우가 내리기 시작하더니 천둥 번개가 갈수록 심해졌다. 처음에는 번개가 한 번 칠 때마다 조금 전 창밖으로 지나간 찰나의 크리스털 세상을 생각하며 조마조마한 마음으로 곧 들릴 천둥소리를 기다렸다. 하지만 이제는 번개가 거의 쉬지 않고 내리쳐 어떤 번개에서 들리는 소리인지 분간할 수 없을 정도로 끊임없이 천둥이 울려왔다.

이렇게 사나운 폭우가 몰아치는 밤에는 집이 얼마나 소중한지 절실히 느끼게 된다. 무섭고 위험한 바깥세상을 상상하면 집이라는 따뜻한 품이 한없이 아늑하게 느껴진다. 이럴 때는 집도 없이 폭우와 번개 밑에서 떨고 있는 자연 속 동물들이 가여워서 창문을 열고 집 안으로 들어오라고 하고 싶지만, 바깥세상의 섬뜩한 기운이 한 가닥이라도 따뜻한 집 안으로 들어올까 봐 겁이 나서 차마 창문을 열 수가 없다.

"인생이란, 인생이란 말이다." 아버지가 큼직한 술잔을 단숨에 비운 뒤 작은 촛불을 똑바로 보며 말했다. "예측할 수 없는 거야. 모든 건 확률과 가능성이지. 작은 개울을 따라 흘러가던 작은 나뭇가지가 작은 돌멩이에 걸리거나 작은 소용돌이에 휘말리는 것처럼……."

"어린애가 그런 얘길 어떻게 이해하겠어?" 어머니가 말했다.

"이제 애가 아니야." 아버지가 말했다. "인생의 진리를 알 수 있는 나이가 됐어."

"당신은 그걸 아는 것처럼 들리네?" 어머니가 코웃음을 치며 말했다.

"물론 알지. 알고말고!" 아버지는 또 술을 반 잔 들이켜고는 내게 말했다. "아들아, 사실 인생을 행복하게 사는 건 별로 어렵지 않아. 아빠 얘길 들어보렴. 우선 세계적으로 유명한 난제를 하나 선택하는 거야. 종이 한 장과 연필 하나만 있으면 되는 수학 난제를 선택하는 게 제일 좋지. 이를테면 골드바흐의 추측이나 페르마의 정리 같은 것 말이다. 아니면 우주의 기원처럼 종이와 펜도 필요 없는 순수 자연철학 문제도 괜찮아. 그런 다음 몸과 마음을 다 바쳐 그 난제를 연구하는 거야. 결과에는 연연하지 않고 과정에만 집중하는 것이지. 그렇게 모든 걸 쏟아부어 연구하다 보면 인생이 금세 지나간단다. 자기 인생을 건다는 게 바로 그런 거야. 반대로 돈 버는 걸 유일한 목표로 삼고 오로지 돈을 어떻게 벌까만 궁리할 수도 있어. 돈을 벌어서 무엇을 할 것인지는 관심을 두지 않고서 말이야. 그러다가 죽을 때 그랑데*처럼 금화를 한 무더기 안고서 '아, 따뜻하구나……'라고 하면서 죽는 거지. 결국 아름다운 인생을 살아가는 비결은, 무언가에 깊이 매료될 수 있느냐에 달린 거란다. 예를 들면 난…….” 아버지가 방 곳곳에 놓여 있는 작은 수채화를 가리켰다. 모두 전통적인 기법을 곧이곧대로 따르며 그린 것이라 창의성이라고는 조금도 느낄 수 없었다. 창밖에서 번쩍이는 번갯불이 반사되어 그림이 든 액자들이 마치 깜빡이는 모니터 화면처럼 보였다. “난 그림에 매료되었어. 내가 반 고흐가 될 수 없다는 건 알지만 말이야.”

“맞아. 이상주의자와 염세주의자는 서로를 불쌍하게 여기지만 사실 그들은 모두 운이 좋은 셈이야.” 어머니가 말했다.

평소에 늘 바쁘던 부모님이 마치 자신들이 생일을 맞은 것처럼 철

* 프랑스의 소설가 오노레 드 발자크의 작품 『외제니 그랑데』(1834)에 등장하는 인색한 노인으로, 대표적인 구두쇠 캐릭터로 꼽힌다.

학자 같은 얘기를 했다.

"엄마, 움직이지 마세요." 나는 어머니의 검고 풍성한 머리에서 새치 한 가닥을 뽑았다. 절반은 하얗고 나머지 절반은 검은 머리카락이었다.

아버지가 그 머리카락을 전등 불빛에 비춰 보았다. 번갯불 속에서 머리카락이 필라멘트처럼 빛났다. "내가 알기로 이건 네 엄마의 인생에서 처음 자란 새치일 거야. 적어도 처음 발견된 새치인 건 분명해."

"뭘 한 거야? 새치 한 가닥을 뽑으면 그 자리에서 일곱 가닥이 난단 말이야!" 어머니가 머리를 털며 화를 냈다.

"에이, 그런 게 바로 인생이지." 아버지가 케이크에 꽂힌 초를 가리켰다. "당신이 이렇게 작은 초를 고비사막에 꽂아놓고 불을 붙인다고 생각해 봐. 그때 바람이 없으면 불이 붙겠지. 하지만 멀리 물러나서 뒤를 돌아보면 그 촛불이 어떻게 됐을까? 아들아, 이런 게 바로 생명이고 인생이란다. 미풍도 견디지 못할 만큼 약하고 불안정한 거야."

우리는 말없이 케이크 위에 꽂혀 있는 촛불들을 바라보았다. 창밖에서 비치는 서늘한 푸른색 번개 불빛 속에서 불안하게 떨고 있는 그 작은 촛불들을, 마치 우리가 정성껏 기른 작은 생명을 바라보듯 가만히 응시했다.

또 한 번 번개가 번쩍이며 창밖이 대낮처럼 환해졌다.

그때 그것이 날아들어 왔다. 그것은 마치 벽에 걸린 그림에서 튀어나온 유령처럼, 그리스의 뭇 신들이 환호하고 있는 유화 옆에서 벽을 뚫고 들어왔다. 농구공만 한 크기에 희미하게 붉은빛을 띤 그것은 검붉은 화염 같은 긴 꼬리를 매달고 우리 머리 위를 가볍게 날아다녔다. 변덕스럽게 이리저리 커브를 틀었고, 그 꼬리는 사람을 홀리듯 복잡한 궤적을 그렸다. 방향이 바뀔 때마다 어떤 울음소리를 냈는데, 낮게 울리면서도 고막을 긁는 듯 날카로워 마치 태곳적 황야에서 귀신이 훈(塤)*을 부는 소리 같았다.

어머니가 놀라서 두 팔로 아버지를 붙잡았다. 나는 어머니의 행동을 평생 원망했다. 어머니가 그러지만 않았어도 내게 적어도 가족 한 사람은 남아 있었을 것이다.

우리 머리 위를 맴돌던 그것은 마침내 찾고 있던 것을 찾은 듯 아버지 머리 위 50센티미터 지점에서 멈췄다. 그 울음소리는 한층 더 낮아지고 끊어졌다 이어지며 마치 싸늘한 웃음소리처럼 들렸다.

그 순간 나는 그 반투명한 붉은 불꽃의 속을 들여다볼 수 있었다. 안개 자욱한 심연 속에서 작고 푸른 별들이 빠른 속도로 끝없이 빠져나오는 것 같았다. 마치 우주에서 초광속으로 비행하는 영혼의 눈에 비친 밤하늘 같았다.

나중에 안 사실이지만 그것의 내부 에너지밀도는 1세제곱센티미터당 2만~3만 줄(J)에 달했다. TNT 폭약의 에너지밀도도 1세제곱센티미터당 2000줄에 불과하다. 또 그것의 내부 온도는 섭씨 1만 도 이상이었지만 표면은 차가웠다.

아버지가 손을 위로 뻗었다. 그것을 잡으려는 것이 아니라 머리

* 흙을 구워 제작하는 구형 관악기로, 생김새가 오카리나와 흡사하고 낮게 울리는 음색을 낸다.

를 감싸 보호하려는 동작이었다. 하지만 아버지 손이 제일 높이 올라갔을 때 어떤 힘에 손이 닿은 듯 하더니 뾰족한 잎사귀 끝으로 미끄러지는 이슬방울처럼 그 힘에 빨려 들어갔다.

눈을 뜰 수 없는 섬광, 그리고 귀를 찢을 듯한 굉음. 마치 온 세상이 바로 내 옆에서 폭발하는 것만 같았다.

강한 빛에 충격을 받아 순간적으로 잃었던 시력이 차츰 돌아오자 나는 평생 잊지 못할 광경을 보게 되었다. 마치 이미지 편집 프로그램에서 흑백 필터를 선택한 것처럼, 아버지와 어머니의 몸이 순식간에 흑백으로, 정확히 말하면 회백색으로 변해 있었다. 검은 부분은 주름진 곳에 생긴 그림자였다. 마치 대리석 색깔 같았다. 아버지의 손은 여전히 위를 향하고 있었고, 어머니는 몸을 기울여 두 손으로 아버지의 다른 팔을 붙잡고 있었다. 두 석상의 눈은 이미 돌이 되었지만 여전히 살아 있는 듯 생생했다.

공기 중에는 낯선 냄새가 감돌았다. 나중에야 그것이 오존 냄새라는 것을 알았다.

"아빠!" 내가 소리쳤지만 대답이 없었다.

"엄마!" 다시 소리쳤지만 대답이 없었다.

나는 두 석상에 다가갔다. 내 인생에서 가장 공포스러운 순간이었다. 내가 그때까지 경험한 두려움은 대부분 꿈에서 겪은 것이었다. 악몽을 꾸면서도 정신이 무너지지 않을 수 있었던 것은 꿈속에서도 무의식은 늘 깨어 있었기 때문이었다. 악몽을 꿀 때마다 내 의식 속 가장 외진 구석에서 매번 나에게 외치는 목소리가 있었다. '이건 꿈이야.' 그 순간에도 나는 마음속으로 나 자신에게 필사적으로 그렇게 외치고 있었다. 그 목소리만이 내가 석상이 된 부모님에게

다가가도록 해주는 힘이었다. 나는 떨리는 손을 뻗어 아버지를 만졌다. 내 손이 아버지 어깨의 회백색 표면에 닿을 때, 아주 얇고 바삭한 껍질을 뚫고 지나가는 듯한 느낌이 들었다. 순간 희미하게 딱, 하고 갈라지는 소리가 들렸다. 엄동설한에 끓는 물을 부은 유리잔이 깨지는 소리 같았다. 마치 작은 눈사태가 인 것처럼, 두 석상이 내 눈앞에서 와르르 무너져 내렸다.

카펫 위에는 두 무더기의 흰 재만이 남아 있었다.

하지만 부모님이 앉았던 나무 의자는 여전히 거기에 있었고, 그 위에 재가 한 겹 내려앉아 있었다. 재를 떨어내자 의자 표면은 작은 흠집조차 없이 멀쩡했고, 손으로 만져보니 얼음장처럼 차가웠다. 화장장의 화로에서 시신이 재만 남게 되려면 2000도의 고온에서 30분 동안 연소되어야 한다는 사실을 알고 있었기에 나는 이것이 꿈이라고 확신했다.

멍한 시선으로 주위를 둘러보니 책장에서 연기가 피어오르는 게 보였다. 유리문으로 닫힌 책장 속이 흰 연기로 가득 차 있었다. 다가가서 유리문을 열자 흰 연기가 흩어졌다. 그 안에 꽂혀 있던 책의 3분의 1이 카펫 위에 있는 잿더미처럼 하얀 재로 변해 있었다. 그러나 책장에는 불탄 흔적이 전혀 없었다. 이건 꿈이다.

반쯤 열린 냉장고에서 김이 새어 나오는 것이 보였다. 다가가 문을 열어보니 그 안에 있던 냉동 닭 한 마리가 익은 상태로 변해 구수한 냄새를 풍기고 있었다. 새우와 생선도 모두 익어 있었다. 하지만 냉장고는 아무 손상 없이 정상적으로 돌아가는 소리를 내고 있었다. 이건 분명 꿈이다.

내 몸에도 뭔가 이상한 느낌이 들었다. 재킷을 벗자 몸에서 재가 우수수 떨어졌다. 재킷 안에 입고 있던 조끼가 모두 타서 재가 된 것이었다. 하지만 재킷은 멀쩡했고, 나는 조금 전 아무것도 느끼지 못했었다. 재킷 주머니에 손을 넣자 델 듯이 뜨거웠다. 주머니 안에 있던 게임기가 흐물흐물 녹아 플라스틱 덩어리가 되어 있었다. 이건 분명 꿈이다. 아주 이상한 꿈이다.

나는 멍한 상태로 앉아 있던 의자로 돌아와 털썩 주저앉았다. 보이지는 않았지만, 테이블 너머 카펫 위에 작은 잿더미 두 개가 쌓여 있다는 사실을 알고 있었다. 밖에서는 천둥소리가 약해지고 번개가 줄어들더니 얼마 후 비가 그쳤다. 구름 사이로 나온 달이 창문으로 신비로운 은빛을 뿌렸다. 나는 미동도 없이 멍하니 앉아 있기만 했다. 그때 내 의식 속에서 세상은 더 이상 존재하지 않았고, 나는 끝없는 허공 속에 둥둥 떠 있는 것만 같았다. 시간이 얼마나 흘렀을까, 창으로 비껴든 아침 햇살이 나를 깨웠다. 나는 기계적으로 일어나 가방을 메고 학교에 갈 준비를 했다. 가방을 더듬어 찾고 문을 더듬어 열었다. 내 두 눈은 초점을 잃은 채 어딘지 모를 먼 곳을 보고 있었기 때문이었다…….

일주일 뒤 거의 제정신으로 돌아왔을 때 제일 먼저 기억난 건 그날이 내 생일이었다는 사실이었다. 케이크에 촛불을 하나만 꽂았어야 했다. 아니, 하나도 꽂지 말았어야 했다. 그날 밤 나는 새로 태어났기 때문이다. 그날 이후 나는 더 이상 예전의 내가 아니었다.

아버지가 생의 마지막 순간에 말했던 것처럼, 나는 무언가에 완전히 매료되었다. 나는 아버지가 이야기한 '아름다운 인생'을 살아가기로 했다.

상

# BALL LIGHTNING

# 대학

주요 과목: 고등수학, 이론역학, 유체역학, 컴퓨터 원리 및 응용, 컴퓨터 언어 및 프로그래밍, 기상역학, 기상학 원리, 중국 기상, 통계 예보, 중장기 일기예보, 수치 예보 등.

선택 과목: 대기순환, 기상 진단 분석, 폭우 및 중규모 기상, 뇌우 예측 및 예방, 열대 기상, 기후변화 및 단기 기상 예측, 레이더 및 위성 기상, 대기오염 및 도시기후, 고원 기상, 대기-해양 상호작용 등.

닷새 전, 나는 집에 있던 물건을 대부분 처분하고 집에서 아주 멀리 떨어진 이 남부 도시의 대학에 입학했다.

텅 빈 집의 문을 닫으며 내 유년기와 청춘을 그곳에 영원히 남겨두고 떠난다는 것을 알았다. 앞으로 나는 오직 한 가지 목표만을 추구하는 기계가 될 것이다.

4년의 대학 생활을 채울 커리큘럼을 보고 나는 조금 실망했다. 대부분의 수업이 내게 필요 없는 것들이었고, 전자기학이나 플라스마 물리학처럼 내게 가장 필요한 것들은 없었다. 내 선택이 잘못된 것 같다는 생각이 들었다. 대기과학이 아니라 물리학을 전공했어야 했다.

그 후 나는 도서관에 처박혀 거의 모든 시간을 수학, 전자기학, 유체역학, 플라스마 물리학 공부에 쏟아부었다. 이 내용에 관한 수업만 들으러 가고 나머지 수업은 거의 다 결석했다. 풍부하고 다채로운 대학 생활은 나와 무관했고 흥미도 관심도 없었다. 나는 매일 밤 한두 시에 기숙사로 돌아왔고 룸메이트가 꿈속에서 애인의 이름을 중얼거리는 것을 듣고서야 또 다른 생활이 있다는 것을 알았다.

어느 날 밤, 자정이 넘은 시각 『편미분방정식』이라는 두꺼운 책에 파묻혀 있다 고개를 들었다. 나 혼자만 있는 줄 알았던 야간 열람실에 한 사람이 더 있었다. 같은 학과의 여학생 다이린(戴琳)이 내 책상 맞은편 자리에 앉아, 책상에 책도 없이 두 손으로 턱을 괸 채 나를 빤히 쳐다보고 있었다. 그녀의 눈빛은 아군 진영에서 스파이를 발견한 것처럼 자신과 다른 종족을 보는 듯한 시선이었다. 그녀를 따라다니는 수많은 남학생조차 이 눈빛에는 설레지 않을 것 같았다. 그녀가 나를 언제부터 쳐다보고 있었는지 알 수 없었다.

"넌 다른 애들과는 달라. 넌 그냥 책벌레가 아니라 아주 강한 목적의식을 가지고 있다는 걸 난 알 수가 있어." 그녀가 말했다.

"뭐? 너희는 목적이 없어?" 나는 시큰둥하게 반문했다. 아마도 나는 학과에서 유일하게 그녀와 한 번도 얘기를 나눠본 적 없는 남자였을 것이다.

"우린 막연한 목적뿐이지만, 넌, 무언가 구체적인 것을 찾고 있는 게 분명해."

"보는 눈이 정확하구나." 나는 냉랭하게 말하고는 책을 덮고 일어났다. 다른 남자들과 달리 그녀에게 굳이 잘 보일 필요가 없다는 생각에 우쭐한 기분이 들었다.

"뭘 찾고 있니?" 내가 문 앞까지 걸어갔을 때 그녀가 뒤에서 물었다.

"네게는 흥미 없는 일일 거야." 나는 뒤도 돌아보지 않고 나왔다.

고요한 가을밤, 별이 가득한 하늘을 올려다보았다. 하늘에서 아버지의 목소리가 들리는 것 같았다. '아름다운 인생을 살아가는 비결은, 무언가에 깊이 매료될 수 있느냐에 달린 거란다.' 나는 이제 아버지의 말을 온전히 이해할 수 있었다. 지금 내 삶에는 빠르게 상공을 날아가는 미사일처럼 목표물을 폭파하고 싶다는 갈망 외에는 아무것도 없다. 그것은 출세나 성공을 위한 목표가 아니라 내 삶의 완결을 의미했다. 나는 내가 왜 거기에 가려는지 이유도 모른 채 그냥 가고 싶었다. 그곳에 도달하는 것 자체가 목표였고, 그것으로 충분했다. 이것은 인간의 가장 근본적인 충동이었다. 이상하게도, 나는 한 번도 그것에 대한 자료를 찾아본 적이 없었다. 마치 단 한 번의 결투를 위해 평생을 다 바치는 투사처럼 완벽하게 준비되기 전까지는 그것을 만날 생각도 하지 않았다.

눈 깜짝할 사이에 세 학기가 지나갔다. 학기와 방학의 구분 없이 시간이 계속 흘러가는 것처럼 느껴졌다. 기다리는 가족이 없었기에 나는 방학에도 계속 학교에 머물렀다. 텅 빈 기숙사 건물에서 홀로 지내면서도 외롭지는 않았지만 섣달 그믐밤, 밖에서 들리는 폭죽소리를 들을 때면 그것이 나타나기 전의 생활이 잠깐 떠올랐다. 그러나 그것은 이제 완전히 다른 세상의 일처럼 아득하게 느껴지기만

했다. 난방이 끊긴 기숙사에서 며칠 밤을 추위 속에 떨며 생생한 꿈을 꾸었다. 부모님이 꿈에 나타날 줄 알았지만 그러지 않았다. 인도에 이런 전설이 있다. 어느 나라 국왕이 사랑하는 왕비가 죽자 왕비를 위해 세상에서 제일 화려한 무덤을 짓기로 했다. 반평생 각별한 공을 들인 호화로운 능묘가 완성된 날, 국왕은 한가운데 놓인 왕비의 관을 보고 "이건 여기에 어울리지 않으니 치워버려라." 하고 명령했다.

부모님은 이미 오래전 내 마음속에서 떠나갔고, 지금은 그것이 내 마음을 온통 다 차지하고 있다.

하지만 그 후에 일어난 일들로 인해 단순했던 내 세상은 다시 복잡해져 갔다.

## 기이한 현상(1)

대학교 2학년 여름방학에 나는 옛집을 세놓아 앞으로의 학비와 생활비를 충당할 요량으로 고향에 들렀다.

집에 도착했을 때는 이미 날이 저물어 있었다. 자물쇠를 더듬어 열고 들어가 불을 켜자 익숙한 것들이 눈에 들어왔다. 뇌우가 치던 밤 생일 케이크를 올려두었던 테이블은 여전히 방 한가운데 놓여 있었고, 의자 세 개도 여전히 그대로 있었다. 꼭 어제 떠났다 돌아온 것만 같았다.

소파에 피곤한 몸을 기대고 앉아 집 안을 둘러보았다. 어딘가 이상했다. 처음에는 어렴풋하던 그 느낌이 차츰 또렷해져 갔다. 안개가 자욱한 항로에서 언뜻 나타났다 사라지는 암초처럼, 무시할 수 없는 느낌이었다. 이내 나는 이상한 느낌이 드는 근본적인 원인을 깨달았다.

마치 어제 집을 나선 듯 모든 것이 그대로였다.

테이블을 자세히 살펴보니 엷은 먼지가 한 겹 덮여 있었지만, 집을 2년 동안 비워둔 것에 비하면 너무 적었다. 땀과 먼지로 뒤범벅된 얼굴을 씻으려고 화장실에 들어가 불을 켜자 거울에 선명하게 비친 내 모습이 보였다. 그렇다. 너무 선명했다. 거울이 이렇게 깨끗할 리 없었다. 초등학생 시절 어느 여름방학이 또렷이 떠올랐다. 부모님과 함께 여행을 다녀왔는데, 고작 일주일만 집을 비웠을 뿐인데도 거울에 먼지가 뽀얗게 쌓여 있어 그 위에 손가락으로 작은 사람을 그리며 놀았던 기억이 있다. 하지만 지금은 손가락으로 거울을 문질러도 아무 자국도 남지 않았다.

수도꼭지를 돌려 물을 틀었다. 2년 동안 잠겨 있던 수도관에서 붉은 녹물이 쏟아져야 했지만, 맑고 투명한 물이 흘러 나왔다.

세수를 하고 거실로 돌아오니 또 한 가지 이상한 점이 눈에 들어왔다. 2년 전 집을 떠나면서 문을 닫기 전 마지막으로 빠뜨린 것이 없는지 집 안을 휙 둘러보았다. 그때 테이블 위에 있는 유리잔을 보고 먼지가 쌓이지 않도록 뒤집어 놓을까 하다가 어깨에 멘 짐 가방 때문에 다시 들어오기가 번거로워 그대로 문을 닫았던 것을 분명히 기억하고 있었다.

그런데 지금, 그 유리잔이 테이블 위에 뒤집혀 놓여 있었다.

바로 그때 집에 불이 켜진 것을 보고 이웃들이 들어왔다. 그들은 혼자 힘으로 대학에 다니는 고아에게 할 법한 따뜻한 덕담을 건네며, 나 대신 집을 세놓아 주겠다고 약속했다. 나중에 졸업 후 고향으로 내려오지 않게 된다면 좋은 가격에 집을 팔아주겠다고도 했다.

"여기는 제가 떠날 때보다 공기가 더 맑아진 것 같아요." 나는 그 사이에 바뀐 것들을 얘기하다가 무심코 말했다.

"공기가 맑아졌다고? 그게 무슨 소리야? 양조장 쪽에 생긴 화력 발전소가 작년에 가동을 시작하는 바람에 네가 살 때보다 먼지가 훨씬 많아졌는걸? 요즘 공기가 맑아지는 곳도 있나?"

나는 엷은 먼지만 한 겹 쌓여 있는 테이블을 보며 아무 말도 하지 않았다. 하지만 이웃들이 돌아갈 때, 결국 참지 못하고 혹시 누가 우리 집 열쇠를 갖고 있느냐고 물었다. 이웃들은 놀란 눈으로 서로를 보다가 아무도 열쇠를 갖고 있지 않다며 손사래를 쳤다. 나는 그들을 믿었다. 우리 집 열쇠는 총 다섯 개였지만 그중 온전하게 남아 있는 것은 세 개였고, 2년 전 집을 떠날 때 내가 모두 가지고 갔다. 그중 하나는 지금 내가 갖고 있고, 다른 두 개는 학교 기숙사에 있었다.

이웃들이 떠난 뒤 나는 창문을 하나하나 살펴보았다. 모두 부서진 흔적 없이 굳게 닫혀 있었다.

나머지 열쇠 두 개는 부모님이 하나씩 지니고 있었다. 하지만 그날 밤, 모두 녹아버렸다. 부모님의 유골 속에서 뭉그러진 금속 두 덩이를 찾아냈던 일을 어떻게 잊을 수가 있을까. 녹았다가 다시 엉겨 붙은 열쇠 꾸러미 두 개. 그것들 역시 지금 내 기숙사 방에 있었다. 그 불가해한 힘에 대한 증표로써.

나는 잠시 앉아 있다가 짐을 싸기 시작했다. 집을 세놓은 뒤 다른 곳으로 옮기거나 내가 가지고 갈 것들이었다. 제일 먼저 챙긴 것은 아버지의 수채화들이었다. 이 집에서 내가 진심으로 간직하고 싶은 몇 안 되는 물건이었다. 우선 벽에 걸린 그림들을 떼어내고 진열장에 놓여 있던 것들을 꺼냈다. 찾을 수 있는 그림들은 모두 꺼내 종이 상자에 담았다. 마지막으로 책장 맨 아래 칸에서 그림 한 장을 더 찾았다. 그림이 걸린 면이 바닥을 향해 놓여 있어 미처 보지 못했던 것이다. 상자에 넣기 전 무심코 그림을 보았을 때, 나는 곧바로 시선을 빼앗기고 말았다.

우리 집 앞 경치를 그린 풍경화였다. 별다를 것 없이 평범한 풍경이었다. 칙칙한 4층짜리 낡은 건물 몇 동, 포플러나무 몇 그루, 먼지가 잔뜩 내려앉아 생기라고는 한 점 없어 보이는 나무들……. 게으른 아마추어 화가인 아버지는 멋진 풍경을 찾아다니며 그림을 그리지 않고 집 주변의 무미건조한 풍경을 반복해서 그렸다. 세상에 평범한 풍경이란 없으며 그림을 평범하게 만드는 건 바로 화가라고 말하곤 했지만, 사실 아버지가 바로 그런 화가였다. 평범한 풍경이 아버지의 무료한 붓 터치를 거치고 나면 더욱 틀에 박힌 듯 딱딱한 풍경이 되었는데, 그것이 오히려 이 잿빛 북부 도시에 대한 사실적인 묘사라고 할 수도 있었다. 지금 내 손에 들려 있는 그림도 바로 그런 그림이었다. 상자에 담긴 다른 비슷한 그림들처럼 특별한 매력 같은 것은 없었다.

하지만 그림의 한 부분이 내 시선을 잡아끌었다. 바로 급수탑이었다. 주위의 낡은 건물에 비해 약간 화려하게 채색되어 커다란 나팔꽃처럼 보였다. 사실 특별한 점은 없었다. 실제로 우리 집 앞에서 급수탑을 볼 수 있었다. 고개를 들어 창밖을 보니 어둑한 가로등 불빛 사이로 높이 솟은 급수탑의 컴컴한 실루엣이 보였다.

그런데 이 급수탑은 내가 대학에 들어간 뒤에 지어지기 시작했고, 2년 전 내가 집을 떠날 때도 그것은 지금의 절반 높이밖에 되지 않았다.

나도 모르게 몸이 떨려 손에 들고 있던 그림을 떨어뜨렸다. 한여름 밤인데도, 선득한 기운이 집 안을 가득 채운 것 같았다.

그림을 상자에 넣고 잘 덮은 뒤 돌아서서 다른 물건들을 챙겼다. 짐 싸는 일에 집중하려고 했지만, 실에 매달린 철침이 자석에 당겨지듯 자꾸만 상자에 신경이 쏠렸다. 생각의 방향을 돌리려고 애써도 조금만 집중력이 흐트러지면 어느새 상자에 대한 생각이 머릿속을 채웠다. 밖은 비가 오기 시작해, 빗방울이 유리창을 두들기는 소리가 가볍게 들렸다. 그 소리가 자꾸만 상자에서 흘러나오는 것만 같았다. 나는 끝내 견디지 못하고 상자를 확 열어 그 그림을 꺼냈다. 그림이 아래를 향하도록 조심스럽게 들고 화장실로 가서, 라이터를 꺼내 한쪽 모서리에 불을 붙였다. 하지만 3분의 1정도 탔을 때 나는 참지 못하고 그림을 다시 뒤집어 보았다. 급수탑이 도화지에서 튀어나올 것처럼 생생했다. 나는 불꽃이 급수탑을 삼키며 화려한 색감의 물감을 까맣게 태우는 것을 지켜보았다. 불꽃은 기이하리만치 화려한 색을 내며 타올랐다. 거의 다 탄 그림을 세면대에 던져 넣은 뒤 전부 타버릴 때까지 지켜보다가 수돗물을 틀어 재를 흘려보냈다. 물을 잠그고 시선을 돌리는데 세면대 가장자리에서 아까 세수할 때 발견하지 못한 것이 눈에 들어왔다.

긴 머리카락 몇 가닥이었다.

흰 머리카락 몇 가닥이었는데 어떤 가닥은 세면대와 구분이 되지 않을 정도로 하얬고, 또 어떤 가닥은 절반만 하얗게 세어 검은 부분이 눈에 띄었다. 2년 전에 떨어뜨리고 간 머리카락일 가능성은 없다. 나는 머리를 이렇게 길게 길러본 적도 없고, 새치도 없었다. 반은 검고 반은 흰 머리카락을 살짝 집어 들었다.

……새치 한 가닥을 뽑으면 그 자리에서 일곱 가닥이 난단 말이야…….

나는 뜨거운 불에 손을 덴 듯 머리카락을 내던졌다. 그러자 천천히 흩날리는 머리카락을 따라서, 착시가 일어난 것처럼 흐릿한 잔상들이 길게 이어졌다. 머리카락은 세면대에 내려앉지 않고 허공에서 사라져 버렸다. 다시 세면대 가장자리를 보니, 다른 머리카락들도 모두 사라지고 없었다.

머리를 수도꼭지 밑으로 숙여 한참 동안 쏟아지는 물을 맞은 뒤 거실로 돌아와 소파에 멍하니 앉아 밖에서 나는 빗소리를 들었다. 어느새 빗줄기가 굵어져 폭우가 되었지만 천둥도 번개도 치지 않았다. 비가 창문을 두들기는 소리는 한 사람 혹은 여러 사람이 내게 뭔가 알려주려고 속삭이는 소리처럼 들려왔다. 한참 동안 듣다가 뭐라고 속삭이는 것인지 상상하기 시작했다. 속삭임은 계속 반복되었고 들을수록 점점 실제 목소리처럼 또렷해졌다.

"그날 번개가 쳤어. 그날 번개가 쳤어. 그날 번개가 쳤어. 그날 번개가 쳤어……."

폭우가 내리는 밤, 나는 또다시 동이 틀 때까지 우두커니 앉아 있었다. 그리고 또다시 멍한 얼굴로 집을 떠났다. 내가 무언가를 이곳에 영원히 남겨놓고 간다는 것도, 내가 이곳에 영영 돌아오지 않으리라는 것도 알고 있었다.

# 구상섬전

나는 결국 그것과 대면해야만 했다. 개학 후 전공필수 과목인 대기전기학 수업이 시작되었기 때문이다.

대기전기학을 강의하는 사람은 장빈(張彬)이라는 부교수였다. 쉰 살 남짓한 나이에 키가 크지도 작지도 않았고, 두껍지도 얇지도 않은 안경을 썼다. 목소리가 높지도 낮지도 않았고, 강의 실력이 좋지도 나쁘지도 않았다. 한마디로 아주 평범한 사람이었다. 유일한 특징은 한쪽 다리를 약간 저는 것이었지만, 유심히 보지 않으면 알아차리지 못할 정도였다.

그날 오후 수업이 끝난 뒤, 계단식 강의실에 나와 장빈 교수 둘만 남아 있었다. 그는 교단에서 가방을 챙기느라 내가 있다는 사실을 알아채지 못했다. 늦가을 석양빛 몇 가닥이 창유리를 통해 비스듬히 들어오고, 창턱은 노란 낙엽에 덮여 있었다. 세상의 변화에 무덤덤했던 나도 문득 시를 읊는 계절이 왔다는 걸 알았다.

나는 일어나 교단 앞으로 다가갔다. "교수님, 오늘 강의와 관계없는 질문을 드려도 되겠습니까?"

그는 나를 흘긋 보고는 고개를 가볍게 끄덕이고 가방을 계속 챙겼다.

"구상섬전에 대해 말씀해 주실 수 있습니까?" 나는 마음속 깊숙이 파묻어 두고 한 번도 말하지 않았던 그 단어를 입 밖에 냈다.

그가 손을 멈추고 고개를 들었지만 나를 보지 않고, 내가 밖을 가리키며 묻기라도 한 듯 창밖의 석양을 보았다. "알고 싶은 게 뭔가?" 몇 초 만에 그가 물었다.

"그것에 대한 모든 것이요." 내가 말했다.

그는 미동도 없이 얼굴을 비추는 석양에 시선을 고정하고 있었다. 햇빛이 아직 강한데 눈이 부시지도 않은 걸까?

"예를 들면 그것에 관한 역사적인 기록이라든가요." 내가 조금 더 자세히 말했다.

"유럽에서는 중세 문헌에 기록이 있고, 중국에서 비교적 자세한 기록은 명(明)대에 장거정(張居正)이 남긴 것이지. 하지만 1837년에야 최초로 과학적인 관점에서 공식 문헌에 기록됐어. 과학계에서 자연현상의 일종으로 인정받은 건 40년 정도밖에 되지 않았어."

"그것에 관한 이론도 있습니까?"

"여러 가지가 있지." 그는 짧게 대답하고는 더 이상 아무 말도 하지 않았다. 석양에 고정했던 시선은 거두었지만 깊은 생각에 잠긴 듯 짐을 챙기지 않고 우두커니 서 있었다.

"그중 가장 보편적인 이론은 어떤 건가요?"

"구상섬전을 소용돌이형 고온 플라스마*라고 보는 거야. 내부의 고속 회전으로 인한 원심력과 외부의 대기압이 균형을 이루면서 오랫동안 안정성을 유지한다는 이론이지."

"또 다른 이론은요?"

"고온의 혼합기체 간의 화학반응으로 에너지의 안정성을 유지한다고 주장하는 사람들도 있네."

"다른 이론들도 더 말씀해 주시겠습니까?" 나는 말했다. 그는 힘껏 밀어야만 돌아가는 무거운 돌방아처럼 집요하게 질문해야만 마지못해 답을 해주었다.

"마이크로파-솔리톤 이론에서는 대기 중에 발생한 마이크로파 증폭 현상에 의해 구상섬전이 생성된다고 보지. 마이크로파 증폭 현상은 에너지가 낮은 레이저라고 할 수 있는데, 공기의 부피가 충분히 큰 경우 이것이 국부적인 전기장, 즉 솔리톤**을 생성해 눈에 보이는 구상섬전이 만들어진다는 거야."

"그럼 최신 이론은요?"

"많은 이론들이 있는데, 비교적 주목받고 있는 이론은 뉴질랜드 캔터베리대학의 존 에이브럼슨과 제임스 디니스의 이론이네. 미세한 실리콘 혼합물 입자들이 그물형으로 뭉쳐져 공 모양을 이루며 연소해 구상섬전이 만들어진다고 주장했지. 온갖 이론이 다 있어. 심지어 공기 중에서 일어나는 상온핵융합이라고 말하는 사람들도

* 기체가 높은 에너지를 받아 이온화되어 전자와 이온으로 나뉜 상태.

** 일반적인 파동과 달리 형태와 속도를 유지하며 전파되는 안정된 파동으로, 다른 솔리톤과 충돌해도 원래의 상태를 회복하는 특성을 지닌다.

있고."

교수는 잠시 뜸을 들이다가 말을 이었다. "국내에서는 중국과학원 대기연구소의 한 연구원이 대기 중 플라스마 이론을 제시했어. 전자기 유체역학 방정식에서 출발해 소용돌이-솔리톤 공진공동* 모델을 적용한 이론인데, 적절한 온도장 경계조건**에서 수치해석을 통해 이론상으로 대기 중의 플라스마 소용돌이, 즉 불덩이의 해를 구하고, 그것이 존재하기 위한 필요충분조건을 도출해 냈지."

"교수님은 그 이론들을 어떻게 생각하십니까?"

그가 천천히 고개를 저었다. "이 이론들을 증명하려면 실험실에서 구상섬전을 만들어 내야 하는데 아직 성공한 사람이 없네."

"중국에서 구상섬전이 목격된 사례가 얼마나 되나요?"

"적지 않아. 천 건도 넘을걸. 그중 제일 유명한 건 1998년 중국중앙텔레비전이 촬영한 양쯔강(揚子江) 홍수 재해 복구 다큐멘터리에 우연히 찍힌 구상섬전이지. 아주 선명하게 찍혔어."

"교수님, 마지막으로 하나만 더 여쭤보겠습니다. 중국 대기물리학계에서 그걸 직접 목격한 사람이 있나요?"

그가 다시 고개를 들어 창밖의 석양을 바라보았다. "있네."

"그게 언제죠?"

"1962년 7월."

"어디서요?"

* 공명을 통해 특정 주파수의 파동을 증폭하거나 유지시키는 물리적 구조.

** 과학이나 공학에서 어떤 현상이 일어나는 주변 환경이나 조건, 즉 외부의 영향을 나타내는 기준.

"타이산(泰山) 위황딩(玉皇頂).***"

"그걸 목격한 사람이 지금 어디에 있는지 아십니까?"

그는 고개를 가로젓고는 손목시계를 보더니 "식당 배식 시간이군." 하고 말하고는 물건을 챙겨 강의실을 빠져나갔다.

나는 그를 쫓아가며 오랫동안 마음속에 품고 있던 질문을 한꺼번에 쏟아냈다. "장 교수님, 그런 것을 상상하실 수 있으십니까? 불덩어리 형태로 순식간에 벽을 통과하고, 머리 위를 스칠 때 아무 열기도 느낄 수 없었지만 순식간에 사람을 태워 한 줌 재로 만들어 버리는 그런 것을요. 이불 속에서 자고 있던 부부를 잿더미로 만들었지만 이불에는 탄 자국이 하나도 없었다는 기록이 있습니다. 그것이 냉장고에 들어가 그 안에 있던 모든 냉동식품을 순식간에 뜨겁게 데웠지만, 냉장고는 아무 이상도 없이 작동하는 걸 상상하실 수 있으세요? 교수님께서는 아무것도 느끼지 못하는 사이에 그것이 교수님께서 입고 계신 셔츠를 까맣게 태울 수 있다는 것을 상상하실 수 있으십니까? 교수님이 말씀하신 그 이론들이 이 모든 현상을 설명할 수 있습니까?"

"난 그 모든 이론이 성립되지 않는다고 했어." 그는 계속 걸어가며 말했다.

"그렇다면 대기물리학의 범위를 초월해서 현재의 물리학, 아니, 과학계 전체에 이 현상을 해석할 수 있는 이론이 있다고 생각하세

*** 타이산은 중국의 대표적인 산이자 산둥성에서 가장 높은 산이며 위황딩은 타이산의 최고봉이다.

요? 하나도 궁금하지 않으십니까? 교수님의 이런 태도가 구상섬전을 보았을 때보다 더 놀랍습니다!"

교수는 걸음을 멈추고 돌아서서 처음으로 나를 똑바로 바라보았다. "자네가 구상섬전을 보았다고?"

"……그냥 비유입니다."

내 마음속 가장 깊은 곳의 비밀을 이 무심한 사람에게 말하고 싶지 않았다. 자연의 이런 심오한 신비에 대해 무관심한 분위기가 사회 전체에 깔려 있었고, 과학계에서도 이런 것이 일종의 공해가 된 지 오래였다. 학술계에 이런 사람들이 조금 더 적었다면, 인류는 이미 궁수자리에 도착했을지도 모른다.

그가 말했다. "대기물리학은 매우 실용적인 과학이라네. 구상섬전은 극히 드문 현상이라 낙뢰 방지에 관한 국제표준인 IEC/TC-81과 1993년 중국에서 제정된 '건축물 낙뢰 방지 설계 규범'에서도 제외되었어. 그러니 그런 데 너무 많은 에너지를 쏟는 건 의미가 없어."

이런 사람과 더 긴 얘기를 나누고 싶지 않았으므로 나는 그에게 감사 인사를 하고 돌아섰다. 하지만 그가 구상섬전의 존재를 인정한다는 것만으로도 이미 대단한 진전이었다. 과학계는 1963년에야 비로소 이 번개의 존재를 공식적으로 인정했다. 그 전까지 이 번개를 목격했다는 모든 보고는 환각으로 치부되었다. 그러다 어느 날 미국 켄트대학에서 전자기학을 가르치는 로저 제니슨 교수가 뉴욕의 한 공항에서 구상섬전을 직접 목격했다. 지름 약 20센티미터의 불덩이가 그의 눈앞에서 벽을 뚫고 들어왔다가 비행기 동체를 관통해 다시 맞은편 벽을 뚫고 나가 사라졌다.

그날 밤 나는 처음으로 구글에 '볼 라이트닝(ball lightning)'이라는 단어를 검색했다. 큰 기대 없이 한 일이었지만 무려 4만 개가 넘는 웹페이지가 검색되었다. 나는 내가 평생을 바치려는 그 대상이 인류 공동의 관심사이기도 하다는 사실을 처음으로 알게 되었다.

다시 새 학기가 시작되었고 무더운 여름이 찾아왔다. 여름은 이제 내게 특별한 의미가 있는 계절이었다. 곧 다시 천둥 번개가 칠 것이고, 그럴 때면 나는 그것과 더욱 가까워진 듯한 느낌을 받을 것이기 때문이었다.

장빈 교수가 나를 불쑥 찾아왔을 때, 나는 지난 학기가 끝난 후 만난 적이 없던 그를 거의 잊고 있었다.

그가 내게 말했다. "샤오천(小陳),* 자네 부모님 두 분 모두 돌아가셔서 경제적으로 어렵다고 들었네. 이번 여름방학에 진행할 프로젝트에 조교가 필요한데 도와줄 수 있겠나?"

나는 어떤 프로젝트인지 물었다.

"윈난성(雲南省)의 철도 건설사업 중 낙뢰 방지 시설에 필요한 매개변수를 산정하는 프로젝트라네. 추가적인 목표도 있어. 정부에서 새로운 낙뢰 방지 설계 규범을 만들고 있다네. 낙뢰 밀도 계수를 '0.015'로 통일해 전국에 적용하는 종전의 방식과는 다르게, 이제 지역별 계수를 각각 설정하려 해. 우리는 윈난 지역의 낙뢰 관측을 맡게 됐네."

* 샤오(小)는 중국에서 성(姓) 앞에 붙여 친근하게 부르는 애칭으로, 주로 자신보다 나이가 어린 사람에게 사용한다.

나는 그의 제안을 받아들였다. 사실 경제적으로 그렇게까지 어려운 상황은 아니었다. 프로젝트에 참여하기로 한 것은 번개 연구를 처음으로 가까이에서 볼 기회였기 때문이다.

10여 명으로 구성된 연구팀이 다섯 조로 분산되어 각각 관측을 진행했다. 관측 지역이 굉장히 넓어 서로 수백 킬로미터씩 떨어져 있었다. 내가 속한 조는 운전사와 실험 보조원을 제외하면 나와 장빈 교수, 자오위(趙雨)라는 대학원생 이렇게 세 명이었다. 우리는 연구 지점에 도착한 뒤 그 현(縣)의 기상관측소에 짐을 풀었다.

이튿날 아침 날씨가 좋아 첫 야외 관측을 시작했다. 임시 창고로 쓰는 작은 방에서 기계와 장비를 옮겨다 차에 실으며 장빈 교수에게 물었다. "교수님, 번개의 내부구조를 관측하는 좋은 방법이 있나요?"

그가 예리한 눈빛으로 나를 흘긋 보았다. 내가 무슨 생각을 하는지 알고 있는 듯했다. "현재 국내 공학 프로젝트 상황을 고려하면 번개의 물리적 구조를 연구하는 건 급한 일이 아니야. 지금 가장 시급한 건 넓은 면적에 걸쳐 번개에 관한 통계 데이터를 얻는 일이지."

내가 구상섬전과 관련된 질문을 할 때마다, 연관성이 아주 적은 질문일지라도 그는 언제나 대답을 회피했다. 그는 실용적인 가치가 없는 연구를 진심으로 혐오하는 사람 같았다.

오히려 자오위가 내 질문에 답했다. "관측 방법이 많지 않아. 아직 번개의 전압조차 직접 측정할 수 없어서 전륫값을 측정해 간접적으로 추산할 수밖에 없어. 번개의 물리적 구조를 연구하는 데 제일 많이 쓰는 기계가 바로 이거야."

그가 창고 한쪽 구석에 놓여 있는 파이프처럼 생긴 물건을 가리켰다.

"자력계라고 하는데, 번개의 진폭과 극성을 기록하는 기계야. 잔류자기가 높은 물질로 만들어졌지. 가운데 있는 전선이 번개와 접촉하면, 번개 전류가 만든 자기장이 자력계에 형성하는 잔류자기를 근거로 번개의 강도와 극성을 계산할 수 있어. 이건 60si2mn형이고, 플라스틱 튜브형, 블레이드형, 쇳가루형 같은 종류가 있어."

"이번에 우리도 이걸 써요?"

"당연하지. 안 쓸 거면 왜 가져왔겠어? 다만 이건 나중에 쓸 거야."

첫 단계는 관측 구역에 번개 GPS 시스템을 설치하는 것이었다. 이 시스템은 대량으로 살포한 번개 센서에서 나온 신호를 컴퓨터에 집중시켜, 특정 구역의 낙뢰 횟수, 빈도 및 분포에 대한 정보를 자동으로 집계하는 방식이었다. 하지만 사실상 번개의 물리적 매개변수와 무관하게 수치와 위치만 계산하는 작업이었기 때문에 나는 관심이 없었다. 주요 작업은 야외에 센서를 설치하는 것으로 고된 일이었다. 운이 좋으면 센서를 전신주나 고압 송전탑에 설치할 수도 있었지만, 대부분의 경우 직접 지지대를 세워야 했다. 며칠 동안 이 작업이 반복되자 실험 보조원들 사이에서 불평이 터져 나왔다.

자오위는 무엇에도 흥미를 느끼지 못하는 사람이었고, 자기 전공에 대해서는 특히 더 그랬다. 그는 일을 미룰 수 있을 때까지 미루고 틈만 나면 게으름을 피웠다. 처음에는 주변의 열대우림에 감탄했지만, 풍경에 익숙해지자 금세 또 활기를 잃은 듯 보였다. 하지만 그는 붙임성이 좋아 나와도 말이 잘 통했다.

매일 밤 작업을 마치고 숙소로 돌아오면 장빈 교수는 늘 방에 틀어박혀 그날 자료를 정리했고, 자오위는 기회만 있으면 몰래 나를 데리고 시골 거리로 나가 술을 마셨다. 거리에는 종종 전기가 나갔고 오래된 목조건물마다 촛불이 가물가물 밝혀져 있어 우리는 마치 대기물리학도 다른 물리학도 없고, 심지어 과학이라는 것이 없었던 시대로 돌아간 듯 잠시나마 현실을 잊을 수 있었다. 그날도 작은 술집의 촛불 앞에 앉아 몽롱한 취기가 도는 것을 느끼고 있는데 자오위가 말했다.

"밀림 깊숙한 곳에 사는 이 사람들이 구상섬전을 봤더라면 아마 완벽한 해석을 생각해 냈을 텐데."

내가 말했다. "현지인에게 물어보니 이미 오래전에 보고 '귀신 등불'이라고 불렀대요."

"그럼 됐잖아?" 자오위가 양손을 펼치며 말했다. "아주 완벽한 해석이야. 그 플라스마니, 솔리톤-공진공동이니 하는 것들이 그들의 해석보다 더 많은 걸 알려주지도 않을걸? 현대화는 모든 걸 복잡하게 만들어. 난 복잡한 게 싫어."

나는 흥, 하고 코웃음을 쳤다. "장 교수님이나 되니까 그런 연구 태도를 용인해 주는 거예요."

"장빈 얘기는 꺼내지도 마." 자오위가 술 냄새를 풀풀 풍기며 손을 내저었다. "장빈이 어떤 사람이냐 하면, 열쇠가 땅에 떨어지면 방금 소리가 난 곳을 찾지 않고, 자와 분필을 가져와서 집 전체 바닥에 모눈을 그려 구획해 놓고 한 칸씩 옮겨가며 찾을 사람이야……."

우리 둘 다 큰 소리로 웃었다.

"그런 사람들은 앞으로 로봇이 시키는 일이나 하겠지. 그들에게는 창의력과 상상력은 아무 의미도 없어. 학술 연구에서도 자신의 부족함과 용렬함을 감추기 위해 엄격함과 엄숙함을 내세우지. 너도 알다시피 대학에는 그런 사람이 수두룩해. 어쨌든 시간이 오래 걸릴 뿐이지 그렇게 한 칸 한 칸 찾다 보면 언젠가는 뭔가를 찾을 수 있으니까 그런 사람들도 전공 분야에서 그럭저럭 버틸 수 있는 거지."

"장 교수님은 뭘 찾았어요?"

"고압선용 낙뢰방호 도료 개발을 주도한 것 같아. 방호 효과만 보면 나쁘지 않았어. 그 도료를 바른 고압선을 사용하면 열차 선로에 피뢰선을 설치할 필요가 없으니까. 하지만 도료가 너무 비싸 대량으로 쓰면 피뢰선을 설치할 때보다 비용이 더 들어서 실용적인 가치는 없었어. 결과적으로 논문 몇 편을 쓰고 성(省)에서 주는 과학기술 성과 2등상을 받았지만, 그뿐이었어."

드디어 프로젝트가 초기 단계를 거쳐 내가 그토록 기다리던 번개의 물리적 매개변수를 측정하는 단계로 진입했다. 우리는 야외로 나가 자력계와 낙뢰 안테나를 곳곳에 설치해 놓은 뒤 뇌우가 지나갈 때마다 자력계를 회수해 데이터를 기록했다. 이때 자력계의 잔류자기에 교란이 생기면 정밀도에 영향을 미칠 수 있기 때문에 진동을 가하지 않고 송전선이나 다른 자기장 발생원에 접근하지 않도록 각별히 조심해야 했다. 그다음 자기장강도 측정기로 데이터를 읽어낸 뒤 소자(消磁)장치로 자력계의 자기를 제거했다. 그러고 나서 다시 자력계를 원래 위치로 가져다 놓고 다음 뇌우를 기다렸다.

이 단계 또한 지루하고 힘든 작업들을 요했지만, 나로서는 처음으로 직접 번개를 정량 측정해 보는 경험이었기에 매우 흥미롭게 느꼈다. 자오위는 내가 의욕적으로 일하는 것을 보고는 더 게으름을 피웠다. 장빈 교수가 없을 때면 아예 나한테 모든 일을 미뤄놓고 개울가에 가서 낚시를 즐겼다.

자력계로 측정한 번개의 전류는 보통 약 1만 암페어였고 최대 10만 암페어까지 치솟기도 했는데, 이 수치로 계산해 보면 번개의 전압은 무려 10억 볼트였다.

"이렇게 극단적인 물리적 조건에서 어떤 게 만들어질까요?" 내가 자오위에게 물었다.

자오위가 시큰둥하게 말했다. "어떤 게 만들어지겠느냐고? 핵폭발과 고에너지 가속기 내부의 에너지는 이것보다 훨씬 크지만 네가 상상하는 그런 물체는 만들어 내지 못해. 대기물리학은 아주 평범한 학문인데 넌 자꾸 그걸 신비화하려고 해. 난 너와 반대로 신성한 걸 평범하게 만드는 습관이 있지." 그가 기상관측소 주위의 짙푸른 열대우림을 바라보며 말했다. "넌 계속 그 신비한 불덩이를 쫓아. 난 평범한 인생을 즐길 테니까."

그는 대학원 과정을 거의 마쳐가고 있었고 뒤이어 박사과정을 밟을 계획은 없었다.

학교로 돌아온 뒤에도 나는 방과 후와 방학 기간에 장빈 교수가 진행하는 몇 가지 프로젝트에 참여했다. 장빈 교수의 고지식함에 짜증이 날 때도 있었지만, 그것만 빼면 무던한 성격에 연구 경험도 풍부한 사람이었다. 무엇보다 그의 전공 분야는 내가 연구하고자 하는 분야와 매우 가까웠다.

이런 이유로 나는 학부를 마치고 대학원에 진학한 뒤 장빈을 지도교수로 선택했다.

예상대로 장빈 교수는 내가 구상섬전을 석사논문의 주제로 삼는 데 단호히 반대했다. 그는 자오위처럼 게으른 학생도 용인할 정도로 너그러웠지만, 이 문제에 있어서는 한 치의 타협도 하지 않았다.

"젊은이들이 그런 허황한 것에 열중해서는 안 돼." 그가 말했다.

"구상섬전은 과학계에서 객관적으로 존재를 인정받았는데 왜 허황된 것이라고 하세요?"

"내 의견은 변함이 없네. 국제표준과 국가 규정에도 포함되지 않은 것인데 무슨 의미가 있나? 자넨 학부 때 기초과학을 공부하듯이 전공을 공부했기 때문에 지식이 넓고 얕아. 대학원에서는 그런 식으로 연구해선 안 돼."

"하지만 교수님, 대기물리학은 기본적으로 기초학문에 속합니다. 공학적 의미 외에도 이 세상을 이해하는 사명도 있습니다."

"중국에서는 경제발전에 공헌하는 것이 가장 큰 사명이야."

"황다오(黃島) 유류 저장소의 낙뢰 방지 시스템에 구상섬전에 대한 대비 조치를 포함했다면, 1989년의 그 재난은 피할 수 있었을 겁니다."

"구상섬전이 1989년 황다오 화재의 원인이라는 건 어디까지나 추측일 뿐이야. 구상섬전 연구에는 추측으로만 이루어진 부분이 너무 많아. 앞으로는 그런 해로운 요소들은 배제하고 연구하도록 하게."

……

이 주제에 관한 한 그와 더 대화해 볼 여지가 없었다. 나는 그것을 연구하는 데 일생을 바칠 계획이었기에 대학원 2년 동안 어떤 주제를 연구하든 별로 중요하지 않다고 생각했다. 그래서 장빈 교수의 뜻에 따라 전산 센터의 낙뢰 방지 시스템 연구 프로젝트를 수행했다.

그리고 2년 뒤, 순조롭고 평범한 대학원 생활을 마쳤다.

솔직히 말해, 2년 동안 나는 장빈 교수로부터 많은 것을 배웠고, 기술에 대한 그의 엄격함과 노련한 실험 기술, 풍부한 공학 경험은 큰 도움이 되었다. 하지만 내가 필요로 하는 핵심적인 것에 대해서는 아무것도 얻지 못했고, 그건 이미 2년 전부터 알고 있었다.

나는 장빈 교수의 사생활에 대해서도 조금은 알게 되었다. 아내와 일찍 사별했고 자녀도 없었으며, 오랫동안 혼자 살았고 사회적 교류도 매우 적었다. 이런 단조로운 생활은 나와 비슷한 점이 있었지만, 그런 생활을 하려면 모든 것을 압도하는 최우선의 목표가 있어야 한다고 나는 생각했다. 아버지의 말을 빌리자면 '무언가에 깊이 매료되는 것'이고, 6년 전 도서관에서 만난 그 여학생의 말을 빌린다면 '목적이 있는 삶'이다. 하지만 장빈 교수는 무언가에 매료된 것도 아니었고 뚜렷한 목표도 없었다. 그는 따분한 응용연구 프로젝트를 기계적으로 수행했다. 그것들을 재미로 하는 것이 아니라 일로 생각하고 있었고, 또 명예와 이익 같은 것에도 별로 관심이 없어 보였다. 만약 정말로 그렇다면 그의 생활은 자기 학대에 가까웠으므로 그에게 약간 동정심이 들기도 했다.

나는 아직 그 수수께끼의 해답을 탐색할 준비가 되지 않았다고 생각했다. 오히려 6년 동안 대학과 대학원에서 배운 모든 것은 내가 그것 앞에서 얼마나 무력한지 절감하게 했을 뿐이었다. 처음에는 물리학 공부에 매진했지만, 물리학 전체가 하나의 커다란 수수께끼임을 깨달았다. 그 끝에 다다르면 세계의 존재 여부마저 의심하게 되었다. 구상섬전을 초자연적 현상이 아니라고 가정한다면, 그것을 이해하는 데 그렇게 높은 수준의 물리학 지식이 필요하지는 않을 것이라고 생각했다. 전자기학에서는 맥스웰방정식, 유체역학에서는 나비에-스토크스방정식을 아는 수준이면 충분할 것이라고 말이다.(나중에야 이런 생각이 얼마나 얄팍하고 유치했는지 깨달았다.) 하지만 구상섬전과 비교하면, 현재까지 알려진 전자기학과 유체역학의 모든 구조는 너무 단순하다. 만약 구상섬전이 전자기학과 유체역학의 기본 법칙을 따르는 동시에 그처럼 복잡하면서도 균형 잡힌 구조를 안정적으로 유지할 수 있다면, 그것을 수학적으로 기술하는 것은 극도로 복잡할 수밖에 없다. 마치 흑돌과 백돌, 간결한 규칙만으로 세상에서 가장 복잡한 게임인 바둑이 만들어지는 것처럼 말이다.

그러므로 내게 필요한 것은 첫째도 수학, 둘째도 수학, 셋째도 수학이었다. 구상섬전의 수수께끼를 풀기 위해서는 복잡한 수학적 도구가 반드시 필요했다. 하지만 각종 수학적 도구는 고삐 풀린 야생마 같아서 다루기가 무척 어려웠다. 장빈 교수는 내 수학 실력이 대기물리학 연구에 필요한 수준을 크게 능가한다고 했지만, 나는 구상섬전을 연구하기에는 아직 많이 부족하다는 것을 알고 있었다. 복잡한 전자기와 유체 구조를 다루게 되자 수학적 기술은 사나운 본색을 드러내기 시작했다. 기괴한 편미분방정식은 목을 죄는 올가미 같았고, 장황한 행렬은 날카로운 칼날이 잔뜩 꽂힌 함정 같았다.

나는 본격적으로 수수께끼를 파헤치기 전에 배워야 할 것이 너무 많다는 것을 알고 있었다. 그래서 당장은 대학이라는 환경을 떠날 수 없었고, 박사과정을 밟기로 했다.

지도교수인 가오보(高波)는 MIT 박사 출신으로 학벌이 탄탄했다. 장빈 교수와는 완전히 상반된 성향의 소유자였다. 제일 먼저 내 주의를 끈 것은 '불덩어리'라는 그의 별명이었다. 나중에 알게 됐지만 이 별명은 구상섬전과는 아무런 관련이 없었고, 아마도 그의 열정적인 사고와 활발한 성격 때문에 붙은 별명인 것 같았다. 내가 구상섬전을 박사논문 주제로 삼겠다고 하자 그는 흔쾌히 허락했지만, 나는 오히려 걱정스러운 마음이 들었다. 연구를 위해서는 대형 번개 시뮬레이션 장비가 필요한데 그런 장비는 중국에 단 한 대밖에 없었고 내게까지 차례가 돌아올 리 만무했기 때문이다. 하지만 가오보 교수의 생각은 달랐다.

"내 말을 잘 들어봐. 자네에겐 연필 한 자루와 종이 한 장만 있으면 돼. 구상섬전의 수학적모델을 구축하는 거지. 이론적으로는 독창성이 있고, 수학적으로는 완벽하고 정밀해야 하고, 컴퓨터로 실행할 수 있어야 해. 예술 작품을 창작하듯이 이론을 구축해 봐."

하지만 내 걱정은 여전히 해소되지 않았다. "실험을 완전히 배제한 연구가 받아들여질까요?"

가오보 교수가 손을 내저었다. "블랙홀은 받아들여졌잖아? 아직 그 존재를 직접적으로 증명할 수 없는데도 천체물리학계에서 그 이론을 어느 정도까지 발전시켰는지, 얼마나 많은 사람이 그 연구로 밥을 먹고 사는지 보라고. 구상섬전은 적어도 확실히 존재하잖아! 겁낼 거 없어. 내 말대로 하고도 논문이 통과되지 못한다면 교수직을 때려치우고 자네와 함께 이깟 대학 따위 떠나버리겠어!"

장빈 교수와 방향은 정반대이지만 그 역시 너무 멀리 나갔다고 느꼈다. 내가 원하는 건 예술 작품 같은 이론이 아니었지만, 가오보 교수의 학생이 되었다는 사실은 기뻤다.

그동안 도와준 이웃들에게 인사라도 할 겸 개학하기 전 고향에 한

번 다녀오기로 했다. 앞으로는 고향에 갈 시간이 정말 없을 것 같았기 때문이었다.

그런데 기차가 타이안(泰安)역에 정차했을 때 어느 대기물리학자가 위황딩에서 구상섬전을 목격했다는 장빈 교수의 얘기가 문득 생각났다. 그러자 갑자기 타이산에 가보고 싶다는 생각이 들어 나는 무작정 기차에서 내렸다.

## 린윈(1)

버스를 타고 중톈먼(中天門)까지 간 뒤 케이블카를 타고 정상에 올라가려고 했지만 케이블카 앞에 늘어선 긴 줄을 보고 걸어서 오르기로 했다. 산에는 안개가 짙게 끼어 양옆으로 우거진 숲이 어둑했다. 정상으로 향하는 산길도 시선을 조금만 위로 옮기면 희뿌연 안개 속으로 사라져 보이지 않았다. 산길 옆으로 여러 시대의 돌조각들이 계속 나타났다.

장빈 교수를 따라 윈난에 다녀온 뒤로 자연에 둘러싸여 있을 때면 좌절감에 휩싸이곤 했다. 자연은 상상도 못할 만큼 복잡하고 변화무쌍한 모습으로 인간 앞에서 스스로의 신비를 드러내는데, 인간의 알량한 방정식 몇 개로 이 거대한 자연을 어떻게 규정할 수 있을까? 그럴 때마다 아인슈타인이 말년에 했다고 전해지는 말이 떠올랐다. “창밖의 나뭇잎 하나하나를 들여다보면 인류의 과학은 너무도 유치하고 무기력하게 보인다.”

하지만 이런 좌절감도 곧 육체적 피로감에 압도되어 사라졌다. 안개 속으로 끊임없이 뻗어 올라가는 돌계단을 올려다보니, 난톈먼

(南天門)이 대기층 위에 있는 듯한 착각이 들었다.

바로 그때 그녀를 처음 보았다. 주변의 다른 등반객들과는 조금 다른 모습이 내 시선을 끌었다. 함께 산을 오르는 커플들을 보면, 여자는 기진맥진한 얼굴로 돌계단에 앉아 있고 남자는 턱까지 차오른 숨을 고르며 옆에 선 채 조금만 더 올라가자고 연인을 설득했다. 또 앞서 올라가던 사람들을 앞지를 때마다 그들의 거친 숨소리가 귓가를 스쳤다. 나는 앞서가는 짐꾼의 속도에 맞추려고 애썼다. 그들의 넓은 구릿빛 등짝이 쉬지 않고 산을 오를 원동력이 되어주었다. 그런데 그때 하얀 그림자 하나가 가벼운 발걸음으로 나와 짐꾼을 앞질렀다. 자욱한 안개처럼 흰 셔츠와 청바지를 입은 젊은 여자였다. 느릿느릿 움직이는 등반객의 물결 속에서 그녀는 유독 빠른 속도로 올라갔다. 그녀의 걸음걸이는 뛸 듯이 가벼웠고 피로감을 조금도 느낄 수 없었다. 그녀가 내 옆을 지나칠 때 숨소리도 들리지 않았다. 그녀가 고개를 돌려 뒤를 휙 보았지만 나를 본 것이 아니라 짐꾼을 본 것이었다. 표정은 지친 기색 하나 없이 평온했고, 가느다란 몸은 무게가 전혀 없는 깃털 같았다. 마치 유유히 산책을 하듯 가파른 산길을 가볍게 오르고 있었다. 얼마 안 가서 그녀의 모습이 안개 속으로 사라졌다.

난톈먼에 도착해 보니 구름바다가 발밑에 펼쳐져 있었고, 해가 서쪽으로 내려앉으며 구름바다를 붉게 물들이고 있었다.

무거운 발걸음으로 위황딩 기상관측소에 도착했다. 관측소 직원들은 내 신분과 이력을 알고도 별로 특별하게 여기지 않았다. 워낙 유명한 기상관측소이므로 각지에서 관측을 위해 찾아오는 대기과학자들이 많았기 때문이다. 관측소장은 일이 있어 산 밑에 내려갔다며 부소장을 소개해 주었는데 뜻밖에도, 부소장이 바로 자오위였다. 우리는 둘 다 놀라워하며 반갑게 인사했다.

윈난에서 돌아온 뒤 3년 만의 만남이었다. 어떻게 이렇게 이상한 곳에 와 있느냐는 내 물음에, 자오위가 말했다. "조용하게 살고 싶어서 말이야. 산 아래 세상은 너무 번잡스러워!"

"차라리 다이먀오(岱廟)*에 가서 도사가 되는 게 낫지 않아요?"

"거긴 이미 조용하지 않아. 넌? 아직도 그 유령을 쫓아다니고 있어?"

내가 찾아온 이유를 말하자 그가 고개를 저었다.

"1962년이라니 너무 오래전 일이잖아. 관측소 직원이 몇 번이나 바뀌어서 그 일을 알고 있는 사람이 없을 거야."

"괜찮아요. 중국 최초로 대기물리학자가 구상섬전을 직접 목격한 사례여서 알아보려고 한 거지 사실 큰 의미는 없어요. 산을 오르면서 기분 전환도 했고요. 어쩌면 뇌우를 만날 수도 있죠. 우당산(武當山) 정상을 제외하면 여기가 번개를 관찰하기 제일 좋은 곳이에요."

"세상에 천둥 번개를 따라다니는 사람이 다 있네! 넌 정말 뭐에 홀린 게 분명해! 여긴 뇌우가 자주 내리니까 정말 보고 싶다면 며칠 지내면서 기다려 봐."

그가 나를 자기 숙소로 데려갔다. 식사 시간이 되자 식당 직원에게 전화를 걸어 음식을 가져와 달라고 했다. 얇고 바삭한 타이산 전

* 중국 타이산에 있는 유명한 도교 사원.

병, 술잔만큼 굵은 대파, 타이산 다취(大曲) 술 한 병이 금세 배달되었다.

자오위는 음식을 가져온 나이 많은 조리원에게 고맙다고 인사했다. 조리원이 나가려는데 자오위가 갑자기 그에게 물었다. "왕 선생님, 여기서 일한 지 얼마나 되셨어요?"

"1960년부터 여기 식당에서 일했어요. 다들 먹고살기 힘든 시절이었지. 부소장님은 태어나기도 전일 거예요."

자오위와 내가 놀란 표정으로 서로의 얼굴을 보다가 웃음을 터뜨렸다.

내가 얼른 물었다. "구상섬전을 보신 적이 있으세요?"

"땅번개…… 말이우?"

"맞습니다. 흔히들 그렇게 부르죠."

"보고말고! 40년 동안 서너 번은 봤지요!"

자오위가 술잔 하나를 더 꺼내 왕 선생에게 합석을 권하며 술을 따라주었다.

"1962년 일도 기억하세요?"

"말도 마요. 어제 일처럼 똑똑히 기억하죠. 사람이 다쳤잖아요."

왕 선생이 말했다. "7월 말 저녁 7시가 조금 넘었을 때였나. 원래 그맘때는 저녁 7시에도 환한데, 그날은 구름이 두껍게 껴서 불을 켜지 않으면 아무것도 안 보일 정도로 어두웠어요. 대야로 퍼붓듯이 장대비가 쏟아져서 빗속에서 익사할 것 같았지. 천둥소리가 쉬지 않고 계속 들렸어요."

"전선뇌우*였을 거야."

자오위가 내게 덧붙여 말했다.

"천둥소리가 요란하게 났어요. 그 소리가 들리기 직전에 실내에서도 눈이 부실 정도로 아주 강한 번개가 치더니 밖에서 누가 다쳤다고 소리치기에 구하려고 뛰어나갔지. 그때 관측을 하러 온 네 사람이 관측소에 머물고 있었는데 그중 한 사람이 낙뢰로 부상을 입었어요. 빗속에서 그 사람을 간신히 부축해 안으로 데리고 들어왔는데 그 사람 다리에서 연기가 나고 빗물이 떨어진 자리에 치익치익 타는 소리는 났지만 아직 의식은 분명했어요. 그런데 바로 그때 땅번개가 굴러들어 왔어요. 서쪽 창문으로 들어왔는데 창문이 닫혀 있었단 말이지. 크기는 전병만 한 것이 시뻘겋게 달아올라서 온 방 안을 빨갛게 비췄어요. 그게 내 방 안에서 날아다녔어요. 이렇게 빠르게……."

그가 술잔을 든 손을 허공으로 들어 올려 이리저리 움직였다.

"이렇게 휙휙 날아다녔어요. 난 귀신을 본 것처럼 기겁을 해서 말도 못 하고 어쩔 줄 몰랐는데, 과학자들은 당황하지 않고 우리더러 그걸 건드리지 말라고 하더군요. 그 물체가 높이 날 때는 천장까지 올라가고 낮게 날 때는 침대 위를 휙휙 날아다녔지만 다행히 사람과 부딪치지 않고 굴뚝 입구로 파고들더니 들어가자마자 꽝, 하고 폭발했어요. 몇십 년을 산꼭대기에서 살면서 온갖 천둥소리를 다 들어봤지만 그렇게 큰 소리는 들어본 적이 없어요. 며칠 동안 귀가 먹먹하더니 왼쪽 귀에 문제가 생겼는지 지금도 귀가 어두워요. 그때 방에

* 한랭전선에서 급격한 상승기류가 일어남으로써 발생하는 뇌우.

있던 기름등이 꺼지고 유리 등갓과 보온병도 산산조각이 났어요. 침대 시트에도 그을린 자국이 남았고요. 나중에 나가보니 지붕의 굴뚝이 다 무너졌더라니까?"

"과학자 네 사람은 어디서 온 사람들이었어요?"

"그건 몰라요."

"이름을 기억하세요?"

"에이, 몇십 년 전 일인걸……. 다친 사람만 기억해요. 나와 관측소의 다른 직원 두 사람이 번갈아 가며 그를 업고 내려가 병원으로 옮겼어요. 젊은 대학생이었던 것 같아요. 한쪽 다리가 못 쓰게 됐는데 당시 타이안병원의 시설이 열악해서 지난(濟南)으로 보내졌어요. 아마 장애가 남았을 거예요. 장(張)씨였는데…… 장, 무슨…… 푸(夫)였나."

자오위가 술잔을 툭 내려놓으며 물었다. "장허푸(張赫夫)요?"

"맞아요, 맞아. 바로 그 이름이에요. 내가 타이안병원에서 이틀 동안이나 병실을 지켜줬다고 나중에 고맙다는 편지도 왔는데 베이징(北京)에서 온 것 같았어요. 그 후에는 소식이 끊겨서 지금은 어디 사는지 몰라요."

자오위가 말했다. "난징(南京)에 있는 제 모교에서 교수가 됐어요. 우리 둘의 스승이기도 해요."

"뭐라고요?" 나는 술잔을 손에서 떨어뜨릴 뻔했다.

"장빈 교수의 예전 이름이야. 문화대혁명 때 개명했대. 흐루쇼프가 연상된다고 해서."

나와 자오위가 한참 동안 말문을 잇지 못하고 있는데 왕 선생이 침묵을 깼다. "있을 법한 우연이에요. 모두 같은 분야에 있잖아요.

아주 훌륭한 청년이었지. 다리가 아픈데도 입술을 꽉 깨물고 침대에서 책을 보더라니까요. 좀 쉬라고 했더니 시간이 없다고 했지. 일생의 목표가 생겼다면서, 그걸 연구해서 만들어 낼 거라고 했어요."

"뭘 연구해서 만든다는 건가요?" 내가 물었다.

"땅번개요! 두 사람이 구상섬전이라고 부르는 그거."

나는 자오위와 멍한 눈으로 서로를 보았다.

왕 선생이 우리 표정을 못 보고 계속 말했다. "평생을 바쳐 그걸 연구하겠다고 했어요. 산꼭대기에서 땅번개를 보고 그 물체에 홀려 버린 것 같았지. 사람이 원래 그래요. 한 가지에 푹 빠져서 평생을 잊지 못하기도 해요. 나만 해도 20년 전 어느 날 밥을 지으려고 불을 때다가 나무뿌리를 쭉 잡아 뽑아 불에다 던지려는데 갑자기 그게 호랑이처럼 보이지 뭐예요? 그래서 그 뿌리를 다듬어 보니 정말 근사하더라고요. 그때부터 조각에 빠져서 은퇴하고도 산을 못 내려가고 있지요."

방에 진열되어 있는 크고 작은 조각품들이 그제야 눈에 들어왔다. 자오위는 그것들이 모두 왕 선생의 작품이라고 했다.

그 후 우리는 화제를 돌려 다른 얘기를 했다. 우리 모두 속으로는 장빈 교수를 생각하고 있었지만 전율과 충격을 어떻게 말로 설명해야 할지 알 수 없었다.

식사를 마친 뒤 자오위가 나를 데리고 땅거미가 내려앉은 기상관측소를 구경시켜 주었다. 관측소에 딸린 작은 게스트하우스에서 유일하게 불이 켜진 창문 앞을 지나가다가 나도 모르게 놀라서 걸음을 멈췄다. 낮에 본 흰옷을 입은 여자가 창문 사이로 보였던 것이다. 방 안의 침대 두 개와 테이블 위에 책과 도면이 빽빽하게 펼쳐져 있었고, 그녀는 무슨 생각에 잠긴 듯 방 안을 서성이고 있었다.

"어이, 조심해. 남의 방을 훔쳐보는 건 예의가 아니잖아." 자오위가 뒤에서 나를 툭 밀었다.

"산에 올라오다가 본 사람이에요." 내가 말했다.

"번개를 관측하러 왔다던데. 저 여자가 도착하기 전에 성(省) 기상청에서 통보를 받았어. 어디 소속인지는 말하지 않았지만 아마 높은 데서 온 것 같아. 헬리콥터로 산 정상까지 장비를 운반한다니까."

바로 다음 날 오후에 뇌우를 만날 줄은 예상하지 못했다. 산 정상에서 경험하는 뇌우는 평지에서와는 비교도 할 수 없을 만큼 강력했다. 타이산이 지구의 피뢰침이 되어 우주의 모든 번개를 끌어당기는 것 같았다. 지붕에서 불꽃이 번쩍이는 것을 보고 몸이 얼어붙었다. 번개와 천둥 사이에 거의 틈이 없었다. 엄청난 굉음이 온몸의 모든 세포를 흔들고, 발밑의 타이산을 산산조각 낼 듯이 울렸다. 내 몸에서 튕겨 나간 영혼이 숨을 곳을 찾지 못하고 번쩍이는 번개 사이를 떠도는 듯했다. 그 여자가 보였다. 복도 밖에 서 있는 그녀의 단발머리가 광풍에 사납게 흩날렸다. 그녀는 연약해 보이는 몸으로 짙은 먹구름 속에서 빛나고 있는 거대한 그물 같은 번개를 마주하고 있었다. 고막을 찢을 듯한 천둥소리에도 꼼짝하지 않고 서 있는 그 모습은 내 뇌리에 깊이 각인되었다.

"안으로 들어와요! 거긴 위험해요! 옷도 다 젖었잖아요!" 내가 뒤에서 그녀에게 소리쳤다.

천둥 번개가 치는 허공을 넋 놓고 응시하던 그녀가 정신이 들었는지 두 걸음 뒤로 물러섰다.

"고마워요." 그녀가 나를 흘긋 보고는 아름다운 미소를 지었다.

"믿지 못하겠지만 전 이럴 때야말로 잠시 조용함을 느끼거든요."

이상한 일이었다. 쉬지 않고 울려대는 천둥소리 속에서는 큰 소리로 외쳐야만 들릴 것 같았는데, 그녀의 조용하고 부드러운 목소리가 천둥소리를 비집고 내 귀에 또렷이 들렸다. 이 신비로운 여자가 번개보다 더 큰 매력으로 내게 다가온 것이다.

"정말 남다른 분이시군요." 나는 불쑥 속마음을 내뱉고 말았다.

"대기전기학을 연구하고 계신다고 들었어요." 그녀가 내 말에 대답하지 않고 말했다.

천둥소리가 줄어들자 차분히 대화를 나눌 수 있었다. 내가 물었다. "번개를 관측하러 오셨어요?"

자오위에게 들은 바로는 그녀가 여기에 온 이유를 말하기 곤란한 듯해서 조심스럽게 물었다.

"네."

"어떤 걸 연구하시려고요?"

"번개의 생성 과정이요. 그쪽 전공을 폄하하고 싶지는 않지만, 현재 대기물리학계에서는 뇌운에서 전기가 생성되는 원리와 같은 가장 기본적인 문제에 대해서조차도 아직 의견이 분분하고, 심지어 피뢰침이 어떻게 작용하는지도 확실히 모르고 있죠."

그녀가 대기물리학 분야에 종사하는지는 정확히 알 수 없지만 적어도 이 분야에 상당한 관심이 있는 건 분명해 보였다. 그녀의 말대로 뇌운의 전기 생성 원리에 대해서는 아직 만족할 만한 이론이 정립되지 않았다. 피뢰침의 피뢰 원리는 초등학생도 대답할 수 있는 문제처럼 보이지만 사실 아직 명확한 이론이 정립되지 않았다. 최근 피뢰침 끝부분의 방전량을 정확히 계산해 낸 결과, 그 전하량이 뇌운에 축적된 전하를 중화하기에는 턱없이 부족하다는 사실이 밝혀졌다.

"그럼 아주 기초적인 분야를 연구하고 계시군요?" 내가 말했다.

"궁극적으로는 실용적인 목적이에요."

"번개 생성 과정을 연구해서…… 인공적으로 번개를 소멸시키려는 건가요?"

"아니요. 인공적으로 번개를 만들어 내려는 거예요."

"번개를…… 만들어 낸다고요? 만들어서 뭘 하려고요?"

그녀가 생긋 웃었다. "맞혀보세요."

"번개를 이용해 질소비료를 만들려고요?"

그녀가 고개를 저었다.

"번개로 오존층의 구멍을 메우려고?"

그녀가 또 고개를 저었다.

"번개를 새로운 에너지원으로 사용하려고요?"

그녀는 역시 고개를 저었다.

"참, 에너지원으로 사용할 수는 없겠죠. 번개를 만드는 데 소모되는 에너지가 더 많을 테니까. 그렇다면 한 가지 가능성만 남네요." 나는 맞힐 수 없다고 판단하고 농담을 던졌다. "번개로 사람을 죽이려는 거죠?"

그녀가 고개를 끄덕였다.

나는 웃으며 말했다. "하하하, 그렇다면 어떻게 조준할지 방법을 연구해야 할 거예요. 번개는 무작위로 방향을 꺾으며 움직이니까요."

그녀가 가볍게 한숨을 내쉬었다. "그건 나중에 생각할 문제예요. 아직 번개 생성 문제조차 해결하지 못한걸요. 우린 뇌운에서 생성되는 번개에는 관심이 없어요. 핵심은 맑은 하늘에 치는 그 보기 드문 마른번개를 어떻게 만들어 내느냐는 건데, 지금은 그것들을 관측하는 것조차 어려워요……. 왜 그러세요?"

"진심이에요?" 나는 어안이 벙벙했다.

"물론이죠. 저흰 이 연구가 앞으로 고효율 방공 시스템을 구축하는 데 가장 효과적으로 활용될 것이라고 예상하고 있어요. 한 도시나 기타 보호물의 상공에 드넓은 번개 그물을 생성하는 거죠. 적의 전투기가 이 번개 그물 안으로 들어오는 즉시 전기를 방출하는 거예요. 그렇게 되면 당신이 지적한 조준 문제도 해결되죠. 물론 지면이 번개 그물의 반대쪽 극이 된다면 지상에 있는 목표물을 공격할 수도 있고요. 하지만 그렇게 되면 문제가 복잡해져요. 사실 우린 타당성 연구를 진행하고 개념을 제시할 뿐이에요. 가장 기초적인 연구 분야에서 영감을 얻으려는 거죠. 연구 결과가 타당하다고 판단되면 구체적으로 실행에 옮기는 건 당신 같은 전문가들이 모인 기관이 담당하겠죠."

나는 한숨을 내쉬었다. "군인이세요?"

그녀는 그제야 자기소개를 했다. 그녀의 이름은 린윈(林雲)으로, 국방과학기술대학에서 박사과정을 밟고 있었으며 전공은 대공방어 무기 시스템이었다. 뇌우가 그치고 빛줄기 몇 가닥이 구름 사이를 뚫고 내려왔다. "세상이 얼마나 싱그러워졌는지 보세요. 뇌우 속에서 새로 태어난 것 같잖아요." 린윈이 환히 웃으며 말했다.

나도 그렇게 느꼈다. 조금 전 뇌우 때문인지 옆에 있는 이 여자 때문인지 모르겠지만, 어쨌든 지금껏 한 번도 느끼지 못했던 기분이었다.

밤이 되어 나와 린윈, 자오위 셋이 함께 산책을 나섰다. 그러다 자오위는 관측소의 전화를 받고 먼저 돌아갔고, 나와 린윈은 오솔길을 따라 걸어 톈제(天街)*에 다다랐다. 이미 밤이 깊어 엷은 안개에 휘감긴 거리에서 가로등 불빛이 희미하게 번졌다. 고산의 고즈넉한 밤 풍경에 평지의 부산스러움이 아주 먼 기억처럼 아득하게 느껴졌다.

안개가 조금 걷히고 하늘에 별이 듬성듬성 나타나자 별빛이 린윈의 투명한 눈동자 속에 비쳤다. 나는 그녀의 눈에 비친 별빛에 넋을 잃은 듯 매료되었다가 얼른 밤하늘로 시선을 돌렸다. 내 인생이 한 편의 영화라면 지금까지는 모두 흑백영화였지만 오늘 타이산 정상에서 갑자기 천연색영화로 바뀌었다고 해야 할 것이다.

밤안개가 깔린 톈제에서, 나는 가슴속 깊이 숨기고 있던 비밀을 린윈에게 말했다. 나는 그녀에게 오래전 그 악몽 같았던 생일날 밤의 이야기를 들려주었고, 내가 일생을 다 바쳐 하려는 일에 대해 얘기했다. 누군가에게 그런 이야기를 한 건 처음이었다.

"구상섬전을 증오해요?" 린윈이 물었다.

"인류가 아직 이해할 수 없는 신비한 물체가 있을 때, 설령 그게 우리에게 어떤 재앙을 가져온다 해도 그걸 증오하는 감정이 생기기

* 타이산 난톈먼 근처에 형성된 상점 거리.

는 쉽지 않아요. 처음에는 그냥 호기심이었지만, 알면 알수록 단순한 호기심을 넘어 이제는 완전히 매료되었어요. 제 마음속에서 그건 다른 세계로 통하는 문과 같아요. 그 세계에서, 저는 꿈에서도 바라던 아름답고 신비한 것들을 많이 볼 수 있어요."

이때 선선한 바람이 솔솔 불어와 안개가 걷혔다. 여름밤 하늘에는 찬란한 별바다가 끝없이 펼쳐졌다. 멀리 산 밑에는 타이안의 야경이 또 하나의 작은 별바다를 이루어 밤하늘이 마치 호수에 비친 그림자처럼 보였다.

린윈이 부드러운 음성으로 시를 읊기 시작했다.

"멀리 가로등 불이 밝아오네. 무수히 많은 별들이 반짝이는 듯이. 하늘에 별들이 떠오르네. 무수히 많은 가로등 불을 켜놓은 듯이."

나도 그녀를 따라 읊었다.

"저 아득한 하늘에 분명 아름다운 거리가 있을 것이니, 그 거리에 진열된 물건들은 필시 이 세상에 없는 진기한 보물이리라……."*

나도 모르게 눈물이 울컥 쏟아졌다. 이 아름다운 밤 세상이 눈물 속에서 어룽지다가 갑자기 또렷해졌다. 나는 내가 꿈을 좇는 사람이고, 이 세상에서 그런 인생의 여정이 얼마나 위험천만한지 깨달았다. 저 안개 속에 갇힌 난텐먼이 영영 나타나지 않더라도, 나는 영원히 산을 오를 것이다. 내겐 다른 선택의 여지가 없다.

* 중국의 저명한 시인 궈모뤄(郭沫若)의 시 「하늘의 거리(天上的街市)」(1921) 중 일부.

# 장빈

2년의 박사과정은 순식간에 지나갔다. 그 2년 동안 나는 처음으로 구상섬전의 수학적모델을 수립했다.

가오보는 훌륭한 지도교수였다. 특히 학생의 창의력을 자극하는 능력이 탁월했다. 이론에 대한 그의 집착과 실험에 대한 무관심은 모두 극단적이었다. 그렇기에 내가 세운 수학적모델은 실험적 기반이 전혀 없는, 뜬구름 잡는 이야기가 되어버렸다. 하지만 논문 심사는 아무 문제 없이 통과되었고 평가는 다음과 같았다. '참신한 입론이 돋보이고, 탄탄한 수학적 기초와 숙련된 기교를 보여준다.' 물론 실험을 통해 검증하지 않았다는 치명적인 결함이 큰 논쟁을 불러일으키기도 했다. 논문 심사 때 한 심사위원이 짜증이 잔뜩 난 말투로 "마지막 질문. 바늘 끝에 천사 몇 명이 설 수 있나요?"라고 묻자 좌중에서 폭소가 터져 나왔다.

논문지도위원회의 일원인 장빈 교수는 별로 중요하지 않은 지엽적인 질문만 하나 했을 뿐 별다른 의견을 내놓지 않았다. 지난 2년 동안 나는 타이산에서의 일을 그에게 한 번도 말하지 않았다. 왜 그랬는지는 나도 잘 모르겠지만, 아마도 그의 고통스러운 비밀을 말하라고 강요하는 것 같아 차마 물어보지 못했던 것 같다. 하지만 이제 곧 대학을 떠날 때가 되었으므로 그 일에 대해 분명하게 묻지 않을 수 없었다.

장빈 교수의 집을 찾아가 타이산에서 있었던 일을 얘기했다. 내 얘기를 듣고 나서도 그는 아무 말도 없었다. 고개를 숙인 채 담배만 피우다가 한 대를 다 태운 뒤 몸을 무겁게 일으키며 말했다.

"보여줄 게 있네." 그가 굳게 닫힌 문 앞으로 나를 데리고 갔다.

그는 방 두 개짜리 집에 혼자 살고 있었는데 방 하나에서 모든 생활을 하고 다른 방의 문은 항상 닫혀 있었다. 자오위가 이런 이야기를 한 적이 있다. 한번은 다른 지방에 사는 친구가 찾아왔는데, 교수의 집에 빈방이 있는 것이 생각나서 혹시 친구를 하룻밤 재워줄 수 있느냐고 물었다고 한다. 그런데 뜻밖에도 장빈 교수는 집에 잘 곳이 없다고 답했다. 장빈 교수가 사람을 많이 사귀는 편은 아니지만 인정이 없는 사람은 아니었으므로 나와 자오위는 늘 문이 닫혀 있는 그 방에 뭐가 있는지 궁금해했다.

그가 방문을 열었을 때 제일 먼저 눈에 들어온 것은 높이 쌓인 종이 상자들이었다. 그 너머 안쪽 바닥에도 상자가 몇 개 쌓여 있었고, 그 외에 다른 큰 물건은 없는 것 같았다. 맞은편 벽에는 안경 쓴 여자의 흑백사진이 걸려 있었는데 오래전 유행했던 단발머리였고 안경 렌즈 너머에서 두 눈동자가 생기 있게 반짝였다.

"내 아내야. 1971년에 세상을 떠났어." 그가 사진을 가리켰다.

나는 이상한 점을 발견했다. 사진 주위를 일부러 깨끗하게 정리한 것처럼 상자들은 모두 사진과 일정한 거리를 두고 쌓여 있었고,

사진 앞에는 반원형의 빈 공간이 있었다. 그런데 사진 바로 옆 벽에 걸려 있는 진녹색 우의는 고무를 바른 캔버스 재질의 구식 디자인으로, 깔끔한 분위기에 어울리지 않았다.

"자네가 아는 바대로 그때 나는 타이산에서 구상섬전을 본 뒤로 그것에 완전히 매료됐어. 아직 대학생이었고 지금 자네와 똑같은 마음이었으니 길게 말할 필요가 없겠지. 우선 자연적인 뇌우에서 구상섬전을 찾기 위해 수많은 곳을 돌아다녔어. 그러다가 한 여자를 알게 되었네. 우리를 이어준 것도 바로 구상섬전이었어. 그녀도 열정적인 연구자였고 우린 뇌우 속에서 처음 만났지. 그 뒤로 함께 방방곡곡을 돌아다녔어. 그때는 대중교통이 별로 없어서 대부분 걸어서 다녀야 했지. 날이 저물면 민가에서 하룻밤 신세를 지기도 하고 빈 사당이나 동굴에서 자기도 하고 그마저도 없을 때는 노숙을 했지. 가을에 뇌우를 관측하다가 둘이 동시에 폐렴에 걸렸는데 외진 시골이라 의사도 약도 구하기 어려워서 아내가 하마터면 목숨을 잃을 뻔한 적도 있었어. 늑대 떼를 만난 적도 있고, 독사에게 물려도 봤지. 배고픈 건 다반사였고, 벼락을 맞을 뻔한 적도 한두 번이 아니야. 그렇게 10년 동안 각지를 떠돌아다니며 뇌우를 관측하는 동안 얼마나 많은 길을 걷고, 얼마나 많은 고생을 하고, 또 얼마나 많은 위험을 겪었는지 도무지 다 헤아릴 수가 없어. 우리는 목표를 위해 아이도 갖지 않기로 했지.

대부분은 둘이 함께 다녔지만 가끔 아내가 강의와 연구로 바쁠 때는 나 혼자 관측을 다녀오기도 했어. 한번은 문화대혁명이 한창일 때 남부 지역에 갔다가 군사기지에 잘못 들어갔어. 내가 카메라와 관측기를 갖고 있는 데다가 우리 부모님이 모두 소련에 거주한 경험이 있었기 때문에 적의 스파이로 몰려 2년이나 감금됐다가 풀려났어. 그 2년 동안에도 아내는 혼자 뇌우를 관측하러 다녔지.

아내가 사고를 당할 당시의 상황을 목격자에게 들었어. 심한 뇌우 속에서 아내는 마침내 구상섬전을 발견했네. 아내가 그 불덩어리를 쫓아가다가 불덩어리가 골짜기에서 세찬 급류를 건너려고 하자 다급한 마음에 자력계에 있는 피뢰기를 번쩍 들어 올려 불덩어리를 유인했어. 사고 이후 사람들은 바보 같은 행동이었다며 안타까워했지만 그들은 이해할 수 없을 거야. 10년 넘게 찾아다닌 구상섬전을 마침내 마주치자마자, 관측할 기회도 없이 눈앞에서 사라지려고 할 때 어떤 심정일지 말이야."

"저는 이해해요." 내가 말했다.

"멀리서 그 광경을 본 목격자에 따르면, 불덩어리가 피뢰기에 닿자마자 사라졌다가, 피뢰선을 따라 자력계를 통과한 뒤 반대쪽 끝에서 다시 솟구쳤다는군. 그때까지만 해도 아내는 부상을 입지 않았지만 결국 재앙을 피하지 못했어. 그 불덩어리가 아내 주위를 몇 바퀴 돌다가 머리 위에서 폭발해 버린 거야. 섬광과 함께 폭발한 뒤 아내는 순식간에 사라지고 그 자리에 이 우의만 찢어진 곳 하나 없이 바닥에 떨어져 있었어. 우의 아래 하얀 재 한 줌이 쌓여 있었지만 빗물에 씻겨 내려가며 우의 주위에 하얀 물길 몇 줄기가 만들어졌다더군……."

나는 그 우의를 보며 그것이 감싸고 있었던 그 젊고 열정적인 영혼을 상상하다가 나지막이 중얼거렸다. "항해사가 바다에서 죽고 우주비행사가 우주에서 죽는 것처럼 자기 자리에서 돌아가셨군요."

그가 말했다. "나도 그렇게 생각해."

"자력계는 어떻게 됐어요?"

"고장 없이 멀쩡하게 발견됐어. 즉시 실험실로 보내 잔류자기를 측정했지."

"결과는요?"

내가 긴장된 표정으로 물었다. 그것은 구상섬전 연구사를 통틀어 유일하게 정량 측정을 한 1차 자료일 것이다.

"영."

"뭐라고요?"

"잔류자기가 하나도 없었어."

"그렇다면 전류가 피뢰선을 따라 통과하지 않았다는 뜻인데 어떤 형태로 전달된 거죠?"

그가 손을 저었다. "구상섬전은 의문점이 너무 많아서 여기서는 말하지 않겠네. 다른 의문점과 비교하면 그건 아무것도 아니야. 그보다 더 믿기 힘든 걸 보여주지." 그가 우의 주머니에서 비닐로 겉을 싼 노트를 꺼내며 말했다. "아내가 사고를 당할 때 우의 주머니에 있던 거야."

그가 쉽게 깨지는 물건을 애지중지하듯 종이 상자 위에 노트를 조심스럽게 내려놓은 뒤 말했다. "조심해서 펼쳐보게."

아주 평범한 노트였다. 닳아서 희미해진 톈안먼(天安門) 사진이 프린트되어 있는 표지를 천천히 펼치자 누렇게 변한 표지 뒷면에 수려한 글씨로 짧은 한 문장이 적혀 있었다.

> 과학의 입구가 바로 지옥의 입구다.
>
> —마르크스

고개를 들자 그는 다음 장을 넘겨보라는 눈짓을 했다. 첫 장을 넘긴 뒤 그가 왜 조심해서 펼치라고 했는지 이해할 수 있었다. 첫 페이지가 불에 타 일부만 남아 있었다. 다음 페이지는 불타거나 찢어진 곳 없이 온전한 종이에 어제 쓴 듯이 또렷한 글씨가 빽빽하게 적혀 있었다.

"더 넘겨보게."

셋째 페이지는 불에 탔다.

넷째 페이지는 온전했다.

다섯째 페이지는 불에 탔다.

여섯째 페이지는 온전했다.

일곱째 페이지는 불에 탔다.

여덟째 페이지는 온전했다.

……

한 페이지씩 계속 넘겨보니 두 페이지 연속해서 탄 곳도 없고, 두 페이지 연속해서 온전한 곳도 없었다. 불에 탄 페이지 중 일부는 제본선 쪽 일부분만 남아 있었지만 그 페이지와 붙어 있는 온전한 페이지에는 탄 흔적이 조금도 보이지 않았다. 고개를 들어 멍한 눈으로 그를 보았다.

그가 말했다. "믿을 수 있겠나? 위조했다고 할까 봐 누구에게도 이걸 보여준 적이 없어."

내가 말했다. "전 교수님을 믿습니다!"

그 후 내 생일날 밤의 이야기를 그에게 들려주었다. 내게 그날의 이야기를 듣는 두 번째 사람이었다.

내 얘기를 다 들은 장빈 교수가 말했다. "자네에게 그것과 관련된 경험이 있을 거라는 추측은 했지만 이렇게 끔찍한 경험일 줄은 몰랐네. 그 모든 걸 직접 목격했다니 구상섬전을 연구하는 게 얼마나 어리석은 일인지 알겠군."

"아뇨. 모르겠어요. 왜죠?"

"사실 나도 너무 늦게 깨달았어. 30여 년 동안 자연적인 뇌우에서 구상섬전을 발견하기 위해 곳곳을 돌아다니기도 했지만, 이론 연구에 더 많은 정력을 쏟았지. 장장 30년이야. 그 과정이 어땠는지 말하지 않겠네. 직접 보게."

그가 주위에 쌓여 있는 상자들을 가리켰다.

그중 묵직한 상자 하나를 열어보니 연산식이 빽빽이 적힌 원고가 가득 차 있었다. 두 권을 집어 들고 그 안에 빼곡한 미분방정식과 행렬을 훑어본 뒤 다시 고개를 들어 주위에 낮은 담처럼 쌓여 있는 상자 열 몇 개를 둘러보았다. 엄청난 연구량에 놀라움을 금할 수 없었다.

내가 물었다. "어떤 실험을 하셨어요?"

"실험은 많이 하지 못했어. 제한된 조건 때문에 프로젝트 경비를 많이 따낼 수 없었으니까. 게다가 수학적모델 가운데 실험을 해볼 만한 것들이 하나도 없었다네. 이론적으로 성립되지 않는 것들을 연구하다 보면 결국에는 제일 처음 전제부터 틀렸다는 걸 알게 되지. 한 걸음 양보해서 이론적으로 타협이 가능한 수학적모델을 세운다 해도 실험실에서 구상섬전을 만들어 낼 수 있는 수준에는 한참 못 미쳐."

"지금도 연구를 계속하고 계세요?"

그가 고개를 저었다. "몇 년 전에 그만뒀어. 공교롭게도 자네가 내게 처음으로 구상섬전 문제를 질문했던 바로 그해라네. 그해 1월 1일 새벽에 희망도 없는 계산에 몰두하고 있었는데 밖에서 새해를 알리는 종소리가 울리고 학생들의 환호성이 들리더군. 그때 갑자기 내 인생이 거의 끝났다는 생각이 뇌리를 스치며 한 번도 느껴보지 못한 비통한 감정에 휩싸였어. 그래서 이 방에 와서 가끔 하듯이 우의 주머니에 들어 있는 노트를 꺼내 조심스럽게 한 장씩 넘기다가 한 가지 이치를 깨달았지."

"어떤 이치요?"

그가 노트를 들어 올려 조심스럽게 내밀었다. "이걸 다시 보게. 그리고 번개가 치던 열네 살의 그 생일날 밤을 다시 생각해 봐. 자네는 정말로 이 모든 걸 현존하는 물리학 법칙으로 해석할 수 있다고 생각하나?"

나는 아무 대답도 할 수가 없었다.

"우리는 모두 인간이야. 우리가 아무리 남들보다 더 열심히 연구한다 해도 결국은 인간이지. 우린 뉴턴, 아인슈타인, 맥스웰 같은 사람들이 설정한 틀 안에서만 추론할 수 있어. 그 틀에서 반 발자국조차 벗어날 수 없지. 하지만 그 안에서는, 우린 아무것도 추론해 낼 수 없네."

그의 말을 듣고 타이산의 안개 자욱한 산길에서 느꼈던 좌절감을 다시 느꼈다.

그가 계속 말했다. "자네에게서 젊은 시절의 나를 봤어. 위험한 길에 들어서려는 자네를 막으려고 많은 노력을 했지만 소용없다는 것도 알고 있네. 자넨 그 길을 계속 가겠지. 내가 할 수 있는 건 다 했다는 것만 알아주게." 그는 말을 마친 뒤 피곤한 기색으로 종이 상자

위에 걸터앉았다.

내가 말했다. "교수님, 스스로 해오신 일들을 객관적으로 평가해 보세요. 무언가에 푹 빠져서 모든 노력을 쏟아부었다면 그걸로 충분하다고 생각합니다. 그것만으로도 이미 성공하신 거예요."

"위로 고맙네." 그가 힘없이 말했다.

"이건 저 자신에게 하는 말이기도 해요. 저도 나중에 교수님 나이가 되면 이렇게 저를 위로하겠죠."

교수가 옆에 있는 상자를 가리켰다.

"이것들, 그리고 디스크들, 다 가져가게. 관심 있으면 보고 아니면 말고. 어차피 아무 의미도 없는 것들이니까. 이 노트도 자네가 갖게. 난 이걸 볼 때마다 공포감이 들어."

"고맙습니다!" 갑자기 울컥해 목이 메었다. 내가 벽에 있는 사진을 가리켰다. "저 사진을 한 장 스캔해도 될까요?"

"물론이지. 그런데 뭘 하려고?"

"구상섬전을 직접 측정한 최초의 인물이라는 걸 전 세계에 알릴 날이 올 겁니다."

장빈 교수가 벽에서 조심스럽게 사진을 떼어 내게 건넸다. "아내의 이름은 정민(鄭敏)이고, 63년에 베이징대 물리학과를 졸업했다네."

다음 날 장빈 교수의 집에 있는 상자를 모두 내 숙소로 옮겨놓고 며칠 동안 밤낮없이 그것들을 읽었다. 산에 처음 오르는 등산객처럼 아무도 올라가지 못했을 것 같은 높이까지 기진맥진한 채 올라갔지만, 주위를 둘러보니 옛사람들이 남긴 텐트와 위로 이어지는 발자국을 발견한 기분이었다. 장빈 교수가 세운 세 가지 수학적모델은 모두 놀라울 정도로 정밀하고 완벽해 보였다. 그중 하나는 내 박사논문의 수학적모델과 유사했지만 장빈 교수가 나보다 10년도 더 전에 완성한 것이었다. 나를 더 부끄럽게 하는 건 그 모델의 오류를 지적해 놓은 마지막 몇 페이지였다. 그건 나와 가오보 교수를 비롯해 다른 논문 심사위원 중 누구도 발견하지 못한 것들이었다. 다른 두 모델에서도 마지막에 오류를 지적한 부분이 있었다. 내가 제일 많이 읽은 것은 미완성된 수학적모델이었는데 장빈 교수가 수립 과정에서 오류를 발견해 중단한 것이었다.

그날 밤, 내가 원고 더미에 파묻혀 있을 때 가오보 교수가 찾아왔다. 그는 내 주위에 산더미처럼 쌓인 원고를 둘러보고는 고개를 저었다.

"정말 그분 같은 일생을 살고 싶어?"

나는 가볍게 웃었다. "교수님……."

그가 손을 저었다. "난 이제 자네 선생이 아니야. 잘하면 나중에 동료가 될지도 모르지."

"그렇다면 이 얘기를 더 편하게 할 수 있겠군요. 솔직히 말해서, 가오보 교수님처럼 재능 있는 사람을 본 적이 없어요. 절대로 아첨하는 말이 아니에요. 하지만, 말씀드리기 송구스럽지만, 교수님이 일하시는 걸 보면서 항상 끈기가 조금 부족하신 것 같다고 생각했어요. 얼마 전에 진행하셨던 건축물 낙뢰 방지 시스템 CAD도 얼마나 멋진 프로젝트였어요? 조금만 애쓰시면 완성할 수 있는 일이었잖아요. 그런데 교수님은 개척 단계까지만 마치시고는 번거롭다며 남에게 떠넘기셨죠."

"하하, 그런 끈기나 평생 한 가지에만 매달리는 건 시대의 흐름과 맞지 않아. 요즘 같은 시대엔 기초과학을 제외한 분야에서는 모든 연구를 쾌도난마로 처리해야 해. 오늘도 내가 얼마나 끈기가 부족한지 더 확실히 보여주기 위해서 온 거야. 내가 했던 말 기억하나? 자네 논문이 통과되지 않으면 나도 사표를 내겠다고 한 것 말이야."

"하지만 통과됐잖아요."

"그래도 그만둘 거야. 하하, 이제 알겠나? 그 약속이 어느 정도 올가미가 된 셈이지."

"이제 어디로 가시려고요?"

"대기과학연구원 뇌전(雷電)*연구소에서 소장 자리를 제안받았어. 대학은 이제 넌더리가 나. 자네도 따로 계획해 둔 게 없으면 같이 가지 그래?"

나는 생각해 보겠다고 말하고, 이틀 동안 고민한 뒤 그와 함께 가겠다고 답했다. 어떤 곳인지는 잘 모르지만 어쨌든 뇌전연구소는 중국에서 가장 큰 번개 연구 기관이었다.

학교를 떠나기 이틀 전 밤, 그날도 계산 원고를 보고 있는데 문 두드리는 소리가 들렸다. 장빈 교수였다.

"떠나려고?" 그가 내 짐 가방을 보며 물었다.

"네. 모레 떠납니다. 교수님은 벌써 은퇴하셨다면서요?"

그가 고개를 끄덕였다. "어제 절차가 마무리됐어. 나도 이제 그만

* 천둥과 번개를 아울러 이르는 말.

둘 나이가 됐어. 푹 쉬고 싶네. 일평생 너무 고단했어."

의자에 앉은 그에게 담뱃불을 붙여주었다. 한참 말없이 담배만 피우던 그가 입을 열었다. "할 얘기가 있어서 왔네. 이 얘기는 아마 자네만 이해할 수 있을 거야. 내 인생에서 가장 고통스러운 게 뭔 줄 아나?"

"압니다. 그런 감정을 털어버리는 건 정말 쉬운 일이 아니겠죠. 무려 30년인걸요. 하지만 그 30년 동안 이 일만 하신 건 아니잖아요. 게다가 지난 100여 년 동안 구상섬전 연구에 일생을 바친 사람이 아마 적지 않을 텐데, 그중 누구도 교수님보다 운이 좋았던 사람은 없었을 거예요."

그가 웃으며 고개를 저었다. "잘못짚었어. 난 자네보다 훨씬 많은 일을 겪었고, 과학과 인생에 대해서도 조금은 더 깊이 알고 있지. 30년 동안 연구에만 몰두했지만 그에 대해선 미련도 후회도 없다네. 고통은 더더욱 없지. 자네 말마따나 내가 할 수 있는 모든 노력을 쏟아부었는데 아쉬울 게 뭐가 있겠나?"

그럼 뭐가 고통스럽다는 걸까? 아내가 죽은 뒤 혼자 살아온 긴 세월이 고통스러웠던 걸까? 그가 내 생각을 알아챘는지 이렇게 말했다. "아내의 죽음은 물론 큰 충격이었지. 하지만 무언가에 몸과 마음이 꽁꽁 묶여버린 우리 같은 사람들은 결국 그게 우리 자신의 일부가 되어버려. 그래서 삶의 다른 것들은 언제나 두 번째가 될 수밖에 없어."

"그럼 교수님을 고통스럽게 하는 게 뭔가요?" 내가 물었다.

그가 쓴웃음을 지으며 고개를 저었다. "뭐라고 말을 꺼내야 할지 모르겠군."

담배를 또 한 모금 깊이 빨았다. 왜 이렇게 말하기 힘들어하는지 어리둥절했지만 같은 목표를 추구하는 사람의 동질감 때문인지 그가 말하려는 것이 무엇인지 금세 깨달았다.

내가 물었다. "30년 동안 구상섬전을 찾아다니는 일을 쉬지 않았다고 하셨죠?"

그가 연기를 길게 내뿜었다.

"그렇지. 아내가 세상을 떠난 뒤 나도 몸이 나빠지고 다리가 아파서 자주 멀리 다녀오지는 못했지만 찾기를 그만두지는 않았어. 적어도 이 근처에 뇌우가 내릴 때는 한 번도 놓치지 않았네."

"그렇다면……." 내가 말끝을 흐렸다. 그 순간 나는 그의 모든 고통을 온몸으로 느꼈다.

"그래. 짐작했겠지만, 30년 넘도록 구상섬전을 찾아다녔지만 아직 한 번도 보지 못했네."

구상섬전은 다른 신비로운 자연현상에 비하면 그렇게 드문 현상이 아니다. 조사에 따르면 적어도 1퍼센트의 사람들이 구상섬전을 본 적이 있다고 주장한다. 하지만 그것은 아무런 규칙도 없이 무작위로 출현한다. 30여 년간 뇌우 속을 헤매며 찾아다니고도 한 번도 만나지 못했다면 잔인한 운명을 탓할 수밖에 없었다.

장빈 교수가 말했다. "예전에 이런 러시아 소설을 하나 읽었네. 향기로운 술을 마시는 게 삶의 유일한 낙인 부자가 있었어. 하루는 그가 정체 모를 나그네에게 고대 난파선에서 건져 올린 술 한 병을 샀는데 아주 적은 양의 술만 남아 있었어. 그는 그 술을 마신 뒤 그 향기에 반해버렸지. 나그네는 그 난파선에서 술 두 병을 건져 올렸는데 다른 한 병은 어디로 갔는지 모른다고 했어. 처음에는 별로 개의치 않던 부자는 그 술 생각이 나 잠을 이루지 못할 지경이 되었지. 결국 그는 전 재산을 다 팔고 나머지 술 한 병을 찾아 떠돌아다녔다네. 온 세상을 헤매며 천신만고를 겪었어. 그러다 마침내 나머지 술 한 병을 찾아냈을 때는 늙고 병든 거렁뱅이 신세가 되어 있었지. 그는 그 술을 남김없이 마신 뒤 행복감에 젖은 채 세상을 떠났다네."

"행운아로군요." 내가 말했다.

"어떤 의미로는 아내도 행운아였어."

나는 고개를 끄덕이며 생각에 잠겼다.

잠시 후 그가 말했다. "어때? 내 고통을 알고도 초연한 태도를 유지할 수 있겠나?"

나는 일어나 창가에 가서 어둠 속의 교정을 바라보았다. "아니요, 교수님. 초연할 수 없어요. 교수님께서 느끼신 감정은 제게 고통을 넘어 공포입니다! 우리가 걷는 길이 얼마나 위험한지 제게 알려주려고 하신 거라면 성공하셨어요."

그렇다. 그는 성공했다. 평생을 노력하고도 아무것도 이루지 못하는 것도 참을 수 있고, 모든 것을 포기하고 고독하게 삶을 마감하는 것도 참을 수 있다. 심지어 필요하다면 목숨을 바칠 수도 있다. 하지만 평생 다시는 그것을 보지 못한다는 건 견딜 수 없다! 구상섬전을 목격한 순간이 내 인생을 결정지었는데, 다시는 그것을 볼 수 없다는 건 견딜 수가 없다. 다른 사람들은 이해하기 힘들 수도 있지만, 상상해 보라. 뱃사람이 평생 바다를 볼 수 없다면 견딜 수 있을까? 등반가가 평생 설산을 볼 수 없다면 견딜 수 있을까? 파일럿이 평생 하늘을 볼 수 없다면 견딜 수 있을까?

"어쩌면." 장빈 교수가 일어서며 말했다. "자넨 우리가 그걸 다시 보게 해줄 수 있을지도 몰라."

나는 우두커니 선 채 창밖을 보았다. "저도 모르겠습니다."

"하지만 그게 내 인생의 마지막 희망이야. 이만 가보겠네. 사진 스캔은 다 했나?"

내가 정신을 차리고 말했다. "아, 다 했어요. 진즉 돌려드렸어야 했는데, 사진을 꺼내다가 액자를 망가뜨리는 바람에요. 새 액자를 사서 끼워 드리려고 했는데 며칠 동안 사러 나갈 시간이 없었어요."

"괜찮아. 원래 액자면 돼." 그가 사진을 받으며 말했다. "사진이 없으니 영 허전해서 말이야."

그를 배웅한 뒤 나는 다시 창가로 돌아와 어둠 속으로 사라져가는 스승의 뒷모습을 응시했다. 그는 평소보다 더 심하게 다리를 저는 듯했고 걸음걸이가 무척 힘겨워 보였다.

## 기이한 현상(2)

장빈 교수가 돌아간 뒤 불을 끄고 잠을 청했지만 잠이 오지 않았다. 그래서 그 일이 일어났을 때 내가 완전히 깨어 있는 상태였다고 확신한다.

나지막한 한숨 소리가 들렸다. 어느 쪽에서 나는 것인지 알 수 없었지만, 어두운 공간 전체를 가득 채우는 듯한 소리였다. 나는 주위를 경계하며 베개에서 머리를 들었다.

또 한숨 소리가 들렸다. 아주 작은 소리였지만 분명히 들을 수 있었다.

방학이라 기숙사 건물은 거의 비어 있었다. 벌떡 일어나 앉아 어두운 방 안을 훑어보았다. 종이 상자들이 아무렇게나 쌓여 있는 벽돌 무더기 같았다. 나는 전등 스위치를 켰다. 형광등이 깜빡이며 켜지려는 순간, 상자들 위로 어렴풋이 흰색 그림자가 보였다. 순식간에 사라져 형체를 제대로 알아볼 수 없었다. 환각인지 아닌지 판단할 수 없었지만, 그림자가 사라질 때 그것이 창문 쪽으로 움직이는 것을 보았다. 그 뒤로는 꼬리 같은 잔상이 남았는데, 무언가 나타났다가 순간적으로 사라지는 형상이 틀림없었다.

나는 어머니의 흰 머리카락을 떠올렸다.

불을 켜둔 채 다시 침대에 누웠지만 더는 잠이 오지 않았다. 아예 일어나 상자를 열고 장빈 교수의 원고를 꺼내 읽었다. 지난번에 본 곳부터 시작해 열 몇 페이지를 읽어 내려갔는데 그중 한 페이지가 눈길을 끌었다. 반 페이지 정도를 채운 계산식 위에 크게 X자를 그려 지운 흔적이 있었다. X자의 잉크색이 원래 계산식의 잉크색과 확연히 달랐다. 또 페이지의 여백 부분에 간단한 공식이 적혀 있었는데 이 부분은 X자와 똑같은 잉크색이었다. 그중에서도 특히 시선을 잡아끈 것은 그 공식 부분의 필체였다. 다른 부분에 있는 장빈의 필체와 달리 반듯하고 수려했다. 교수에게 받은 그을린 노트를 꺼내다가 조심스럽게 펼쳐 공식 부분의 필체와 비교해 보았다. 믿기 힘들었지만 예상했던 결과였다. 꼼꼼한 성격의 장빈 교수는 모든 원고에 작성한 날짜를 적어놓았는데, 이 페이지에 적혀 있는 날짜는 그의 아내가 죽은 지 12년 뒤인 1983년 4월 7일이었다.

하지만 그건 그의 아내 정민의 필체가 틀림없었다.

나는 그 공식과 지워진 부분을 자세히 살펴보았다. 그것은 저소산(low-dissipative) 상태 플라스마 유체의 경계조건을 계산하는 공식으로, X자로 지워진 번거로운 유도 과정을 대체할 수 있는 매우 간결한 공식이었다. 이 공식은 미쓰비시전기의 한 연구실에서 1985년에 도출해 낸 매개변수를 사용했다. 당시 미쓰비시전기는 회전자(rotor) 대신 플라스마 스트림을 이용하는 효율적인 발전기를 개발하기 위한 연구를 진행하고 있었다. 이 프로젝트는 결국 실패했지만, 그 부산물인 플라스마 매개변수는 훗날 널리 사용되었다. 하지만 모두

1985년 이후의 일이었다.

나는 아직 열지 않은 상자들을 살펴보다가 다섯 페이지짜리 원고에서 동일한 필체로 고친 부분을 발견했다. 자세히 찾아보면 더 찾을 수 있을 것 같았다. 그런데 장빈 교수가 이 계산 원고들을 작성한 시기는 모두 1980년대 이후였다.

나는 한참 동안 침대 가장자리에 멍하니 앉아 있었다. 내 심장박동 소리가 선명하게 들렸다. 내 시선은 책상 위 노트북에 멈췄다. 나는 노트북을 켜 낮에 스캔한 정민의 사진 파일을 열었다. 고해상도 스캐너로 작업한 이미지였다. 나는 사진 속 생기 넘치는 눈빛을 피하려 애쓰며 사진을 자세히 관찰했다. 그러다 문득 뭔가 떠올라 급히 이미지 편집 프로그램을 실행했다.평소 번개 사진을 많이 다루는 터라 컴퓨터에는 관련 프로그램이 여럿 설치되어 있었다. 지금 연 것은 흑백사진을 컬러로 자동 변환해 주는 프로그램이었다. 프로그램은 금세 흑백사진을 컬러로 바꿔주었다. 흑백사진 속 인물은 항상 실제보다 젊어 보인다. 사진은 정민이 사고를 당하기 1년 전에 찍은 것이었다. 컬러사진은 흑백에 가려져 있던 진실을 드러냈다. 컬러로 변환된 사진 속 정민은 당시 나이보다 훨씬 늙어 보였다.

사진 속 정민은 흰 실험 가운을 입고 있었는데, 왼쪽 가슴에 주머니가 달려 있었다. 주머니 안에 뭔가 들어 있었고, 가운 천이 얇아서 안에 든 물건의 형태가 드러나 보였다. 이미지에서 그 부분만 잘라낸 뒤 다른 이미지 프로그램을 이용해 더 자세히 들여다보았다. 흐릿한 번개 사진을 자주 편집했기 때문에 이미지 편집은 어렵지 않았다. 곧바로 가운의 주머니 속에 든 물건의 형태가 점점 또렷하게 보였다. 그것은 3.5인치 플로피디스크였다.

5.25인치 플로피디스크는 1980년대 초부터 중국에서 널리 보급되었고 3.5인치 디스크는 그보다 더 늦게 사용되었으므로, 그녀의 사망 시기를 고려하면 주머니에 천공테이프*가 들어 있어야 했다.

나는 전원선을 홱 뽑아버렸다. 노트북에는 배터리가 있어 계속 작동된다는 사실은 까맣게 잊고 있었다. 어쩔 수 없이 떨리는 손으로 마우스를 움직여 전원을 끄고 서둘러 모니터를 덮었다. 정민의 그 생생한 눈빛이 닫힌 노트북을 뚫고 나와 나를 향하고 있는 것처럼 느껴졌다. 거인의 차디찬 손바닥 같은 밤의 적막이 나를 움켜쥐는 듯했다.

* 종이테이프에 구멍을 뚫어 데이터를 저장하는 기억매체로 플로피디스크가 나오기 전에 사용되었다.

가오보 교수를 따라 뇌전연구소에 가겠다고 말하자 그는 이렇게 말했다.

"자네가 최종적으로 결정을 내리기 전에 분명히 말해둘 게 있어. 지금 자네 머릿속엔 구상섬전만 가득하다는 걸 알아. 우리 둘의 출발점은 달라도 나도 그 프로젝트를 긍정적으로 생각하고 있어. 하지만 내가 연구소의 자원을 대거 동원해서 자네 프로젝트를 지원해 줄 수는 없다는 걸 알아둬. 장빈 교수가 실패한 이유가 뭔지 알아? 이론에 너무 깊이 파묻혀서 헤어나지 못했기 때문이야. 하지만 그의 잘못은 아니지. 현실적으로 조건에 제약이 많았으니까. 지난 2년 동안 자네는 내가 실험을 무시한다고 생각했겠지만, 틀렸어. 자네가 박사 논문을 쓰는 동안 나는 실험은 고려 대상에 넣지 않았어. 너무 큰 비용이 투입돼야 하고, 우리가 가진 조건으로 실험을 성공시키는 건 불가능했기 때문이야. 부정확한 실험 결과는 이론 연구의 발목을 잡아 결국 이론과 실험 모두 망쳐버리게 돼. 내가 자네를 연구소로 데려가려는 건 구상섬전을 연구할 수 있도록 해주기 위해서야. 이 점은 분명해. 하지만 실험이 가능한 기반이 마련된 뒤에 정식으로 연구를 시작할 수 있어. 지금 우리에게 필요한 건 첫째도 돈, 둘째도 돈, 셋째도 돈이야. 나와 함께 돈을 벌어야 한다고. 알겠어?"

이 말을 듣고 나는 가오보 교수를 다른 눈으로 보게 되었다. 그처럼 학문적으로 민첩한 사고를 하면서 동시에 이렇게 현실적인 사람은 정말 드물었다. MIT 출신의 특징일지도 모르겠다. 사실 나도 그의 생각에 동의했다. 구상섬전 연구의 성공 지표는 그것을 인공적으로 만들어 낼 수 있느냐에 달려 있으므로 필수적으로 기초 실험 시설을 갖춰야 한다. 대형 번개 시뮬레이션 장치, 복잡한 자기장 발생장치, 더 복잡한 감지 시스템 등을 설치하려면 막대한 예산이 필요할 것이다. 나는 세상 물정 모르는 이상주의자가 아니었으므로 이상을 실현하려면 현실적인 문제부터 차근차근 해결해야 한다는 사실을 잘 알고 있었다.

기차에서 가오보 교수가 갑자기 린윈에 대해 물었다. 타이산에서 헤어진 뒤 2년이 지났지만 나는 그녀를 머릿속에서 지울 수가 없었다. 다행히도 구상섬전에 집중했기 때문에 그녀에 대한 기억이 통제 범위를 벗어나 다른 차원으로 발전하지는 않았다. 그녀와 타이산에서 보낸 짧은 시간은 아름답고 소중한 추억이었고, 이따금 힘들고 지쳤을 때 그 기억이 떠오르곤 했다. 그녀를 떠올리는 일은 부드러운 음악처럼 나를 편안하게 해주었다. 가오보 교수는 언젠가 이런 내가 부럽다면서 감정에 빠져들지 않고 초연하게 사는 편이 좋다고 말했다.

가오보 교수는 린윈에 대해 물으면서 이렇게 말했다. "린윈이 뇌전 무기 시스템에 대해 얘기했어? 난 그 시스템에 관심이 많아."

"국방 프로젝트를 하고 싶으세요?"

"물론이지. 군 내부에 번개 연구 기관이 있을 리 없으니 그들은 결국 우리에게 의존하게 될 거야. 이런 프로젝트는 안정적인 자금원이 확보돼 있고, 시장잠재력도 아주 커."

그동안 린윈과 나는 아무런 연락도 하지 않았다. 그녀가 내게 휴대폰 번호를 알려줬기에 가오보 교수는 베이징에 도착하자마자 당장 그녀에게 연락해 보라고 했다.

"군대의 뇌전 무기 연구 현황을 파악해야 해. 명심해. 직접적으로 묻지 말고, 먼저 식사를 하자고 하거나 음악회를 가자고 해. 점점 관계를 돈독하게 한 뒤에 때가 무르익었을 때……."

가오보 교수가 음흉하고 치밀한 스파이 같은 말투로 말했다.

베이징에 도착해 자리를 잡기도 전에 린윈에게 전화를 걸었다. 그 익숙한 목소리에서 말로 표현할 수 없는 따뜻함이 느껴졌다. 내가 전화한 걸 알고 그녀도 무척 반가워하는 기색이었다. 가오보 교수는 나더러 그녀가 일하는 곳으로 찾아가서 만나라고 했지만 차마 그 말이 입 밖에 나오지 않았는데 뜻밖에도 그녀가 나를 그곳으로 불렀다.

"상의할 게 있는데 신개념으로 와줄 수 있어요?" 그녀는 곧장 베이징 근교의 주소를 불러주었다.

"신개념이요?" 나는 순간 같은 이름의 영어 참고서를 떠올렸다.

"아, 우리끼리 국방대학 신개념 무기 개발 센터를 줄여서 신개념이라고 불러요. 졸업 후에 여기서 일하고 있어요."

가오보 교수는 아직 새 직장에 첫 출근도 하지 않은 내게 린윈을 만나고 오라고 했다.

제4순환도로를 빠져나와 30분 정도 더 달리자 길가에 밀밭이 나타났다. 이 일대에 군 연구 기관이 모여 있었는데 대부분 높은 담장에 둘러싸인 평범한 건물들이었고, 정문에는 간판이 없었다. 하지만 신개념 무기 개발 센터는 매우 현대적이고 웅장한 20층 빌딩으로 겉보기에는 여느 다국적기업의 사옥 같은 분위기였고, 부근의 다른 기관들과 달리 입구에 보초병도 없고 사람들이 자유롭게 출입했다.

나는 자동문을 통해 넓고 밝은 현관으로 들어가 엘리베이터를 타고 린윈의 사무실로 올라갔다. 건물 내 배치와 분위기도 일반 사무용빌딩과 거의 비슷했다. 복도 양쪽에 반쯤 열린 문틈으로 흘긋 보니 일반기업과 비슷하게 책상이 배치되어 있고, 많은 사람들이 컴퓨터와 문서 더미 속에서 바쁘게 움직이고 있었다. 그들이 군복을 입고 있지 않았다면 정말로 여느 대기업의 사옥을 방문한 듯한 착각이 들었을 것이다. 심지어 자국 군복을 입고 중국 군인과 사무실에서 담소를 나누는 외국인도 몇 명 보였다. 나는 '시스템평가 2부'라고 적힌 사무실에 도착해 린윈을 찾았다. 소령 군복을 입은 그녀가 환한 미소를 지으며 다가오는 걸 보고 군복 차림으로도 숨겨지지 않는 그녀의 아름다운 모습에 가슴이 두근거렸지만, 그녀가 군 소속이라는 걸 곧바로 인식했다.

"상상했던 것과 다르죠?" 간단한 인사를 나눈 뒤 그녀가 말했다.

"정말 달라요. 무슨 일을 하는 곳이에요?"

"이름 그대로요."

"신개념 무기가 뭐예요?"

"예를 들어 2차 세계대전 당시 소련군이 훈련된 군견의 몸에 폭약을 묶은 뒤 독일군 탱크 밑으로 들어가게 한 것도 신개념 무기예요. 그 아이디어는 지금 봐도 여전히 신개념 전략이에요. 여러 가지 변종 전략도 등장했어요. 돌고래 몸에 폭발물을 묶어 잠수함을 공격하게 하거나, 소형 폭탄을 들고 날아가도록 새 떼를 훈련시키기도 하고요. 이건 가장 최신 아이디어 중 하나예요." 린윈이 자기 컴퓨터에서 파일 하나를 찾아 열었다. 곤충 그림 백과처럼 그림과 글이 함께 섞여 있었다. "초소형 강부식성 액체 캡슐을 바퀴벌레 같은 곤충의 몸에 장착한 뒤에 적의 무기 시스템에 침투시켜 IC 회로를 망가지게 하는 거예요."

"정말 흥미롭군요." 내가 말했다. 컴퓨터 모니터를 볼 때 린윈이 가까워지자 은은한 향기가 코끝에 닿았다. 달콤하지 않고 사람을 편안하게 하는 약간 쌉쌀한 향기가 섞여 있어 소나기가 지나가고 맑게 갠 날의 푸른 풀밭을 연상시켰다.

"또 있어요. 이거 봐요. 바닥에 분사하면 통행이 불가능할 만큼 미끄럽게 만드는 액체도 있고, 차량과 탱크의 엔진을 정지시킬 수 있는 기체도 있어요. 이건 그렇게 흥미롭진 않을 텐데, 텔레비전 브라운관의 전자총처럼 한 구역을 스캔하면 그 안에 있는 모든 사람을 일시적으로 또는 영구적으로 실명시킬 수 있는 레이저예요."

린윈이 그들의 정보 시스템에 속한 모든 것을 외부인인 내게 거리낌 없이 보여주는 데에 나는 적잖이 놀랐다.

"우린 개념을 창조해 내고 있어요. 이 개념들 중 대부분은 쓸모가 없고, 어떤 것들은 장난처럼 보일 수도 있지만 그중 백 분의 일, 아니, 천 분의 일이라도 현실이 된다면 매우 큰 의미가 있어요."

"싱크 탱크로군요."

"그런 셈이에요. 내가 있는 부서는 이런 아이디어에서 실행 가능성을 발견하고 더 진전된 연구를 진행하고 있어요. 때로 연구가 상당한 수준으로 진전되기도 하죠. 예를 들면, 우리가 곧 논의하게 될 뇌전 무기 시스템처럼요."

가오보 교수가 알고 싶어 하는 것을 그녀가 먼저 말해주어 고마웠지만, 나는 내 호기심을 자극한 다른 문제를 질문했다. "외국 군인들은 왜 있나요?"

"방문 학자들이에요. 무기 연구 및 개발도 엄연한 과학 분야이고 교류도 필요해요. 신개념 무기는 실제로 실현되기까지 넘어야 할 산이 많기 때문에 활발한 브레인스토밍이 필요해요. 대량의 정보와 다양한 사상이 서로 충돌할 때 새로운 것이 탄생하는 법이죠. 교류는 양쪽 모두의 이익을 위한 일이에요."

"그럼 당신들도 방문학자를 파견하겠군요."

"2년 전 타이산에서 돌아온 뒤 난 방문학자 신분으로 유럽과 북미에 가서 그들의 신개념 무기 개발 기구에서 석 달 동안 지냈어요. 그 기구를 무기 시스템 첨단 평가 위원회라고 부르는데 케네디 시대부터 있었대요. 당신은 2년 동안 어떻게 지냈어요? 지금도 매일 구상섬전을 따라다니고 있어요?"

"물론이죠. 내가 또 뭘 할 수 있겠어요? 하지만 아직은 책으로만 따라다니고 있죠."

"그럼 선물을 하나 줄게요." 그녀가 컴퓨터에서 또 뭔가 찾으려는 듯 마우스를 빠르게 움직였다. "구상섬전 목격자의 증언 기록이에요."

나는 대수롭지 않다는 듯 말했다. "그런 기록은 나도 천 개도 넘게 봤어요."

"이건 다를걸요?" 린원이 동영상을 재생했다. 어느 숲속 공터에 군용 헬리콥터 한 대가 있고, 그 앞에 두 사람이 서 있다. 한 사람은 육군 훈련복을 입은 린원이고, 다른 한 사람은 간편한 비행복을 입고 있는 것으로 보아 헬리콥터 조종사 같았다. 그들 뒤로 멀리 상공으로 올라가고 있는 기구가 보였다. 린원이 말했다. "이 사람은 육군 항공단의 헬리콥터 조종사 왕쑹린(王松林) 대위예요."

동영상에서 린원의 말소리가 들렸다. "다시 한번 얘기해 주겠어? 녹화해서 친구에게 보여주려고 해."

대위가 말했다. "제가 그때 본 게 소령님이 말씀하신 그 물체가 틀림없습니다. 1998년 양쯔강 수해 복구 때 재해 지역으로 긴급 구호물자를 실어 나르다가 실수로 700미터 상공에서 뇌운 속으로 들어간 적이 있습니다. 그곳은 비행 금지 구역이었지만 곧장 방향을 돌려 빠져나올 수가 없었죠. 구름 속 난기류 때문에 헬리콥터가 바람에 날리는 나뭇잎처럼 위아래로 흔들리면서 헬리콥터 벽에 머리를 부딪혔습니다. 계기판의 바늘이 제멋대로 마구 움직이고 무전기에서 아무것도 들리지 않았습니다. 그런데 깜깜한 밤하늘에 번개가 치더니 농구공만 한 주황색 불덩어리가 갑자기 나타났습니다. 그게 나타나자 무전기에 잡음이 심해졌습니다."

"여기서부터 잘 들어요." 린원이 내게 말했다.

"그 불덩어리는 빠르지 않은 속도로 헬리콥터 주위를 떠다녔습니다. 처음에는 앞에서부터 꼬리 쪽으로, 그다음에는 수직으로 상승하면서 프로펠러를 뚫고 올라갔다가 다시 프로펠러를 뚫고 동체 아래로 내려갔습니다. 그렇게 1분 동안 떠 있다가 갑자기 사라졌습니다."

"잠깐, 이 부분 다시 돌려봐요!" 내가 말했다. 린윈의 말처럼 이 목격담에는 특별한 점이 있었다.

대위가 이야기하는 장면이 다시 재생되었다. 그리고 이어지는 장면에서 린윈이 내가 묻고 싶은 질문을 했다.

"뇌운 속에서 정지해 있던 거야? 아니면 계속 비행했어?"

"뇌운 속에서 어떻게 정지할 수가 있겠습니까? 당연히 비행하고 있었습니다. 최소한 시속 400킬로미터로 비행하면서 뇌운을 빠져나갈 곳을 찾고 있었습니다."

"뭔가 잘못 기억하는 거 아니야? 그때 헬리콥터는 정지비행을 하고 있었을 거야. 그렇지 않으면 말이 안 돼!"

"소령님께서 무슨 생각을 하시는지 압니다. 제가 생각해도 이상합니다. 그 물체는 기류의 영향을 전혀 받지 않았어요. 제 기억이 잘못됐거나 그때 제가 착각했더라도 프로펠러는 계속 돌아가고 있었고 기류가 아주 강했습니다. 그런데도 그 불덩어리는 정말로 헬리콥터 주위를 천천히 돌았습니다. 상대속도*를 계산해 보면 그 물체의 속도도 빨랐을 텐데 정말로 기류의 영향을 전혀 받지 않았습니다."

"정말 중요한 정보군요." 내가 말했다. "이런 종류의 증언들을 예전에도 접한 적이 있어요. 구상섬전이 문이나 창문을 통해 밖으로 나갔는데 바람은 밖에서 안으로 불고 있었다든가, 구상섬전이 바람의 반대 방향으로 날아가는 걸 봤다는 사람도 있었어요. 하지만 이

* 한 물체가 다른 물체를 기준으로 움직이는 속도.

증언만큼 생생하고 믿을 만한 것은 없었어요. 정말로 구상섬전이 기류의 영향을 받지 않는다면 플라스마라는 설은 설득력을 잃게 돼요. 하지만 현재 대부분의 이론은 구상섬전이 플라스마라는 전제를 바탕으로 하고 있는데 말이죠. 이 조종사를 만나볼 수 있을까요?"

린원이 고개를 저었다. "그건 불가능해요. 자, 이제 본론으로 들어가죠. 우선 우리가 지난 2년 동안 뭘 했는지 보여줄게요." 그녀가 수화기를 들고 어디론가 전화를 걸었다. 가오보 교수가 맡긴 임무를 예상외로 쉽게 완수할 수 있을 듯했다. 나는 린원의 책상을 훑어보았다.

가장 먼저 눈에 띈 것은 해병대원들과 함께 찍은 사진이었다. 모두 파란색과 흰색이 섞인 해병대 위장복을 입고 있었다. 린원은 그중 유일한 여성이었고, 앳된 얼굴로 기관단총을 가슴에 안고 있었다. 그들 뒤로 보이는 바다에 상륙정 몇 척이 떠 있고, 그 옆으로 폭발 후에 채 가시지 않은 연기가 떠다니고 있었다.

또 다른 사진이 시선을 끌었다. 젊고 잘생긴 해군 대령이 언론에 자주 등장하는 항공모함 주펑(珠峰)호를 배경으로 서 있는 사진이었다. 린원에게 그가 누구냐고 묻고 싶은 강한 충동이 들었지만 애써 참았다.

통화를 마친 린원이 말했다. "따라와요. 우리가 2년 동안 이뤄놓은 성과 아닌 성과를 보여줄게요."

엘리베이터를 타고 내려가다가 린원이 말했다. "지난 2년 동안 뇌전 무기 개발을 위해 엄청난 노력을 기울이고 두 가지 프로젝트를 진행했지만 모두 성공하지 못했어요. 그중 하나는 이미 취소됐죠.

신개념 기술 중 가장 멀리 나아갔고, 가장 많은 비용을 투입한 프로젝트인데 결과는 참담했어요.”

로비에 들어서자 많은 사람들이 미소를 지으며 린윈에게 인사를 건네는 것을 보고 그녀의 신분이 일개 소령에 그치지 않는다는 걸 직감했다.

정문을 나간 뒤 린윈과 함께 승용차에 올랐다. 그녀와 앞자리에 나란히 앉자 비 갠 뒤 쌉싸름한 풀향이 또 코끝에 닿아 기분이 상쾌해졌다. 그런데 향기가 아까보다 희미해 하늘에서 흩어지는 마지막 구름 한 조각처럼, 깊은 골짜기에서 순간적으로 들린 방울 소리처럼 곧 사라질 것 같았다. 사라지는 향기를 조금이라도 더 맡으려고 코를 두 번 실룩거렸다.

“이 향수 마음에 들어요?” 린윈이 웃으며 나를 보았다.

“아…… 군대에서는 향수가 금지되어 있지 않나요?” 내가 물었다.

“가끔은 괜찮아요.”

그녀가 매력적인 미소를 지으며 시동을 걸었다. 차창에 걸린 작은 장식품이 시선을 끌었다. 두 마디 길이의 대나무 막대였는데 손가락 정도 굵기에 잎사귀도 하나 달려 있어 운치 있게 보였다. 그런데 대나무 마디와 잎은 완전히 누렇게 시들어 있었다. 대나무 마디가 북부의 건조한 공기에 가늘게 쪼개지고 틈이 벌어진 것을 보면 오래된 것이었는데 그걸 제일 잘 보이는 위치에 매달아 놓은 것이 특이했다. 나는 그 대나무에 어떤 사연이 있을 것이라고 짐작했다. 그걸 떼어 자세히 보려는데 린윈이 내 손목을 탁 붙잡았다. 희고 가는 손에서 어떻게 그런 힘이 나오는지 놀랄 만큼 힘이 셌지만 내가 손을 멈추자 힘은 곧 사라지고 부드러움과 따뜻함만 남았다. 그 감촉에 심장이 덜컹 내려앉았다.

"지뢰예요." 그녀가 차분하게 말했다.

나는 놀란 눈으로 그녀를 보다가 절대적으로 무해한 것처럼 보이는 그 대나무를 다시 한번 보았지만 그녀의 말을 믿을 수가 없었다.

"아주 간단한 구조로 된 대인지뢰예요. 아랫부분에 폭약을 넣고 윗부분에는 격발 뇌관을 장착했어요. 뇌관은 아주 작고 유연한 공이와 고무줄만으로 이뤄져 있고요. 대나무가 밟혀 모양이 일그러지면 공이가 튕겨 내려가죠."

"이런 건…… 어디서 났어요?"

"1980년대 초 광시(廣西) 전선*에서 압수한 거예요. 아주 고전적인 방법으로 만들어 폭죽만큼 비용이 저렴하지만 그에 비해 살상력은 아주 커요. 금속이 거의 들어가지 않아 일반적인 지뢰탐지기로는 탐지가 불가능하기 때문에 당시 공병들에게 정말 골칫거리였어요. 지뢰처럼 보이지도 않아서 땅에 파묻을 필요도 없이 뿌리면 그만이었고요. 당시 베트남군이 이런 걸 몇만 개나 살포했어요."

"이렇게 작은 물건이 사람을 폭사시킬 수 있다니 믿을 수가 없군요."

"보통 사람을 죽일 수는 없지만 한쪽 발이나 종아리를 터뜨리는 건 충분해요. 적의 전투력을 약화시키는 데는 죽이는 것보다 이런

* 1970년대 말부터 1980년대까지 광시 전선을 포함한 중국과 베트남 국경 지역에서 국지전이 자주 발생했으며 이를 중국-베트남 전쟁이라 한다.

공격이 더 효과적이죠."

내 마음을 흔든 이 아름다운 여자가 일상적인 이야기를 하듯 아무렇지 않게 피와 죽음에 대해 이야기하는 모습은 마음을 씁쓸하게 만들었다. 하지만 바로 그런 점 때문에 내가 그녀에게 끌리는 게 아니라고 누가 장담할 수 있을까?

"지금도 폭발할 수 있나요?" 내가 대나무를 가리키며 물었다.

"아마도요. 하지만 너무 오래돼서 공이를 움직이는 고무줄이 낡았을 수도 있어요."

"뭐라고요? 지금도…… 지금도……!"

"네. 지금도 격발 상태이고 공이도 당겨져 있어서 만지면 안 돼요."

"너무 위험하잖아요."

나는 겁에 질린 눈으로 차창 유리 앞에서 흔들리는 대나무를 보았다.

린윈이 맑은 눈동자로 차분히 전방을 주시하다가 한참 만에야 작은 소리로 말했다. "난 이런 느낌을 좋아해요."

"무기에 관심 있어요?" 린윈이 내게 물었지만 어색한 침묵을 풀기 위한 의미 없는 질문인 것 같았다.

"어렸을 땐 관심이 있었죠. 그땐 무기만 보면 눈이 반짝반짝했어요. 대부분의 남자애들이 그러잖아요. 우리 무기 이야기는 그만하는 게 어때요?"

"탈속적인 아름다움이 느껴지지 않아요?" 그녀가 대나무 지뢰를 가리키며 말했다. "정교한 예술품 같아요."

"무기에서 형언할 수 없는 미감이 느껴진다는 건 나도 인정해요.

하지만 그건 살인을 전제로 한 아름다움이에요. 저 대나무가 평범한 대나무 막대기라면 그런 아름다움은 느낄 수 없을 테니까요."

"살인이라는 가장 잔인한 일이 아름다울 수 있다는 생각을 해본 적 있어요?"

"심오한 문제겠지만, 난 그런 쪽은 잘 몰라요."

커브를 돌자 길이 아주 좁아졌다. 린윈이 계속 말했다. "어떤 사물의 아름다움은 그것의 실제 기능과 완전히 별개일 수도 있어요. 우표 수집가에게는 우표의 실제 기능이 전혀 중요하지 않죠."

"그럼 당신에게 무기 개발은 아름다움을 위한 건가요, 실제 기능을 위한 건가요?"

말을 내뱉자마자 너무 당돌한 질문을 했다고 느끼며 후회했다. 린윈은 또 미소로 대답을 대신했다. 그녀는 여전히 내게 수수께끼투성이였다.

"당신은 한 가지 일에 인생을 송두리째 빼앗기는 부류군요." 린윈이 말했다.

"당신은 아닌가요?"

"음, 저도 마찬가지죠."

그 후, 우리는 침묵에 잠겼다.

차가 과수원을 가로지른 뒤 멈춰 섰다. 조금 전까지만 해도 멀게만 보였던 산맥이 눈앞에 펼쳐져 있었다. 산기슭에 철책으로 둘러싸인 구역이 있었는데 울타리 안쪽은 대부분 잡초가 조금 나 있는 공터였다. 한 귀퉁이에 작은 건물 몇 채가 보였다. 대형 창고처럼 지붕이 넓은 건물 한 동과 4층짜리 건물 세 동이 있었고, 그 앞에 군용 헬리콥터 두 대가 서 있었다. 나는 구상섬전을 목격한 조종사의 영상을 촬영한 장소가 바로 여기라는 것을 알았다. 이곳은 뇌전무기연구 기지로 신개념 빌딩과 달리 경비가 삼엄했다. 그중 한 건물에서 기지 책임자인 공군 대령 쉬원청(許文誠)을 만났다. 그는 아주 우직해 보이는 인상이었다. 린윈이 그의 이름을 소개했을 때 그가 중국에서 번개를 전문적으로 연구하는 과학자 중 한 사람임을 알았다. 국내외 학술지에서 그의 논문을 자주 보아 이름은 익숙했지만 만난 적은 없었기에 그가 군인일 거라고는 전혀 생각하지 못했었다.

대령이 린윈에게 말했다. "샤오린(小林), 또 철수하라고 독촉이 왔어. 위에서 힘 좀 써줘."

나는 린윈을 대하는 그의 태도가 상급자가 하급자를 대하는 태도 같지 않게 신중하고 예의 바르다고 느꼈다.

린윈이 고개를 가로저으며 말했다. "이 정도 결과로는 면목이 없어요. 계속 버텨야 해요."

그녀의 말투도 하급자가 상급자를 대하는 것 같지 않았다.

"이건 버틸 일이 아니야. 지금은 총장비부*가 막아주고 있지만 오래 버티지 못할 거야."

"우리 신개념 쪽에서도 가능한 한 빨리 뭔가 내놓고 싶어요. 최소한 이론적인 거라도요. 이쪽은 뇌전연구소의 천 박사님이세요."

대령이 반갑게 내게 악수를 청했다. "우리 두 기관이 진즉에 손을

* 총장비부는 중국인민해방군의 장비 연구, 생산, 구매, 수리 등 군수 업무를 총괄하던 부서였으나, 2016년 군 개혁으로 해체되고 중앙군사위원회 장비발전부 등으로 재편되었다.

잡았다면 이렇게까지 되지 않았겠죠. 오늘 저희가 보여드릴 것은 번개를 연구하는 분들에게도 아주 새로운 광경일 겁니다."

바로 그때, 전등 불빛이 갑자기 훨씬 환해졌다. 에너지 소모가 많은 어떤 장비가 작동을 멈춘 것 같았다.

대령도 그것을 알아차린 듯했다. "충전이 다 된 것 같군. 샤오린, 자네가 천 박사님을 안내하지. 난 다른 일이 있어서. 자네 말대로 난 여기서 더 버텨보지. 여기 일이 끝나면 자네가 직접 뇌전연구소와 상호 관계를 수립하게. 전임 쉐(薛) 소장과는 친분이 있었는데 지금은 은퇴했지. 우리와 마찬가지로 실험 결과를 실용적으로 응용하지 못했어."

들어오는 길에 이곳에 장비가 두루 갖춰진 실험실과 가공 공장이 있는 것을 보았다. 그것이 이곳과 신개념의 또 한 가지 확연한 차이점이었다. 이곳은 실질적인 응용 단계를 연구하는 곳이었다.

린윈이 말했다. "우리 뇌전 무기 연구는 크게 두 분야로 나누어지는데, 먼저 보러 갈 곳은 그중 첫 번째인 탑재형 지상 공격 시스템이에요."

우리가 건물을 나설 때 조종사와 작업 요원이 헬리콥터를 향해 걸어가고 있었고, 또 다른 두 사람은 비행기 어디에서 뽑아낸 굵은 케이블을 정리하고 있었다. 그 케이블은 다른 건물까지 연결되어 있었다. 군인 몇 명은 열심히 폐유 통을 트럭에 싣고 있었다. 오랫동안 할 일이 없어서 무료했던 사람들이 갑자기 분주해져 흥분한 것 같았다.

린윈은 나를 데리고 모래주머니를 쌓아 만든 벙커 뒤로 갔다. 앞쪽에 축구장 크기의 공터가 있었는데 한가운데서 군인들이 트럭에 실린 폐유 통을 내려다가 붉은 사각형 구역 안에 오두막처럼 쌓고 있었다. 멀리서 요란한 엔진 소리와 함께 헬리콥터가 프로펠러가 일으키는 먼지 사이로 천천히 떠올랐다. 헬리콥터는 회전날개를 약간 기울여 폐유 통을 향해 날아와 그 위에서 멈추고는 몇 초간 정지비행을 했다. 곧이어 눈부신 번개가 동체 밑바닥 쪽에서 나타나더니 폐유 통들을 명중시켰다. 그와 동시에 고막을 찢을 듯한 날카로운 천둥소리가 들렸다. 무방비 상태로 그 장면을 본 나는 깜짝 놀라 가슴이 철렁 내려앉았다. 천둥소리에 이어 둔탁한 소리가 몇 차례 들렸는데 폐유 통에 남아 있던 휘발유가 폭발해 타오르는 소리였다. 나는 검붉은 화염을 감싸고 뭉게뭉게 피어오르는 검은 연기를 보며 충격에 휩싸였다. 한참 만에야 충격이 조금 가라앉아 린윈에게 물었다.

"무슨 에너지로 번개를 만들었어요?"

"우리가 만든 게 아니라 중국과학원 초전도연구소가 거둔 성과예요. 상온의 초전도 소재로 만든 고에너지 배터리예요. 사실 원리는 아주 단순해요. 전류를 커다란 초전도 와이어 고리를 따라 영원히 멈추지 않고 돌아가게 하는 거죠. 그러면 대량의 전기에너지를 저장할 수 있어요."

그때 헬리콥터가 다시 지상으로 전기를 방출하기 시작했다. 조금 전보다 지속시간은 길었지만 강도는 약했다. 헬리콥터와 대기 사이에서 가느다란 아크*가 발생했다. 아크는 공중에서 춤을 추는 무용수의 우아한 곡선 같기도, 자외선을 내뿜는 거미줄 한 올이 바람에

* 양극과 음극 단자 사이에 전압을 가해 방전을 일으킬 때 그 사이에 있는 공기가 플라스마로 변하며 발생하는 전기불꽃.

흩날리는 모습 같기도 했다.

"초전도 배터리가 남은 전기에너지를 낮은 강도로 연속 방출하는 거예요. 이 배터리는 불안정하고 안전성도 떨어져서 평소에는 충전해서 보관할 수 없어요. 조금 더 있다가 가요. 10분 정도 걸릴 거예요. 이 소리, 듣기 좋지 않아요?"

소리가 크지는 않았지만 손톱으로 유리를 긁는 소리 같아서 듣고 있으려니 소름이 끼쳤다.

"처음 같은 고강도 순간 방전을 몇 번이나 할 수 있어요?"

"초전도 배터리의 용량과 수량에 달려 있어요. 이 헬리콥터 같은 경우에는 여덟 번에서 열 번까지 가능하지만 지금은 남은 전기를 그런 식으로 방출할 수 없어요."

"왜죠?"

"저 사람들이 항의할 테니까요." 린윈이 가리키는 북쪽으로 시선을 옮기자 기지에서 멀지 않은 곳에 모여 있는 호화 저택들이 보였다. "원래 기지는 시내에서 멀리 떨어진 곳에 건설해야 하지만 여러 이유로 인해 이곳에 만들어졌어요. 이 잘못된 선택으로 인한 부작용은 소음으로 인한 민원에 그치지 않을 거예요."

남은 전기가 모두 방출된 뒤 린윈은 헬리콥터에 탑재된 장비를 보여주었다. 기계와 전자에 익숙하지 않아 자세히는 알 수 없었지만 원통형 초전도 배터리는 강한 인상을 남겼다.

"이런 시스템을 두고 어떻게 성공하지 못했다고 할 수 있죠?" 나는 방금 목격한 모든 것에 대해 아직도 전율과 감탄을 금할 수가 없었다.

"여기 있는 양(楊) 대위는 육군 38항공연대의 공격 헬리콥터 조종사예요. 이게 성공인지 아닌지는 이 사람이 제일 잘 알 거예요."

나는 영상에서 본 구상섬전 목격자를 떠올렸지만, 내 앞에 있는 사람은 그보다 확실히 더 젊어 보였다. 그가 말했다. "이걸 처음 보고 흥분을 주체할 수 없었습니다. 그때는 그 어떤 찬사로도 부족할 만큼 획기적인 성과라고 생각했습니다. 이게 있다면 무장헬리콥터의 지상 공격 능력이 수백 배는 강해질 테니까요. 1차 세계대전의 조종사가 오늘날의 미사일을 본 것처럼 흥분했습니다. 하지만 이건 장난감에 불과하다는 걸 금세 알았습니다."

"왜죠?"

"우선 사정거리가 100미터를 넘으면 전기를 방출할 수 없습니다. 수류탄도 그 정도는 날아갈 수 있죠."

린윈이 말했다. "최선을 다했지만 100미터가 사정거리의 한계였어요."

그 점은 쉽게 이해할 수 있었다. 자연 상태의 번개처럼 수천 미터 길이의 아크를 발생시키려면 초전도 배터리가 가진 에너지로는 턱없이 부족했다. 설사 핵반응과 같은 과정을 거쳐 그 정도 크기의 에너지를 만들어 낸다손 치더라도, 무장헬리콥터부터 구축함까지 기존의 무기 플랫폼은 이렇게 큰 에너지 발사를 감당할 수 없었다. 번개를 발사하기도 전에 플랫폼 자체가 파괴될 가능성이 컸다.

"한 가지 더 우스꽝스러운 점이 있는데…… 이건 소령님께서 직접 말씀하시는 게 좋겠습니다." 대위가 말했다.

"그게 뭔지 이미 알고 있을 것 같은데요." 린윈이 내게 말했다.

이번에는 나도 생각나는 게 있었다. "방전의 다른 극을 말하는 건가요?"

"맞아요."

린윈이 폐유 통들이 불타고 있는 붉은색 정사각형 구역을 가리켰다. "미리 저 붉은 구역 안에 1.5쿨롬의 음전하를 주입해 놓았어요."

나는 조금 생각하다가 물었다. "방사선 같은 수단으로 원거리에서 목표 구역에 전하를 주입할 수는 없나요?"

"처음에는 그런 방법을 생각했어요. 원거리 정전기 주입 장치와 전기 방출 장치를 동시에 개발하기 시작했죠. 하지만 기술적으로 너무 어려운 일이었어요. 특히 실전 상황에서 움직이는 목표물을 효과적으로 타격하려면 약 1초 안에 목표 지점에 정전기 주입을 완료해야 하는데 현재 기술로는 거의 불가능해요." 린윈이 한숨을 내쉬었다. "대위 말대로 우린 장난감을 만든 거예요. 이걸로 사람들을 겁주고 놀라게 하는 건 가능하지만 실전에서는 아무 가치도 없어요."

뒤이어 린윈이 두 번째 프로젝트를 볼 수 있는 곳으로 안내했다. "아마 이게 제일 흥미로울 거예요. 대기층에서 번개를 만드는 거죠."

우리는 넓은 지붕이 있는 큰 건물로 들어갔다. 린윈은 그곳이 대형 창고를 개조한 건물이라고 설명했다. 높은 돔형 천장에 줄지어 있는 투광등 불빛이 탁 트인 공간을 환히 비추고 있었다. 우리 둘의 발걸음 소리가 울려 퍼졌고 린윈의 목소리가 아름다운 메아리를 만들어 냈다.

"일반적으로 뇌운에서 발생하는 번개는 인공적으로 대량 생성하기가 어렵고 군사적 가치도 크지 않아요. 우리 연구 목표는 마른번개를 만드는 거예요. 즉, 구름과는 관계없이, 전하를 띤 공기 속에서 전기장의 방전으로 형성되는 번개를 만드는 거죠."

"그 얘기는 타이산에서도 했었죠."

린윈은 벽에 붙여 설치한 기계 두 대를 보여주었다. 각각 트럭 한 대 정도 크기였는데 대형 공기압축기처럼 생긴 고압 공기탱크가 주요 부품이었다.

"대전(帶電)된 공기를 생성하는 기계예요. 공기를 대량으로 빨아들인 뒤 전하를 띠게 한 후 다시 배출하죠. 두 대가 각각 양전하와 음전하를 띤 공기를 만들어요."

기계마다 굵은 파이프가 하나씩 나와 벽을 따라 바닥 높이로 길게 이어져 있었다. 이 굵은 파이프에 일정한 간격마다 가는 파이프가 수직으로 연결되어 있었고, 그 수는 수백 개에 달했다. 가는 파이프들은 높다란 벽에 일렬로 고정되어, 위쪽과 아래쪽 두 줄로 나뉜 분사구로 이어졌다. 린윈은 이 두 분사구에서 각각 양전하와 음전하의 공기가 분사되어 대기 중에 방전 전기장을 형성한다고 설명했다.

그때 누군가 도르래를 이용해 작은 모형 비행기를 두 줄의 분사구 사이의 높이로 들어 올리자 린윈이 말했다. "저게 타격 목표예요. 제일 값싼 모형이라 직선 비행만 가능해요."

한 바퀴 다 돌고 난 뒤 린윈은 나를 건물 한쪽 구석에 있는 작은 방으로 데려갔다. 그 작은 방은 철장에 유리를 끼운 새장처럼 보였고 내부에 계기판이 있었다. 린윈이 말했다. "보통은 번개가 여기까지 들어오지 못하지만 안전을 위해 차폐 기능이 있는 통제실을 만들었어요. 패러데이 케이지*인 셈이죠." 그녀가 또 작은 비닐봉지를 건네

* 전자기장을 차단하거나 약화시키기 위해 사용하는 차폐 구조물로 대부분 금속망으로 둘러싸여 있다.

기에 받아서 열어보니 귀마개가 들어 있었다. “소리가 너무 커서 귀마개를 끼지 않으면 청각이 손상될 수 있어요.”

내가 귀마개를 낀 것을 확인한 뒤 린윈이 제어단말기의 빨간 버튼을 눌렀다. 두 대의 기계가 굉음을 토하기 시작하더니 높은 벽에 고정된 두 분사구에서 각각 빨간색과 파란색 안개가 뿜어져 나와 투광등 불빛 아래에서 아주 독특한 광경이 만들어졌다.

린윈이 말했다. “대전된 공기는 원래 색이 없지만 확실히 구분하기 위해 색을 넣었어요. 전하를 띤 에어로졸 입자를 대량 주입하는 방식으로 공기를 대전시켜요.”

빨간색과 파란색 안개가 뭉게뭉게 피어오르며 공중에서 균일하게 두 층을 이루었다. 계기판에서 빨간색 숫자가 깜빡이며 점점 올라가고 있었다. 린윈은 그것이 지금 형성되고 있는 전기장의 강도를 나타내는 수치라고 설명했다. 몇 분 뒤 사이렌이 울리며 전기장 강도가 예정된 값에 도달했음을 알렸다. 린윈이 버튼을 누르자 허공에 매달린 모형 비행기가 날아올랐다. 비행기가 빨간 공기층과 파란 공기층 사이로 진입하자 번개가 출현했다. 눈앞을 가리는 강한 섬광이 번뜩이는 동시에 폭발음이 터져 나왔다. 귀마개를 끼고도 가슴이 철렁할 만큼 큰 소리가 들렸다. 시력이 돌아왔을 때, 모형 비행기는 이미 잘게 부서져 보이지 않는 손이 뿌리는 종잇조각처럼 사방으로 흩날리며 떨어지고 있었다. 비행기를 마지막으로 보았던 자리에는 노란 연기만 천천히 퍼지고 있었다.

보고도 믿기 힘든 광경에 입만 벙긋거리고 있다가 린윈에게 물었다. “비행기가 번개를 촉발한 건가요?”

“네. 대기 전기장을 임계점까지 끌어올려 놨기 때문에 일정 크기의 도체가 전기장 안으로 진입하면 번개가 발생해요. '공중 지뢰밭'인 셈이죠."

"실외 실험도 해봤어요?"

"여러 번 해봤지만 보여줄 순 없어요. 실외 실험은 비용이 너무 많이 들어서요. 야외에서 대기 중에 대전된 공기를 방출하려면 기구(氣球)에 파이프를 두 개씩 매달아 공중으로 띄워야 해요. 이 파이프에 달린 두 분사구에서 각각 양전하와 음전하를 띤 공기를 방출하죠. 대기 전기장을 만들 때는 수십 개, 때로는 수백 개나 되는 기구를 줄지어 배치해 두 줄의 분사구를 만들어야 해요. 이렇게 해서 공중에 양전하층과 음전하층을 형성시키는 거예요. 물론 이건 실험용 시스템이고, 실전에서는 실내와 다르게 비행기를 이용하거나 지면에서 로켓을 쏘아서 공기를 방출하는 방식을 이용할 수도 있어요."

내가 생각에 잠겼다가 말했다. "실외 환경에서는 대기가 정지 상태가 아니니까 대전된 공기층이 기류에 휩쓸려 날아가 버릴 수도 있겠군요."

"확실히 쉽지 않은 문제예요. 바람이 불어오는 방향에서 연속적으로 공기를 방출하는 방법을 우선적으로 고려해 봤어요. 그렇게 해서 방어하려는 목표물의 상공에 동적 안정성을 가진 대기 전기장을 형성하는 거죠."

린윈이 말했다. "실제 실험 결과는 어땠어요?"

"기본적으로는 성공이었지만, 성공한 탓에 그 사고가 발생했어요."

"무슨 일이 있었어요?"

"실험 전에 안전을 최대한 고려했어요. 풍향이 안전할 때만 실험을 했죠. 하지만 현장에서 만들어진 대기 전기장의 안정성이 예상을 벗어나, 전기장이 바람을 타고 멀리 날아가 버린 적이 종종 있었어요. 실험을 하는 동안 기지 쪽에서 바람이 불어가는 지역에서 맑은 하늘에 마른번개가 친다는 보고가 계속 들어왔어요. 제일 멀리는 장자커우(張家口)에서 마른번개가 친 적도 있었어요. 그래도 그저 잠깐 뇌우가 내리고 지나가는 것 말고는 번개로 인해 별다른 피해가 발생하진 않았어요. 대부분의 풍향은 안전했어요. 기지에서 도시 쪽으로 바람이 불어 가도 별로 위험하다고 생각하지 않았어요. 하지만 한 가지 풍향은 예외였어요. 베이징 서우두(首都) 공항 방향이었죠. 비행기가 이런 대기 전기장을 만나면 위험하거든요. 뇌운과 달리 조종사와 지상레이더가 그걸 볼 수 없기 때문이죠. 가시성을 높이기 위해 당신이 조금 전에 본 실내 실험처럼 대전된 공기에 색을 섞었지만, 멀리 날아가는 동안 유색 공기가 대전된 공기와 분리된다는 걸 나중에 알았어요. 게다가 유색 공기는 무거운 에어로졸 이온으로 가득 찬 대전된 공기와 달리 확산 속도가 빨라 금세 사라져 버렸어요.

매번 시험 전에 공군과 지방 기상대에서 풍향 데이터를 여러 번 확인하고, 내부에도 기상팀을 두고 관리했죠. 하지만 이런 노력으로도 돌발적으로 풍향이 바뀌는 현상은 예측할 수 없었어요. 제12차 실험 때 전기장이 형성된 뒤에 풍향이 급변해서 전기장이 서우두 공항 쪽으로 날아갔어요. 당시 공항이 긴급 폐쇄되고 우리가 헬리콥터 다섯 대를 보내 상공에 떠가는 전기장을 추적했는데 아주 어렵고 위험한 일이었어요. 전기장의 유색 공기가 빠르게 흩어져서 무선통신을 간섭하는 잡음의 크기 변화만으로 전기장의 위치를 파악할 수밖에 없었죠. 결국 헬리콥터 한 대가 실수로 전기장에 들어갔다가 번개를 유발했고, 그 번개에 맞아 공중에서 폭발하고 말았어요. 그때 순직한 대위가 바로 당신이 만나고 싶다고 했던 그 구상섬전 목격자예요."

영상에서 본 그 젊은 조종사의 얼굴이 머릿속에 선명하게 떠올랐다. 최근 몇 년간 누가 번개를 맞아 죽었다는 소식을 들을 때마다 알 수 없는 두려움에 가슴이 서늘했는데 지금은 강렬한 공포가 나를 덮쳤다. 공중에 떠 있는 빨간색과 파란색 증기를 올려다보자 머리가 핑 돌았다.

"전기장을 제거할 수 있어요?" 내가 물었다.

"아주 간단해요." 린윈이 말하며 녹색 버튼을 누르자 두 줄로 나란히 배치된 노즐에서 무색 기체가 뿜어져 나왔다. "전하가 중화되고 있어요."

린윈이 전기장의 강도를 나타내는 빨간 숫자를 가리켰다. 숫자가 빠르게 깜빡이며 줄어들고 있었다.

하지만 나는 보이지 않는 전기장이 사방을 가득 채우고 있는 것 같아 긴장을 풀 수가 없었다. 주위 공간이 고무줄처럼 전기장에 팽팽히 당겨져 곧 끊어질 것 같은 느낌에 숨 쉬기도 조금 힘들었다.

"우리 밖으로 나가죠." 린윈에게 말하고 밖으로 나오자 비로소 숨이 트였다.

"정말 무섭군요." 내가 말했다.

린윈은 내 긴장감을 알아채지 못한 듯 대수롭지 않게 말했다. "무섭다고요? 아뇨. 실패한 시스템일 뿐인걸요. 우린 아주 중요한 점을 간과했어요. 전기장의 부피, 강도, 그리고 대전된 공기의 양 사이의 상관곡선을 여러 차례 측정하고 계산했는데 매번 낙관적인 결과가 나왔어요. 하지만 그 상관곡선은 좁은 실내에서 측정한 데이터를 바탕으로 한 것이라 실외 대기층의 넓은 면적에는 부합하지 않았던 거예요. 후자의 경우, 실전 상황에 맞는 광범위한 대기 전기장을 형성하려면 필요한 대전된 공기의 양이 기하급수적으로 급격히 증가하죠. 또 대전된 공기를 지속적으로 방출해 대기 전기장을 장기간 유지하기 위한 거대한 시스템도 필요하고요. 경제적인 요소를 차치하더라도 전쟁 중에 이런 시스템은 우선적으로 적의 타격 목표가 되겠죠. 보세요. 우리가 진행한 두 가지 실험적 시스템은 모두 실패했어요. 혹은 기술 면에서 부분적인 성공만 거뒀을 뿐 실전 가치는 없어요. 이 시스템들이 실패한 이유에 대해서는, 당신이 더 깊이 있는 견해를 가지고 있을 거라 생각해요."

"아…… 뭐라고요?" 나는 아직 머릿속이 멍해서 방금 그녀가 뭐라고 했는지 전혀 듣지 못했다.

"보다시피 이 두 시스템이 실패한 건 모두 근본적인 원인 때문이에요. 시스템의 기술적 기반 자체에 문제가 있어서 기술적 개선을 통해 문제를 해결하기도 어려워요. 그래서 우린 이 두 가지 시스템 모두 가망이 없다는 결론을 내렸어요."

"음…… 아마 그렇겠죠……." 나는 그녀의 말에 건성으로 대답했다. 내 눈앞에는 여전히 빨갛고 푸른 전기장과 눈부신 번개, 산산이 부서진 비행기의 파편, 폐유 통에서 치솟던 화염이 어른거리고 있었다.

"그래서 완전히 새로운 뇌전 무기 시스템을 구상해야 해요. 그게 어떤 걸지 당신은 예상할 수 있겠죠?"

……바람에 실려 떠다니는 대기 전기장, 조종사의 얼굴, 화염에

휩싸인 헬리콥터…….

"구상섬전 말이에요!" 린윈이 큰 소리로 말했다.

나는 그 말에 정신이 번쩍 들었다. 어느새 우리는 벌써 공터를 가로질러 기지 정문 쪽으로 걸어가고 있었다. 나는 걸음을 멈추고 열변을 토하듯 얘기하고 있는 린윈을 멍하니 쳐다보았다.

"정말로 그런 번개를 인공적으로 만들 수 있다면, 그 잠재력은 앞선 두 시스템을 훨씬 능가할 거예요. 타격 목표에 대해 믿기 어려울 정도로 정확한 선택성을 지니고 있으니, 책 한 권 속의 특정 페이지까지 정확히 맞힐 수 있겠죠. 지금껏 그 어떤 무기 시스템도 갖지 못한 특성일 거예요. 그리고 또 한 가지 아주 중요한 점이 있어요. 바로 기류의 영향을 받지 않는다는 사실이에요……."

"그 대위가 조종하는 헬리콥터가 번개에 타격당하는 걸 봤어요?" 내가 그녀의 말을 끊고 물었다.

"아무도 보지 못했어요. 동체가 산산조각이 나서 잔해의 일부만 발견했을 뿐이에요."

"그럼 다른 사람이 번개에 맞아 죽는 걸 본 적이 있어요?"

그녀가 다시 고개를 저었다.

"그럼 구상섬전이 사람을 어떻게 죽이는지는 더더욱 본 적이 없겠군요!"

그녀가 걱정스러운 눈길로 나를 보며 물었다. "안색이 왜 그래요? 어디 안 좋아요?"

"난 봤어요!" 나는 위경련을 애써 억누르며 말했다. "난 구상섬전이 어떻게 사람을 죽이는지 봤고, 게다가 죽은 사람은 우리 부모님이었어요! 부모님이 순식간에 불타 재가 되는 걸 내 눈으로 봤어요.

사람 형상의 재가 내 손가락에 살짝 닿자마자 바닥으로 우수수 쏟아졌어요. 난 그걸 경찰에게조차 말하지 않아서 부모님은 '실종'으로 기록되었어요. 그 후 수많은 세월 동안 그 일을 가슴 깊숙이 묻어둔 채 아무에게도 말하지 않았죠. 2년 전 타이산에서 밤거리를 걸으며 당신에게 처음 얘기했는데, 당신이 내 얘기에서 이런 영감을 얻을 줄은 생각도 못 했어요!"

린윈이 놀란 얼굴로 말했다. "내 얘기를 들어봐요. 당신에게 상처를 줄 생각은 없었어요. 정말 미안해요."

"상관없어요. 돌아가서 오늘 보고 들은 것과 당신들의 협력 제안을 상부에 보고할게요. 하지만 난 개인적으로 뇌전 무기에 관심이 없어요."

시내로 돌아오는 내내 우리 둘은 아무 말도 하지 않았다.

"자네, 이렇게 예민한 성격인 줄 미처 몰랐군."

연구소로 돌아와 이제는 소장이 된 가오보 소장에게 보고하자 그가 퉁명스럽게 말했다. 내 과거를 그에게 말하고 싶지는 않았다.

"그래도 수고했어. 가치 있는 정보들이야. 다른 경로로 알아보니 군이 뇌전 무기 연구를 중단한 것은 사실이지만 일시적인 보류일 뿐이야. 두 가지 시스템 실험에 대한 투자 규모만 봐도 그들은 이 연구를 매우 중요시하고 있어. 새로운 돌파구를 찾고 있는 그들에게 구상섬전은 아주 훌륭한 아이디어였어. 더 많은 자원이 소요되는 일이라 당장 본격적인 연구를 진행하기는 어렵겠지만, 먼저 이론적인 준비를 해둘 수는 있지. 지금 당장은 이 프로젝트에 자금을 투입할 수 없지만 시간과 노력을 쏟을 수는 있어. 다양한 이론과 경계조건을 적용해서 몇 가지 수학적모델을 수립해 봐. 그런 조건이 갖춰지면 우린 가능성 있는 모든 수학적모델에 대해 실험을 진행할 수 있어. 군과의 협력을 확정하자고."

내가 고개를 저으며 말했다. "저는 무기를 만들고 싶지 않습니다."

"평화주의자인 줄은 몰랐는데?"

"그런 게 아니에요. 제 생각은 아주 단순해요. 저는 그저 구상섬전이 사람을 재로 만드는 걸 다시는 보고 싶지 않을 뿐이에요."

"그럼 누군가 그걸 이용해 우리를 재로 만드는 걸 보고 싶은 건가?"

"그렇게 복잡하지 않다고 말씀드렸잖아요! 누구나 각자의 정신적인 트리거가 있잖아요. 그걸 건드리고 싶지 않을 뿐이에요. 단지 그뿐이에요."

가오보 소장이 교활하게 웃었다. "구상섬전은 그 독특한 특성으로 인해 어떤 연구를 하든 결국에는 무기와 연결될 수밖에 없어. 일생을 다 바치겠다던 그 결심을 결국 이렇게 포기하겠다는 건가?"

나도 그 순간 그 사실을 깨닫고 말문이 막혀 아무 말도 하지 못했다.

퇴근 후 숙소에 돌아와 침대에 누웠다. 머릿속이 텅 비어 아무 생각도 나지 않았다. 그때 노크 소리가 들려 문을 열어보니 린윈이었다. 대학생 같은 차림의 그녀는 군복을 입었을 때보다 훨씬 젊어 보였다.

"어젠 미안했어요." 그녀가 진심 어린 표정으로 말했다.

"사과는 내가 해야죠." 내가 어색하게 말했다.

"그렇게 끔찍한 경험을 했으니 반감이 드는 것도 당연해요. 하지만 대의를 위해서 우리 스스로 강인해질 수밖에 없어요."

"린윈, 우린 같은 길을 가는 사람들이 아닌 것 같아요."

"그렇게 말하지 말아요. 항공우주, 원자력, 컴퓨터 등등 21세기의 중대한 과학적 진전은 모두 과학자와 군인처럼 서로 다른 분야의 사람들이 각자의 목표에서 공통점을 찾아 함께 노력해 이룬 성과였어요. 우리의 목표에는 뚜렷한 공통점이 있어요. 인공적으로 구상섬전을 만들겠다는 것이죠. 다만 당신에겐 그게 종착점이고 내겐 출발점이라는 점이 다를 뿐이에요. 내 목적을 설명하러 온 건 아니에요. 뇌전 무기에 대한 반감을 줄여주려고 왔어요."

"그럼 얘기해 보세요."

"좋아요. 뇌전 무기라는 말을 듣고 당신은 제일 먼저 살인을 떠올리죠. 우리 방식으로 표현하면 적의 전투력을 약화시키는 거예요. 하지만 잘 생각해 봐요. 뇌전 무기 개발이 성공한다 해도 그 분야의 위력이 다른 통상적인 무기를 능가하지는 않을 거예요. 부피가 큰 금속 목표물을 공격할 때 패러데이 케이지 효과가 발생해요. 이 효과는 번개에 대해 차폐 효과를 일으켜 내부 인원에 대한 살상력을 부분적으로, 또는 완전하게 제거할 수 있어요. 그래서 뇌전 무기는 당신 생각처럼 잔혹하지 않아요. 오히려 적에게 최소한의 인명 피해를 입히고 승리를 거두는 무기 시스템이 될 수 있어요."

"왜죠?"

"뇌전 무기가 가장 강한 파괴력을 발휘할 수 있는 목표물이 뭘까요? 전자 시스템이에요. 번개가 일으킨 전자기 펄스의 강도가 2.4가우스를 초과하면 집적회로에 영구적인 손상이 발생하고, 0.07가우

스만 초과해도 컴퓨터의 작동을 방해할 수 있어요. 번개가 순간적으로 유발하는 전자기 펄스는 모든 곳에 침투해요. 심지어 직접 타격하지 않아도 특히 민감한 미세 전자장치에 치명적인 손상을 가할 수 있죠. 이게 바로 뇌전 무기가 주목받는 이유예요. 이 분야에서 구상섬전은 더 엄청난 잠재력을 갖고 있어요. 목표물을 극도로 정밀하고 정확하게 선택할 수 있으니 다른 어떤 부분도 건드리지 않고 적의 무기 시스템 내 모든 집적회로를 파괴할 수 있어요. 현대 전쟁에서 적의 무기 시스템 내 모든 집적회로가 녹아버린다면 전쟁은 끝날 수밖에 없어요."

나는 말없이 그녀의 말을 되뇌어 생각했다.

"당신의 반감이 조금 줄어들었을 거라고 생각해요. 이제 당신의 목표를 더 정확히 파악하게 해줄게요. 구상섬전 연구는 기초과학에 속하지 않고, 현재 유일하게 응용할 수 있는 분야는 무기 시스템이에요. 무기 연구가 아니면 누가 이 프로젝트에 투자하겠어요? 이론 연구만으로 구상섬전을 만들 수 있다고 생각하진 않겠죠?"

"하지만 현재 우리가 할 수 있는 건 이론 연구뿐이에요." 가오보 소장의 생각을 그녀에게 얘기했다.

"그럼 우리가 협력할 수는 있다는 거죠?" 그녀가 기쁨에 겨워 의자에서 벌떡 일어났다.

"당신의 설득력에 감탄할 수밖에 없군요."

"업무상 필요해요. 신개념은 날마다 이상하게 보이는 생각들을 받아들이도록 사람들을 설득해야 하니까요. 뇌전 무기 분야에서 우린 총장비부를 설득하는 데 성공했지만 지금까지 줄곧 실망시키기만 했어요."

"당신에게도 고충이 있군요."

"지금은 고충의 단계를 넘어섰죠. 뇌전 무기 프로젝트는 이미 중단됐고, 우리 힘으로 고군분투할 수밖에 없어요. 당신과 가오보 소장님의 말대로 이론적인 준비를 해놓으면 앞으로 언젠가는 기회가 올 거예요. 이 무기 시스템은 워낙 매력적이어서 그들도 여기서 멈추지는 않을 거예요. ……아직 식사 안 했죠? 내가 살게요."

우리는 조명이 어둑한 어느 레스토랑에 들어갔다. 손님은 거의 없었고 피아노 연주가 가볍게 흘렀다.

"군대 환경이 당신에게 꽤 잘 맞는 것 같군요." 내가 말했다.

"아마도요. 저는 군대에서 자랐으니까요."

어둑한 조명에 비친 린윈을 찬찬히 바라보다가 그녀의 브로치에 저절로 시선이 갔다. 그녀가 하고 있는 유일한 장신구였기 때문이다. 성냥개비 길이의 짧은 칼 모양이었고 칼자루에 작은 날개 한 쌍이 붙어 있었다. 은빛 브로치가 그녀의 옷깃에서 별처럼 반짝였다.

"예쁜가요?" 린윈이 브로치를 내려다보며 물었다.

나는 고개를 끄덕이며 아주 예쁘다고 말했다. 어제의 향수와 마찬가지로 내가 그녀를 유심히 보고 있다는 것을 그녀가 곧바로 눈치챈 것이 조금 민망했다. 내 생활권이 워낙 좁다 보니 여자와 단둘이 있는 것도, 여자들의 섬세함에도 익숙하지 않았다. 그런데 그런 여성적인 면모가 자동차에 지뢰를 매달고 다니는 여자에게서 드러나다니, 정말 묘한 느낌이었다.

그러나 바로 잠시 뒤, 나는 그 예쁜 브로치가 대나무 조각만큼이나 섬뜩한 물건이라는 걸 알았다.

린윈이 그 브로치를 옷깃에서 떼어내더니 작은 칼자루를 손으로 잡고, 다른 한 손으로 테이블에 놓인 포크와 스푼을 집어 들었다. 그러고는 포크와 스푼을 나란히 모아 세운 뒤 중간 부분을 칼로 가볍게 가르자 포크와 스푼의 금속 손잡이가 댕강 잘려 나갔다. 마치 양초로 만든 스푼과 포크인 것처럼!

아연실색한 내 표정을 보며 그녀가 말했다. "분자배열 기술로 만든 실리콘 소재예요. 이 칼날 부분은 분자 몇 개 두께만큼 예리하죠. 아마 세계에서 가장 날카로운 칼일 거예요."

그녀가 건네는 브로치를 조심스럽게 받아 들고 불빛에 비춰 자세히 살펴보니 칼날의 끝부분이 거의 투명에 가까웠다.

"몸에 달고 다니기엔 너무 위험해요."

"난 이런 느낌이 좋아요. 이누이트들이 추위를 좋아하는 것처럼요. 이런 것들이 사고를 빠르게 돌게 하고 영감을 불러일으켜요."

"이누이트들은 추위를 좋아하지 않아요. 그들에게 추위는 어쩔 수 없는 것이죠. 당신은…… 정말 특이한 사람이에요."

그녀가 고개를 끄덕였다 "나도 그렇게 생각해요."

"당신은 무기를 좋아하고, 위험을 좋아해요. 그렇다면 전쟁은요? 전쟁도 좋아해요?"

"현재의 상황으로 보면 전쟁은 우리가 좋다 싫다 할 수 있는 문제가 아니에요."

그녀가 내 질문을 능숙하게 피했다. 그 순간 나는 그녀가 내게 마음을 열지 않았고 영원히 열지 않을 수도 있다는 걸 알았지만, 우리는 말이 잘 통했고 할 얘기도 많았다. 린윈의 생각은 그 작은 칼처럼 날카로워서 번번이 나를 훅 찌르고 들어왔다. 지금껏 그녀만큼 냉정하고 이성적인 여자는 본 적이 없었다.

하지만 그녀는 가정사에 대해서는 이야기하지 않았다. 가족 얘기가 화제에 오를 때마다 조심스럽게 다른 화제로 돌렸다. 나는 그녀의 부모가 모두 군인이라는 것만 들었을 뿐이었다.

어느새 새벽 2시가 되었고 테이블에 있는 나뭇가지처럼 생긴 촛대의 초도 거의 다 탔다. 레스토랑에 남은 손님도 우리뿐이었다. 웨이터가 다가와 듣고 싶은 곡이 있느냐고 물었다. 이제 그만 돌아가 달라는 신호였다.

나는 일부러 사람들이 잘 모르는 곡을 골랐다. 피아니스트의 연주가 서툴면 그녀와 함께 있는 시간을 조금이라도 연장할 수 있을 것 같았기 때문이다. "《셰에라자드》 중 신드바드가 바다를 향해하는 장면을 묘사한 곡이 있는데 곡명을 잊어버렸어요."

웨이터가 겸연쩍게 고개를 저으며 다른 곡을 신청해 달라고 하자 린윈이 말했다.

"《사계》요." 린윈이 웨이터에게 말한 뒤 나를 보며 말했다. "당신은 〈여름〉을 좋아할 거예요. 번개가 치는 계절이니까."

우리는 비달디의 《사계》의 선율 속에서 계속 대화를 나누었고, 주제는 조금 더 가벼워졌다. 그녀가 말했다. "당신이 학교에서 제일 인기 많은 여학생과 말해본 적 없다는 건 확실히 알겠어요."

"말해봤어요." 나는 어느 늦은 밤 도서관에서 내게 무엇을 찾고 있느냐고 물어보던 그 여학생을 떠올렸지만, 기억을 더듬어봐도 이름은 생각나지 않았다.

《사계》 연주가 끝나고 마침내 일어나야 할 시간이 되었는데 린윈이 생긋 웃으며 내게 잠깐 기다리라고 했다. "당신을 위해 《셰에라자

드》를 연주해 줄게요."

린윈은 피아노 앞에 앉았고, 숱한 밤 내 외로움을 달래주었던 림스키코르사코프의 곡이 봄밤의 미풍처럼 울려 퍼지기 시작했다. 그녀의 가늘고 부드러운 손가락이 건반 위에서 춤을 추는 것을 보며 아까 내가 이 곡을 고른 이유를 알았다. 이곳이 항구처럼 느껴졌기 때문이었다. 한 아름다운 소령이 유려한 선율로 내게 신드바드의 항해 이야기를 들려주고 있었다. 사나운 폭풍우와 고요한 파도, 공주와 요정, 마법과 보석, 석양 아래 야자수와 모래사장의 이야기를…….

테이블 위, 가물가물 꺼져가는 촛불 아래에 세상에서 가장 날카로운 그녀의 칼이 조용히 놓여 있었다.

## SETI@home

나는 바늘 끝에 선 천사들을 다시 세기 시작했다. 하지만 이번에는 린윈이라는 동지가 있었다.

수학적모델을 구축하는 동안 린윈의 수학 능력이 나만큼 좋지는 않지만, 지식의 폭이 넓고 여러 분야에 조예가 깊다는 걸 알았다. 이는 그녀의 전공 분야에서 요구되는 특성이었다. 린윈은 컴퓨터에도 매우 능숙해서 모든 수학적모델이 그녀의 손을 거쳐 프로그램으로 구현되었다. 그녀의 프로그램은 결과를 시각화해서 출력해 냈는데 모델이 수학적으로 성립되면 모니터에 3차원의 구상섬전이 나타났다. 미세한 내부구조를 정교하게 보여주는 것은 물론이고, 사라질 때의 에너지 방출 과정도 슬로모션으로 명확하게 표현되었다. 또 화면을 전환하면 3차원 좌표계에서 구상섬전의 운동 궤적도 관찰할 수 있었다. 기존에 내가 사용한 프로그램으로 출력한 무미건조한 데이터표와 곡선과 비교할 때, 단순히 직관적이고 미관상으로 보기 좋다는 장점만 있는 것이 아니었다. 예전에는 시뮬레이션 성공 여부를 판단하기 위해 긴 시간이 소모되는 복잡한 데이터 분석이 필요했지만, 지금은 이 모든 일을 컴퓨터가 자동으로 수행했다. 이 프로그램은 구상섬전에 관한 이론 연구에 질적인 변화를 가져왔다.

구상섬전의 수학적모델은 글쓰기 주제와 마찬가지로 무수히 많이 만들어 낼 수 있었다. 물리 법칙에 부합하고 수학적으로 모순이 없는 체계를 세워, 전자기력에 의해 구속된 에너지가 안정적인 구형을 이루면서 지금까지 알려진 구상섬전의 특성을 충족시키기만 하면 되었다. 그러나 이것을 실현하는 것은 결코 쉬운 일이 아니었다. 어느 천문학자가 이런 재미있는 말을 한 적이 있다. "만약 항성이 실제로 존재하지 않았다면, 그것이 존재할 수 없음을 증명하는 일은 아주 쉬웠을 것이다." 구상섬전도 마찬가지다. 광속으로 움직이는 전자기파를 그런 작은 구형 안에 가두는 메커니즘을 구상하는 것은 사람을 미치게 만드는 일이었다.

하지만 충분한 인내심과 외곬으로 파고드는 열정이 있다면, 그런 수학적모델을 구축하는 것이 불가능한 일은 아니다. 다만 이 모델들이 실험을 통해 검증될 수 있는지는 별개의 문제였다. 사실 나는 그것들이 실험에서 성공하지 못할 것이라고 거의 확신하게 되었다. 현재까지 완성한 몇 가지 수학적모델은 모두 구상섬전이 지닌 수학적 특성 중 일부만을 보여주었다. 어떤 특성은 한 모델에서는 나타나지 않지만, 다른 모델에서는 쉽게 나타날 수 있었다. 그러나 알려진 모든 특성을 다 보여주는 모델은 아직 없었다.

전자기파가 구형 안에 갇혀 있다는 특징 외에도, 구상섬전이 가진 또 다른 신비로운 특징은 선택적으로 에너지를 방출한다는 점이었다. 컴퓨터에서 수학적모델을 통해 생성된 가상의 구상섬전은 폭탄처럼 물체에 닿거나 스스로 에너지를 방출할 때 주변의 모든 것을 재로 만들어 버렸다. 그걸 볼 때마다 내 머릿속에 늘 같은 장면이 떠올랐다. 멀쩡한 책장 속에서 까맣게 타버린 책, 멀쩡한 냉장고 속에서 김이 모락모락 나게 익은 해산물, 멀쩡한 재킷 속에서 몸에 닿아 있는 상태로 타버린 옷, 부모님이 재가 되기 전 앉아 있던 차가운 의자……. 하지만 내 기억 속에 가장 깊이 각인된 것은 장빈 교수가 보여준, 한 페이지씩 건너뛰어 까맣게 타버린 노트다. 그것은 어떤 신비로운 힘의 가장 광기 어린 표현이었고, 그 앞에서 우리의 자신감은 무력하게 무너져 내렸다.

나는 대부분의 시간을 뇌전연구소에서 보냈지만 가끔 신개념에 가기도 했다.

린윈의 동료와 친구들은 대부분 남자 군인들이었고, 휴식 시간에도 그녀가 여자들과 함께 있는 것은 거의 볼 수가 없었다. 그 젊은 장교들은 현재 군대에서 빠르게 늘어나고 있는 엘리트 지식인 계층이었고, 요즘 시대에 보기 드문 남자다운 분위기가 풍겼다. 그 때문에 나는 그들 앞에서 늘 열등감을 느꼈는데, 특히 린윈이 내가 전혀 알지 못하는 군사 전문 분야에 대해 그들과 함께 열정적으로 토론하고 있을 때 열등감은 더 심해졌다. 그리고 린윈의 책상 위에 있는 사진 속 그 해군 대령은 그들 가운데 가장 뛰어난 인물이었다.

나는 드디어 장싱천(江星辰) 대령을 만났다. 그와 린윈은 서로 알고 지낸 시간이 짧지 않은 듯했다. 그는 30대 초반으로, 사진보다 더 젊어 보였다. 이렇게 젊은 나이에 대령이 되는 것은 상당히 드문 일이었다.

"장싱천, 주평호 함장이에요." 린윈이 그를 내게 소개했다. 다른 존칭 없이 이름만 부르는 데다가 서로 짧게 눈빛을 교환하는 것을 보고 두 사람이 어떤 관계인지 확신할 수 있었다.

"천 박사님, 린윈에게 박사님과 박사님께서 말씀해 주신 구상섬전에 대한 이야기를 자주 들었습니다." 그가 따듯한 눈빛으로 나를 똑바로 바라보며 말했다. 그 시선에 담긴 진심이 전해져 나는 아주 편안한 느낌을 받았다. 그는 내가 상상했던 항공모함 함장과는 완전히 달랐다.

장싱천 대령을 처음 본 순간, 그와 경쟁하는 것이 무의미함을 알았다. 잠재적 경쟁자들 앞에서 거들먹거리며 힘을 과시하기에 바쁜 도시 남성들과 달리, 그는 매 순간 자기 힘을 숨기려고 노력했다. 자신의 힘이 나 같은 사람에게 상처를 주지 않을까 배려하는 일종의 선의의 표현이었다. 그는 마치 계속 이렇게 말하고 있는 것 같았다. '정말 죄송합니다. 당신이 그녀 앞에서 열등감을 느끼게 한 건 고의가 아닙니다. 우리 함께 이 상황을 바꿔봅시다.'

"대령님의 항공모함을 위해, 국민들은 일인당 평균 10위안씩 세금을 내야 하죠." 분위기를 풀어보려고 한 얘기였지만, 나는 그 말이 입 밖으로 나오자마자 오히려 분위기를 더 깨는 말이라는 걸 알았다.

"항공모함에 탑재된 전투기와 호위 순양함을 제외하고도 그렇죠. 그래서 출항할 때마다 어깨가 무겁습니다." 그는 내 말을 진지하게 받으며 다시 한번 내 긴장을 풀어주었다.

그를 만난 뒤 나는 예상했던 것만큼 우울하지 않았다. 오히려 무거운 짐을 벗은 듯 홀가분했다. 린윈은 내 마음속에서 이미 작고 아름다운 세계를 만들고 있었다. 나는 그 세계를 감상하고, 심신이 지칠 때면 그곳에 가서 쉬기도 하지만, 그 세계에 빠져들지 않도록 자제했다. 우리 마음을 갈라놓는 무언가가 있다는 걸, 말로 표현할 수는 없지만 그 무언가의 존재를 나는 분명히 느끼고 있었다. 나에게 린윈은 그녀가 가슴에 달고 있는 작은 칼처럼 영롱하고 아름답지만 날카롭고 위험한 존재였다.

몇 가지 수학적모델을 구축하고 나자 점차 감이 잡히기 시작했다. 새로 구축한 모델은 구상섬전의 알려진 특성을 점점 더 많이 구현했으며, 모델의 계산량도 점점 늘어났다. 때로는 고사양 컴퓨터로 시뮬레이션을 한 번 하는데 며칠이 걸리기도 했다. 린윈은 신개념에 컴퓨터 18대로 작은 네트워크를 구축했다. 우리는 병렬 실행이 최대한 가능하도록 모델을 18개 부분으로 나누었고, 이를 컴퓨터 18대가 각각 계산한 후 결과를 통합하도록 해 효율을 크게 높일 수 있었다.

마침내 내가 구상섬전의 알려진 특성을 모두 표현할 수 있는 수학적모델을 완성했지만, 린윈이 오래전부터 우려하던 일이 일어났다. 그녀는 수학적모델을 받자마자 프로그래밍에 착수하지 않고 며칠 동안 계산이 얼마나 복잡할지 예측하는 단계를 거쳤고, 결과가 나오자 긴 한숨을 내쉬며 말했다.

"문제가 생겼어요. 이 모델을 한 번 시뮬레이션하는 데 현재 사용 가능한 컴퓨터 한 대로는 약 50만 시간이 걸릴 거예요."

나는 깜짝 놀랐다. "그렇다면…… 50년이 더 걸린다는 거예요?"

"네. 지금까지 사례로 보면, 모든 모델은 여러 차례의 디버깅*을

* 컴퓨터프로그램 개발 단계 중에 발생하는 오류나 버그를 찾아내고 수정하는 작업 과정.

거쳐야 정상적으로 작동해요. 현재 이 모델의 복잡도를 고려하면 디버깅 횟수가 더 많을 수도 있어요. 이렇게 되면 시뮬레이션을 한 번 완료하는 데 허용되는 시간은 최대 열흘이에요."

나는 속으로 계산해 보았다. "그렇다면 약 2000대의 컴퓨터를 한꺼번에 투입해야 한다는 뜻이군요!"

그래서 대형컴퓨터를 동원해 보기로 했지만 역시 쉽지 않았다. 뇌전연구소와 신개념에는 대형컴퓨터가 없었고, 제일 큰 기계는 알파(ALPHA) 서버였다. 군의 대형컴퓨터는 수요가 몰려 있고 제약도 심했으며 린윈이 수차례 노력해 보았지만 군의 정식 프로젝트가 아니었기 때문에 결국 사용 허가가 떨어지지 않았다. 그렇다면 민간의 대형컴퓨터에 희망을 걸 수밖에 없었다. 나와 린윈은 그쪽 분야에 알아볼 인맥이 없었으므로 가오보 소장에게 방법을 찾아달라고 부탁했다.

하지만 가오보 소장의 상황도 녹록지 않았다. 뇌전연구소 소장으로 부임하자마자 연구소를 공공기관에서 기업으로 전환해 철저하게 시장경쟁에 뛰어들었으며, 내부 경쟁을 통해 인원을 대량 감축했다. 그는 일 처리가 충동적이고 신중함이 부족한 데다, 중국 내 상황과 통용되는 불문율 같은 것을 잘 몰라 위아래를 막론하고 모두와의 관계가 몹시 경직되었다.

경영상의 실패는 더 심각했다. 그는 부임 후 연구소의 주력 자원을 신형 낙뢰 방지 및 낙뢰 제거 장치 개발에 투입했다. 반도체 낙뢰 제거 장비, 최적화된 피뢰침, 레이저 낙뢰 유인 장비, 로켓 낙뢰 유인 장비, 물기둥 낙뢰 유인 장비 등 전통적인 피뢰 장치와는 다른 종류의 장치들이었다. 이때 마침 중국 전기공학회 고전압 분과위원회 산하의 과전압 및 절연 조정 소위원회가 개최하는 학술토론회가 열렸는데, 논의 주제가 바로 신형 낙뢰 방지 및 낙뢰 제거 장치였다. 이 토론회에서 신형 장치들이 기존 장치보다 우수한 성능을 지녔다고 입증되지 않았고, 아직 해결해야 할 문제점이 많기에 공학 분야에서 이러한 신형 장치들을 채택하는 것은 적합하지 않다는 결론이 났다. 이 조직의 권위와 영향력을 고려할 때 현재 제정되고 있는 국가 낙뢰 방지 공학 규격에 이러한 결론이 반영될 것은 확실했다. 그러자 현재 개발 단계에 있는 장치들은 시장성을 완전히 상실했고 거액의 투자도 물거품이 되고 말았다. 대형컴퓨터 문제를 논의하려고 가오보 소장을 찾아갔을 때 마침 그도 나를 찾고 있었다. 그는 내게 구상섬전 연구를 잠시 미뤄두고 전력 시스템에 사용할 신형 번개 위치 추적 시스템을 개발하고 서우두 대극장의 낙뢰 방지 공사 설계를 완성하라고 지시했다. 이로써 대형컴퓨터에 관한 일은 자연스럽게 무산되었고 구상섬전 연구도 여가 시간에만 할 수 있게 되었다.

린윈도 대형컴퓨터를 구하기 위해 백방으로 노력해 봤지만, 컴퓨터가 필수품일 정도로 보급된 시대에도 대형컴퓨터는 이렇게나 귀하다는 사실을 절감하게 되었을 뿐이었다.

린윈이 말했다. "그래도 우린 운이 좋은 편이에요. 현재 진행되고 있는 다른 나라의 슈퍼컴퓨팅 프로젝트와 비교하면 우리 계산량은 정말 아무것도 아니에요. 미국 에너지부의 핵실험 시뮬레이션 자료를 봤는데, 그들이 현재 보유한 초당 12조 회의 연산 능력으로도 핵실험 시뮬레이션을 수행하기에는 턱없이 부족하대요. 그들은 지금 최대 1만 2000개의 알파 프로세서가 포함된 클러스터 시스템을 구축하고 있는데, 그게 완공되면 초당 100조 회의 연산 속도를 실현할 수 있대요. 우리 계산량은 일반적인 범위 내에 있으니 해결 방법을 찾을 수 있을 거예요."

린윈은 항상 군인의 방식으로 일을 처리했다. 아무리 큰 어려움이 닥쳐도 흔들림 없이 나아가면서, 내 부담을 덜어주기 위해 긍정적으로 이야기하려 애썼다. 사실 이런 건 내가 그녀를 위해 해주어야 하는 일이었다.

내가 말했다. "구상섬전의 디지털 시뮬레이션은 핵실험 시뮬레이션과 유사한 점이 있어요. 공통적으로 에너지의 진화 과정을 시뮬레이션하는 것인데, 어떤 면에서는 전자가 더 복잡하기 때문에 우리도 결국 그 계산량에 도달할 거예요. 이 문제를 어떻게 해결해야 할지 모르겠어요."

그 후 며칠간 나는 가오보 소장이 내게 맡긴 번개 위치 추적 시스템에 집중하느라 린윈과 연락하지 않았다. 그러던 중 그녀에게서 전화가 왔다. 잔뜩 상기된 목소리로 한 웹사이트 주소를 알려주며 접속해 보라고 말했다.

그녀가 알려준 주소로 접속하자 우주처럼 검은색 배경에 페이지 윗부분에는 보라색 전파 속을 떠다니는 지구가 그려져 있었다. 홈페이지의 이름은 'SETI@home'으로 '당신의 집에서 외계 문명을 찾다(Search for Extra-Terrestrial Intelligence at home)'라는 영문 문장의 약자였다.

사실 나는 이 프로젝트를 이미 알고 있었다. SETI@home은 인터넷에 연결된 컴퓨터 수천 대의 유휴 능력을 이용해 외계 문명을 탐색하는 거대한 실험이었다. SETI@home 프로그램은 특수한 화면 보호기 프로그램으로 세계 최대 전파망원경인 아레시보(Arecibo)관측소에서 수집한 데이터를 분석해 외계 문명 탐색을 돕는 역할을 했다. 방대한 양의 데이터 가운데 필요한 정보를 추출하려면 대형컴퓨터가 반드시 필요하지만 그러기 위해서는 엄청난 비용이 필요했다. 형편이 넉넉하지 않은 과학자들이 대형컴퓨터 한 대를 사용하는 것보다 '작은' 컴퓨터를 대량으로 이용해 작업을 분담하는 것이 더 효율적일 수 있다는 판단으로 고안해 낸 임시방편이었다. 매일 아레시보에서 수신한 데이터는 고밀도 디지털 테이프에 기록되어 캘리포니아대학교에 설치된 연구 기지로 전송되며, 그 후 이 데이터는 0.25Mb 크기의 작업 단위로 나뉘어 SETI@home의 메인 서버를 통해 전 세계의 수많은 개인용 컴퓨터로 전송되었다. 전 세계의 인터넷 사용자들은 이 프로젝트의 홈페이지에서 특수한 화면보호기 프로그램을 다운로드해 설치하기만 하면 그만이었다. 그러면 사용자가 휴식을 취할 때마다 화면보호기 프로그램이 작동하면서 겉으로는 쉬는 것처럼 보이는 컴퓨터가 외계인 찾기에 동참하게 되는 것이었다. 즉, 화면보호기 프로그램을 통해 SETI@home에서 분할된 '작업 단위' 데이터를 수신하고 분석한 뒤, 그 결과를 자동으로 메인 서버로 전송하고 다시 또 새로운 작업 단위를 수신해 처리하는 방식이었다.

나는 이 웹사이트에서 화면보호기 프로그램을 내려받아 실행했다. 화면보호기는 배경이 검은색이었고, 하단에 전파망원경이 수신한 신호가 3차원 좌표계에 표시되어 있었다. 마치 수많은 초고층빌딩으로 이루어진 거대한 도시의 조감도 같은 모습이 장관이라고 할 만했다. 왼쪽 상단에는 빠르게 변화하는 파형이 표시되었는데, 수신된 신호 가운데 분석 중인 부분과 완료된 부분의 비율을 보여주는 것이었다. 가만히 지켜보니 5분 동안 연산을 수행했지만 완료율은 0.01퍼센트밖에 되지 않았다.

"와, 놀라워!" 내가 감탄하며 탁자를 치자 사무실에 있던 동료들의 의아한 시선이 내게 쏠렸다. 우리보다 예산이 풍족한 과학자들이 우리와 비슷한 난제에 부딪히자 이토록 창의적인 절약 방법을 생각해 냈다는 사실에 나 자신이 부끄러웠다. 곧장 신개념으로 달려가 보니 예상대로 린원은 벌써 홈페이지를 만들고 있었다.

다음으로 해야 할 일은 계산이 필요한 수학적모델을 2000개의 병렬계산 단위로 나누는 것이었다. 무척 번거롭고 힘든 작업이었고, 우리는 꼬박 보름이 걸려서 완료했다. 그다음 이 작업 단위들을 화면보호기 프로그램과 연결해 홈페이지에 올렸다. 계산 단위 간에 데이터를 전송해야 했기 때문에 네트워크 프로그래밍이 SETI@home 보다 더 복잡했다.

우리는 최종적으로 홈페이지를 업로드하고 기대감에 가득 차 결과를 기다렸다.

하지만 불과 사흘 뒤 우리가 너무 낙관적이었다는 걸 알았다. 홈페이지 방문자가 50명도 안 되고 화면보호기 프로그램을 내려받은 사람은 단 네 명뿐이다. 우리에게 사이비 과학을 하지 말라며 준엄하게 경고하는 두 개의 글이 게시판에 올라와 있었다.

"이제 한 가지 방법밖에 없어요." 린원이 말했다. "교묘한 속임수지만, 우리가 계산할 데이터를 SETI@home 서버에 업로드하는 거죠. 그들의 서버를 뚫는 건 어렵지 않을 거예요. 그러면 그들의 화면보호기 프로그램이 설치된 수많은 컴퓨터가 우리의 계산을 수행한 뒤 그 결과를 우리에게 전달하게 될 거예요."

나는 반대하지 않았다. 원하는 것에 대한 갈망 앞에서 도덕적 제약이 얼마나 무력한지 알았기 때문이었다. 그 대신 자기합리화를 위한 변명을 생각해 냈다. "지금 10만 대 넘는 컴퓨터가 그들을 위해 일하고 있는데 우린 그중에 단 2000대만 빌려 쓰는 거잖아요. 계산이 끝나면 곧 떠날 거니까 그들에겐 아무런 영향도 없죠."

린윈은 나처럼 자기합리화 따위는 필요치 않은 듯 컴퓨터를 인터넷에 연결해 빠르게 계획을 실행에 옮기고 있었다. 그녀의 능숙한 해킹 실력을 보며 그녀가 과거에 인터넷 세상에서 무엇을 했는지 상상하기 어려웠다. 이틀 뒤 그녀는 우리 데이터와 프로그램을 SETI@home 서버에 올려놓는 데 성공했다.(나중에 알고 보니 그 서버는 UC 버클리에 있었다.)

이 일을 계기로 나는 린윈이 나보다 훨씬 도덕적으로 거리낌이 없다는 것을 알게 되었다. 그녀는 목적 달성을 위해서라면 수단과 방법을 가리지 않을 수도 있었다.

불과 이틀 만에 SETI@home 서버에 접속되어 있는 화면보호기 프로그램 2000개가 우리의 연산 작업을 수신했고, 계산 결과가 쉬지 않고 우리 서버에 모이기 시작했다. 그 며칠 동안 린윈과 나는 몇 시간이고 자리에 앉아 데이터가 계속 쌓여가는 것을 지켜보며, 지구 곳곳에 흩어진 2000대의 컴퓨터가 우리를 위해 일하는 모습을 상상하고는 흐뭇해했다.

그런데 8일째 되는 날, 뇌전연구소에서 신개념 서버에 접속해 보니 계산 결과 전송이 중지되어 있었다. 마지막으로 전송된 것은 텍스트 파일 하나였는데 그 내용은 다음과 같았다.

가장 적은 예산으로 인류의 가장 위대한 사업을 수행하고 있는 우리가 이렇게 치욕적인 방해를 받다니. 당신들 스스로 부끄러운 줄 아시오!

—SETI@home 프로젝트 책임자 노턴 파커

이 글을 보는 순간 얼음물을 뒤집어쓴 것 같았다. 절망감에 휩싸여 린윈에게 전화할 기운조차 없었다. 그런데 그녀가 먼저 전화를 걸어왔다.

"알고 있어요. 그치만 그것 때문이 아니에요." 그녀가 내 물음에 대답하며 말했다. "우리 홈페이지 게시판을 봐요!"

우리가 만든 홈페이지에 접속하자 게시판에 영어로 된 글이 하나 더 올라와 있었다.

당신들이 무엇을 계산하고 있는지 안다. BL. 인생을 낭비하지 말고 나를 찾아와라!

—러시아 연방 노보시비르스크주 노보시비르스크*
24가 106동 561호

BL은 구상섬전, 'Ball lightning'의 약자다.

* 시베리아 최대 도시로, 근교에 과학연구 도시 아카뎀고로도크가 건설되어 러시아 기초과학 발전의 중요한 기반이 되었다.

## 시베리아

"들어봐요! 소나무를 스치는 바람 소리예요!" 린윈이 흥분해서 외쳤지만 나는 그럴 여유 없이 그저 코트 깃을 더 단단히 여밀 뿐이었다. 흩날리는 눈보라 속에서 먼 산봉우리의 희미한 윤곽만 보였다.

모스크바를 출발한 비행기가 네 시간을 날아 노보시비르스크 공항에 착륙하자 일주일 전 모스크바 공항에 착륙했을 때보다 더 낯선 기분이 들었다. 이곳이 중국과 더 가깝다는 사실만이 작은 위안이 되었다.

우리는 그 메시지 이면에 더 많은 것들이 있음을 본능적으로 직감했지만 정말로 시베리아에 오게 될 줄은 꿈에도 몰랐다. 일주일 후, 린윈은 내게 그녀와 함께 러시아에 가는 기술 고문단에 참가하라고 했다. 그녀는 Su-30 전투기를 중국에서 조립 생산하는 일에 대한 중러 양국의 협상이 거의 완료되었으며, 이 기술 고문단이 몇 가지 세부 사항을 확정하기 위해 군사 대표단과 함께 러시아로 떠날 예정이라고 했다. 나는 기술 고문단 중 유일한 번개 연구 전문가였다. 이것이 단순한 우연이 아닐 거라는 예감에 어떻게 이런 기회를 얻었느냐고 묻자 린윈은 묘한 대답을 했다. "특권을 이용했어요. 대형컴퓨터를 구할 땐 소용이 없더니. 아무튼 이번에는 정말 다른 방도가 없었어요."

그녀가 말한 특권이 무엇인지 몰랐지만 더 묻지 않았다.

모스크바에 도착했어도 대표단 활동에서 내가 할 일은 전혀 없었고 린윈도 마찬가지였다. 우리는 대표단을 따라 수보로프 설계국을 방문하고 군수산업 연합체의 여러 조립 공장을 방문했다.

어느 날 저녁 무렵, 린윈은 단장에게 허락을 받고 외출했다가 밤늦게 호텔에 돌아왔다. 린윈에게 할 말이 있어서 그녀의 방에 찾아갔다가 혼자 멀거니 앉아 있는 그녀를 보았다. 게다가 눈시울이 붉어져 있었고 뺨에는 눈물 자국이 있었다. 내가 알고 있는 그녀는 무슨 일이 있어도 눈물 한 방울 흘리지 않을 사람이었기에 속으로 무척 놀랐다. 그녀는 아무 말도 하지 않았고 나도 묻지 않았다. 모스크바에 머문 사흘 동안 그녀는 줄곧 기분이 저조해 보였고, 나는 그녀의 삶이 내 짐작보다 훨씬 복잡한 것 같다고 생각했다.

대표단이 귀국 비행기에 올랐을 때, 우리 둘은 비행 방향은 거의 같지만 훨씬 가까운 목적지로 향하는 비행기를 탔다. 사실 모스크바에서 시베리아까지의 거리는 베이징에서 가는 것과 별반 다르지 않았다.

우리는 공항에서 노보시비르스크로 가는 택시를 잡았다. 출발하기 전 운전기사는 60킬로미터를 가야 한다고 했다. 눈과 얼음으로 뒤덮인 도로 양옆으로 눈보라가 멈추지 않고 흩날리고 검은 숲이 드넓게 펼쳐져 있었다. 린윈은 유창하지는 않지만 러시아어를 조금 할 수 있었고 운전기사와 말이 잘 통하는 듯했다. 운전기사가 나를 흘긋 보더니 대화에 끼지 못하고 추위에 떨고 있는 내가 측은해 보였는지 갑자기 유창한 영어로 린윈과 대화를 이어갔다.

"……과학단지는 50년대 후반에 낭만적인 아이디어로 탄생했어요. 그 시절의 단순함과 순진함, 신세계 창조를 꿈꾸는 이상주의로 가득 차 있었죠. 사실 당신들이 알고 있는 것처럼 성공적이지 않았어요. 대도시에서 멀리 떨어져 있어 교통이 불편하다는 단점이 과학기술 발전의 발목을 잡았어요. 인구가 너무 적어 도시를 형성할 수도 없었고요. 대도시를 동경하는 인간의 이상을 무시한 채로 대도시와 무모한 경쟁을 벌였지만, 결국 더 크고 편리한 도시로 연구 인력이 대거 빠져나가는 것을 막지는 못했죠……."

"선생님께선 택시 운전을 본업으로 하시는 분 같지는 않습니다만." 내가 말했다.

그러자 린윈이 그를 소개했다. "러시아 과학원 시베리아 분원의 연구원이시래요. 전공이 뭐라고 하셨죠?"

"극동 경제 구역의 미개척 지역 자원 종합 계획을 연구하고 있어요. 저마다 눈앞의 성공에 급급한 요즘 시대에 참 쓸모없는 학문이죠."

"실직하셨어요?"

"아직은 아니에요. 오늘은 일요일이잖아요. 주말 이틀 동안 번 돈이 한 주 급여보다 많아요."

차량이 과학단지로 들어서자 50~60년대 건축물이 눈보라에 휩싸인 채 차창을 스쳐 지나갔다. 레닌 동상도 지나간 것 같았다. 독특한 향수를 불러일으키는 곳이었다. 수천 년 역사를 가진 고도에서는 느낄 수 없는 감정이었다. 그런 도시들은 나와는 무관할 정도로 너무 낡아서 오히려 아무런 감정도 들지 않았다. 하지만 이렇게 젊은 도시는 지나간 내 어린 시절과 청춘, 나만의 아득한 고대이자 기원전인 그 시간들을 떠올리게 했다.

차량이 5층 건물 앞에 멈춰 섰다. 주거지역인 듯 줄지어 선 건물들이 모두 똑같이 보였다. 운전기사가 떠나며 차창 사이로 의미심장한 말을 남겼다.

"이 도시에서 제일 싼 주택가지만 여기 사는 사람들은 싸구려가 아니에요."

문을 열고 들어가자 안은 매우 어두웠다. 50년대에 지어진 층고가 높은 주거용 건물이었고, 현관 벽에는 여러 정당의 지방선거 포스터가 몇 장 붙어 있었다. 어둠 속을 더듬어 천천히 안으로 들어갔다. 우리는 라이터를 켜서 문패를 확인하며 5층까지 올라갔다. 계단 모퉁이를 돌아 라이터를 켜고 561호를 찾으려는데, 어디선가 영어로 외치는 굵은 남자 목소리가 들렸다. "누구요? BL 때문에 왔나? 왼쪽에서 세 번째 문일세."

문을 밀고 집으로 들어가자 서로 모순되는 두 가지 분위기가 우리를 맞이했다. 우선 무척 어둡다는 느낌이 들었지만 천장의 전등 불빛은 너무 눈부시다는 느낌이 들었다. 또 진한 술 냄새가 콧구멍으로 훅 빨려 들어오는 동시에 곳곳에 어지럽게 쌓여 있는 책더미가 시야에 들어왔다. 전체적으로 어수선했지만 통제 불능일 만큼 엉망은 아니었다. 컴퓨터 모니터가 깜빡이다 꺼지고, 그 앞에서 몸집이 커다란 남자가 몸을 일으켰다. 수염이 덥수룩하고 안색은 창백했으며 나이가 꽤 많아 보였다.

"여기서 오래 살았더니 계단 소리만 듣고도 낯선 사람이 왔는지 알 수 있다네. 여기까지 오는 낯선 사람이 당신들 말고 또 있겠어? 올 줄 알았지." 그가 우리를 위아래로 훑어보았다. "젊은이들이군. 내가 이 비참한 생활을 시작했을 때 나이와 비슷해 보여. 중국인인가?"

우리가 고개를 끄덕였다.

"우리 아버지가 50년대에 중국에 다녀오신 적이 있지. 수력발전 엔지니어로 싼먼샤(三門峽) 수력발전소 건설에 참여했다고 들었네. 그런데 그게 하나도 도움이 안 됐다고 들었는데?"

린윈이 말했다. "황허(黃河)의 토사 퇴적물을 고려하지 않고 댐을 건설한 탓에 상류에 심한 수해가 발생했죠. 그 후로 댐을 사용하지 않고 있어요."

"아, 또 한 번의 실패로군. 그 낭만적인 시대가 우리에게 남긴 건 실패한 기억뿐이야."

"알렉산드르 게모프라네." 그가 짧게 자신을 소개하자 우리도 자기소개를 했다.

게모프는 우리를 다시 한번 훑어보고는 더 의미심장한 눈빛으로 혼잣말처럼 중얼거렸다. "아주 젊어. 아직 구할 가치가 있어."

린윈과 나는 의아한 눈으로 서로를 바라보며 그 말의 의미를 추측했다. 게모프는 커다란 술병과 유리잔을 테이블에 올려놓더니 뒤적이며 무언가를 찾기 시작했다. 컴퓨터 양쪽으로 줄지어 선 빈 술병들이 그제야 눈에 들어왔다. 우리는 그 틈에 집을 다시 둘러보았다. 처음 들어설 때 느꼈던 부조화스러운 인상이 무엇 때문인지 알 수 있었다. 암실처럼 집의 벽이 모두 검은 종이로 덮여 있는데 낡은 벽에서 스며든 습기에 색이 바래 허연 줄무늬와 반점이 군데군데 보였다.

"아, 여기 있었군. 빌어먹을. 손님이 거의 오지 않아서 그래." 게모프가 빈 잔 두 개를 테이블 위에 올려놓은 뒤 술잔 세 개에 술을 가득 따랐다. 직접 빚은 보드카는 탁한 흰색의 액체였고, 술잔은 차를 마실 때 쓰는 큰 유리잔이었다. 나는 술을 그렇게 많이 마시지 못한다고 했다.

"그럼 자네가 대신 마시면 되겠군."

게모프가 차갑게 말하고는 잔을 단숨에 비우고 다시 가득 따랐다.

린윈도 거절하지 않고 큰 유리잔 하나를 다 비운 뒤 내 잔을 들어 반을 더 마셨다.

"우리가 무슨 일로 왔는지 아시잖아요." 내가 말했다.

게모프는 아무 대꾸도 없이 자신과 린윈의 잔에 술을 따랐다. 두 사람은 그렇게 한참 동안 한 모금씩 번갈아 가며 술만 마셨다. 나는 린윈이 무슨 말이라도 해주길 바랐지만 게모프의 알코올중독에 전염이라도 된 듯 또 단숨에 반 잔을 들이켜고는 똑바로 앞을 응시했다. 내가 점점 초조해져서 빈 잔으로 테이블을 한 번 두들기자 린윈이 나를 흘긋 보고는 고개를 돌려 옆에 있는 벽을 보라는 눈짓을 했다.

나는 그 이상한 검은 벽으로 다시 시선을 돌렸다가 그 위에 흐릿한 형상들이 있는 것을 발견했다. 가까이 다가가 자세히 살펴보니 땅 위의 풍경, 건물, 나무 같은 것들이었다. 밤에 찍은 사진인 듯 대부분 검고 흐릿한 실루엣만 보였다. 그런데 군데군데 있는 그 하얀 반점과 선들이 다시 눈에 들어왔을 때, 온몸의 피가 순식간에 얼어붙는 것 같았다.

이 넓은 방의 벽과 천장을 빽빽하게 뒤덮고 있는 것은 모두 구상섬전을 찍은 흑백사진이었다.

크기는 제각각이었지만 대부분 3×5인치 정도여서 사진이 얼마나 많은지 가늠조차 되지 않았다. 나는 사진을 한 장씩 자세히 들여다보았다. 그중 똑같은 사진은 하나도 없었다.

"저길 보게." 게모프가 말하며 문 쪽을 가리켰다. 고개를 들어보니 우리가 열고 들어온 문에 커다란 사진이 붙어 있었다. 일출을 찍은 듯 해가 지평선 위로 막 떠오르고 있었고 희고 둥근 빛무리 안에 숲의 그림자가 보였다.

"1975년에 콩고에서 찍은 걸세. 저놈의 지름은……." 게모프가 또 한 잔을 들이켰다. "105미터였지. 저놈이 폭발한 뒤 2헥타르의 밀림이 잿더미가 됐고 작은 호수는 용암처럼 끓어올랐어. 그런데 참 이상하게도 이 초대형 구상섬전은 맑은 날에 나타났단 말이지."

나는 린윈 앞에 있는 잔을 집어다 술을 따른 뒤 한입에 털어 넣었다. 광기를 품은 이 모든 것이 눈앞에서 빙글빙글 돌아가기 시작했다. 나도 린윈처럼 한마디도 하고 싶지 않았다. 이 충격과 실타래처럼 엉킨 생각을 가라앉히고 싶었다. 시선을 책더미로 옮겨 제일 가까운 데 있는 책을 손에 잡히는 대로 집어 들었지만 마음을 진정시키는 데 전혀 도움이 되지 않았다. 러시아어는 몰랐지만, 이마에 세계 지도 모양의 반점이 있는 저자의 사진을 보자마자 무슨 책인지 단번에 알 수 있었다. 린윈도 책을 가져다가 슬쩍 보고는 도로 내려놓았다.

"페레스트로이카.*" 린원이 말했다.

이 방에 들어왔을 때 어수선하지만 통제 불능일 정도로 엉망은 아니라고 느꼈던 이유를 그제야 알았다. 이 어지럽게 쌓여 있는 책들은 장정이 정교하고 아름다웠으며, 전부 똑같은 책이었다. 그 책들은 모두 『페레스트로이카』였다.

게모프가 말했다. "자네들이 원하는 그 자료들, 나도 가지고 있었지. 이 방에 다 들어가지 않을 정도로 많았지만 10년 전에 다 불태워 버렸어. 그러고 나서는 이 책들을 사들이기 시작했네. 먹고살려고 말이지."

우리는 이해할 수 없다는 표정으로 그를 쳐다보았다.

게모프가 책 한 권을 집어 들었다. "표지를 보게나. 글자들이 모두 금박이야. 산성용액으로 금가루를 벗겨낼 수 있지. 이 책은 도매가에 많이 사들일 수 있어. 팔리지 않으면 서점에 반품하면 돼. 표지 글자를 가짜 금가루로 다시 그려 넣기만 하면 됐지. 나중에는 그마저도 안 했지만 알아채지 못하더군. 수익이 쏠쏠했어. 유일하게 아쉬운 점은 책 제목을 왜 더 길게 안 지었느냐 하는 거야. 예를 들면 '소비에트사회주의공화국연방의 새로운 민주 체제 수립과 민주사회로의 통합 및 그 친밀한 동반자로 편입될 가능성에 대한 새로운 사고'라고 지었다면 얼마나 좋아? 하지만 이 돈벌이도 오래 하지는 못했어. 붉은 깃발이 첨탑에서 내려간 뒤 책 표지에 금박이 사라졌거

* 1980년대 후반 소련의 마지막 서기장 미하일 고르바초프가 추진한 정치·경제 체제 개혁 정책으로, '재건'을 뜻하는 러시아어에서 유래한 명칭이다.

든. 나중에는 책도 없어졌지. 이건 내가 마지막으로 사들인 것들이야. 10년 동안 지하실에 처박아 뒀어. 요즘 땔감 가격이 올랐으니 벽난로에 태우면 좋겠다 싶더군. 아, 그렇지, 이렇게 손님이 왔으니 벽난로를 켜야겠군……."

그가 책을 한 권 집어 라이터로 불을 붙인 뒤 가만히 보고 있다가 말했다. "종이가 정말 좋아. 10년을 묵혔는데도 누렇게 변하지 않았어. 아마 시베리아 자작나무로 만들었을 걸세." 그는 말을 마치고는 책을 화로에 툭 던져 넣고 두 권을 더 넣었다. 불이 활활 타오르자 벽에 붙어 있는 수많은 구상섬전 사진 위에서 붉은 불빛이 춤을 추었다. 추운 방에 작은 온기가 돌았다.

게모프는 불꽃에서 잠시도 눈을 떼지 않은 채 우리와 대화를 나누었다. 우리의 상황을 간단히 물었지만 구상섬전에 대해서는 전혀 언급하지 않았다. 그러다 구식 전화기에서 수화기를 들고 번호를 누른 뒤 짧게 뭐라고 말하더니 몸을 일으키며 말했다. "가세."

우리 세 사람은 계단을 내려가 추운 눈보라 속으로 나갔다. 현관을 나서자 지프 한 대가 우리 앞에 멈춰 섰고, 게모프가 우리에게 차에 타라고 손짓했다. 운전사는 게모프와 비슷한 나이인 듯했지만 베테랑 선원처럼 체구가 건장했다. 게모프가 그를 소개했다. "레발렌코 아저씨야. 모피 장수지. 이 사람이 운전을 해줄 걸세."

지프가 대로변을 따라 달렸다. 길에는 차가 거의 없었다. 얼마 안 가서 도시를 벗어나 넓은 눈밭에 도착했다. 지프가 울퉁불퉁한 길로 방향을 틀어 덜컹거리며 한 시간 정도 더 달리자 눈보라 속에서 창고 같은 건물이 나타났다. 지프가 문 앞에서 멈춘 뒤 레발렌코가 차에서 내려 삐걱거리는 문을 열었다. 안으로 들어가자 양쪽에 동물 가

죽이 수북이 쌓여 있었고 고약한 냄새가 코를 찔렀다. 그리고 한가운데 넓은 공간에는 뜻밖에도 오래된 쌍엽 비행기 한 대가 세워져 있었다. 동체가 심하게 낡고 알루미늄 표면이 갈라진 곳도 있었다.

레발렌코가 러시아어로 뭐라고 말하자 린윈이 통역해 주었다.

"예전에 숲에 약을 뿌리는 용도로 사용한 비행기야. 농장이 민영화될 때 내가 이걸 샀지. 외관은 낡았지만 아직 튼튼해. 우선 비행기에 실어놓은 물건들을 밖으로 옮기자고."

우리는 좁은 비행기에 잔뜩 쌓여 있는 모피들을 밖으로 들어 옮겼다. 어떤 동물의 털인지 모르지만 품질이 좋아 보였다. 물건을 모두 내린 뒤 레발렌코가 비행기 아래쪽에 기름을 조금 붓고 불을 피웠다. 추운 날씨에 엔진 파이프가 얼어붙어서 불로 녹이는 것이라고 게모프가 설명해 주었다. 파이프가 녹길 기다리는 동안 레발렌코가 보드카 한 병을 꺼냈고 넷이 번갈아 한 모금씩 마셨다. 나는 두 모금 만에 바닥에 털썩 주저앉아 일어나지 못했지만 린윈은 두 사람과 주거니 받거니 계속 마셨다. 그녀의 주량은 정말 놀라웠다. 그 병이 바닥나자 레발렌코는 이제 출발할 수 있다고 손짓을 한 뒤 나이에 어울리지 않는 민첩한 동작으로 훌쩍 뛰어 조종석에 앉았다. 조금 전까지만 해도 그렇게 활력이 넘치지 않았는데, 시베리아 사람들에게는 독한 술이 윤활유인 듯했다. 우리 셋은 중간쯤에 있는 작은 문을 통해 탑승했다. 게모프가 어디선가 두꺼운 가죽 코트 세 벌을 가져와 우리에게 건넸다.

"입게나. 안 그러면 얼어 죽을 거야."

비행기 엔진이 거칠게 울부짖더니 프로펠러가 돌아가기 시작했다. 쌍엽 비행기가 천천히 창고를 벗어나 눈보라 속으로 나갔다. 레발렌코가 조종석에서 뛰어내려 창고 문을 잠그고 다시 돌아온 뒤 눈발에서 비행기의 속력을 올렸다. 하지만 얼마 못 가서 엔진 소리가 멈추고 눈발이 창문을 두들기는 소리만 들렸다. 레발렌코가 뭐라고 욕을 내뱉고는 다시 뛰어내려 가 한참 고친 뒤 다시 시동을 걸었다. 비행기가 다시 활주를 시작한 뒤 조종석 뒤에 앉은 내가 레발렌코에게 물었다. "공중에서 엔진이 멈추면 어떻게 해요?"

린윈의 통역을 들은 그는 대수롭지 않다는 듯 어깨를 가볍게 으쓱였다. "떨어지겠지."

레발렌코가 몇 마디 더 말한 뒤 린윈이 통역해 주었다. "시베리아에서는 100퍼센트 안전한 게 다 좋은 것만은 아니야. 때로는 목적지까지 다다르고 나서야, 오히려 도중에 그만두는 것이 더 현명한 일이었음을 깨닫게 되기도 하는 법이지. 이건 게모프 박사가 직접 경험으로 증명했어. 안 그래, 박사?"

"그만하게, 대위! 비행기 운전이나 잘해!" 게모프가 말했다. 레발렌코의 그 말이 그의 아픈 곳을 건드린 듯했다.

"예전에 공군 조종사셨나요?" 린윈이 레발렌코에게 물었다.

"그럴 리가! 난 그 기지의 마지막 경비 중대장이었을 뿐이야."

몸이 묵직하게 눌리는 느낌과 함께 창밖으로 보이던 눈발이 밑으로 꺼져 사라졌다. 비행기가 이륙한 것이다. 엔진 소리 외에도 눈송이가 동체에 부딪치는 소리가 확연히 커졌다. 마치 폭우를 뚫고 비행하는 것 같았다. 기류가 조금 전 창틀에 쌓인 눈을 날려버렸다. 창밖을 보니 눈보라 속에 끝없이 펼쳐진 숲이 밑으로 천천히 움직이고 있었다. 이따금씩 나타나는 얼어붙은 호수들이 마치 검은 숲에 떨어진 흰 원반처럼 보였다. 그 풍경은 게모프의 방에서 본 사진들을 연상케 했다. 시베리아의 대지를 내려다보니 가슴이 뭉클해졌다. 구상섬전이 나를 여기까지 데려올 줄은 꿈에도 몰랐다.

"시베리아, 고난, 낭만, 이상, 헌신……." 린윈은 창가에 머리를 기대고 발밑에 펼쳐진 낯선 대지를 바라보며 중얼거렸다.

게모프가 말했다. "자네가 말하는 시베리아는 과거와 소설 속의 시베리아야. 지금 여기 남은 건 상실과 탐욕뿐이지. 땅에는 무분별한 벌목과 사냥이 벌어지고, 유전에서 넘쳐 나온 시커먼 원유가 곳곳에 고여 있어……."

"중국인." 레발렌코가 조종석에서 말했다. "여기도 중국인이 많다네. 시력을 잃게 만드는 가짜 술을 가져다주고 모피와 목재를 빼앗아 가지. 그들이 파는 다운재킷에는 닭 깃털이 들어 있어……. 하지만 게모프 박사의 친구라면 믿을 수 있지."

우리는 모두 침묵했다. 비행기는 폭풍에 날리는 작은 잎사귀처럼 위아래로 흔들렸고 우리는 코트를 단단히 여미고 살을 에는 추위를 견뎠다.

약 20분 동안 비행한 뒤 비행기가 하강하기 시작했다. 넓은 숲 사이로 공터가 보이자 비행기가 그곳에 내려앉았다. 비행기에서 내리기 전 게모프가 말했다. "코트는 두고 가게. 필요 없을 걸세."

그의 말을 이해할 수가 없었다. 비행기 문을 열자 찬 바람이 우리를 삼켜버릴 듯 사정없이 불어닥쳤고 눈보라는 그칠 기미가 보이지 않았다. 레발렌코는 비행기에서 기다리기로 하고 게모프는 비행기에서 내려 곧장 걸어갔다. 그의 뒤를 따라가는데 추위가 옷을 뚫고 들어오는 것 같았다. 눈이 두껍게 쌓여 있었지만 발바닥에 느껴지는 감촉으로 철길을 따라 걷고 있음을 알 수 있었다. 앞쪽에 땅 위로 드러난 터널 입구가 콘크리트 벽으로 막혀 있는 것이 보였다. 콘크리트 벽 앞에 도착하니 벽이 잠시 바람을 막아주어 추위를 피할 수 있었다. 게모프가 눈 쌓인 곳을 손으로 파낸 뒤 바닥에 튀어나와 있는 큰 돌을 힘껏 들어 올리자 지름이 1미터 정도 되는 검은 구멍이 드러났다.

게모프가 말했다. "내가 판 지름길이라네. 콘크리트 벽 밑에 십여 미터 길이로 땅굴을 팠지."

그는 가방에서 충전식 랜턴 세 개를 꺼내 하나씩 건네주고 자신도 하나를 들고는 따라오라고 손짓한 뒤 땅굴 속으로 들어갔다.

내가 게모프의 뒤를 따르고 린윈이 마지막에 따라왔다. 우리는 좁은 땅굴 속을 거의 기다시피 나아갔다. 폐쇄된 공간에 갇힌 듯한 공포가 엄습했고, 깊이 들어갈수록 공포는 점점 커졌다. 어느 순간 게모프가 갑자기 일어나는 걸 보고 나도 따라 일어서니 랜턴 불빛에 넓은 터널이 비쳐 보였다. 터널은 완만한 경사를 그리며 지하 깊은 곳으로 이어져 있었다. 밖에서 발밑으로 느꼈던 철로가 어두운 터널을 따라 어둠 속으로 사라지고 있었다. 랜턴으로 터널 벽을 비추자 매끄러운 시멘트 벽면에 못과 철제 고리가 수없이 박혀 있었고 그 사이로 케이블이 겹겹이 설치되어 있었다. 터널을 따라 걸어 내려갈수록 추운 느낌도 차츰 사라졌다. 잠시 후 축축한 냄새가 나기 시작하더니 물방울 떨어지는 소리가 들렸다. 온도가 빙점 위로 올라온 것이었다.

앞쪽 공간이 갑자기 넓어지며 랜턴의 빛줄기가 목표를 잃었다. 터널을 빠져나와 어두운 밤하늘 밑으로 나온 듯했지만 자세히 보면 랜턴 빛줄기 끝의 둥근 빛무리가 희미하게 보였다. 빛이 닿는 천장이 높아졌을 뿐이었다. 걸음 소리가 메아리가 되어 돌아왔다. 지하 터널이 얼마나 넓은지 짐작조차 할 수 없었다. 그때 게모프가 멈춰 서서 담배에 불을 붙이고는, 이야기를 하기 시작했다.

"40여 년 전 모스크바대학에서 물리학 박사학위를 땄다네. 그날을 아직도 생생히 기억하고 있지. 수천 명의 군중 틈에 섞여 우주에서 돌아온 가가린이 오픈카를 타고 붉은광장에서 퍼레이드를 하는 걸 구경했네. 그는 가슴에 훈장을 가득 달고 꽃을 흔들었지. 그때 난 열정이 넘쳤고 새로운 세계에서 위대한 업적을 세우고 싶다는 열망으로 가득 차 있었어. 그래서 소련과학원 시베리아 분원 설립에 참여하겠다고 자원했지.

그곳에 도착해서는 상사에게 이렇게 말했다네. '어떠한 기초도 없는 완전히 새로운 일을 하고 싶습니다. 아무리 힘들어도 상관없습니다.' 상사는 '좋아. 3141 프로젝트에 참여해.'라고 말했지. 나중에 안 사실이지만 그 코드명은 프로젝트를 처음 기획한 사람이 원주율 값에서 따다가 아무렇게나 지은 것이었어. 프로젝트 책임자를 만나고 며칠이 지났지만 프로젝트의 내용조차 알 수가 없었지. 책임자는 니콜라이 나르노프라는 과학원 회원이었는데 정치에 극단적으로 열광하는 인물이었다네. 트로츠키의 저서를 몰래 읽으며 세계혁명 사상에 푹 빠져 있었지. 그에게 3141 프로젝트의 내용을 물었더니 이렇게 말하더군. '게모프 동지, 최근 우주비행의 성과가 자네에게 큰 감명을 주었다는 건 알지만 그게 뭐 대수이겠는가? 가가린은 달에 가는 궤도에서 월가의 자본가들에게 돌을 던질 수 없다네. 우리 프로젝트는 달라. 우리가 성공한다면 제국주의의 모든 탱크를 장난감으로 만들고, 그들의 항공기를 나비처럼 약하게 만들 것이며,

그들의 함대를 물 위에 떠다니는 종이 상자처럼 무력하게 만들 수 있어!'

얼마 후 나는 이곳으로 왔네. 처음 여기로 보내진 사람들 중 하나였지. 그때 이곳 모습은 조금 전 땅 위에서 본 풍경과 똑같았어. 그날도 눈이 많이 내렸고 이 공터는 막 정리되어 땅 위에 아직 나무 그루터기가 남아 있었지.

그 이후의 일은 자세히 말하지 않겠네. 시간이 있더라도 내 정신이 그걸 감당할 수 있을지 의문이라서 말이지. 자네들은 그저 우리가 있는 이곳이 세계 최대 구상섬전 연구 기지였다는 것만 알면 돼. 이곳에서 30년간 구상섬전 연구가 진행됐고, 사람이 제일 많았을 때는 오천 명 넘게 여기서 일했다네. 소련의 최우수 물리학자와 수학자 들도 정도의 차이는 있지만 대부분 이 연구에 참여했지. 이 연구에 얼마나 많은 투자가 이루어졌는지 단적인 예를 하나만 들어보겠네. 이걸 보게.

게모프가 랜턴으로 뒤를 비추자, 우리가 들어온 터널 옆에 또 다른 높은 터널의 입구가 보였다.

"이 터널은 20킬로미터 밖까지 이어져 있네. 당시 기밀 유지를 위해 모든 물자는 그곳에서 내려서 이 터널을 통해 운반됐지. 대량의 물자가 사라지고 있는 걸 스파이 위성에 들키지 않기 위해 그곳에 작은 도시를 건설했다네. 기밀 유지를 위해 그 도시에는 아무도 살지 않았어. 아무 쓸모도 없는 유령도시였지.

인공 번개 생성 과정에서 발생하는 방사선 복사를 감추기 위해 기지 전체가 지하에 건설되었지. 지금 우리가 있는 이곳은 중간 크기의 실험실이고, 기지의 다른 부분은 모두 폐쇄되거나 폭파돼서 지금은 접근이 불가능하다네.

이곳에는 세계 최대 번개 시뮬레이션 시스템, 복잡한 자기장 발생장치, 거대한 풍동(風洞)* 등 대형 실험 장비가 설치되어 있었지. 모든 것이 구상섬전의 생성 환경을 최대한 모방하기 위한 목적으로 설계되었다네. 이걸 보게…….”

우리는 사다리꼴로 된 높은 콘크리트 단상 앞에 도착했다.

“몇 층 높이의 백금전극을 상상할 수 있겠나? 그 당시 이 단 위에 그런 게 설치되어 있었어.”

그가 몸을 숙여 땅에서 무언가를 주워 주기에 얼떨결에 받았다. 묵직한 금속 구체였다.

“볼밀(ball mill)**에 넣는 쇠공 같네요.” 내가 말했다.

게모프가 고개를 저었다. “번개 시뮬레이션 실험을 할 때 터널 천장의 금속 구조물이 번개에 녹아내려 떨어진 뒤에 식으면서 그런 모양이 된 걸세.”

랜턴으로 바닥을 비추자 그런 금속 공들이 많이 뒹굴고 있었다. “중앙 실험실의 거대 번개 시뮬레이터에서 생성되는 번개는 자연적으로 생성되는 번개보다 열 배는 더 강했다네. 나토(NATO)의 핵 감시 시스템이 진동파를 감지하고 지하 기지에서 핵실험을 한 것으로 오인했을 정도지. 소련 정부는 이 기지의 존재를 감추기 위해 핵실험이라고 인정했고, 그 때문에 핵군축 협상에서 큰 손해를 입었다

* 비행기 등에 공기의 흐름이 미치는 영향을 시험하기 위한 터널형 인공 장치.

** 원통 형태의 회전 용기에 공처럼 생긴 돌 등을 함께 넣고 회전함으로써 내부에서 볼과 재료가 부딪히며 분쇄되게 하는 분쇄기.

네. 번개 실험을 실시할 때 지면이 진동하고 지하에서 생성된 오존이 지표면으로 배출되어 반경 100킬로미터 이내에서 이상한 냄새가 났어. 번개 시뮬레이션 시스템과 함께 자기장 발생장치, 마이크로파 증폭 장치, 대형 풍동 등을 가동해 다양한 조건하에서 번개를 모방하고, 그 결과를 거대한 컴퓨터 시스템에 입력해 분석했다네. 일부 실험의 매개변수는 자연 번개의 한계 조건을 크게 초월했지. 초강력 번개는 미로처럼 복잡한 자기장 속에서, 혹은 작은 호수를 금세 끓어오르게 할 수 있는 마이크로파 방사선 속에서 발생했어. 30년 동안 이곳의 실험 연구는 단 한 번도 중단되지 않고 계속됐다네."

나는 거대한 전극이 설치된 사다리꼴 단상을 올려다보았다. 깊은 어둠을 배경으로 우리 손전등의 세 줄기 빛 속에서 모습을 드러낸 그 구조물은 마치 깊은 숲속 아즈텍인들의 제단처럼 신비로웠다. 구상섬전을 쫓아온 우리는 그 순간 가장 높은 성전에 도착한 성지 순례자처럼 두려움과 경외감으로 가득 찼다. 나는 그 시멘트 피라미드를 보며 30여 년의 긴 세월 동안 그 위에서 우리처럼 제물로 희생된 사람들이 얼마나 많았을까 하는 생각을 했다.

"결과는 어땠나요?" 내가 드디어 가장 중요한 질문을 던졌다.

게모프는 다시 담배를 꺼내 불을 붙여 한 모금 깊이 들이마시고는 아무 말도 하지 않았다. 랜턴 불빛 사이로 그의 표정을 알아볼 수 없었지만 나는 그 순간 장빈 교수를 떠올렸다. 그가 구상섬전 연구자로서 형언할 수 없는 고통을 이야기했을 때의 그 모습일 것 같았다. 나는 게모프 대신 대답했다.

"한 번도 성공하지 못했죠?"

하지만 내 생각이 틀렸다는 걸 곧 알았다. 게모프가 미소를 지으며 말했다. "젊은이, 자넨 너무 단순하게 생각하고 있네. 셜록 홈스가 이렇게 말했지. 기이한 사건보다 평범한 사건이 더 위험하며, 평범한 사건이 가장 해결하기 어렵다. 30년 동안 연구하고도 단 한 번도 성공하지 못했다면 너무 기이하지 않겠나? 그런 기이함은 사람들을 계속 나아가게 만들지. 안타깝게도 이제는 그런 기이함조차 사라졌다네. 남은 건 오직 절망적인 평범함뿐이지. 우린 성공했어. 30년간 구상섬전 스물일곱 개를 만드는 데 성공했다네."

린윈과 나는 다시 한번 충격을 받고 할 말을 잃었다.

게모프가 다시 미소를 지으며 말했다. "두 사람이 지금 어떤 기분인지 알겠네. 소령은 기쁘겠지. 군인은 이것을 무기로 쓸 수 있느냐에만 관심이 있으니까. 하지만 자네는 슬플 거야. 스콧이 남극점에 도착했을 때 아문센이 남긴 노르웨이 국기를 본 것 같은 기분이랄까. 하지만 그럴 필요 없다네. 구상섬전은 여전히 미스터리일세. 지금 우리가 알고 있는 건 30여 년 전 처음 이곳에 왔을 때와 똑같아. 우린 정말로 아무것도 알아내지 못했어."

"어떻게 그럴 수가 있죠?" 린윈이 놀라며 물었다.

게모프가 천천히 연기를 내뿜었다. 그는 랜턴 빛줄기 속에서 복잡하게 변하는 연기를 응시하며 과거의 기억 속으로 가라앉았다.

"구상섬전 생성에 처음 성공한 건 1962년, 연구를 시작한 지 3년째 되던 해였다네. 난 그걸 직접 지켜봤어. 번개 시뮬레이터에서 전기를 방출한 뒤 공중에서 구상섬전이 나타났고, 연노란색으로 빛나며 꼬리를 끌고 허공을 날아다니다가 약 20초 후 소리 없이 사라졌지."

린윈이 말했다. "얼마나 흥분했을지 상상할 수 있어요."

게모프가 고개를 저었다.

“또 틀렸네. 그때 우리 눈에 구상섬전은 일반적인 전자기 현상에 불과했어. 처음에는 3141 프로젝트를 대규모로 진행할 계획이 없었지. 상위 기관인 과학원과 붉은 군대의 최고지도자부터 프로젝트에 참여한 과학자까지, 모두가 이미 인간을 우주로 보낸 실력을 가진 국가에서 연구력을 집중한다면 구상섬전을 인공적으로 만들어 내는 건 시간문제라고 생각했으니까. 연구를 시작하고 3년 만에야 성과가 나왔다는 게 오히려 예상 밖이었다네. 그 구상섬전이 나타났을 때 우리가 느낀 건 그저 안도감뿐이었지. 누구도 그 후 27년의 긴 세월과 최종적인 실패가 우리를 기다리고 있을 거라고는 상상하지 못했어.

당시 우리의 자신감은 근거가 있었네. 자연적인 번개와 달리, 번개가 생성된 조건과 다양한 매개변수를 상세하게 기록해 놓았으니까. 난 지금도 그때의 모든 매개변수를 정확히 기억해 낼 수 있어. 번개의 전류는 1만 2000암페어, 전압은 8000만 볼트, 전기 방출 시간은 119마이크로초였어. 한마디로 지극히 평범한 번개였지. 전기를 방출할 때 공기가 흐르는 속도는 초속 2.4미터였고, 550와트의 마이크로파와 외부 자기장……. 그리고 그 외의 수많은 매개변수는 물론이고, 기온, 기압, 온도 등 일반적인 것부터 초고속 촬영으로 촬영된 번개의 경로, 다양한 기기로 기록된 자기장의 강도와 형태, 방사선 지표 등등 특수한 것들까지 전부 남아 있었지. 모든 기록은 『전쟁과 평화』만큼이나 두꺼웠고, 절대 기밀이었다네. 당시 쿠바미사일 위기가 터지자 나르노프는 그 두꺼운 자료 뭉치를 들고 이렇게 말했지. ‘미사일을 철수해도 상관없다. 우리에겐 제국주의를 더 두려움에 떨게 만들 것이 있으니까!' 그때 우리 모두는 그 매개변수를 다시 재연해 번개를 만들어 내면 구상섬전을 대량 생산할 수 있을 거라고 생각했지."

"그렇게 안 됐나요?" 내가 물었다.

"자네들이 너무 단순하게 생각했다고 말했지? 그 후의 일은 누구도 예상하지 못했다네. 동일한 매개변수로 수없이 반복해서 실험을 해도 아무것도 생성되지 않았으니까. 화가 난 나르노프는 실험을 계속 진행하라고 명령했고, 그 후 1년 동안 기록된 매개변수를 한 치의 오차도 없이 재연해 5만 번이나 시도했지만 구상섬전은 그림자조차 보지 못했어.

결정론과 기계론이 소련 과학계 전체를 지배하던 때였다네. 연구자들은 자연이 절대적인 인과관계에 따라 움직인다고 믿었지. 이런 사고방식은 정치적환경에서 비롯된 것이었어. 당시 학계에는 여전히 리센코*의 망령이 떠돌고 있었고, 학술적으로 주류 사상에서 벗어나면, 과거처럼 위험하지는 않더라도 학문적으로 사망선고를 받을 수 있었지. 틀에 박힌 과학 법칙을 벗어나려는 사람은 극히 드물었고, 기초과학과 순수 이론 연구 분야에서도 엄격한 사고방식이 지배적이었다네. 구상섬전 연구는 당시 응용 프로젝트로 분류되어 있었고, 직선적 사고에 찌든 사람들은 이런 실험 결과를 받아들일 수 없었네. 그들은 한 번의 실험에서 구상섬전이 발생했다면, 동일한

* 트로핌 리센코. 소련 과학계를 후퇴하게 만든 악명 높은 인물로, 막강한 권력을 휘두르며 진리를 수호하는 과학자들을 정치적 수단으로 박해했다. — 원주

매개변수로 실험을 반복하면 언제나 반드시 동일한 결과가 나올 거라고 믿었지. 그러자 나르노프는 이 5만 번의 실험 결과에 대해 그가 생각할 수 있는 지극히 당연한 해석을 내놓았다네. 첫 구상섬전을 생성해 낸 실험의 매개변수 기록에 오류가 있었다고 말이야.

원래 크게 문제가 될 일은 아니었네. 일상적인 범위 내에서 해결할 수 있었고, 만약 누군가가 책임을 진다 해도 업무 소홀에 따른 처벌 정도로 끝날 일이었어. 하지만 모든 것을 정치화하는 데 익숙했던 나르노프는 이 일을 빌미로 이단자를 제거하기로 마음먹었지. 그는 최고 지도부에 보고서를 제출하며 억지 주장을 펼쳤다네. 제국주의 스파이가 3141 프로젝트에 잠입해 방해 공작을 벌였다고 말이야. 3141은 국가 핵심 무기 개발 프로젝트였으므로 이 사건은 곧 주목을 받았고 대대적인 조사가 시작되었지.

조사팀은 주로 GRU* 요원으로 구성되었고 나르노프도 주요 멤버였네. 후속 실험의 실패를 두고 그는 '지킬 박사와 하이드 씨' 가설을 제시했어. 소설『지킬 박사와 하이드 씨』에서 주인공은 인격분열을 일으키는 약물을 제조했지만, 똑같은 처방으로 다시 제조한 약물은 효과가 없었지. 그는 새 원료의 순도가 낮다고 생각했지만, 결국 처음 성공한 약물의 원료에 불순물이 있었기 때문이라는 걸 알았네. 나르노프는 스파이가 첫 번째 실험에서 예정된 매개변수에 오차를 일으켰지만, 우연히도 그 오차가 구상섬전을 발생시킨 것이라고 주장했네. 하지만 오차가 생긴 매개변수는 당연히 기록되지 않았고,

* 소련의 정보총국. — 원주

기존에 설정해 둔 매개변수만 기록되었을 거라는 이야기였지. 해괴한 설명이었지만 당시 조사팀이 수용할 수 있는 유일한 해석이었다네. 그다음 문제는 그렇다면 어떤 매개변수가 달랐느냐는 것이었지. 당시 실험은 번개 시뮬레이션 시스템, 외부 자기장 시스템, 마이크로파 증폭 시스템, 공기역학 시스템 등 네 개의 시스템으로 나누어 구성되었고, 각 시스템의 인력은 비교적 독립적으로 구성되었기 때문에 스파이가 여러 가지 매개변수를 동시에 교란시켰을 가능성은 희박했다네. 그래서 먼저 하나의 시스템에서 매개변수 오류가 발생한 경우를 고려하게 되었지. 당시 비교적 일치된 견해는, 가장 결정적인 매개변수가 번개 시뮬레이션 시스템의 방전 매개변수라는 것이었다네. 그 시스템을 설계하고 운영한 사람이 바로 나였어.

전쟁 이전의 대숙청 시대가 아니었으므로 근거 없는 추측만으로 한 사람을 죄인으로 몰아갈 수는 없었다네. 하지만 바로 그때, 우리 아버지가 학술회의에 참석하러 동독에 갔다가 서독으로 망명했어. 생물학자인 아버지는 유전학 학파의 열성적인 지지자였는데, 당시 소련에서는 유전학 이론이 극도로 탄압받는 상황이었어. 아버지는 학술적 견해가 억압받자 깊은 우울감에 빠졌고, 나는 이게 바로 아버지가 망명한 주요 원인이라고 생각한다네. 아버지의 행동은 내게 재앙이었지. 모든 조사가 내게 집중되었고 내가 이끄는 팀의 몇몇 사람은 자기 안위를 위해 나르노프의 지시에 따라 나를 모함했다네. 결국 난 스파이 혐의로 유죄판결을 받고 20년 형을 선고받았어.

하지만 내 기술이 필요했던 나르노프는 상급 기관의 승인을 받아 내가 복역 기간 동안 기지로 돌아와 원래 업무를 계속하도록 했다네. 나는 기지로 돌아온 뒤 노예 같은 삶을 살았지. 신체적 자유가 없었고 기지 밖으로 나갈 수도 없었다네. 작업복 색깔도 남들과 달랐어. 제일 고통스러운 건 고독이었지. 업무 외에는 아무도 나와 접촉하려 하지 않았어. 대학생이었던 신입 팀원만 나를 따뜻하게 보살펴 줬다네. 그녀가 나중에 내 아내가 되었지.

현실도피의 수단으로 난 모든 에너지를 연구에 쏟아부었다네. 나르노프에 대한 증오는 말로 표현할 수 없을 정도였지만 이상하게도 그의 '지킬 박사와 하이드 씨' 가설에 대해서는 고의적인 방해가 있었다는 점만 제외하면 기본적으로 동의가 되었어. 난 정말로 어떤 매개변수 오차가 공교롭게도 그 실험을 성공으로 이끌었다고 믿었네. 하지만 그게 날 절망에 빠뜨렸지. 만약 그 매개변수의 오차가 발견된다면, 내 무죄를 증명하기가 더욱 어려워질 테니까. 하지만 난 사적인 유불리를 생각하지 않고 구상섬전을 다시 만들어 내기 위해 최선을 다했다네.

그 후의 연구 방향은 아주 명확했네. 매개변수 오차가 아주 컸을 리는 없어. 그랬다면 전기를 방출할 때 각종 측정 장비나 육안으로도 감지되었을 테니까. 그래서 각 매개변수를 기록값과 미세하게 차이가 나도록 맞춘 뒤 다시 실험을 했지. 하지만 매개변수가 동시에 편차를 보인 경우까지 고려하면 그 조합의 수는 매우 방대했기 때문에 수많은 실험을 해야 했네. 그 과정에서 나르노프가 내게 누명을 씌웠다는 것을 더욱 확신하게 됐지. 정말로 내가 고의로 오차를 만들었다고 믿었다면, 어떤 매개변수를 비틀었는지 자백을 받아내려고 협박과 회유를 했겠지만 그는 단 한 번도 물어보지 않았어. 끝없는 실험에 지친 사람들이 나를 미워했지만 그때는 나를 포함해 모든 사람이 구상섬전 생성에 성공하는 건 시간문제라고 믿었다네.

사건은 또 한 번 모두의 예상을 벗어나는 방향으로 전개됐어. 가능한 모든 조합의 매개변수로 실험을 진행하고도 단 한 번도 성공하지 못했던 걸세. 이것이 오히려 뜻밖에도 내 무죄를 증명해 주었지. 그때는 마침 브레즈네프가 집권한 시기였는데, 돼지 농장 출신인 전임자와 비교하면 그는 고상한 체하기를 좋아했고 지식인층에 훨씬 온건한 편이었다네. 내 사건은 재심에 들어갔고, 나는 비록 무죄 판결을 받지는 못했지만 조기 석방되었어. 모스크바대학에서 강의할 수 있는 기회도 얻게 되었지. 그건 머나먼 시베리아 기지에서 일하는 이에게는 기적 같은 기회였지만 난 기지에 남기로 결정했다네. 그땐 이미 구상섬전이 내 삶의 일부가 되어 도저히 기지를 떠날 수 없었어.

이제 나르노프에게 불행이 닥칠 차례였네. 연구 실패에 책임을 져야 했으니까. 나만큼 참혹하진 않겠지만, 학문적, 정치적 미래는 끝난 셈이었지. 그는 잠시 발버둥 치며 자신의 '지킬 박사와 하이드 씨' 가설을 고수했어. 매개변수 오류가 다른 세 시스템에 있을 수 있다고 주장했지. 그래서 그의 주장에 따라 또다시 대규모 실험이 시작되었고, 이 실험 계획은 더 방대했다네. 우연한 발견으로 실험이 중단되지 않았다면, 얼마나 오랫동안 계속되었을지 모르지.

3141 기지는 세계 최대의 번개 시뮬레이션 시스템을 보유했기 때문에 구상섬전 연구와 함께 군용 또는 민간용 실험 연구 프로젝트도 진행하고 있었다네. 그런데 낙뢰 방지 공사를 위한 실험을 실시하던 중 뜻밖에도 또 한 번 구상섬전이 발생했지! 이번 번개의 매개변수는 1차 실험 성공 때의 매개변수와 완전히 달랐다네. 공통점이 전혀 없었지. 게다가 자기장이나 마이크로파 증폭 같은 외부 요인이 이번

실험에서는 전혀 적용되지 않았고 지극히 순수한 번개 현상이었어.

그때부터 또다시 악몽 같은 순환이 시작됐지. 동일한 매개변수 하에서 실험을 수만 번 반복했지만, 역시 구상섬전은 다시 나타나지 않았다네. 이번에는 스파이가 매개변수를 왜곡했을 가능성도 없었으므로, 나르노프조차 자신의 '지킬 박사와 하이드 씨' 가설이 잘못되었음을 인정했어. 그는 시베리아 분원의 연구와 무관한 행정직으로 좌천되어 퇴직할 때까지 근무했다네.

그땐 이미 3141 프로젝트가 시작된 지 15년이 지난 후였어. 나르노프가 떠난 뒤 기지는 실험 방향을 바꾸어 다양한 매개변수 조합으로 실험을 진행하기 시작했네. 그 후 10년간 구상섬전 아홉 개가 더 생성되었어. 구상섬전 하나를 만들어 내기 위해 최소 일곱 번에서 최대 수십만 번의 실험을 진행했지. 그리고 구상섬전이 생성될 때마다 매개변수는 매번 달랐고 그 차이도 컸다네.

80년대 중반, 미국의 스타워즈계획*에 자극받아 소련도 첨단기술과 신개념 무기 개발에 투자를 확대했는데 구상섬전 연구도 포함되었지. 기지의 규모는 급속히 확장되었고 실험 횟수도 몇 배로 증가했어. 더 많은 실험을 통해 구상섬전이 생성되는 규칙성을 찾아내기 위해서였지. 이 마지막 5년 동안 총 열여섯 개의 구상섬전이 만들어졌지만 과거와 마찬가지로 발생 조건에서 그 어떤 규칙성도 발견하지 못했다네."

* 1983년 로널드 레이건 미국 대통령이 발표한 '전략방위구상(SDI)'의 속칭으로, 소련의 대륙간탄도미사일을 요격하기 위해 인공위성·레이저 등 우주 기반 무기 체계를 구상한 미사일 방어 계획이다.

게모프는 우리를 사다리꼴 단상 쪽으로 데려가 랜턴으로 그것을 비추며 말했다. “나는 이걸 기념비로 삼았네. 과거의 기억 때문에 고통스러울 때마다 여기 와서 뭔가를 새겨뒀지.”

사다리꼴 단상의 한쪽 면에 랜턴을 비추자 기어가는 뱀 같은 수많은 곡선이 보였다.

“이 30년간의 실험에서 총 스물일곱 개의 구상섬전이 만들어졌네. 이 곡선은 그 스물일곱 번의 실험에 사용한 주요 매개변수를 바탕으로 그린 걸세. 이 선은 번개의 전류 강도이고, 저 선은 외부 자기장의 강도지…….”

나는 점을 이어 그린 스물일곱 개 곡선을 하나씩 자세히 살펴보았다. 불규칙한 노이즈나 어떤 생물이 죽어가는 순간의 고통스러운 경련처럼 아무런 규칙성도 발견할 수 없었다.

우리는 게모프를 따라 단상의 다른 면 앞으로 옮겨 갔다. 그 면에는 수많은 이름이 새겨져 있었다.

“30년간 3141 프로젝트에 희생된 사람들의 이름이네. 열악한 작업환경이 이들의 생명을 앗아갔지. 이 사람은 내 아내라네. 장기간 방사선에 노출된 탓에 희귀병에 걸려 전신의 피부가 썩어 들어가는 극도의 고통 속에서 세상을 떠났다네. 이 중 상당수는 이 병으로 죽었지. 이건 내 아들이라네. 아들은 기지에서 생성된 마지막 구상섬전에 목숨을 잃었어. 30년 동안 만들어진 스물일곱 개의 구상섬전이 세 명의 목숨을 앗아갔네. 그 물체는 모든 것을 관통할 수 있는 것처럼 보였고, 그 에너지가 언제 어디로 방출될지 누구도 예측할 수 없었어. 하지만 우린 이런 실험이 특별히 위험하다고 생각하지 않았지. 성공 확률이 너무 낮아 반복된 실험 실패에 사람들의 경계심이 차차 느슨해지면 바로 그때 구상섬전이 재난을 일으켰다네. 마지막 구상섬전이 나타났을 때, 실험 현장에 있던 사람들은 무사했지만, 그것은 두꺼운 바위를 관통해 중앙통제실에 있던 내 아들을 태워버렸지. 아들은 기지에서 일하는 컴퓨터 엔지니어였다네."

게모프는 손전등을 끄고 터널 홀의 넓은 어둠 속을 향해 돌아서며 긴 한숨을 내쉬었다. "내가 제어 센터에 들어섰을 때, 그곳은 평소와 같이 평화로웠네. 천장 조명등에서 흘러나오는 부드러운 빛 아래, 모든 것이 깨끗하고 밝게 빛나고 있었지. 모든 컴퓨터 장비는 소리 없이 정상적으로 작동하고 있었고, 그 깨끗한 방전 방지 바닥 한가운데 거의 재로 변한 아들의 시신이 놓여 있었어. 마치 어딘가에서 투사된 환영처럼……. 그 순간 난 항복했어. 자연 혹은 초자연적인 힘 앞에서 30년간 투쟁한 끝에 완전히 항복했지. 내 삶은 그 순간 끝났고, 그 후에는 숨만 붙은 채 살아왔다네."

우리가 다시 지상으로 올라왔을 때, 눈은 이미 그쳤고 뉘엿뉘엿 지고 있는 해가 서쪽 나뭇가지에 걸려 눈밭에 붉은빛을 드리우고 있었다. 나는 무거운 발걸음으로 비행기 쪽으로 걸어가며 내 삶도 끝났다고 생각했다.

게모프의 집으로 돌아와 우리 세 사람은 밤새도록 술을 마셨다. 시베리아의 강풍이 창밖에서 울부짖었고 『페레스트로이카』는 한 권씩 벽난로 속에서 재로 변했다. 벽과 천장에 붙어 있는 수많은 구상섬전이 나를 둘러싸고 돌기 시작하더니, 점점 더 빠르게 돌며 나를 눈부신 빛무리 속으로 끌고 들어가려는 듯했다.

게모프가 취한 목소리로 말했다. "젊은이들, 다른 일을 찾게. 세상에는 재미있는 일이 많아. 한 번뿐인 인생을 허무한 것에 낭비하지 말게나."

그 후 나는 책더미 사이에서 잠이 들었고, 꿈속에서 다시 열네 살 생일날 밤으로 돌아갔다. 나는 폭우가 쏟아지는 밤, 작은 집 안에서 촛불이 켜진 생일 케이크를 앞에 놓고 혼자 앉아 있었다. 아버지도, 어머니도, 구상섬전도 없었다. 이제 그들에 대한 나의 꿈은 끝난 것이었다.

다음 날 아침, 게모프는 우리를 공항까지 배웅해 주었다. 헤어지기 전 린윈이 말했다. "잘 알고 있어요. 박사님께서 말해서는 안 될 비밀을 우리에게 말해주셨다는 것을요. 안심하세요. 무슨 일이 있어도 절대 발설하지 않을게요."

게모프가 린윈을 향해 손을 흔들었다. "아니네, 소령. 내가 두 사람을 부른 건 이 모든 일을 세상에 알리기 위함이었어. 많은 사람이 알길 바라네. 그 비극적인 이상주의의 시대에, 시베리아의 깊은 숲속으로 들어간 공산당 청년단원들이 있었고 그들이 그곳에서 유령을 쫓으며 일생을 바쳤다는 것을……."

우리는 서로를 꼭 껴안고 눈물을 흘렸다.

비행기가 이륙한 뒤 나는 지친 몸을 등받이에 기대고 눈을 감았다. 머릿속이 하얗게 비어 있었다. 옆자리 승객이 나를 툭 치며 "중국인인가요?"라고 물었다. 내가 고개를 끄덕이자, 그는 중국인이 지금 모니터를 보지 않는 것이 이상하다는 듯 앞에 있는 모니터를 가리켰다. 모니터에서 뉴스가 나오고 있었다. 정세가 다시 긴장 국면으로 접어들며 전운이 점점 짙어지고 있었다. 나는 너무 지쳤고 모든 일에 무감각해져 전쟁에도 관심이 없었지만, 린윈을 보니 그녀는 뉴스를 집중해서 보고 있었다. 나는 그녀가 진심으로 부러웠다. 구상섬전은 그녀의 삶에서 한때의 일부일 뿐이고, 그걸 잃는다 해도 그녀에게는 치명적인 타격이 없을 것이다.

나는 얼마 안 가서 잠들었고, 눈을 떠보니 비행기가 착륙하기 직전이었다.

베이징의 저녁, 봄바람은 취할 듯 따듯했고 전쟁은 아직 조금 멀리 있는 듯했다. 눈과 얼음으로 덮인 시베리아는 꿈에서만 존재하는 세계처럼 한없이 멀게 느껴졌다. 사실 생각해 보면 과거의 모든 삶은 꿈이었다. 이제 나는 꿈에서 깨어난 것이다.

화려한 불빛이 번쩍이는 창안제(長安街)*에서 나와 린윈은 서로를 바라보며 말없이 서 있었다. 우리는 원래 같은 길 위에 있는 사람들이 아니었다. 각자의 세계는 서로 아주 멀리 떨어져 있었고, 오직 구상섬전만이 우리를 잠시 이어주었을 뿐이었다. 이제 그 끈도 사라졌다. 장빈, 정민, 게모프……. 그 제단 위에서 이미 너무도 많은 사람이 희생되었다. 그곳에 나 하나 더해진다고 해서 큰 의미는 없을 터였다. 내 마음속에서 이미 꺼져버린 희망의 불씨 위로 다시 찬물이 끼얹어지는 것을 느꼈다. 이제 그곳에는 얼음물에 젖은 재만 남아 있었다.

안녕, 아름다운 소령.

"포기하지 말아요." 린윈이 나를 바라보며 말했다.

* 베이징시 중심부를 동서로 관통하는 중국 최대의 대로. 천안문 광장 등 주요 정치·문화 시설이 밀집해 있다.

"린윈, 난 한낱 평범한 인간일 뿐이에요."

"나도 마찬가지예요. 포기하지 말아요."

"안녕." 그녀에게 손을 내밀자 가로등 불빛이 비친 그녀의 눈동자에 눈물이 반짝였다.

나는 마음을 다잡고 그녀의 따뜻하고 부드러운 손을 놓았다. 그리고 몸을 돌려 성큼성큼 걸어갔다. 다시는 뒤돌아보지 않았다.

# 중

# BALL LIGHTNING

# 등대의 계시

나는 새로운 생활에 적응하기 위해 노력했다. 인터넷 게임을 시작했고, 축구 경기를 보러 가거나 직접 축구를 하기도 했다. 밤늦도록 카드 게임을 하고, 전문 서적을 전부 도서관에 반납한 뒤 DVD를 한 아름 빌려왔다. 주식 투자를 시작했고, 작은 반려견을 기르겠다는 계획도 세웠다. 시베리아에서 시작된 술버릇을 이어가며 가끔 혼자 술을 마시고, 때로는 여러 친구들과 함께 마시기도 했다. 심지어 애인을 사귀고 가정을 꾸릴까 하는 생각도 했지만 아직 그럴 기회는 없었다. 이제 더 이상 새벽 2시에 편미분방정식 앞에 멍하니 앉아 있을 필요도 없었고, 컴퓨터 앞에 열 시간 이상 앉아 실망스러운 결과를 기다릴 필요도 없었다. 과거에는 바쁘게 쪼개서 써야 했던 시간들을 이제 끝없이 쓸 수 있게 되었다. 처음으로 편안함과 휴식이 무엇인지 알게 되었다. 처음으로 삶에서 누릴 수 있는 것이 이렇게 많다는 것을 느꼈다. 그리고 처음으로 문득 깨달았다. 과거에 내가 경멸하거나 불쌍히 여겼던 이들이, 실은 나보다 더 잘 살고 있었다는 사실을. 한 달이 지나자, 살이 찌기 시작했고 가늘어졌던 머리카락이 다시 굵어지기 시작했다. 나는 너무 늦지 않게 헛된 꿈에서 깨어나 다행이라고, 몇 번이고 거듭 안도했다.

하지만 가끔, 아니, 아주 짧은 몇 초 동안, 과거의 내가 유령처럼 되살아나곤 했다. 보통 밤늦게 자다가 문득 눈을 떴을 때 그랬다. 그런 순간에는 내가 저 멀리 지하 터널에 누워 있는 것만 같았다. 어둠 속에서 사다리꼴 모양의 제단이 우뚝 솟아오르고, 그 위에 그려진 곡선들이 뱀처럼 꿈틀거렸다…….

그러나 이내 창문 밖에서 가로등에 흔들리는 나무 그림자가 나를 현실로 끌어당겼고, 그러면 곧 다시 잠들 수 있었다. 마치 뒷마당에 시체를 묻어두고는 아주 깊이 묻었으니 그것으로부터 벗어났다고 안도하는 것과 같았다. 하지만 사실은 그렇지 않았다. 시체를 파묻은 이는 그것이 항상 거기에 묻혀 있다는 것을 알고 있다. 그보다 더 중요한 것은, 그가 알고 있다는 사실 그 자체를, 그 자신이 항상, 매 순간 알고 있다는 점이다. 그것으로부터 진정으로 벗어나려면 뒷마당에 묻은 시체를 다시 파내 아주 먼 곳으로 가서 그것을 불태워야 한다는 것을 그는 뒤늦게 깨닫는다. 그러나 그때 그에게는 이미 그럴 만한 정신력이 남아 있지 않다. 깊이 묻을수록, 그것을 파내기는 더 어려워지고, 이제 그것이 땅속에서 어떤 모습으로 변했을지 그는 감히 상상조차 할 수 없게 되는 것이다.

하지만 한 달이 조금 지나자 과거의 내가 되살아나는 횟수가 급격히 줄어들었다. 누군가에게 호감을 느끼게 되었기 때문이었다. 그녀는 연구소에 새로 들어온 대학생이었고, 그녀 역시 내게 호감이 있음을 느낄 수 있었다. 노동절 연휴의 첫날 아침, 나는 기숙사에 앉아 몇 분 동안 망설이다가 그녀에게 밥을 먹자고 하기로 했다. 곧바로 그녀의 숙소를 찾아가려고 했지만, 전화로 하는 게 나을지도 모른다는 생각이 들어 휴대폰을 집어 들었다.

새로운 생활은 편안하고 순조롭게 계속될 것 같았다. 사랑에 빠지고, 가정을 꾸리고, 아이를 낳고, 모든 이가 원하는 성공을 거두며, 대다수 사람들이 그러듯 평범하지만 행복한 삶을 살 것 같았다. 그리고 노년의 어느 날, 석양 아래 백사장 위에 앉아 있을 때, 기억 가장 깊은 곳에서 무언가가 떠오를 것이다. 그때 나는 아마도 윈난의 작은 마을, 폭우가 내리던 타이산, 베이징 근교의 뇌전무기연구기지, 눈보라 속의 시베리아를 떠올릴 것이다. 군복을 입은 여자와 그녀의 가슴에 달려 있던 은빛 칼을 떠올릴 것이다……. 그러나 그때는 그 모든 것이 다른 시공에서 일어났던 일처럼 아득히 멀게 느껴질 것이다.

그런데, 휴대폰을 집자마자 전화벨이 울렸다.

장싱천 대령에게 걸려온 전화였다. 그는 연휴를 어떻게 보낼 계획인지 물었고, 나는 아직 아무 계획도 없다고 대답했다.

"요트를 타고 바다에 나가보시지 않겠습니까?"

"좋습니다만, 그래도 될까요?"

"물론이죠. 그럼 오세요."

전화를 끊고 나서 나는 조금 놀랐다. 함장과는 한 번 잠깐 만났을 뿐이고 린윈에게 소개받은 이후로 따로 연락한 적은 없었는데 그가 나를 초대한 이유가 뭘까? 나는 대충 짐을 챙겨 광저우(廣州)행 비행기를 타기 위해 서둘렀고, 연구소 여학생과 같이 식사하려고 한 일은 까맣게 잊었다.

그날 바로 광저우에 도착했다. 광저우는 내륙 지방보다 전운이 더 짙었다. 도로에 군용 차량이 많았고, 곳곳에 공습 대비에 관한 현수막과 포스터가 걸려 있었다. 이런 시기에 해군 함대 항공모함의 함장이 망중한을 즐길 수 있다는 사실이 무척 의아했다. 다음 날, 나는 정말로 작은 요트를 타고 서커우(蛇口)에서 출항했다. 배에는 나와 장싱천 대령, 해군 중령 한 명, 해군 항공병과 조종사 한 명이 타고 있었다. 장싱천 대령은 내게 친절하게 항해의 기본을 가르쳐주고, 해도를 보는 법과 육분의*를 사용하는 방법을 알려주었다. 요트 운전은 쉽지 않았다. 돛 줄에 쓸린 손가락만 아플 뿐 나는 아무런 도움이 되지 않았다. 대부분의 시간을 배 앞쪽에 혼자 앉아 푸른 하늘과 바다를 바라보았다. 물결에 반사되는 햇빛과 바다 위를 떠도는 흰 구름의 그림자를 보며 살아 있다는 건 정말 신비로운 일이라고 느꼈다.

"매일 바다에 사는 해군들이 쉬는 날에도 바다를 떠나지 않나요?" 내가 장싱천 대령에게 물었다.

"아뇨. 이번 항해는 박사님을 위한 겁니다." 그가 이해할 수 없는 대답을 했다.

석양이 물들 무렵 우리는 작은 무인도에 도착했다. 축구장 두 개 정도 되는 면적에 무인 등대를 제외하면 아무것도 없는 섬이었다. 우리는 이 섬에서 하룻밤을 보내기로 했다. 요트에서 텐트와 물건들을 내려 옮기고 있는데 멀리서 놀라운 광경이 펼쳐졌다.

* 선박이 항해 중에 천체와 수평선 혹은 지평선과의 각도를 측정함으로써 현재의 위치를 알아내는 도구.

서쪽 바다와 하늘을 연결하는 거대한 띠가 나타난 것이다. 띠의 아래쪽 절반은 흰색이고, 위쪽 절반은 석양에 물들어 검붉은 색을 띠고 있었다. 그 띠가 바다와 하늘 사이에서 살아 있는 생물처럼 꿈틀거리며 움직였다. 평온한 바다에 갑자기 정체를 알 수 없는 거대한 물체가 난데없이 나타난 것이다. 마치 피크닉을 즐기던 푸르른 잔디밭에 현란한 무늬의 굵은 구렁이 한 마리가 기어 나오는 것만 같은 느낌이 들어, 순식간에 세상이 낯설고 무시무시하게 변해버린 것 같았다.

"와, 박사님, 우리 이제 말이 통하겠군요! 저거 몇 급 정도 될까요?" 장싱천 대령이 그쪽을 가리키며 말했다.

"잘 모르겠어요. 저도 토네이도는 처음 보는데, 아마…… F2급 정도 되겠어요." 내가 대답했다.

"여기 좀 위험하지 않겠습니까?" 조종사가 걱정스러운 말투로 물었다.

"움직이는 방향을 보면 괜찮을 거야." 대령이 차분하게 대답했다.

"하지만, 저기서 방향을 틀면 어떻게 하죠?"

"토네이도는 보통 직선으로 이동해."

토네이도는 우리와 멀리 떨어진 곳에서 동쪽으로 이동했다. 토네이도가 섬에 가장 가까워졌을 때 하늘이 어둑해졌고 낮게 우르릉우르릉 울리는 소리가 들렸다. 그 소리에 나도 모르게 등골이 오싹해졌다. 장싱천 대령을 보니 아주 차분하게 토네이도를 감상하는 듯한 표정이었다. 그것이 마침내 시야에서 사라질 때까지, 그는 아쉬운 듯 시선을 떼지 않고 있었다.

"기상학계에서 토네이도 예보 기술에 진전이 있나요?" 대령이 물었다.

"아무 진전도 없는 것 같아요. 토네이도와 지진은 가장 예측하기 어려운 자연재해죠."

"기후변화로 남중국해에서도 토네이도가 점점 자주 관측되고 있어요. 우리에게 큰 위협이 되지요."

"그런가요? 항공모함이 토네이도를 두려워하나요? 물론 갑판 위의 비행기들은 날려버릴 수 있겠지만요."

"박사님, 너무 단순하게 생각하시는군요." 동행한 해군 중령이 말했다. "항공모함은 보통 F2급 토네이도를 견딜 수 있지만, 그보다 더 강한 토네이도와 접촉하면 주갑판이 부러질 수 있어요. 그건 참사나 다름없죠!"

토네이도를 따라 하늘로 딸려 올라갔던 바닷물이 떨어지기 시작했다. 짧고 격렬한 폭우처럼 세찬 물줄기가 쏟아졌고, 살아 있는 물고기 몇 마리가 섬에 떨어져 우리의 저녁 식사가 되었다.

밤에, 나와 대령은 해변을 산책했다. 투명한 별이 총총히 매달린 밤하늘이 타이산의 밤하늘을 떠올리게 했다.

"박사님이 구상섬전 연구 프로젝트에서 빠진 걸 린윈이 무척 슬퍼했어요. 이 프로젝트는 박사님 없이는 불가능하다고 해서 내가 설득해 보겠다고 했어요. 꼭 성공할 거라고 약속도 했어요." 장싱천 대령이 말했다.

바다의 밤은 깜깜했지만 대령의 미소를 상상할 수 있었다. 연인을 위해 이런 임무를 기꺼이 수행한다는 건 강한 자신감의 표현이겠지만, 다른 한편으로는 여기엔 장싱천 대령조차 눈치채지 못한, 린윈이 나를 어느 정도 얕보는 마음이 담겨 있을지도 몰랐다.

"장 대령님, 그건 희망이 없는 연구예요." 나는 밤바다를 바라보며 한숨을 내쉬었다.

"러시아 여행이 박사님께 큰 충격을 안겼다고 린원에게 들었어요. 하지만 그들의 대규모 투자와 긴 연구 기간에 미리 겁먹으실 필요는 없습니다. 린원의 이야기를 들어보니 한 가지 알겠더군요. 소련은 자연과학 분야의 기초 주제를 연구하기 위해, 그에 맞지 않는 매우 경직된 무기 연구 체계를 사용하고 있었어요. 새로운 아이디어나 상상력, 창의성이 부족할 수밖에 없었을 겁니다."

장싱천 대령의 말은 핵심을 정확히 찔렀다. 구상섬전 연구를 기초과학으로 규정하는 것은 그에게 어느 정도 통찰력이 있기에 가능한 것이었다.

"게다가 구상섬전은 박사님이 평생의 연구 목표로 삼았던 것이잖아요. 린원이 그렇게 말하더군요. 정말 그렇다면 쉽게 포기하지 마세요. 사실 저는 군사 전략을 연구하는 학자가 되고 싶었지만 여러 가지 이유로 지금 이 길을 걷게 됐어요. 몸은 이 자리에 있지만 아직도 허탈한 마음을 떨치지 못했어요."

"생각해 볼게요." 나는 애매한 대답으로 얼버무리려고 했지만, 뒤이은 그의 말을 듣고 이 대화가 내 생각보다 훨씬 복잡하다는 걸 알았다.

"오랫동안 함께 일했으니 린원에 대해 어느 정도는 알고 계시겠죠. 그녀의 사고방식과 성격에 어떤…… 위험한 부분이 있습니다. 그 위험을 피하도록 도와주셨으면 합니다."

"그 위험한 부분이라는 게 린원 자신에 대한 건가요, 아니면 다른 문제에 대한 건가요?" 나는 머릿속이 혼란스러워졌다.

"둘 다입니다. 한 가지 얘기를 들려드리죠. 중국이 국제반지뢰협약에 가입했을 때, 린윈은 석사과정을 밟고 있었습니다. 그녀는 이 조치가 매우 잘못된 것이라고 주장했죠. 지뢰는 침략에 맞서는 무기일 뿐만 아니라 가난한 사람들의 무기라고요. 박사과정 첫해에 직접 새로운 형태의 지뢰를 만들기도 했어요. 그녀와 두 명의 동료가 나노 실험실의 장비를 사용해 개발했죠. 그녀의 목표는 전통적인 공병 기술로는 탐지할 수 없는 지뢰를 개발하는 것이었어요. 이는 지뢰 금지 협약에서 엄격히 금지된 것이죠. 그녀는 성공했어요. 외관상으로는 아주 단순해 보이는 지뢰였죠."

"린윈의 차에 대나무 조각이 걸려 있는 걸 봤어요." 내가 말했다.

대령이 손을 저었다. "아뇨. 린윈이 만든 지뢰에 비하면 그건 애들 장난에 불과합니다. 린윈이 발명한 것은 액체 지뢰예요. 무색투명한 액체처럼 보이지만 실제로는 나노 기술로 개조된 니트로글리세린입니다. 진동에는 둔감하게, 압력에는 극도로 민감하게 만들어진 폭발물입니다. 그래서 저장할 때 액체의 깊이를 엄격하게 제한하고, 용기도 여러 층으로 분리해 자체 압력으로 폭발하지 않도록 설계되어 있어요. 이 액체를 땅에 뿌리는 것만으로 지뢰의 설치가 끝납니다. 그 위를 밟으면 바로 폭발하는데, 살상력도 엄청나고 기존의 탐지기로는 찾아낼 수도 없었죠. 린윈이 상부에 이 지뢰를 추천하면서 부대에 배치해 달라고 요청했지만 당연히 큰 질책을 받았습니다. 하지만 린윈은 그 지뢰의 위력을 실제 전쟁터에서 꼭 확인시켜 주겠다고 맹세했어요."

"무기, 특히 신개념 무기에 대한 린윈의 강한 집착을 생각하면 그런 일이 충분히 가능하죠."

"하지만 그 후의 일은 상상하지 못하실 겁니다. 작년 상반기 칠레와 볼리비아의 국경 분쟁에서 이 지뢰가 사용되어 큰 인명 피해를 입혔어요."

나는 놀란 눈으로 대령을 보며 일의 심각성을 깨달았다.

"놀랍게도 칠레와 볼리비아 군대 모두 이 지뢰를 사용했어요."

"아!" 나는 그 자리에서 걸음을 멈췄다. 내가 느낀 건 경악을 넘어 공포에 가까웠다.

"어떻게 소령급 장교인 린윈에게 그런 일이 가능하죠?"

"린윈이 당신에게 자기 얘기를 하지 않았군요. 그래요. 누구에게도 그런 얘기를 하지 않죠." 장싱천 대령이 나를 똑바로 바라보았다. 어두워서 그의 눈빛을 볼 수는 없었지만, 분명 의미심장했을 것이다. "네. 린윈은 그게 가능합니다."

텐트로 돌아온 뒤, 잠이 오지 않아 텐트를 열고 등대를 바라보며 그 규칙적인 빛과 어둠이 수면제를 대신해 주길 바랐다. 성공이었다. 점점 의식이 가물가물해지며 등대는 서서히 어둠 속으로 녹아내리고 반짝이는 빛만 공중에 떠 있었다. 빛이 켜지면 등대를 볼 수 있었고, 꺼지면 끝없는 밤만 남았다. 나는 어렴풋이 그 빛이 낯익다고 느꼈다. 깊은 바다에서 떠오르는 물방울처럼 작은 목소리가 귓가에서 가만히 속삭였다. "등대는 원래 거기에 있었어. 하지만 빛이 켜질 때만 볼 수 있어……."

머릿속에 번쩍 번개가 스치는 듯했다. 나는 벌떡 일어나 앉아 파도 소리를 들으며 한참을 멍하니 앉아 있다가 장싱천 대령을 깨웠다.

"대령님, 지금 당장 돌아갈 수 있을까요?"

"왜요?"

"왜긴 왜예요? 구상섬전을 연구하러 가야죠!"

# 린펑 장군

비행기가 베이징에 착륙하자마자 린윈에게 전화를 걸었다. 장싱천 대령이 말한 일이 왠지 모를 두려움을 안겼지만, 린윈의 부드러운 목소리를 듣자 내 마음속의 무언가가 녹아내렸다. 그녀를 만나고 싶었다.

“아, 싱천이 성공했군요!” 린윈이 흥분해서 말했다.

“그보다는 갑자기 새로운 아이디어가 떠올랐기 때문이에요.”

“정말요? 우리 집에 와서 같이 밥 먹어요!”

그녀의 초대가 무척 뜻밖이었다. 린윈은 늘 가족에 대한 얘기를 조심스럽게 피했고, 장싱천 대령조차도 나에게 그 이야기를 한 적이 없었다.

공항을 빠져나오다가 우연히 자오위를 만났다. 그는 타이산 기상관측소를 그만두고 사업에 뛰어들 계획이라고 했다. 작별 인사를 하기 전에 자오위가 갑자기 생각난 듯 말했다. “얼마 전에 학교에 갔다가 장빈 교수님을 만났어.”

“그래요?”

"나를 보자마자 네 안부를 물어보시더라. 혈액암 말기 판정을 받으셨대. 오랜 심리적 압박감 때문일 거야."

자오위의 뒷모습을 보며, 옛 공산당 청년단원 레발렌코의 말이 다시 뇌리를 스쳤다.

'때로는 목적지까지 다다르고 나서야, 오히려 도중에 그만두는 것이 더 현명한 일이었음을 깨닫게 되기도 하는 법이지.'

미지의 미래에 대한 두려움이 다시 한번 나를 휘감았다.

공항에 나를 마중 나온 사람은 린윈이 아니라 차를 몰고 온 소위였다.

"천 박사님, 린펑(林峰) 장군님과 린 소령님이 저를 보내셨습니다."

그는 내게 경례를 하고는 아주 깍듯하게 차로 안내했다. 가는 길에도 말없이 운전만 했다. 차가 도착한 곳은 경비원이 지키는 주택단지였다. 차가 큰 문 안으로 들어서자 고급 주택들이 줄지어 있었다. 50년대 양식의 큰 지붕을 얹은 건물들이었다. 자동차가 버드나무 가로수 앞을 지나 2층짜리 작은 건물 앞에 멈춰 섰다. 역시 같은 양식의 건물이었다. 이런 건물을 볼 때 처음 떠오르는 단어를 묻는다면 망설임 없이 '아버지'라고 말할 것이다.

소위가 차 문을 열어주며 "장군님과 소령님 모두 댁에 계십니다. 들어가시죠."라고 말한 뒤 경례를 하고 내가 계단을 오르는 모습을 끝까지 지켜보았다.

린윈이 문을 열고 나와 나를 맞이했다. 그녀는 마지막으로 보았을 때보다 더 지쳐 보였다. 요즘 많이 힘들었다는 말이 사실인 듯했다. 나는 그녀의 달라진 모습에 문득 충격을 받았다. 그 순간 깨달았다. 떨어져 있는 동안에도 내 마음 한편에는 그녀를 위한 자리가 있었음을. 그곳에서 그녀가 내 기억 속 모습 그대로 살아가고 있었다는 것을 그제야 알았다.

집 안으로 들어서니 린윈의 아버지가 소파에 앉아 신문을 보고 있었다. 내가 들어가자 일어나서 내 손을 잡으며 인사를 건넸다. 그는 마른 체격이지만 강건했고, 손에서 탄탄한 힘이 느껴졌다.

"자네가 번개를 연구하는 천 박사인가? 어서 오게. 샤오윈에게 얘기 많이 들었네. 예전에 군인 친구들만 많이 사귀기에 그건 좋지 않다 이야기를 했었지. 군인은 작은 집단 속에 안주하면 안 되거든. 생각이 경직되기 쉬우니 말일세."

그가 고개를 돌려 린윈에게 말했다. "장 씨 아주머니가 바쁠 테니 내가 직접 두 가지 특제 요리를 만들어 대접하마." 그가 또 내게 말했다. "오늘은 나와 샤오윈이 함께 천 박사를 초대한 걸세. 그럼 이따 더 얘기 나누지."

"아빠, 고추 너무 많이 넣지 마세요!" 린윈이 아버지 등 뒤에 대고 소리쳤다.

나도 그가 사라질 때까지 그의 등을 지켜보았다. 1분 도 안 되는 짧은 시간이었지만 그에게서 형언할 수 없는 위엄이 풍겼다. 위엄에 다정함이 더해지며 매우 보기 드문 품격이 느껴졌다.

나는 린윈의 아버지가 군인이라는 것만 알고 있었고 어쩌면 장군일 수도 있다고 생각했다. 그렇지만 이 방면으로는 아는 바가 없어 린윈의 주변 사람들이 하는 이야기를 언뜻언뜻 들으며 대강 짐작만 했을 뿐이었다. 그래서 나는 여전히 그의 직위가 무엇인지 정확히 알지는 못했다. 하지만 그의 다정함에 긴장이 누그러져 소파에 앉아 린윈이 권한 담배를 피우며 거실을 둘러보았다. 장식품도 거의 없었고 인테리어가 전체적으로 소박했다. 대형 중국 지도와 세계 지도가 한쪽 벽을 거의 다 차지하고 있고, 커다란 책상도 시선을 끌었다. 흰색과 빨간색 전화기 두 대가 놓여 있고 서류 같은 것들이 어지럽게 흩어져 있는 것을 보면 책상이 분명해 보였다. 거실이라기보다는 커다란 사무실 같은 분위기였다. 문 옆 옷걸이에 걸린 군복이 시선을 잡아끌었다. 군복 어깨에 달린 장식을 유심히 살피다가 나도 모르게 손에 들고 있던 담배를 떨어뜨렸다.

군복 어깨에 별 세 개가 달려 있었다!

급히 담배를 주워 재떨이에 끄고, 두 손을 무릎에 올려 초등학생처럼 바르게 앉았다.

린윈이 나를 보고 웃으며 말했다. "긴장할 거 없어요. 아빠는 이공계 출신이라 공학자들과 잘 통하세요. 처음에는 뇌전 무기 연구를 반대하셨죠. 지금은 아빠가 옳았던 것 같지만, 어쨌든 나중에 내가 구상섬전 얘기를 했더니 아빠가 흥미를 보이셨어요."

그때 벽에 걸린 흑백사진이 시야에 들어왔다. 사진 속에서 린윈과 닮은 여자가 구식 군복을 입고 있었다.

린윈이 일어나 사진 앞으로 걸어가며 말했다. "우리 엄마예요. 1981년 국경 전쟁에서 전사하셨어요……. 구상섬전 얘기를 해볼까요? 당신이 다 잊어버리지 않았길 바라요."

"요즘은 뭘 하고 있어요?"

"제2포병연구소의 대형컴퓨터로 우리가 마지막으로 만든 모델을 계산하고 디버깅까지 해서 30회 이상 실험했어요." 그녀는 가볍게 고개를 저었고, 나는 실험 결과가 실패였다는 걸 알았다.

"그건 제가 돌아와서 제일 먼저 한 일이었어요. 솔직히 말하면 당신의 노력과 열정을 헛되게 만들고 싶지 않았어요."

"고마워요, 정말 고마워요. 하지만 수학적모델링은 그만두는 게 좋겠어요. 무의미해요."

"나도 알아요. 러시아에서 돌아와서 다른 경로를 통해 추가로 조사해 봤는데, 지난 수십 년간 소련만이 아니라 서방 국가들도 구상섬전 연구에 막대한 투자를 했어요. 그중에서 뭔가 얻을 수 있는 게 없을까요?"

"하지만 그들은, 게모프조차도, 우리에게 기술 자료를 한 조각도 공개하지 않았어요."

린윈이 웃으며 말했다.

"당신은 너무 학자 스타일이에요."

"고지식한 책벌레일 수도 있고요."

"그건 아니에요. 정말로 그랬다면 연구를 포기하지 않았을 거예요. 하지만 그것도 당신이 제일 중요한 게 뭔지 알았기 때문이겠죠. 우리의 새로운 출발점이 될 수도 있었는데 당신은 그걸 종착점으로 삼았어요."

"내가 뭘 알았다는 거죠?"

"기존의 사고방식으로는 구상섬전의 비밀을 풀 수 없다는 결론이요. 그 결론만으로도 수백억 위안의 가치가 있어요!"

"맞아요. 전자기에너지가 그런 방식으로 존재한다는 건 정말 놀라워요. 우리가 방정식을 억지로 비틀어 어설픈 수학적모델을 만들 수 있을지는 몰라도, 난 그게 진실이 아니라는 걸 직감적으로 느껴요. 에너지의 선택성과 투과성 같은 놀라운 특성은 기존 이론으로는 설명할 수 없어요."

"그러니까 더 자유로운 사고가 필요해요. 당신은 우리가 결국 한낱 평범한 인간이라고 했지만, 이제는 인간을 초월해서 생각해야 해요."

"난 이미 그렇게 생각했어요." 내가 상기된 목소리로 말했다. "구상섬전은 번개에 의해 생성된 것이 아니라 자연계에 이미 존재하는 구조예요."

"번개는 그저 그것에 불을 붙이거나 촉발하기만 했을 뿐이라는 뜻이에요?" 린윈이 물었다.

"정확해요. 전류가 전등을 환히 밝히지만, 전등 자체는 이미 존재하는 것과 같아요."

"자, 생각을 다시 정리해 볼게요……. 맙소사, 그 개념으로 시베리아 기지의 일을 어느 정도 설명할 수 있겠어요!"

"맞아요. 3141 기지에서 만들어진 스물일곱 개의 구상섬전과 그것을 만들어 낸 인공 번개의 매개변수는 아무 관련도 없어요. 그저 그 구조가 그곳에 있었기 때문에 자극을 받아서 나타난 것뿐이에요!"

"그 구조가 지하까지 들어갈 수 있을까요……. 아니, 왜 안 되겠어요! 대지진 전에 땅이 갈라진 틈으로 구상섬전이 빠져나오는 걸 본 사람들이 많잖아요."

우리 둘 다 흥분감을 주체할 수 없어 이리저리 서성였다.

"그러면 과거 연구의 오류가 분명해졌어요. 구상섬전을 '생성'하려고 해서는 안 되고 '발견'해야 했던 거예요! 다시 말해서 번개를 시뮬레이션할 때 가장 중요한 건 번개 자체의 성질이나 구조도 아니고, 자기장이나 마이크로파 같은 외부 요인도 아니에요. 그보다는 번개가 최대한 넓은 공간에 퍼지도록 하는 것이 관건이에요!"

"그렇죠!"

"그럼 이제 뭘 해야 할까요?"

이때 린 장군이 식사하라고 우리를 불렀다. 어느새 거실 가운데 풍성한 식탁이 차려져 있었다.

"샤오윈, 명심해. 우리가 천 박사를 초대했으니 식사하는 동안 일 얘기는 하지 마." 린 장군이 술을 따르며 말했다.

"이건 일이라고 할 수 없어요. 취미라고요." 린윈이 말했다.

뒤이어 우리는 가벼운 주제로 대화를 이어갔다. 린 장군이 하얼빈(哈爾濱)군사공학대학에서 전자공학을 전공하고 우등으로 졸업했지만, 그 후 기술 업무를 떠나 군사 분야로 전향해 중국 군대에서 보기 드문 이공계 출신 고위 장성이 되었다는 것을 알게 되었다.

"그때 배운 것 중에서 지금은 옴의 법칙 정도만 기억나시겠죠?" 린윈이 말했다.

장군이 웃으며 말했다. "아빠를 얕보는 거냐? 솔직히 지금 가장 기억에 남는 건 전자공학의 법칙 같은 게 아니라 컴퓨터란다. 그때 내가 처음 본 컴퓨터는 소련의 것이었지. 주파수는 기억나지 않지만, 메모리는 4킬로바이트였지. 자기 코어 기억장치로 구현한 것이라 컴퓨터를 넣은 케이스가 저 책장보다도 높았어. 하지만 지금과 가장 큰 차이는 역시 소프트웨어지. 너는 날마다 네가 프로그래밍에 아주 뛰어나다고 자랑하지만 그 컴퓨터로 해보라고 하면 3 더하기 2를 계산하는 프로그램을 만드는 것조차도 땀을 뻘뻘 흘릴 거야."

"그때는 어셈블리어만 있었겠죠?"

"아니, 0과 1만 있었지. 기계가 컴파일*하지 않으니 프로그램을 종이에 써놓고 명령을 하나하나씩 0과 1로 된 기계어로 번역해야 했어. 그땐 그걸 '수동 번역'이라 불렀지." 린 장군은 뒤쪽 책상에서 연필과 종이를 가져다 놓고 0과 1만 길게 이어서 써서 우리에게 보여주며 말했다. "이 명령어는 두 개의 레지스터에 있는 수를 누적 레지스터에 넣고, 계산 결과를 다른 레지스터로 전송하라는 뜻이지. 샤오윈, 의심하지 마라. 이건 절대로 틀리지 않아. 그때 내가 한 달 동안 작업을 해서 원주율 계산 프로그램을 만들었어. 그 후로는 명령어와 기계어의 대응 관계를 구구단보다 더 잘 외우게 됐단다."

내가 말했다. "지금의 컴퓨터도 본질적으로는 그때와 다르지 않습니다. 결국 0과 1의 연속체로 처리되죠."

"그렇지. 아주 재미있어. 18세기나 그보다 더 오래전에 컴퓨터를 발명하는 데 실패한 과학자들은 자신들의 생각이 너무 단순한 탓이라 자책했겠지만, 지금 와서 보면 그들의 생각은 너무 복잡해서 실패한 것이었지."

"구상섬전도 마찬가지예요." 린윈이 생각에 잠겼다가 말했다. "아까 천 박사의 위대한 아이디어가 저를 깨우쳐 줬어요. 지금까지 우리가 실패한 건 정말로 너무 복잡하게 생각했기 때문이었어요."

린윈이 식사하기 전 나와 나누었던 대화를 아버지에게 들려주

* 사람이 이해하기 쉬운 프로그래밍 언어로 작성된 명령을 컴퓨터가 직접 실행할 수 있는 0과 1의 기계어로 번역하는 과정.

었다.

“정말 흥미롭구나. 타당한 얘기야.” 린 장군이 고개를 끄덕였다. “그걸 더 일찍 깨달았어야 했어. 그럼 이제 어떻게 할 거냐?”

린윈이 말했다. “번개 배열을 구축해야 해요. 단기간에 성과를 내려면 그 면적이, 음…… 적어도 20제곱킬로미터 이상은 돼야 하고, 이 범위 내에 번개 발생장치 수천 개를 설치해야 해요.

“맞아요!” 내가 흥분해서 말했다. “번개 발생장치는 당신이 개발한 뇌전 무기를 사용하면 되겠어요!”

“결국 또 돈 문제네요.” 린윈이 풀 죽은 목소리로 말했다. “초전도 배터리 한 개만 해도 30만 위안인데 천 개나 필요해요.”

“Su-30 전투기 편대 하나에 드는 비용이구나.” 린 장군이 말했다.

“만약 성공한다면 전투기 편대 하나와는 비교도 할 수 없는 잠재력을 발휘할 거예요.”

“샤오윈, 너는 말이다. 앞으로는 ‘만약’ 같은 말은 가급적 하지 않는 게 좋겠다. 뇌전 무기를 개발할 때 ‘만약’이라는 말을 얼마나 많이 했어? 그런데 지금 어떻게 됐는지 봐라. 그리고 이 프로젝트에 관해서 네게 할 얘기가 있다. 총장비부가 고집을 부리고 있으니 내가 간섭할 수 없지만 그 프로젝트에서 네가 한 일이 일개 소령의 권한으로 가능한 일이었느냐?”

린윈은 말문이 막혔다.

“구상섬전 프로젝트는 더 이상 네 맘대로 휘두를 수 없어. 연구를 진행하는 건 동의하지만 한 푼도 주지 않을 거다.”

린윈이 왈칵 화를 내며 소리쳤다. “돈도 없이 어떻게 하라는 거예요? 해외 언론에서 아빠를 학계 출신의 고위 장성이라고 했는데 이제 보니 엉터리 보도였어요!"

"내겐 학계 출신의 딸이 하나 있는데 돈 낭비하는 것 말고는 할 줄 아는 일이 없구나. 베이징 근교에 뇌전무기연구기지가 아직 있잖아? 거기서 하면 되겠구나."

"아빠, 그건 별개예요!"

"뭐가 별개야? 둘 다 번개와 관련된 건데 공통점이 없단 말이야? 그렇게 많은 실험 장비가 있는데, 소용이 없다니 믿을 수가 없구나."

"아빠, 우리는 대규모 번개 배열을 만들어야 한다고요!"

린 장군이 웃으며 고개를 저었다. "그거야말로 세상에서 제일 어리석은 방식이겠는데. 난 정말 이해할 수가 없구나. 이게 두 박사님께서 생각해 낸 방식이야?"

나와 린윈이 어리둥절한 표정으로 서로를 보았다.

"천 박사는 바다에서 막 돌아왔다고 들었는데 어부들이 낚시할 때 바다 전체에 그물을 치는 걸 본 적이 있는가?"

"아빠, 그 말씀은…… 번개를 이동시키라는 거죠? 아, 방금 천 박사의 아이디어에 너무 흥분해서 순간 머리가 멍했었나 봐요."

"번개를 어떻게 이동시킬 수가 있죠?" 나는 여전히 어리둥절해하며 물었다.

"뇌전 무기로 지상의 목표물이 아닌 다른 헬리콥터를 향해 전기를 방출한다면 공중을 가로지르는 아크가 형성되겠지. 그런 다음 헬리콥터 두 대가 동일한 속도로 비행한다면 아크를 끌고 넓은 면적을 스캔할 수 있을 거야. 그렇게 하면 초전도 배터리 하나만으로 대규모로 번개를 배열하는 것과 똑같은 효과를 낼 수 있을 걸세."

"그물 하나로 하늘을 훑는 거로군요." 내가 말했다. 장군의 아이디어가 나를 흥분시켰다.

"스카이넷!" 린원이 흥분해서 외쳤다.

린 장군이 말했다. "하지만 이 계획을 실행에 옮기는 건 상상만큼 쉽지 않을 거다. 어떤 문제가 있을지 말해주지 않아도 알겠지?"

"위험하겠죠." 린원이 말했다. "비행기가 상공에서 만나는 제일 위험한 상황이 바로 번개예요. 번개가 치는 지역은 절대적인 비행 금지 구역이죠. 그런데 헬리콥터가 번개를 끌고 가게 해야 하는 거잖아요."

"그래." 린 장군이 진지한 표정으로 말했다. "두 사람은 이제부터 진짜 전투를 수행하게 되는 것이지."

## 살인벌

식사를 마친 후, 린 장군은 나와 단둘이 이야기하고 싶다고 했다. 린윈은 미심쩍은 눈초리로 우리를 한 번 보고는 위층으로 올라갔다.

린 장군이 담배를 피우며 말했다. "딸에 대해 몇 가지 이야기를 좀 나누고 싶네. 린윈이 어렸을 때, 나는 줄곧 최전선에서 나가 있어 가족과 많은 시간을 보내지 못했다네. 린윈은 거의 엄마와 단 둘이 지냈기에 엄마에 대한 애착이 컸지."

장군은 일어나 아내 사진 앞으로 다가갔다. "아내는 윈난 전선의 통신대대 대대장이었네. 그 시절에는 통신 장비가 열악해서 전쟁 중에도 대부분 전화선을 사용했기 때문에 통신선로는 베트남군의 주요 공격 목표였지. 통신선을 끊은 뒤 근처에 매복하거나 지뢰를 설치하는 게 그들의 전술이었네. 아내가 전사한 날은 사단급 전투가 벌어지고 있었네. 중요한 통신선이 끊기고, 복구 작업을 하러 간 3인조 통신복구팀과도 연락이 끊겼지. 아내는 통신병 네 명을 이끌고 통신선을 수리하러 갔다가 습격을 받았네. 대나무 숲이었는데 베트남군이 통신선을 끊은 곳 주변의 대나무를 베어 작은 공터를 만들어

놓았더군. 아내와 통신병들이 그 공터에 들어서자마자 매복하고 있던 베트남군이 총을 난사해 통신병 셋이 죽었네. 우리 측 지역이라 베트남군이 오래 머무르지는 못하고 곧 철수했지. 아내는 살아남은 통신병과 지뢰를 제거하며 통신선이 끊긴 곳으로 접근했네. 통신병이 끊긴 지점을 발견했는데, 1인치 길이의 작은 대나무 조각이 감겨 있었지. 그 대나무 조각을 떼어내는 순간 폭발이 일어나서 통신병의 얼굴이 형체를 알아볼 수 없게 되어버렸네. 아내가 다시 통신선을 연결하고 있을 때였네. 멀리서 웅웅거리는 소리가 들리더니, 베트남군이 두고 간 작은 상자에서 수많은 말벌이 빠져나와 아내를 향해 날아왔지. 아내는 위장복으로 머리를 감싸고 대나무 숲으로 달아났지만 말벌들이 계속 따라와 침을 쏘았네. 연못으로 뛰어들어 숨었지만 말벌 떼가 연못 위를 맴돌며 떠나지 않았지. 아내는 30초마다 얼굴만 잠깐 내밀고 숨을 쉬며 버텼네. 전선에서 통신선은 아주 중요하지. 1분이라도 끊기면 엄청난 희생으로 이어질 수 있거든. 아내는 결국 연못에서 기어나와 통신선을 복구하기 시작했네. 복구가 끝났을 때는 이미 말벌에게 수십 방을 쏘인 뒤였지. 아내는 의식을 잃은 채 수색대에 발견됐고, 일주일 뒤에 사망했네. 피부 전체가 검게 썩어 들어가고 얼굴이 알아볼 수 없게 부어올라서 고통스럽게 숨을 거뒀지. 다섯 살이었던 샤오윈은 쿤밍의 병원에서 엄마의 마지막 모습을 봤네. 그 후로 1년 동안 실어증으로 한마디도 하지 않았지. 다시 말하기 시작했지만, 거의 처음부터 다시 배워야 했네."

그의 이야기는 내게 큰 충격을 주었다. 그리 멀지 않은 과거의 고통과 희생이 매우 낯설게 느껴졌다.

장군이 계속 말했다. "이런 경험의 후유증은 아이들마다 다르게 나타나지. 전쟁과 관련된 모든 것을 평생 혐오하게 될 수도 있지만, 오히려 더 집착하는 형태로 나타나기도 한다네. 불행하게도 샤오원은 후자였네."

"린윈이 무기에, 특히 신개념 무기에 보이는 집착이 그 일의 영향일까요?" 내가 조심스럽게 물었다.

장군은 대답하지 않았다. 나는 그가 내게 왜 이런 이야기를 하는지 줄곧 이해가 잘 되지 않았다. 그도 이런 내 마음을 읽은 듯 이렇게 말했다.

"과학 연구자로서 연구 대상에 열정을 쏟는 건 당연한 일이겠지만, 그 대상이 무기라면 얘기가 달라지지. 연구자가 무기에 집착하면 잠재적인 위험성이 도사리게 된다네. 특히 구상섬전처럼 성공할 경우 엄청난 위력을 발휘하는 무기라면, 샤오윈처럼 무기에 과도하게 집착하고 목표 달성을 위해 수단과 방법을 가리지 않는 성격은 그 위험성을 더욱 두드러지게 하지. 내 말이 이해가 되는가?"

나는 고개를 끄덕였다. "네. 장 대령도 제게 그런 우려를 얘기했습니다."

"아, 그런가?" 린 장군이 액체 지뢰에 대해 알고 있는지 알 수 없었지만 차마 물어볼 수 없었고, 아마도 모르고 있을 거라고 짐작했다.

"장싱천은 샤오윈과 다른 분야에 있어서 큰 역할을 해줄 수 없네. 게다가……." 린 장군이 잠시 생각에 잠긴 듯 멈췄다가 다시 말했다. "그는 내가 샤오윈을 위해 골라준 사람이라네."

"그럼, 제가 뭘 할 수 있을까요?"

"천 박사, 구상섬전 무기 개발 과정에서 예상치 못한 일이 일어나지 않도록 샤오윈을 감시해 주시게."

나는 몇 초 동안 생각한 뒤 고개를 끄덕였다. "네. 최선을 다하겠습니다."

"고맙네." 그가 책상 앞으로 다가가 종이에 전화번호를 적어 내게 건넸다. "무슨 일이 있으면 직접 연락하시게나. 천 박사, 부탁하네. 난 내 딸을 잘 알고 있어. 진심으로 저 아이가 걱정이 되네."

장군의 마지막 말에는 아주 무거운 진심이 담겨 있었다.

# 스카이넷

린윈과 나는 뇌전무기연구기지로 돌아갔다. 경비원이 신분증을 확인하는 동안 차가 기지 정문 앞에서 잠시 멈췄다. 반년 전 초봄의 석양 아래 바로 이곳에서 린윈은 처음으로 내게 구상섬전을 무기로 개발하겠다는 구상을 얘기했다. 지금의 내가 그때와 많이 달라졌다는 생각에 만감이 교차했다.

쉬원청 대령을 다시 만났다. 대령은 기지가 계속 유지될 것이며 새로운 연구 프로젝트를 시작할 거라는 소식에 기뻐했지만 프로젝트에 대해 자세히 듣고 난 뒤 얼굴에 수심이 드리웠다.

린윈이 말했다. "첫 번째 목표는 현재의 장비로 구상섬전을 발견하는 거예요. 상부에 그 무기의 잠재력을 보여주는 게 목표예요."

대령이 의미심장한 미소를 지으며 말했다. "무기의 위력은 이미 상부에서도 알고 있을 거야. 국가의 주요 시설이 구상섬전의 습격을 받은 적이 있다는 걸 알고 있나?"

린윈과 나는 놀란 눈으로 서로를 보았다. 린윈도 모르는 얘기인 듯했다.

"댜오위타이(釣魚臺) 국빈관*이야."

몇 년간 나는 국내외의 구상섬전 목격 사례를 조사해 왔고, 가장 오래된 사례가 청나라 초기라는 건 알고 있었다. 이 분야에 대해 많이 알고 있다고 자부하지만 댜오위타이에 대해서는 들어본 적이 없었다.

"1982년 8월 16일, 댜오위타이 국빈관에 구상섬전 두 개가 동시에 떨어진 일이 있었네. 두 개 모두 큰 나무에 떨어졌지. 하나는 영빈관 동쪽 벽 근처에 떨어졌는데 경비병 한 명이 번개에 맞았어. 그는 2미터가 넘는 높이의 경비실 앞에 서 있었는데, 번개가 떨어진 나무에서 약 2~3미터 거리였지. 구상섬전이 떨어지는 순간, 불덩이가 가까이 다가오는 것을 느낀 뒤 눈앞이 깜깜해지며 쓰러졌어. 그런데 의식을 되찾은 뒤 청력을 상실한 것 외에 다른 부상이 발견되지 않았어. 하지만 경비실의 콘크리트 지붕과 벽면에 작은 구멍이 뚫리고, 실내에 있던 전등이 떨어지고 전등 스위치와 전화선도 타버렸지. 또 다른 곳은 영빈관 경내 동남쪽이었는데 경비실에서 약 100미터 떨어진 곳에 있던 큰 나무가 번개에 맞았어. 나무에서 2미터 떨어진 곳에 목조 창고가 있고 창고 주위에 커다란 회화나무 세 그루가 있었지. 동쪽에 있는 나무를 따라 굴러 내려온 구상섬전이 창고 창문을 뚫고 들어갔어. 유리창에 구멍이 두 개 뚫렸지. 구상섬전은 나무로 된 동쪽 벽과 동남쪽 방향의 모서리를 태우고, 창고 안에 걸려 있던 자전거 타이어 두 개를 태웠어. 고무 덮개로 덮여 있던 전기 스위치

* 베이징에 위치한 국가급 호텔로, 주로 외국 귀빈을 접대하는 데 사용된다.

를 고장 내고 전등과 연결된 전기선도 끊어버렸지."

"어떻게 그렇게 자세히 아세요?" 린윈이 물었다.

"사고 후 전문가팀의 일원으로 현장 조사를 하고 예방조치를 연구했으니까. 케이지형 피뢰망을 설치하고 문과 창문에 금속 그물망을 설치해 접지하는 방식을 제안했지. 건물 벽면의 불필요한 구멍을 막고, 굴뚝과 배기관 위에도 철제 그물망을 설치해 접지하도록 했고."

"그게 정말 효과가 있어요?"

쉬 대령이 고개를 저었다. "당시 구상섬전이 통과한 창문에 촘촘한 철망이 설치되어 있었지만, 철망에 작은 구멍 여덟 개가 뚫렸어. 하지만 그때는 그런 통상적인 방법 외에 다른 방법이 없었지. 그걸 실제 전투에 사용할 수 있다면 엄청난 위력을 발휘할 거야. 외국의 구상섬전 연구 동향도 조금 알고 있지. 자네들의 구상도 설득력은 있네만……." 그가 고개를 저었다. "번개는 자연계에서도 가장 통제하기 어려운 현상이야. 구상섬전이라면 더욱 그렇지. 파괴적인 힘뿐만 아니라 유령처럼 신비로워서 그 끔찍한 에너지가 언제 어디로 방출될지 아무도 몰라. 그걸 통제하는 건 결코 쉬운 일이 아니야."

"우리도 차근차근 해결해 나가야죠." 린윈이 말했다.

"그래. 만약 정말로 구상섬전을 찾을 수 있다면 번개 연구 분야에서 큰 성과가 될 거야. 그렇게 되면 우리 기지에도 크게 유리한 일이지. 내가 걱정하는 건 안전성이야. 번개 발생장치를 자동차에 장착해서 아크를 끌고 평원 지대를 달리게 하면 어떨까? 아크가 넓은 공간을 스캔할 수 있을 것 같군."

린윈은 고개를 저었다. "그것도 생각해 봤어요. 심지어 배로 아크를 끌고 바다 위를 달리게 하는 생각도 해봤지만, 불가능해요."

쉬 대령이 잠시 생각하다가 고개를 끄덕였다. "그렇겠군. 땅과 바다는 모두 전도체이니 유도 현상으로 인해 아크를 오래 끌 수 없겠지."

"고정익 항공기를 사용하는 것도 생각해 봤어요. 그러면 사고 시에 헬리콥터보다 낙하산으로 탈출하기는 쉽겠지만, 속도가 너무 빨라서 기류 때문에 아크가 꺼질 거예요. 가능한 모든 예방조치를 취해야 해요. 본격적인 실험을 실시하기 전에 조종사가 긴급 상황에서 낙하산으로 탈출하는 훈련을 철저하게 실시해야 해요. 또, 해군 항공대에서는 현재 헬리콥터용 비상 탈출용 발사 장치를 도입하고 있는데, 이건 전투기용과 비슷하지만 사출 방향이 수평이에요. 이미 총장비부를 통해 몇 세트를 배정받았어요.

쉬 대령이 고개를 저었다. "그런 것들은 실질적인 효과를 내지 못할 거야. 감수해야 할 위험성이 너무 커."

린윈이 말했다. "하지만 전군이 2급 전투 준비 상태에 있는 지금, 안전을 너무 따질 수는 없어요."

그녀의 말에 나는 속으로 놀랐지만 쉬 대령은 침묵으로 그녀의 말에 동의하는 듯했다. 그의 무골호인 같은 성격으로는 린윈의 독단적인 행동을 저지하기 힘들어 보였고, 또 한편으로는 현재 상황으로 볼 때 실제로 군인의 모험이 필요한 때이기도 했다.

기지에는 중국산 WZ-9 헬리콥터 두 대가 있었다. 정식 시험을 실시하기 전 조종사 두 명이 일주일 동안 낙하 훈련을 실시했다. 한 명이 헬리콥터를 조종해 추락을 모방한 곡예비행을 하면, 다른 한 명이 뒷문으로 뛰어내렸다. 비상 탈출용 발사 장치도 미리 시험해 보았다. 그것은 조종사 등 뒤에 수평으로 고정하는 작은 로켓으로, 작동시키면 마치 무언가에 격추된 듯 헬리콥터에서 흰 연기가 뿜어져 나왔다. 그와 동시에 조종사가 작은 돌멩이처럼 뒷문에서 멀리 튕겨져 나간 뒤 낙하산이 펼쳐졌다. 훈련일 뿐인데도 보는 이들의 가슴을 졸이게 하는 과정이었다.

휴식 중에 한 조종사가 린윈에게 물었다. "소령님, 저희가 어떤 물체에 맞아서 추락할 수도 있습니까? 그러면 탈출 연습을 해도 소용없을 것 같은데요."

"이번 번개는 강도가 아주 약해. 헬리콥터가 맞아도 큰 피해는 없을 거야. 정식 시험은 5000미터 이상 고도에서 진행되니 낙하산을 펼칠 시간도 충분해."

다른 조종사가 물었다. "제가 다른 헬리콥터에 번개를 발사해야 합니까?"

"그렇지. 하지만 방전된 배터리에 남은 에너지를 방출하는 정도로 약한 강도일 거야."

"그럼 이 무기를 공중전에서 사용하게 되나요? 사정거리가 100미터에 불과한 무기를 공중전에서 사용한다고요?"

"물론 아니야. 두 대의 헬리콥터는 아크를 끌고 공중을 비행할 거야. 아크가 그물처럼 그 안에 존재할 수 있는 특정 구조를 포착하거나 자극하는 역할을 하지. 그 구조가 발견된다면 가장 강력한 무기가 될 수 있을 거야."

"소령님, 점점 더 허황된 얘기처럼 들립니다. 솔직히 말해서, 저는 이제 신뢰가 점점 사라지고 있어요. 어서 임무가 끝나 부대로 돌아가고 싶습니다."

두 조종사는 인공적으로 생성된 전기 구름으로 생긴 번개에 맞아 사망한 왕쑹린 대위에 대해서 이야기했다. 그러자 나는 가슴이 철렁 내려앉았다. 내가 만약 이런 위험한 비행을 하게 된다면, 틀림없이 공포에 압도되어 아무것도 할 수 없을 것 같았다. 또 한편으로 내가 린윈이라면 두 조종사에게 이런 얘기를 담담하게 할 수 없을 것 같았다. 하지만 지금 내 앞에 있는 이들의 표정은 마치 교외에 피크닉을 하러 가는 사람들처럼 태연하기만 하다.

첫 번째 시험을 진행하는 날, 새벽부터 날씨가 좋고 지면에 바람이 거의 없었다. 프로젝트에 참여한 모든 인원이 시험 현장에 모였다. 인원이 많지 않아 엔지니어와 지상 요원을 모두 합쳐도 20명 남짓이었다. 헬리콥터 이륙 지점 근처에 구급차가 한 대가 준비되어 있었다. 아침 햇살을 받은 의료진의 흰색 옷이 눈이 부시게 빛나 왠지 섬뜩한 기분이 들었다. 특히 잔디 위에 놓인 두 개의 들것이 막연한 공포감으로 다가왔다. 하지만 들것에 실릴지도 모르는 사람들은 바로 그 옆에 서서 방금 만난 간호사 두 사람과 기분 좋게 대화를 나누고 있었다. 내 속에서 다시 열등감 같은 것이 밀려왔다. 그 뇌우가 몰아치던 밤이 내 운명을 결정지은 이후, 나는 남들보다 훨씬 더 깊이 죽음을 두려워하게 되었다.

린윈이 노란색 일체형 작업복을 조종사에게 건네며 말했다. "시 전력국에서 빌린 거야. 고압선에서 전기 작업을 할 때 입는 방호복이야. 패러데이 케이지 원리로 전기 차단을 하고 번개에도 일정 정도 보호 효과가 있다더군."

한 조종사가 방호복을 받아 들더니 웃으며 말했다. "걱정 마세요.

가느다란 아크가 설마 스팅어 미사일만큼 무섭겠어요?"

린윈이 실험 절차를 설명했다. "먼저 5000미터 상공까지 올라간 뒤 헬리콥터 두 대를 안전거리에서 최대한 가까이 접근시켜. 가장 가까운 거리에서 아크를 점화한 뒤에 점점 거리를 벌리는 거야. 그러다가 아크의 사정거리보다 약간 짧은 거리에서 멈춘 뒤에 전방으로 비행해. 속도는 지휘에 따르고. 아크가 안정 상태를 유지하는지 주의 깊게 관찰하고 필요시 즉시 정지 여부를 결정해야 해. 이 부분은 이미 경험이 있겠지. 특히 주의할 점은, 만일 아크가 중간에 꺼지면 최대한 빠른 속도로 서로 멀어진 다음 동시에 번개 발생장치를 꺼야 한다는 거야. 절대로 아크를 다시 점화하려고 하지 마. 먼 거리에서 아크를 점화하면 기체가 번개에 맞을 수 있어. 명심해. 잘못하면 두 사람이 순직하게 될 수 있어."

계획에 따르면, 두 대의 헬리콥터는 예정된 고도에 도달한 뒤 순풍 방향으로 비행하며 상대풍(相對風)의 속도를 최소화할 것이었다. 이때 아크를 점화하고 순풍을 따라 일정 구간을 비행한 뒤, 아크를 끄고 다시 돌아와 이 과정을 반복할 예정이었다.

헬리콥터 두 대가 이륙한 뒤 곧 예정된 고도에 도달했다. 이제 망원경으로만 확인할 수 있었다. 두 헬리콥터가 순풍 방향으로 비행하며 서로 접근했다. 지상에서 보면 두 회전 프로펠러의 가장자리가 거의 닿을 듯했다. 바로 그때, 두 기체 사이에 밝은 아크가 나타나며 청명한 파열음이 지상에 있는 우리에게도 희미하게 전달되었다. 헬리콥터 두 대가 서서히 거리를 벌리기 시작하자 아크의 길이도 길어졌다. 아크는 처음에는 거의 직선이었지만, 거리가 멀어질수록 파동이 점점 커졌다. 두 헬리콥터가 한계 위치에 도달하자 아크는 바람에 휘날리는 가벼운 베일처럼 보였고, 마치 양쪽 끝이 곧 떨어져 나가 하늘로 훨훨 날아갈 듯 보였다. 해는 아직 지평선 아래에 있었고, 검푸른 새벽하늘을 배경으로 검은 실루엣이 된 두 대의 헬리콥터 사이에서 너울거리는 보랏빛 곡선이 비현실적으로 보였다.

갑자기 한기가 느껴지고, 위가 경련을 일으키며 온몸이 저절로 떨렸다. 망원경을 내려놓자 육안으로는 고공에 떠 있는 푸른빛 한 점만 보였는데, 마치 낮게 뜬 샛별 같았다.

다시 망원경으로 올려다보니 두 대의 헬리콥터가 한계 거리에 도달한 뒤, 100미터에 가까운 길이의 아크를 끌고 전진하기 시작했다. 비행 속도는 빠르지 않았다. 지평선 아래에서 번진 희붐한 햇살을 받은 얇은 구름과 비교해야만 움직임을 알아챌 수 있을 정도였다. 두 헬리콥터는 동쪽으로 날아가며 햇빛 속에서 차츰 주황빛 점으로 변해갔고, 아크의 밝기는 상대적으로 어두워졌다.

나는 조금 안도하며 숨을 돌리다가 망원경을 든 사람들이 지르는 비명을 듣고는 다시 급하게 망원경을 들어 올렸다. 아크를 받는 헬리콥터 옆에서 아크가 갈라져 나오고 있었다. 원래의 아크 줄기는 계속 전극과 연결되어 있었지만, 줄기에서 뻗어 나온 가지가 불안하게 꿈틀대며 동체를 따라 얇은 꼬리 부분으로 옮겨 갔다. 마치 가느다란 손이 헬리콥터의 꼬리 부분을 이리저리 더듬는 듯했다. 이 과정은 겨우 3~4초였고, 곧이어 모든 아크가 꺼졌다.

상황이 별로 심각해 보이지 않았고 헬리콥터에 치명적인 피해를 입힌 것 같지도 않았지만, 내 생각은 빗나갔다. 아크가 꺼지는 순간, 헬리콥터 꼬리 부분의 작은 프로펠러 근처에서 불꽃이 번쩍이더니 흰 연기가 피어올랐다. 뒤이어 헬리콥터 동체가 회전하기 시작하더니 속도가 점점 빨라졌다. 나중에 알게 된 바에 따르면, 번개가 꼬리 부분의 프로펠러의 제어회로를 파괴해 프로펠러가 멈춘 것이었다. 꼬리 부분의 프로펠러는 주 프로펠러가 만들어 내는 회전력을 상쇄하여 균형을 잡는 기능을 한다. 따라서 꼬리 프로펠러가 동력을 잃으면 헬리콥터 기체는 주 프로펠러의 회전 방향과 반대쪽으로 회전하기 시작한다. 헬리콥터가 점점 빠르게 회전하며 점차 상승력을 잃고 추락하기 시작했다.

"낙하산!" 쉬 대령이 무선으로 소리쳤다.

하지만 몇 초 뒤 조종사가 꼬리 프로펠러를 재가동한 듯 기체의 회전이 느려지고, 추락 속도도 줄어들었다. 헬리콥터가 다시 공중에서 정지했지만 순간일 뿐이었고, 마치 발사된 장난감처럼 다시 회전하며 추락하기 시작했다.

"빨리 낙하산 펴!" 쉬 대령이 다시 소리쳤다.

어느 정도 추락하던 헬리콥터가 다시 회전을 멈추고 추락 속도가 느려지며 정지했다가 다시 또 추락하기 시작했다. 이렇게 몇 번 반복하자 헬리콥터의 고도가 이미 낙하산 투하 안전 고도보다 낮아졌다. 사람들은 헬리콥터가 회전을 멈추고 정지하는 순간에 지면 근처에 다다라있길 기도하는 수밖에 없었다. 동쪽 먼 곳에서 헬리콥터가 지면에 착지했다. 하강 속도는 약간 느려졌지만 정상 착륙보다 훨씬 빨랐다. 나는 공포에 휩싸인 채 그 방향을 멍하니 바라보았다. 다행히 숲 뒤에서 연기가 피어오르지 않았다.

우리가 차를 타고 급하게 추락 현장으로 달려가 보니 또 다른 헬리콥터가 이미 근처에 착륙해 있었다. 추락 지점은 과수원 한가운데였다. 기울어진 동체 아래 과일나무 몇 그루가 쓰러져 있고, 주변 나무들은 프로펠러 날개에 잘리고 부러져 있었다. 헬리콥터 조종실 유리창이 깨진 것 외에는 동체에는 큰 손상이 없어 보였다. 조종사는 피가 흐르는 한쪽 팔을 감싸고 과일나무에 기대어 서서, 의료진과 들것을 든 사람들이 다가오자 성가시다는 듯 손사래를 쳤다. 린윈을 보자 그는 다치지 않은 쪽 팔로 엄지손가락을 들어 보였다.

"소령님의 뇌전 무기로 마침내 기체 한 대를 격추시키셨네요!"

"왜 탈출하지 않았나?" 뒤따라온 쉬 대령이 그에게 화를 냈다.

"대령님, 육군 항공 조종사들에게는 우리만의 탈출 원칙이 있습니다. 낙하산을 언제 펼칠 것인지도 그 원칙에 따라 결정됩니다."

기지로 돌아가는 차 안에서 줄곧 머릿속을 떠나지 않는 의문이 있었다. 내가 린윈에게 말했다. "이번 실험의 지상 지휘관은 당신이었는데, 낙하산 명령은 쉬 대령이 내렸어요."

"조종사가 그 헬리콥터를 구할 가능성이 높다고 판단했어요." 린윈의 목소리가 차분했다.

"성공 확률은 절반이었어요. 만약 구하지 못했다면요?"

"그렇다면 실험은 상당 기간 중단될 거고, 심하면 프로젝트 전체가 취소될 수도 있겠죠."

내 뱃속에서 뭔가 뒤틀리기 시작했다. "만약 당신이 작전 지휘관인데 작전 경로에 지뢰밭이 있다면 병사들에게 그곳을 건너라고 명령할 건가요?"

"새로운 군사 규정에 따르면, 여성 장교는 전선의 전투 지휘를 맡을 수 없어요." 언제나처럼 그녀는 내 질문을 부드럽게 피했다.

"군대에는 군대 나름의 행동 규범이 있고, 민간인과는 조금 다를 수 있어요." 린윈이 덧붙여 말했다. 아마도 너무 냉담한 태도를 보인 것이 마음에 걸리는 듯했다.

"쉬 대령은 군인이 아니에요?"

"물론 군인이죠." 린윈은 담담하게 말했지만, 말투에서 은근한 경멸이 느껴졌다. 연구 기지의 지도부에 대해 그녀는 항상 그런 경멸을 품고 있었다.

그날 오후, 긴급 수리된 헬리콥터는 추락 지점에서 기지로 돌아왔다.

"안전을 위한 효과적인 조치를 마련하기 전까지는 실험을 중단해야 해!" 그날 밤 회의에서 쉬 대령이 단호하게 말했다.

"두 번 더 비행하면 아크의 파동 패턴을 찾을 수 있을지도 모릅니다. 그러면 그 불꽃이 동체에 닿지 않는 비행 방법을 찾을 수 있을 겁니다." 아침에 부상당한 조종사가 붕대로 감긴 손을 휘저으며 말했다. 그의 동작과 표정에서 다친 손이 꽤나 아프다는 것이 느껴졌지만, 그는 헬리콥터를 충분히 조종할 수 있다는 것을 보여주려는 듯, 팔걸이를 하지 않고 오히려 그 손을 일부러 많이 움직였다.

"이런 사고는 다시 일어나서는 안 됩니다. 신뢰할 수 있는 안전장치가 필요해요." 린윈이 말했다.

다른 조종사가 말했다. "기본 전제를 잘못 이해하고 계십니다. 우리는 이 프로젝트를 위해 위험을 감수하는 것이 아니라 우리 자신을 위해 위험을 감수하는 것입니다. 현재 육군은 그 어느 때보다 새로운 무기가 필요합니다!"

린윈이 그에게 말했다. "자넨 실험을 중단한 이유를 잘못 알고 있어. 우리가 실험을 중단한 건 전적으로 프로젝트를 위한 거야. 왕쑹린 대위의 순직 같은 추락 사고가 다시 발생한다면, 이 프로젝트는 영영 중단될 거야."

쉬 대령이 말했다. "모두 머리를 맞대고 실행 가능한 안전조치를 생각해 내자고!"

한 연구원이 말했다. "원격조종 항공기를 사용해 실험을 진행하는 것은 어떨까요?"

다른 조종사가 말했다. "현재 공중 정지비행과 저속 비행이 가능하면서 이 정도의 적재량을 가진 원격조종 비행기는 베이징항공항천대학이 개발한 헬륨 비행선뿐입니다. 하지만 아크를 조준할 만큼 이 비행선이 정밀하게 움직일 수 있을지는 불확실합니다."

린윈이 말했다. "가능하더라도 그건 인명 피해를 피하는 것뿐이지 실험에는 아무 도움이 되지 않아. 그것도 번개를 맞고 부서지겠지."

나는 문득 한 가지 생각이 떠올랐다. "제 지도교수님이 고압선에 사용하는 낙뢰 보호 도료를 개발한 적이 있습니다. 저도 얼핏 듣기만 했지 자세한 내용은 모르지만요."

"장빈 교수님 말씀인가요?" 쉬 대령이 물었다.

내가 고개를 끄덕였다. "그분을 아세요?"

"저도 그분의 학생이었습니다. 그땐 강사였고 천 박사님의 대학으로 옮기기 전이었을 겁니다." 쉬 대령의 표정이 어두워졌다. "지난주에 장 교수님을 찾아뵈려 했는데 시간이 없어서 가지 못했습니다. 얼마 남지 않으신 것 같습니다. 투병 중이신 건 아시죠?"

내가 고개를 끄덕였다.

쉬 대령이 말했다. "학문적으로는 매우 엄격한 분이셨죠. 평생을 성실하게 사셨는데……."

"그 도료 얘기를 듣고 싶어요!" 린윈이 재촉했다.

"그 발명품은 알고 있네. 당시 시연회에 갔었는데 방전 효과가 우수했어." 쉬 대령이 말했다.

"접지를 해야만 방전 효과가 있는 거라면 의미가 없어요." 린윈이 말했다.

기술에 대한 그녀의 통찰력은 항상 존경스러웠다. 비전문가라면 보통 그런 문제를 생각하지 못할 것이다. 실제로 대부분의 낙뢰 방지용 도료는 접지가 필요하다.

쉬 대령이 머리를 긁적였다. "너무 오래전 일이라 기억이 안 나는군. 자세한 건 발명자 본인에게 물어봐야지."

린윈이 내게 전화기를 건넸다. "지금 바로 전화해서 물어봐요. 만약 괜찮다고 하시면, 베이징으로 오시라고 해주세요. 최대한 빨리 그 도료를 만들어 내야 해요."

"교수님은 암 환자예요." 나는 난처한 표정으로 그녀를 응시했다.

쉬 대령이 말했다. "한번 여쭤보는 것쯤은 괜찮지 않겠습니까?"

나는 하는 수 없이 린윈이 건네는 전화기를 받아 들었다. "댁에 계실지 병원에 계실지 모르겠어요." 주소록에서 장빈 교수의 자택 번호를 찾아 전화를 걸었다. 작은 목소리가 수화기를 통해 흘러나왔다.

"여보세요."

내 이름을 말하자 교수의 목소리에 갑자기 힘이 들어갔다. "아, 오랜만이네. 어디서 뭘 하며 지내고 있나?"

"국방 연구 프로젝트에 참여하고 있습니다. 건강은 어떠세요?"

"진전이 있어?" 그가 내 질문에 답하지 않고 다시 물었다.

"전화로는 설명드리기가 힘드네요. 건강은 좀 어떠세요?"

"하루하루 악화되고 있지. 자오위가 왔었는데 아마 자네에게 얘기했나 보군."

"네. 병원 시설은 괜찮은가요?"

안부를 묻는 동안 린윈이 옆에서 속삭이며 재촉했다. "어서 물어봐요."

나는 수화기를 막고 그녀에게 큰 소리로 말했다. "저리 좀 가요!"

전화기를 다시 귀에 대자 장빈 교수가 말했다. "……그 분야의 연구 자료를 더 수집한 게 있으니 보내주겠네."

"장 교수님, 다른 질문이 있습니다. 교수님이 개발하신 그 고압선 낙뢰 방지 도료에 대해 알고 싶습니다."

"아, 그건 경제성이 없어서 폐기했네만, 무슨 일 때문에 그러나?"

"그 도료도 접지가 필요하나요?"

"아니. 필요 없어. 자체 차폐 작용으로 충분해."

"저희가 그걸 항공기에 사용하려고 합니다."

"그건 어려울 거야. 그 도료를 바르면 표면이 거칠어져서 항공기의 공기역학 기준을 충족하지 못할 거야. 또 항공기 동체 표면과 고압선은 같은 재료가 아니라서 장기간 사용 시 표면을 부식시킬 수도 있고."

"그건 상관없어요. 항공기에 낙뢰 방지 효과를 내기만 하면 됩니다."

"그건 확실해. 일정 두께로 코팅하면 항공기가 뇌운을 통과할 수도 있어. 항공기에 바른 건 아니지만 그런 용도로 사용한 적이 있었거든. 학교의 대기실험실에서 뇌운의 구조를 조사하려고 여러 번 시도했지만 기구와 그 밑에 매달린 장비함이 구름에 들어가자마자 번개를 맞아 부서졌지. 그래서 내게 도움을 요청하기에 기구와 장비함에 도료를 한 겹 발라줬더니 뇌운에 수십 번을 들어갔다 나와도 번개에 맞지 않았어. 그게 아마 이 도료를 실제에 적용한 유일한 사례일 거야."

"정말 대단하네요. 지금 남아 있는 도료가 있나요?"

"대기전기학 실험실 창고에 보관되어 있어. 소형 항공기 한 대에 칠하기엔 충분한 양일 거야. 관리자가 공간이 부족하다고 몇 번이나 버리려는 걸 내가 막았어. 필요하면 다 가져가게. 여기 자료도 있어서 부족하면 더 만들 수도 있을 거야. 그런데 묻고 싶은 게 있네. 대답하기 어렵다면 하지 않아도 괜찮아. 그 연구가 구상섬전과 관련이 있나?"

"네."

"그럼 정말로 진전이 있는 건가?"

"저뿐만 아니라 많은 사람들이 함께 연구하고 있어요. 곧 진전이 있을 거예요."

"좋아, 내가 직접 가지. 다른 건 몰라도 도료에 대해서는 내 도움이 필요할 거야."

내가 대답하기도 전에 린윈이 수화기를 막았다. 장빈 교수의 말소리를 듣고 내가 그를 오지 못하게 할까 봐 걱정되었는지 그녀가 낮은 목소리로 내게 말했다. “여기로 오시면 301병원*에 입원하실 수 있어요. 의료 시설이 그쪽보다 나을 거예요. 자료도 다 있다니 그분이 여기 오셔도 크게 신경 쓰실 일은 없을 거예요.”

내가 쉬 대령에게 시선을 옮기자 쉬 대령이 전화기를 건네받았다. 그들은 자주 연락하는 사이였으므로 긴 안부 인사가 필요하지 않았다. 대령이 물었다. “남아 있는 도료가 얼마나 되나요? 2톤 정도요? 알겠습니다. 댁에서 기다리시지요. 저희가 가서 모셔 오겠습니다.”

다음 날 오후, 나와 린윈이 난위안(南苑) 공항으로 장빈 교수를 마중 나갔다. 우리는 활주로를 바라보며 비행기가 도착하길 기다렸다. 여름의 한복판이었지만 한바탕 소나기가 지나가 무더위가 조금 누그러졌다. 한참 동안 긴장과 분주함으로 보낸 터라 이 잠깐의 선선함에 여유로운 기분이 들었다.

“일하면서 나한테 점점 반감이 생기고 있죠?” 린윈이 물었다.

“당신이 뭘 닮았는 줄 알아요?”

“뭘 닮았죠?”

“밤바다에서 먼 등대를 향해 항해하는 배 같아요. 오직 저 반짝이는 등대만이 이 세상에서 당신에게 의미가 있고, 나머지는 아무것도 보이지 않는 거죠.”

“시적이군요. 하지만 그게 당신의 모습이기도 하다는 거 알아요?”

* 중국 최대 군인병원. — 원주

그녀의 말이 맞았다. 사람이 가장 견딜 수 없는 건 타인에게서 자신의 모습을 발견하는 것일지도 모른다. 대학교 1학년의 어느 밤, 도서관에서 내가 무엇을 찾고 있는지 물어보던 그 여학생이 떠올랐다. 그녀의 눈빛은 여전히 내게 또렷하게 남아 있었다. 그건 다른 종족을 보는 듯한 눈빛이었다. 아마 다른 남자들도 그런 눈빛으로 린윈을 보았을 것이다. 우리는 세상 밖을 떠돌고 있는 사람들이고, 그와 동시에 서로의 주위를 떠돌고 있었다. 우리는 결코 하나로 이어질 수 없는 존재였다.

소형 군용 수송기가 착륙했다. 장빈 교수와 그를 데려온 장교 두 명이 수송기에서 내렸다. 그의 상태는 내가 상상했던 것보다 훨씬 좋았다. 심지어 1년 전 대학에서 헤어질 때보다도 좋아 보였다. 말기 암 환자로 보이지 않았다. 내가 그렇게 말하자 장빈 교수가 말했다. "이틀 전만 해도 말기 암 환자였지만, 자네 전화를 받자마자 병이 반은 나았네."

그가 수송기에서 옮겨지고 있는 드럼통 네 개를 가리키며 말했다. "이게 자네가 찾던 도료야."

쉬 대령이 말했다. "계산해 보니 한 통 반이면 헬리콥터 한 대를 충분히 다 바를 수 있겠습니다. 이 정도 양이면 두 대는 충분히 바를 겁니다."

차에 타기 전, 장빈 교수가 내게 말했다. "쉬 대령에게 프로젝트에 대해 들었어. 지금은 뭐라고 평가하기 어렵지만 이번에는 정말로 구상섬전을 다시 볼 수도 있을 것 같군." 그가 비가 그친 뒤 맑게 갠 하늘을 올려다보며 한숨을 쉬며 말했다. "그렇게 되면 정말 좋겠군."

기지로 돌아와 우리는 밤새 페인트에 대한 간단한 테스트를 진행했고, 페인트가 번개를 매우 효과적으로 차단함을 발견했다. 그 후 겨우 두 시간 반 만에 헬리콥터 두 대에 이 검은색 페인트를 모두 칠할 수 있었다.

다음 날 새벽 두 번째 비행 실험을 실시했다. 이륙 전, 장빈이 손에 붕대를 감은 조종사에게 말했다. "안심하고 비행하시게, 젊은이. 아무 문제도 없을 거야."

모든 게 순조롭게 진행되었다. 두 대의 헬리콥터가 5000미터 상공에서 아크를 점화하고, 그 불꽃을 끌고 10분 동안 안전하게 비행한 뒤 사람들의 박수를 받으며 착륙했다.

이번 비행에서 아크가 스캔한 면적은 3141 기지의 100배에 달했지만, 곧 진행될 대규모 스캔에 비하면 미미한 수준이었다.

내가 장빈 교수에게 이틀 뒤 공중에서 대규모 스캔이 시작될 것이라고 말하자, 그는 "그때 꼭 나를 부르게!"라고 말했다.

장빈 교수를 태운 차가 멀어져 가는 뒷모습을 보며 나는 한 번도 느껴본 적 없는 허탈감을 느꼈다. 프로펠러가 아직 다 멈추지 않은 두 대의 헬리콥터를 보며 옆에 있는 린윈에게 말했다. "우린 자연에 모든 걸 걸었어요. 다 잃고 돌아오는 건 아닐까요? 이 그물이 정말 무언가를 촉발해 낼 수 있을 거라고 믿어요?"

린윈이 말했다. "너무 깊게 생각하지 말아요. 그냥 앞으로 나가는 거예요."

## 구상섬전

이틀 후 늦은 밤, 첫 번째 스캔이 시작되었다. 헬리콥터 두 대가 공중에서 나란히 비행하고 있었다. 나와 장빈 교수가 하나에 타고, 린윈은 다른 헬리콥터에 타고 있었다. 맑은 날씨였다. 밤하늘에는 별이 총총히 빛나고 베이징의 불빛이 먼 지평선 끝을 희미하게 밝히고 있었다.

두 대의 헬리콥터가 천천히 서로 가까이 다가갔다. 린윈이 탄 헬리콥터는 방금 전까지 항공등으로만 위치를 확인할 수 있었지만, 거리가 좁혀지면서 그 실루엣이 밤하늘에 서서히 드러나기 시작했다. 잠시 후 항공등에 비친 기체 번호와 군대 휘장이 육안으로 또렷하게 보였고, 그다음에는 린윈과 상대 조종사의 얼굴이 계기판의 빨간 불빛에 비쳐 선명히 보였다.

경쾌한 스파크 소리가 터져 나오자, 눈부신 푸른빛 속에서 맞은편 헬리콥터의 모습이 뚜렷하게 드러났다. 우리 헬리콥터 내부도 그 푸른 번갯불로 가득 찼다. 두 헬리콥터 사이의 거리가 매우 가깝고 전극이 동체 밑에 있어 아크의 일부만 드러나 있었지만 똑바로 쳐다볼 수 없을 만큼 눈이 부셨다. 그 빛 속에서, 나와 린윈은 멀리서 서로를 향해 손을 흔들었다.

"보호안경을 쓰세요!" 조종사가 큰 소리로 뒤를 향해 외쳤다. 돌아보니 장빈 교수는 보호안경을 쓰지도, 아크를 보고 있지도 않았다. 그는 아크에 비친 기내 천장을 응시하며 무언가를 기다리는 듯 생각에 잠겨 있었다.

보호안경을 쓰자 아크 외에는 아무것도 보이지 않았다. 헬리콥터 간의 거리가 점점 멀어지며 아크가 길어졌다. 보호안경을 쓴 내 눈에 보이는 광경은 우주처럼 단순했다. 끝없이 펼쳐진 깜깜한 허공 가운데 기다랗게 이어진 아크만 존재했다. 사실 지금 눈앞에 보이는 이 우주야말로 우리가 탐구하고 있는 영역이었다. 그것은 형태가 없는 전자기적 우주로, 그 우주 속에는 우리가 감각할 수 있는 세계는 존재하지 않고, 오로지 보이지 않는 장(場)과 파동만이 존재할 뿐이다……. 그 순간 나는 마지막 자신감마저 잃고 말았다. 이 칠흑 같이 어두운 우주에 저 눈부신 아크 외에 다른 무언가가 더 존재한다고 믿기 어려웠다. 그 절망감을 떨치려고 장빈 교수처럼 보호안경을 벗고 시선을 헬리콥터 내부에만 두었다. 번갯불에 환히 밝혀진, 이 감각할 수 있는 세계를 보자 조금은 안심이 되었다.

100미터 길이의 아크가 상공을 가로지르고 헬리콥터 두 대가 빠른 속도로 편대 비행하기 시작했다. 지상에서 밤하늘에 갑자기 나타난 긴 불꽃을 본 사람들은 별 사이에서 천천히 움직이는 그것을 무엇이라고 생각할까?

비행은 30분 동안 계속되었고 그 시간 내내 조종사들이 무전기로 짧게 대화한 것을 제외하고는 누구도 입을 열지 않았다. 아크가 지나온 공간은, 역사상 존재했던 모든 인공 번개가 스쳐 간 공간의 총합보다 수천 배나 넓었지만 아직 아무 일도 일어나지 않았다.

아크의 밝기가 점차 약해지기 시작했다. 초전도 배터리의 전력이 거의 소진된 것이었다. 헤드셋을 통해 린윈의 목소리가 들렸다. "아크를 끄고 각자 기지로 귀환한다." 그녀의 목소리에서 사람들을 위로하고자 하는 마음을 느낄 수 있었다.

내 삶에 철칙이 하나 있다면, 그건 실패를 예감하면 반드시 실패한다는 것이다. 물론 실험을 할 시간은 한 달 정도 더 남아 있었지만 나는 이미 마지막 결과를 예감하고 있었다.

"교수님, 우리가 틀렸을 수도 있어요." 내가 장빈 교수에게 말했다. 비행 내내 그는 창밖을 보지 않고 조용히 생각에 잠겨 있었다.

"그렇지 않아. 지금 난 그 어느 때보다도 자네들이 옳다는 걸 확신해." 그가 말했다.

나는 가벼운 한숨을 내쉬었다. "앞으로 남은 한 달에 대한 희망도 접었어요."

그가 나를 보며 말했다. "한 달도 필요 없어. 내 직감으로는 오늘 밤에 나타날 것 같아. 기지로 돌아가서 충전하고 다시 한번 더 비행할 수 있을까?"

나는 고개를 저었다. "쉬셔야 해요. 내일 다시 얘기하세요."

그가 중얼거렸다. "이상하군. 나타나야 하는데……."

"직감은 직감일 뿐이잖아요." 내가 말했다.

"아니. 지난 30년간 이런 직감이 든 적이 없었어. 틀림없어."

이때 헤드셋에서 조종사의 목소리가 터져 나왔다. "목표물 발견! 아크 1호기 방향 약 3분의 1 지점!"

장빈 교수와 나는 온몸에 전율을 느끼며 바로 창문에 바짝 붙어 뒤쪽을 내다보았다. 그렇게 그는 30년 만에, 나는 13년 만에, 우리 인생을 바꿔놓은 구상섬전을 다시 만나게 되었다.

그 구상섬전은 주황빛으로, 그리 길지 않은 꼬리를 끌고 밤하늘에 변화무쌍한 곡선을 그리며 떠다니고 있었다. 그 궤적을 보면 높은 하늘의 강풍에도 전혀 영향을 받지 않는 듯했고, 마치 우리 세계 자체와 아무런 관련이 없는 듯 보였다.

"모두 주목, 목표물과 거리를 벌려! 위험하다!" 린윈이 소리쳤다. 나중에 생각해 보니 그녀의 침착함은 정말 놀라울 정도였다. 그때 나와 장빈 교수는 완전히 얼어붙어 다른 생각을 하지 못했다.

두 대의 헬리콥터가 서로 멀어지자 아크가 금세 꺼졌다. 아크가 사라지자 깜깜한 밤하늘을 배경으로 구상섬전이 더 선명하게 드러났다. 주변의 옅은 구름이 그 주황빛에 불그스름하게 물들어 마치 작은 일출을 보는 듯했다. 인류 최초로 인위적으로 유도해 낸 구상섬전은 1분 정도 천천히 떠다니다가 갑자기 사라졌다.

기지로 돌아온 뒤, 우리는 즉시 초전도 배터리를 충전하고 다시 이륙했다. 이번 비행에서는 15분 만에 두 번째 구상섬전이 활성화되었고, 50분 후에는 세 번째 구상섬전이 출현했다. 마지막 구상섬전은 특이하게 신비한 보라색을 띠었으며 지속시간도 6분으로 가장 길어 나와 장빈 교수는 꿈이 현실이 된 느낌을 찬찬히 음미할 수 있었다.

다시 기지에 착륙했을 때는 이미 자정이 넘은 시각이었다. 나, 장빈 교수, 그리고 린윈은 기지 주변의 풀밭에 서 있었다. 헬리콥터의 프로펠러가 완전히 멈춘 뒤, 사방에서 울리는 풀벌레 소리에 밤의 고요함이 더 깊게 느껴졌다. 우주 전체가 우리 세 사람을 위해 수천 개 등불을 밝혀준 듯 여름밤 하늘에서 뭇별들이 반짝였다.

"드디어 그 술을 마셨으니 내 인생도 여한이 없구나!" 장빈 교수가 탄성을 터뜨렸다. 린윈은 영문을 몰랐지만 나는 그가 이야기했던 러시아 소설을 바로 떠올렸다.

장빈 교수가 이어서 말했다. "하지만 이제 대기물리학이 구상섬전 연구에서 물러나야 하는 때이기도 하네. 구상섬전은 우리 생각보다 훨씬 더 근본적인 차원의 현상이야. 우리 같은 응용과학자들은 결코 이해할 수 없어. 자네들 정말로 초인적인 능력을 가진 사람을 영입해야 할 것 같군."

# 뇌구

첫 번째 스캔의 성공으로 나는 지금껏 느껴보지 못한 기쁨을 느꼈다. 세상이 아름답게 보였고, 마치 새로운 삶이 시작된 것 같았다. 쉬 대령과 린윈은 흥분과 아득함을 함께 느꼈다. 그들의 최종 목표에 비하면 이것은 만리장성의 첫걸음을 뗀 것에 불과하기 때문이다. "당신의 종착점이 우리의 출발점."이라고 했던 린윈의 말이 완전히 맞는 말은 아니지만 어느 정도는 부인할 수 없었다. 하지만 내 종착점도 여전히 아주 멀리 있었다.

조종사들은 구상섬전을 '뇌구(雷球)'라고 불렀다. 아마도 007시리즈 중 한 편의 제목*에서 영감을 받은 듯했다. 예전에 중국의 번개 연구자들이 '구뢰(球雷)'라고 부르기도 했지만, '뇌구'라는 이름은 처음이었다. 부르기 쉽고 직관적이기도 했지만, 무엇보다도 이제 우리는 이 현상을 번개라고 부르는 것이 적확하지 않다는 것을 알게 되

* 〈007 썬더볼 작전(Thunderball)〉(1965)으로, '썬더볼'은 '뇌구'로 옮길 수 있다.

었으므로 이 이름은 빠르게 받아들여졌다.

첫 번째 돌파구를 연 뒤로 연구는 정체되었다. 단순히 공중에서 번개를 이용해 뇌구를 활성화해 내는 실험을 반복하기만 했다. 많을 때는 하루에도 10개 이상씩 만들어 낼 수 있었지만 연구 방법은 매우 제한적이었다. 다양한 파장의 레이더, 적외선 탐지기, 소나(SONAR),* 스펙트럼 분석기 등 각종 원거리 탐지 장비에 의존할 뿐이었다. 접촉식 탐지는 불가능했고, 뇌구와 접촉한 공기를 채취하는 것조차 불가능했다. 상공의 높은 풍속 때문에 뇌구 주변의 공기가 순간적으로 흩어졌기 때문이었다. 결과적으로 보름이 지나도 뇌구에 대해 더 알아낸 것이 아무것도 없었다.

하지만 린윈이 느낀 실망감은 다른 이유 때문이었다. 어느 회의에서 린윈이 내게 이렇게 말했다. "구상섬전은 당신 얘기처럼 위험하지 않은 것 같아요. 지금까지 살상력이 있다는 걸 확인하지 못했거든요."

"맞습니다. 이 부드러운 불덩어리를 무기로 쓸 수 있을까요?" 한 헬리콥터 조종사가 말했다.

"꼭 사람이 재가 되는 걸 봐야 만족하겠어요?" 나는 짜증스럽게 말했다.

"그렇게 말하지 말아요. 우리 목표는 결국 무기를 만드는 거니까."

* 항법 및 거리 측정 음향(Sound Of Navigation And Ranging)의 줄인 말로 음파를 이용해 방향과 거리를 탐지하는 기술이다.

"구상섬전에 대해 무엇을 의심하든 상관없지만 단 한 가지, 그 살상력만은 의심해선 안 돼요! 여러분이 조금이라도 주의하지 않는다면, 놈은 곧 여러분의 소원을 이뤄줄 테니까!"

쉬원청 대령은 내 의견에 동의했다. "현재 연구에 위험한 조짐이 나타나고 있네. 안전에 소홀해지고 있어. 헬리콥터와 목표물 사이의 제한 거리로 규정된 50미터를 여러 번 위반했고, 심지어 20미터 앞까지 접근했어! 절대 허용할 수 없는 일이야! 조종사들을 포함한 모든 승무원에게 경고한다. 앞으로 뇌구에 규정된 거리보다 가까이 접근하라는 명령을 받더라도 절대 수행하지 마!"

나의 그 불길한 예언이 그날 밤 실현되리라고는 아무도 예상하지 못했다.

뇌구가 유도될 확률은 밤과 낮에 모두 동일하지만, 밤하늘을 배경으로 할 때 뇌구를 더 자세히 볼 수 있었기 때문에 대부분의 유도 실험은 밤에 진행되었다. 그날 밤에는 뇌구 여섯 개가 만들어졌고, 그중 처음 다섯 개에 대한 탐측이 성공했다. 주요 탐측 항목은 뇌구의 비행궤적, 복사강도, 스펙트럼의 특성, 소멸점의 자기장강도 등이었다.

사고는 여섯 번째 뇌구에 접촉해 탐측할 때 발생했다. 이 뇌구가 만들어지자 헬리콥터가 신중하게 접근한 뒤 그 궤적을 따라 비행하며 약 50미터 거리를 유지했다. 내가 탑승한 헬리콥터는 더 먼 거리를 두고 따라갔다. 비행이 약 4분간 진행된 뒤 뇌구가 갑자기 사라졌다. 그런데 이번 뇌구가 사라질 때의 양상은 지금까지와 달랐다. 우리는 희미한 폭발음을 들었다. 기내의 방음 효과가 아주 좋았기 때문에 폭발음을 외부에서 들었다면 고막을 찢을 만큼 큰 소리였을 것이다.

곧이어 앞에 있던 탐측 헬리콥터에서 흰 연기가 뿜어져 나오더니 통제력을 잃고 회전하며 추락해 우리 시야에서 빠르게 사라졌다. 달빛 아래 하얀 낙하산 하나가 펼쳐지는 것이 보이자 우리는 잠시 안도할 수 있었다. 그러나 얼마 지나지 않아 지면에서 불꽃이 치솟았고 그 빛은 주변을 붉게 물들였다. 깊은 밤의 어둠 속에서 그 붉은빛은 유난히 선명하게 보였다. 구조팀으로부터 헬리콥터가 야산에 추락했으며 인명 피해가 없었다는 보고를 받기까지 모두 얼마나 가슴을 졸였는지 모른다.

조종사는 기지로 돌아와서도 충격에서 벗어나지 못한 채 사고 상황을 설명했다. 뇌구가 헬리콥터 앞쪽에서 폭발하는 순간 기내의 어딘가에서 불꽃이 튀며 진한 연기가 뿜어져 나왔고, 그 후 헬리콥터가 통제력을 잃었다고 했다. 추락한 헬리콥터의 블랙박스가 완전히 타버려 어느 부분이 파괴되었는지 알 수가 없었다.

"무슨 근거로 사고 원인이 뇌구라고 단정하시는 거죠? 헬리콥터 고장과 뇌구 폭발이 우연히 동시에 일어난 걸 수도 있잖아요." 사고 분석 회의에서 린윈이 말했다.

조종사는 린윈을 뚫어지게 쳐다보며, 악몽에서 깨어난 사람 같은 눈빛으로 말했다. "소령님, 처음에는 저도 그렇게 생각했습니다. 하지만, 보세요……." 그가 두 손을 들어 보였다. "이것도 우연일까요?"

오른쪽 엄지와 왼쪽 중지에 타다 남은 반쪽 손톱이 붙어 있는 것을 제외하고, 나머지 손가락의 손톱은 모두 흔적도 없이 사라져 있었다! 이어서 그는 비행 부츠를 벗었다. 그의 발톱도 모두 사라져 있었다!

"뇌구가 폭발할 때 손가락에 이상한 느낌이 들었습니다. 제 손을 보니 손톱이 붉게 빛나고 있었고, 그 빛이 번쩍이고는 사라졌습니다. 그 후 손톱 열 개가 모두 불투명한 흰색으로 변했습니다. 화상을 입은 줄 알고 한 손을 들어 입으로 후 불었더니 손톱이 모두 흰 재가 되어 날아갔습니다!"

"손가락은 화상을 입지 않았어요?" 린윈이 그의 손을 잡고 자세히 살펴보았다.

"믿기지 않으시겠지만 저는 뜨거운 감각조차 느끼지 못했습니다. 게다가 제가 끼고 있던 두꺼운 장갑과 신고 있던 부츠는 모두 멀쩡합니다!"

이 사고로 프로젝트팀의 구성원들은 처음으로 구상섬전의 위력을 체험하게 되었다. 그들은 더 이상 그것을 '부드러운 불덩어리'라고 말하지 않았다. 가장 충격적인 건 뇌구에서 방출된 에너지가 50미터 떨어진 물체까지 태웠다는 점이었다. 사실 우리가 수집한 수만 건의 구상섬전 목격 사례에도 대부분 이런 현상이 기록되어 있었다.

이로써 연구는 난관에 봉착했다. 우리는 지금까지 총 48개의 뇌구를 유도해 냈지만, 대형 사고가 발생한 이상 이대로 실험과 관측을 지속할 수는 없었다. 더욱이 이런 위험을 무릅쓰고 계속 탐측을 한다고 해도 의미가 없다는 것을 우리 모두 마음속으로는 이미 알고 있었다. 우리를 가장 당황하게 한 것은 뇌구의 위력이 아니라 납득할 수 없는 기이함이었다. 조종사의 사라진 손톱은 기존의 평범한 방법으로 뇌구의 비밀을 풀 수 없다는 사실을 우리에게 다시금 알려주었다.

장빈 교수의 말이 생각났다. "우리는 모두 인간이야. 우리가 아무리 남들보다 더 열심히 연구한다 해도 결국은 인간이지. 우린 뉴턴, 아인슈타인, 맥스웰과 같은 사람들이 설정한 틀 안에서만 추론할 수 있어. 그 틀에서 반 발자국조차 벗어날 수 없지. 하지만 그 안에서 우린 아무것도 추론해 낼 수 없네."

총장비부 보고 회의에서도 나는 이 말을 전했다.

"이제 구상섬전 연구는 반드시 현대 물리학의 최전선에서 다뤄져야 합니다." 린윈이 말했다.

"맞습니다. 우리에겐 초인(超人)이 필요합니다." 쉬 대령이 말했다.

# 딩이

총장비부가 구상섬전 프로젝트팀을 확대하기 위한 회의를 소집했다. 참석자는 주로 비군사 연구 기관의 대표들로 물리학 전공자들이 많았고, 국가 물리연구원 원장과 몇몇 명문대학의 물리학과 학과장들도 포함되어 있었다. 회의 후 그들에게 받은 서류 한 무더기가 우리에게 전달되었다. 모두 그들이 추천한 인물들에 관한 자료로 각자의 전문 분야와 연구 성과를 요약한 내용이 들어 있었다.

하지만 쉬 대령도 나도 그 자료에 만족하지 못했다.

"국내 관련 분야 최고의 학자들입니다." 물리연구원 원장이 말했다.

"그걸 못 믿는 건 아니지만 보다 근본적인 기초연구를 하는 학자가 필요합니다." 쉬 대령이 말했다.

"근본적인 연구요? 번개를 연구하려는 것 아닙니까? 얼마나 더 근본적일 수 있단 말입니까? 스티븐 호킹이라도 불러오라는 겁니까?"

"그럴 수만 있다면 제일 좋겠죠!" 린윈이 말했다.

몇 사람이 기가 찬 듯 서로 얼굴을 바라보다가 소장이 한 대학 물리학과 학과장에 말했다. "그럼 딩이(丁儀)를 보내시죠."

"그가 기초연구를 합니까?"

"그보다 더 기초적일 수는 없습니다."

"연구 수준은요?"

"국내 최고입니다."

"어떤 기관 소속인가요?"

"아무 곳에도 소속되어 있지 않아요."

"우린 재야에 있는 과학자는 필요 없습니다."

"딩이는 철학과 양자물리학 두 분야에서 박사학위를 가지고 있습니다. 어떤 분과인지는 기억나지 않습니다만, 수학 석사학위도 가지고 있어요. 1급 교수이자 중국과학원 최연소 원사입니다. 국가 중성자 붕괴 연구 프로젝트의 수석 과학자였고, 작년에 이 연구로 노벨 물리학상의 유력한 후보로 거론되기도 했어요. 이런 사람을 재야 과학자라고 부른다고요?"

"그럼 왜 기관에 소속되지 않은 거죠?"

물리연구원 원장과 물리학과 학과장이 콧방귀를 뀌며 말했다. "그건 본인에게 직접 물어보시죠."

나는 린윈과 베이징 하이덴구(海淀區)의 신축 아파트 단지에 있는 딩이의 집을 찾아갔다. 현관문이 살짝 열려 있었고 몇 번 벨을 눌러도 응답이 없어 조심스레 문을 열고 들어갔다. 방 세 개에 거실과 주방으로 이루어진 넓은 아파트의 대부분은 비어 있었고 특별한 장식도 없었다. 바닥과 창틀에 하얀 A4 종이가 어지럽게 흩어져 있었다.

일부는 백지였고 일부에는 공식이나 이상한 그림이 잔뜩 그려져 있었다. 연필 몇 자루도 여기저기 나뒹굴고 있었다. 방 하나에 책장과 컴퓨터가 놓여 있었고, 책장에는 책이 거의 없었지만 바닥 전체를 뒤덮을 만큼 많은 종이가 흩어져 있었다. 이 방 한가운데에 있는 안락의자에서 딩이는 세상 모른 채 깊이 잠들어 있었다. 그는 30대 초반으로, 마르고 긴 체형에 풍덩한 셔츠와 반바지를 입고 있었고, 입에서는 침이 흘러 바닥까지 떨어지고 있었다. 안락의자 옆에는 작은 티테이블이 하나 있었고, 그 위에 커다란 담배 파이프와 포장을 뜯은 담배 한 갑이 놓여 있었다. 부러진 담배 몇 개비와 담뱃가루가 담긴 유리병이 보였는데, 아마도 그는 이 작업을 하다가 잠이 든 듯했다.

몇 번 불러도 깨어나지 않아 하는 수 없이 종이 무더기 사이로 길을 만들며 의자 앞까지 다가가 그를 흔들어 깨웠다.

"아? 아아, 아침에 전화하신 분들인가요?" 딩이가 쩝쩝 소리를 내며 입가를 닦았다.

"서랍에 차가 있으니 마시고 싶으면 직접 따라……." 그가 몸을 일으키다가 갑자기 버럭 화를 냈다. "왜 계산 노트를 함부로 건드립니까! 순서대로 놓은 건데 다 흐트러졌잖아요!" 그는 씩씩거리며 일어나더니 우리가 길을 내기 위해 조금씩 치워둔 종이들을 다시 펼쳐 우리의 퇴로를 막아버렸다.

"딩 교수님이신가요?" 린윈이 실망한 기색을 감추지 못하며 물었다.

"맞아요. 내가 딩이예요." 딩이는 접이식 간이의자 두 개를 펼쳐 우리에게 앉으라고 손짓한 뒤 다시 안락의자에 벌러덩 기대앉았다.

"용건을 듣기 전에, 내가 방금 꾼 꿈에 대해 먼저 이야기하고 싶군요. 아니, 꼭 들어줘야 해요. 두 분이 방해하는 바람에 좋은 꿈에서 깨버렸으니까. 꿈에서 난 여기 앉아 있었고, 손에 칼을 들고 있었어요. 이만큼 긴 칼이요. 수박 자르는 칼 같은. 옆에는 이 티테이블은 있었지만 파이프 같은 건 없었어요. 대신 그 위에 둥근 물체 두 개가 있었죠. 이만큼 큰, 공처럼, 둥근 물체였어요. 그게 뭘까요?"

"수박?"

"아니에요. 아니에요. 하나는 양성자이고 또 하나는 중성자. 수박만큼 큰 양성자와 중성자였어요. 먼저 양성자를 잘랐더니 전하가 테이블에 흘러내려 끈적끈적해지며 향기로운 냄새가 났어요. 중성자를 반으로 갈랐더니 또 안에 있던 쿼크*들이 데굴데굴 굴러 나왔어요. 호두만 한 크기에 여러 색깔을 가진 쿼크들이 테이블 위를 굴러다니다가 몇 개는 바닥으로 떨어졌어요. 하얀 걸 하나 주워서 깨물었어요. 아주 단단했지만 힘껏 깨물었더니 깨졌어요. 포도 맛이었어요. 바로 그때, 두 분이 날 깨우셨죠."

린윈이 비웃는 듯한 표정으로 말했다. "딩 교수님, 그건 초등학생이 하는 상상 같네요. 양성자, 중성자, 쿼크는 모두 양자 효과를 나타내죠. 그러니까 아마 그런 형태가 될 수는 없을 텐데요."

딩이가 린윈을 몇 초 동안 쳐다보다가 말했다. "아, 그렇지. 맞아요. 일리가 있어요. 난 모든 사물을 단순화하는 경향이 있어요. 양성자와 중성자가 그렇게 크다면 내 삶이 얼마나 행복할까요? 현실에

* 물질을 이루는 가장 근본적인 입자로, 양성자와 중성자는 쿼크의 결합으로 생성된다.

서는 너무 작아서 그것들을 자르는 칼 한 자루가 수백억 위안이나 하죠. 그러니까 이건 그냥 가난한 아이가 사탕 먹는 꿈을 꾼 것과 같은 거예요. 비웃지 마세요."

"그 얘기 들었어요. 정부가 초대형 가속기와 강입자 충돌기를 새로운 과학기술 5개년 계획에 포함시키지 않았다는 거." 내가 말했다.

"사람들은 그게 무의미한 예산 낭비라고 해요. 그러니까 우리 물리학자들은 이제 제네바**에 가서 제발 실험하게 해달라고 구걸해야만 해요."

"딩 교수님의 중성자 붕괴 연구가 훌륭한 성과를 냈다고 들었어요. 노벨물리학상의 유력한 후보로도 거론되었다고 들었습니다만."

"노벨상 얘기는 꺼내지도 마세요. 그게 아니었다면 지금 이 지경으로 백수가 되진 않았을 거예요."

"무슨 일이 있었어요?"

"내가 했던 아주 사소한 몇 마디 때문이죠. 작년 어느 유럽 국가의 황금시간대 토론 프로그램에서 진행자가 올해 노벨물리학상의 가장 유력한 후보로 거론되는 소감을 묻길래 이렇게 말했어요. 지금껏 노벨상위원회는 탁월한 개념과 사상을 제시한 사람에게 상을 준 적은 없고, 매너리즘에 빠진 운 좋은 사람들에게만 상을 줬다고. 아인슈타인이 광전 효과로 상을 받은 것처럼 말이죠. 그 본래 가치는 사라지고 화려하고 알량한 수식으로 사람들의 관심을 끌 뿐이라고, 난

** 유럽입자물리연구소 본부의 소재지. — 원주

노벨상 따위에 관심 없지만 국가가 이 프로젝트에 엄청난 자금을 투자했으니 억지로 주겠다면 거절하지는 않겠다고 말했죠.”

나는 린윈과 황당한 눈빛을 주고받으며 웃었다. “그것 때문에 사표를 던진 건가요?”

“나더러 무책임하고 주목받는 것만 즐긴다나. 내가 남들의 일에 훼방을 놓았다며 다들 나를 이방인으로 생각해요. 가는 길이 다르고 목표도 다른데 어떻게 같이 가겠어요? 그래서 떠났어요. 이제 두 분이 찾아온 용건을 말씀해 주시죠.”

“딩 교수님을 국방 연구 프로젝트의 이론 분야 책임자로 영입하고 싶습니다.” 내가 말했다.

“뭘 연구하시는데요?”

“구상섬전이요.”

“흠, 좋아요. 만약 그들이 날 모욕하려고 당신들을 보냈다면, 목적을 달성한 것 같군요.”

“우선 저희 설명을 들어보고 결정하세요. 어쩌면 이걸로 그들에게 모욕을 줄 수 있을지도 모르니까.” 린윈이 가져온 노트북을 열고 구상섬전을 유도해 내는 영상을 보여주며 간단히 설명했다.

“당신들이 번개를 이용해서 공간 속에 존재하는 어떤 미지의 구조를 자극했다는 겁니까?” 딩이가 노트북 모니터에 아슴아슴 떠다니는 구상섬전을 가리키며 물었다. 린윈이 그렇다고 대답했고, 나는 장빈 교수에게 받은, 한 장 걸러 한 장씩 타버린 노트를 딩이에게 건네며 그것에 대한 이야기를 해주었다. 딩이는 노트를 받아들고 한참을 아주 자세히 살펴본 뒤 내게 조심스럽게 돌려주었다.

그는 유리병에서 담뱃가루를 집어 파이프에 넣고 불을 붙인 뒤 흩어져 있는 담배들을 가리키며 "이것 좀 정리해 주세요."라고 말하고는 벽 쪽으로 가서 담배를 피우기 시작했다. 우리는 그를 위해서 어쩔 수 없이 담배를 분해해 담뱃가루를 병에 담아주었다.

"담뱃가루만 전문적으로 파는 곳이 있는 걸로 아는데요." 내가 고개를 들어 딩이에게 말했다.

그는 내 말을 듣지 못한 듯 벽 앞에 서서 담배만 피웠다. 거의 붙을 듯이 벽에 얼굴을 가까이하고는, 마치 벽 안에 무언가를 훈증하려는 것처럼 벽을 향해 담배 연기를 푹푹 내뿜고 있었다. 마치 벽이 또 다른 광활한 세계의 투명한 울타리이고 그 너머의 풍경이 보이는 것처럼 먼 곳을 바라보는 듯한 눈빛이었다.

그는 금세 담배를 다 피우고 여전히 벽을 향해 서서 말했다. "나를 자만심으로 똘똘 뭉친 사람으로 생각하겠지만 사실 그렇지 않아요. 내가 먼저 이 연구에 적임자라는 것을 증명해 보이겠습니다. 만약 그러지 못한다면 다른 사람을 찾아도 좋아요."

"제안에 동의하는 건가요?"

딩이가 몸을 돌려 말했다. "네. 지금 바로 같이 가죠."

그날 밤, 기지의 많은 사람들이 잠을 이루지 못했다. 사람들은 때때로 숙소 창밖으로 넓은 번개 실험장에서 깜박이는 작은 불빛을 보았다. 그것은 딩이의 담배 파이프에서 나오는 불빛이었다.

딩이는 기지에 도착하자마자 우리가 준비한 자료를 간단히 훑어본 다음 바로 계산을 시작했다. 그는 컴퓨터를 쓰지 않고 연필과 종이를 가지고 직접 계산했다. 그를 위해 준비한 사무실이 금세 그의 집처럼 흰 종이로 가득 찼다. 그는 두 시간 넘게 계산에 열중을 하다 멈추고는 의자를 실험장 옆에 옮겨다 놓고 끊임없이 담배를 피우기 시작했다. 그 담배 파이프 끝의 작은 불꽃은 여름밤 반딧불과 함께 반짝이며 구상섬전 연구의 희망의 빛이 되었다.

그 깜박이는 불빛에 수면제 같은 효과가 있는지 나는 창밖으로 그를 보고 있다가 스르르 잠이 들었다. 눈을 떠보니 이미 새벽 두 시였는데 창밖으로 실험장에서 아직도 그 작은 불빛이 깜박이고 있는 것이 보였다. 아까와 다른 점은 반딧불처럼 움직이고 있다는 것이었다. 딩이가 왔다 갔다 서성이고 있었다. 나는 그를 잠시 보고 있다가 다시 잠들었고, 깨어보니 아침이 밝은 뒤였다. 다시 실험장을 보니 텅 비어 있었다. 딩이가 잠을 자러 돌아간 것이었다. 오전 10시가 되어서야 일어난 그가 하룻밤 내내 고민한 결과를 우리에게 발표했다.

"구상섬전은, 눈으로 볼 수 있습니다."

우리는 서로의 얼굴을 보며 쓴웃음을 지었다. "딩 교수님, 그건 당연한 거 아닙니까?"

"비활성 상태의 구상섬전을 말하는 거예요. 여러분이 말한, 공간 속에 이미 존재하는 구조 말입니다. 그것도 눈에 보인다는 뜻입니다. 그것은 빛을 왜곡시키니까요."

"그걸 어떻게 봐요?"

"제가 계산한 빛의 곡률에 따라 육안으로 볼 수 있어요."

우리는 이해할 수 없는 표정으로 서로를 보았다. "그럼…… 그게 어떻게 생겼나요?"

"투명한 구형이에요. 빛을 휘게 만들기 때문에 그 구형의 가장자리가 보이는 거죠. 비누 거품과 비슷하지만 비누 거품처럼 표면에 무지개색이 나타나지 않아요. 그래서 비누 거품처럼 윤곽이 잘 보이지는 않습니다만, 볼 수 있는 건 틀림없습니다."

"그런데 아무도 본 적이 없잖아요?"

"그건 아무도 그걸 주의 깊게 보지 않았기 때문이에요."

"어떻게 그럴 수가 있어요? 생각해 보세요, 인류가 존재한 수천 년 세월 동안 그런 거품들이 허공에 떠다니고 있었는데 그걸 아무도 보지 못했다고요?"

"낮에 달을 볼 수 있나요?" 딩이가 물었다.

"물론 볼 수 없죠." 누군가 짧게 대답했다.

딩이가 창문을 열자 맑은 하늘이 시야에 들어왔다. 푸른 하늘 위에 떠 있는 초승달이 선명하게 보였다. 달은 희고 아름다웠으며 지금 보니 그 둥근 입체감이 더욱 뚜렷하게 느껴졌다.

"그렇군요. 지금껏 주의 깊게 본 적이 없었어요!" 조금 전에 대답했던 사람이 감탄했다.

"대낮에 달이 뜨는 일은 아주 흔하지만 열 명 중 아홉 명이 이런 현상을 알아채지 못했다는 통계 자료도 있어요. 그런데 몇 세제곱킬로미터, 심지어 몇십 세제곱킬로미터에 겨우 하나씩 나타나는 작고 희미한 거품을 사람들이 발견할 수 있겠어요?"

"어느 정도 일리 있는 얘기예요."

"그럼 이제 실제로 증명해 드리죠. 구상섬전을 몇 개 더 유도해 주세요."

# 거품

그날 오후, 며칠간 멈춰 있던 헬리콥터 두 대가 다시 이륙해 3000미터 상공에서 아크를 일으켜 구상섬전 세 개를 유도해 냈다. 나와 린윈을 포함한 일곱 명이 두 대에 나누어 타고 있었고, 모두 망원경을 통해 뇌구를 눈으로 따라갔지만 그것들이 사라질 때까지 아무것도 보이지 않았다.

"시력이 나쁘시군요." 결과를 들은 딩이가 말했다.

"저와 류 대위도 보지 못했습니다." 헬리콥터 조종사 정 중위가 말했다.

"그럼 당신들 시력도 좋지 않군요."

"뭐라고요? 우리 시력이 나쁘다고요? 우린 조종사예요. 우리보다 시력이 좋은 사람 못 봤습니다!" 또 다른 조종사 류 대위가 말했다.

"그럼 몇 개 더 유도해서 자세히 살펴보세요." 딩이가 단호하게 말했다.

"딩 교수님, 뇌구를 활성화하는 건 아주 위험한 일이에요. 신중해야 합니다." 쉬 대령이 말했다.

"딩 교수의 말대로 한 번 더 해보는 게 좋겠어요. 위험을 감수해야만 하는 일도 있으니까요." 린윈이 말했다.

딩이가 기지에 도착한 지 이틀도 안 됐지만 그를 대하는 린윈의 태도는 눈에 띄게 변해 있었다. 처음 만났을 때의 의심이 존경으로 바뀐 것이었다. 그녀가 누군가를 존경하고 있다고 느낀 건 이번이 처음이었다. 회의가 끝난 뒤 그녀에게 이런 느낌을 얘기하자 그녀는 이렇게 말했다. "딩이는 우리와는 차원이 다른 사고를 가진 사람이에요. 우리가 닿을 수 없는 수준에서 구상섬전을 인식하고 있어요."

"아직 특별한 구상이나 아이디어를 내놓지 않았잖아요?"

"난 직감적으로 느낄 수 있어요."

"그 뜬구름 같은 생각이 무슨 문제를 해결할 수 있겠어요? 게다가 그의 병적인 고집은 정말 못 봐주겠어요."

"구상섬전 자체가 원래 뜬구름 같은 거예요."

다음 날 아침 세 시간 동안 추가 비행을 통해 뇌구 두 개를 유도해 냈지만 전날과 마찬가지로 사라진 후 아무것도 보이지 않았다.

"저는 여전히 여러분의 시력이 충분히 좋지 않다고 생각합니다. 더 실력 있는 조종사를 불러주시죠. 날개 달린 비행기를 조종하는 그런 조종사요." 딩이가 말했다.

그 말이 헬리콥터 조종사들을 분노하게 만들었다. 정 대위가 흥분해서 말했다. "전투기 조종사 말입니까? 잘 들어요. 공군과 육군의 항공병과는 각자 장점이 있어요. 누구 실력이 더 좋고 나쁘고 문제가 아니란 말입니다! 공군과 육군의 시력 조건도 동일해요!"

"하하하, 난 군사 문제에는 관심이 없어요. 그게 보이지 않는다면 그건 분명히 거리가 너무 멀어서일 거예요. 이런 거리에서는 누구도 뇌구를 볼 수 없어요."

"아무리 가까이 가도 볼 수 없을 거라고 장담해요!"

"그럴 수도 있어요. 결국 투명한 거품이니까. 이런 목표물을 상공에서 관찰하는 건 정말 쉽지 않은 일이에요. 그걸 가져다가 책상에 올려놓고 봐야만 보일 거예요."

우리는 놀란 눈으로 서로를 바라보기만 했다. 딩이 앞에서 우리가 자주 짓는 표정이었다.

"그래요. 제가 생각한 방법이 하나 있어요. 비활성 상태의 구상섬전을 포획해 저장할 수 있는 방법이요."

"그게 가능하다고요? 심지어 우린 그걸 볼 수조차 없는데요?"

"설명을 들어보세요. 여러분이 비행하는 동안 난 계속 이것에 대한 자료를 살펴보고 있었어요." 딩이가 옆에 있는 초전도 배터리 두 개를 가리켰다.

"그게 구상섬전과 무슨 관계가 있죠?"

"비활성 상태의 구상섬전을 이 안에 저장할 수 있어요."

"어떻게요?"

"아주 간단해요. 배터리의 양극에서 나온 초전도 전선으로 거품에 접촉하면 거품이 배터리로 유입되어 양극의 전류와 함께 저장될 거예요. 배터리 음극을 통해 같은 방법으로 거품을 꺼낼 수도 있고요."

"헛소리 작작해요!" 내가 소리쳤다. 딩이의 허황된 이야기는 더 이상 참아줄 수 없는 지경에 이르렀고 그를 데리고 온 것이 정말 후회되었다.

"쉽지 않은 일이에요." 린윈은 아직도 진지한 표정으로 말했다.

"거품을 볼 수도 없는데 어떻게 접촉할 수가 있겠어요?"

"린 소령은 똑똑한 분이잖아요. 잘 생각해 보시죠?" 딩이가 짓궂게 말했다.

"이렇게 하면 어때요? 구상섬전을 활성화해 놓고 눈으로 보면서 따라가다가 그게 사라지는 순간 그 자리로 초전도 전선을 뻗는 거예요. 그러면 거품에 접촉할 수 있겠죠."

"그러려면 동작이 아주 빨라야 해요. 안 그러면 거품이 사라져 버릴 거예요." 딩이가 고개를 끄덕였지만 입가에는 여전히 웃음기가 남아 있었다.

우리는 한참 생각한 후에야 린윈의 의도를 이해했다.

"그건 목숨을 걸어야 하는 일입니다!" 누군가가 소리쳤다.

"소령님, 저 사람의 헛소리에 휘둘리지 마세요." 류 대위가 딩이를 가리키며 린윈에게 말했다.

"대위, 딩 교수님은 세계적으로 유명한 물리학자이고 중국과학원 원사시네. 그에 걸맞은 존경을 보이게." 쉬 대령이 꾸짖는 목소리로 말했다.

"하하하, 괜찮습니다. 익숙한 반응입니다." 딩이가 손을 저으며 말했다.

"좋은 생각이 났어요! 천 박사, 나랑 같이 갈 데가 있어요!" 린윈이 나를 끌고 어디론가로 향했다.

린윈은 '탐지봉 방어 시스템'이라는 것을 보러 가자며 이 이상한 이름의 시스템이 우리 문제를 해결해 줄 수 있을 거라고 했다. 차가장자커우 방향으로 네다섯 시간 달린 뒤 먼지 날리는 산골짜기 속에 있는 넓은 들판에 도착했다. 차에서 내리자 전차 바퀴 자국이 이리저리 어지럽게 나 있었다. 린윈은 이곳이 2005년식 주력전차의 시험기지라고 했다.

탱크병 훈련복을 입은 소령이 달려 나와 린윈이 만나려는 탐지봉 방어 시스템 연구개발팀 책임자가 바쁜 일이 있어서 오지 못했다며 잠시 기다려달라고 했다.

"물 좀 드세요."

그의 손에는 물잔이 들려 있지 않았고, 거대한 탱크의 포구 위에 물잔 두 개가 놓인 작은 쟁반이 올려져 있었다. 이 탱크가 우리 쪽으로 천천히 다가왔다. 차체가 아무리 흔들려도 앞쪽에서 강력한 자력이 끌어당기는 듯 포신은 계속 수평을 유지했고 쟁반에 올려진 물잔에서 물이 한 방울도 넘치지 않았다. 우리의 놀란 모습이 재미있는지 옆에 있는 탱크 부대 장교들이 우리를 보고 웃었다.

2005년식 주력전차는 내가 지금까지 보았던 탱크와 많이 달랐다. 외형은 평평하고 모서리가 뚜렷했으며 곡선으로 이뤄진 부분은 거의 없었다. 포탑과 차체는 두 개의 사다리꼴이 포개진 구조로 결코 파괴되지 않을 것 같은 인상을 주었다.

멀리서 탱크 한 대가 사격 훈련을 하고 있었다. 귀를 찢을 듯한 포성에 나는 귀를 막고 싶었지만 옆에 있는 린윈과 몇몇 장교들이 아무 소리도 들리지 않는 듯 태연하게 담소를 나누고 있어서 귀를 막기가 부끄러웠다.

30분 뒤 탐지봉 방어 시스템 프로젝트의 책임자를 만났다. 그는 우선 시스템 시연 현장으로 우리를 안내했다. 우리가 소형 다연장 로켓포 앞에 서자 병사 두 명이 제일 위쪽 슬롯에 로켓포를 장전했다.

프로젝트 책임자가 말했다. “대전차 미사일로 시연하면 비용이 너무 많이 드니 이걸로 대신하는 겁니다. 미리 시험 발사를 해봤으니 명중할 거예요.”

그가 멀리 있는 2005년식 탱크를 가리켰다. 그 탱크가 이 로켓탄의 표적이었다.

한 병사가 발사 버튼을 누르자 로켓탄이 굉음을 내며 날아가고 우리 뒤로 큰 연기가 일었다. 로켓탄이 공중에서 흰색 꼬리 연기를 남기며 목표물을 향해 거의 직선으로 날아갔다. 하지만 로켓탄이 탱크 위 10여 미터 높이에 도달했을 때 갑자기 무언가에 부딪힌 듯 급하게 방향을 틀어 탱크에서 20미터 가까이 떨어진 진흙 바닥에 처박혔다. 탄두가 장착되지 않았기 때문에 작은 먼지 구름만 일었다.

나는 놀라움을 감출 수가 없었다. “탱크 주위에 보호막이 있나요?”

주위에서 웃음을 터져 나왔다. 프로젝트 책임자가 웃으며 말했다.

“그렇게 신비로운 건 아닙니다. 보호막 같은 건 SF 소설이나 영화에나 나오는 거죠. 이 시스템의 원리는 정말로 원시적이에요.”

내가 ‘원시적’이라는 말을 이해하지 못하자 린윈이 말했다. “이 원리는 냉병기* 시대까지 거슬러 올라가요. 기사들이 창을 휘둘러

* 화약을 쓰지 않고 사람의 힘과 기술로 공격 또는 방어하는 데 사용하는 무기.

적의 화살을 막는 방식과 같죠."

내가 그래도 이해하지 못하자 프로젝트 책임자가 말했다. "먼 거리에서 순식간에 일어난 일이라 보시지 못한 게 당연합니다."

그가 나를 모니터 앞으로 데려갔다. "고속 촬영한 영상을 보시죠."

영상을 재생하자 로켓탄이 탱크에 충돌하기 직전 탱크 상단에서 긴 낚싯대처럼 얇고 긴 막대가 순식간에 솟아올라 로켓탄의 머리를 정확히 타격해 궤도를 꺾어버리는 장면이 포착되었다.

프로젝트 책임자가 말했다. "실전에서는 이렇게 날아오는 물체를 튕겨내기도 하고, 충돌하기 전에 미리 폭발시켜 버리기도 하죠. 저속의 대전차 미사일과 공중 투하 폭탄 방어에 효과적인 시스템입니다."

"이렇게 훌륭한 방법을 생각해 내다니 대단하십니다!" 나는 진심으로 감탄했다.

"우리가 생각해 낸 방법이 아닙니다. 탐지봉 방어 시스템의 개념은 80년대 후반 나토의 무기 전문가들이 처음 고안한 것을 프랑스인들이 최신형 르클레르 탱크에 적용해 첫 시험에 성공했어요. 우리가 그 뒤를 따른 거죠."

린윈이 말했다. "원리는 단순하지만 목표물 탐지 및 추적 시스템은 최첨단이에요. 아주 짧은 시간 내에 탐지봉으로 목표물을 정확히 맞혀 최적의 각도로 튕겨내야 하니까요. 초소형 탄도미사일 방어 체계라고 할 수 있어요."

나는 그제야 린윈의 의도를 완전히 이해했다. 마치 우리를 위해 맞춤 제작된 시스템이라고 해도 과언이 아니었다.

프로젝트 책임자가 말했다. "어제 린 소령에게 연구에 대해 자세히 들었고 상부에서도 긴밀히 협력하라는 지시가 내려왔습니다. 솔직히 말해 예전이라면 저는 그런 연구를 대수롭지 않게 여겼겠지만, 지금은 그렇지 않습니다. 탐지봉 방어 시스템도 개념만 접했을 때는 우습다고만 여겼지 오늘날의 성공은 상상조차 하지 못했거든요. 앞으로의 전쟁에서는 끝까지 포기하지 않고 파고드는 사람만이 살아남을 수 있을 겁니다."

린윈이 말했다. "지금 가장 큰 문제는 탐지봉의 길이입니다. 더 길게 만들 수 있을까요? 헬리콥터가 뇌구에 가까이 접근하면 위험해서요."

"현재 탐지봉의 최대 길이가 10미터예요. 더 길면 타격 강도가 떨어지죠. 하지만 소령이 원하는 용도라면 강도가 약해도 무방하고 반응 속도에 대한 요구도 낮으니, 탐지봉의 길이를 최대 25미터까지 늘릴 수 있을 겁니다. 단, 한 가지 조건이 있습니다. 초전도 전선을 연결할 수는 있지만, 그 외에는 머리 부분에 아무것도 장착할 수 없어요."

린윈이 고개를 끄덕이며 말했다. "그 정도면 충분합니다."

돌아오는 길에 내가 린윈에게 물었다. "정말 이렇게까지 할 거예요? 딩이에게 너무 큰 도박을 거는 거 아니에요?"

린윈이 고개를 끄덕였다. "시도해 봐야 해요. 난 딩이가 구상섬전 연구에 돌파구를 열어줄 사람이라고 생각해요. 우리도 기존의 사고방식으로는 이 자연의 비밀을 풀 수 없을 거라고 생각했잖아요. 드디어 새로운 아이디어가 나왔는데 다들 그걸 받아들이지 못하고 있어요."

"지금 문제는 쉬 대령과 조종사들을 어떻게 설득할 거냐는 점이에요."

다음 날 긴급 소집된 회의에서 린윈이 이 계획을 설명했다.

"뇌구를 긴 막대기로 찌르라고요? 소령님, 머리가 잘못되신 거 아닙니까?" 조종사 정 중위가 큰 소리로 말했다.

"내가 설명했잖아. 뇌구가 활성화된 상태에서 찌르는 게 아니라, 그게 사라진 직후에 그 위치에 있을 거품을 찌르는 거라고."

"딩 교수님은 뇌구가 사라지고 0.5초 안에 긴 막대기에 연결된 초전도 전선이 그 위치에 닿아야 한다고 했습니다. 그보다 늦으면 거품이 날아가 버릴 거라고 했습니다. 그런데 그 정도로 정확할 수 있습니까? 만약 0.5초 일찍 찌르게 되면 어떻게 합니까?"

"탐지봉 방어 시스템의 반응 시간은 우리가 필요로 하는 것보다 훨씬 빨라. 다만 원래 시스템에서는 목표물이 특정 위치에 나타났을 때 작동되는 반면, 우리 시스템에서는 목표물이 사라질 때 작동하게 되지. 또 최근 관측한 전자기 복사 및 가시광선 데이터를 이용해 뇌구가 사라지는 순간을 정확히 계산해 낼 수 있어."

"설사 소령님이 말하는 모든 조건이 충족된다 해도 헬리콥터가 뇌구와 25미터 거리까지 접근해야 합니다. 지난 사고 때 거리의 절반밖에 안 되는 거리란 말입니다. 그게 얼마나 위험한 일인지 아시겠죠."

"나도 알아. 하지만 위험을 감수해야 해."

"난 동의할 수 없네." 쉬 대령이 단호하게 말했다.

"설사 대령님께서 동의하시더라도 저희는 이 임무를 수행하지 않을 겁니다." 조종사 류 대위가 말했다.

"저희 조종사 두 사람은 이 연구 기지에 임시로 파견된 인력이므로 최종 지휘권은 군단에 있습니다. 저희는 조종사의 안전을 위협하는 명령을 거부할 권리가 있습니다. 지난번 사고 후 저희 사단장께서 이 점을 특히 강조하셨습니다."

린윈이 매우 차분하게 말했다. "대위, 만약 군단으로부터 이 임무를 수행하라는 명령을 받는다면, 따를 수 있나?"

"그러면 얘기가 다르겠지요. 당연히 따를 겁니다."

"확실히 약속할 수 있겠나?" 류 대위를 똑바로 쳐다보는 린윈의 눈빛은 나조차 소름이 돋을 만큼 무서웠다.

"이 헬리콥터 편대를 책임진 장교로서 맹세할 수 있습니다. 하지만 군단에서 그런 명령을 내릴 리 없습니다."

린윈이 말없이 수화기를 들고 번호를 눌렀다. "여보세요, 쩡(曾) 사단장님과 통화하고 싶습니다. 저는 B436 프로젝트 연구 기지의 린윈 소령입니다. 네. 접니다. 네. 감사합니다!" 린윈이 류 대위에게 수화기를 건넸다. "류 대위, 38군 육군 항공병 2사단 사단장님이시다."

류 대위가 수화를 건네받았다. "네…… 접니다. 사단장님…… 알겠습니다. 네!" 류 대위가 전화를 끊더니 린윈에게 눈길을 주지 않고 쉬 대령에게 말했다. "대령님께 보고합니다. 이 임무를 완수하라는 명령을 받았습니다. 비행시간과 횟수는 기지의 결정을 따르겠습니다."

"아니. 즉시 상부에 전달하게. 신뢰할 수 있는 안전조치를 확보하기 전까지 기지의 모든 관측 비행을 중단하겠네." 쉬 대령이 단호하게 말했다.

류 대위가 수화기를 든 채 망설이다가 린윈에게 시선을 돌리자 모두의 시선이 그녀에게 쏠렸다.

린윈은 아랫입술을 깨물고 2~3초 침묵하더니 대위의 손에서 수화기를 빼앗아 들고 전화를 끊은 뒤 다른 번호를 눌렀다. "여보세요. 정치처* 주임님이십니까? B436 프로젝트 연구 기지입니다. 네. 어제 보고한 사항에 대해 상부의 결정이 내려졌습니까? 네." 린윈이 쉬 대령에게 수화기를 건넸다. "총장비부 정치처 주임님이십니다."

쉬 대령은 수화기를 받아 긴장된 표정으로 듣고 있다가 "네. 알겠습니다."라고 말한 뒤 수화기를 내려놓았다. 그는 곧 모두를 향해 무거운 목소리로 선언했다. "상부의 명령이다. 린윈 소령의 계획에 따라 비활성 구상섬전을 포획하는 실험을 실시한다. 또한 기지의 다른 업무를 중단하고 이 실험에 모든 역량을 집중하며 각자의 위치에서 최선을 다한다. 회의는 이것으로 마친다. 프로젝트팀의 기술 책임자를 제외하고 모두 해산하도록."

탱크 시험 기지에서 돌아오는 길에 린윈이 혼자 시내에 갔다가 자정이 넘어서야 기지로 돌아왔는데 그녀가 뭘 하러 갔었는지 알 것 같았다.

그 후 모두 아무 말도 하지 않고 천천히 흩어졌다. 그 무언의 날카로운 화살이 일제히 린윈을 향하고 있었다.

"정 중위." 린윈이 회의실을 나가는 조종사를 불러 세웠다. "이해해 줘. 전시였다면 이건 일상적인 출격에 속했을 거야."

* 중국인민해방군 연대급 이상 부대에서 인사 및 정치공작을 담당하는 부서.

"저희가 죽음을 두려워한다고 생각하십니까?" 정 중위가 자기의 가슴을 가리키며 말했다. "저희는 가치 없이 죽고 싶지 않은 겁니다. 아무 성과도 없을 게 뻔한 실험을 위해, 알 수 없는 사람이 내놓은 알 수 없는 이론에 따라 계획된 알 수 없는 실험을 위해 죽고 싶지 않은 겁니다."

류 대위가 말했다. "딩 교수님도 이 방법으로 뇌구를 잡을 수 있을 거라고 생각하지 않을 겁니다."

딩이는 아까부터 계속 침묵하고 있었다. 방금 전 언쟁도 자신과 무관하다는 듯 표정조차 변하지 않았던 그가 마침내 고개를 끄덕이며 입을 열었다. "모든 게 린 소령의 계획대로 실행된다면 성공을 확신할 수 있습니다."

두 조종사가 나간 뒤 쉬 대령, 린윈, 딩이 그리고 나만 남았다. 쉬 대령이 한참 침묵하다가 엄숙한 말투로 말했다. "린윈, 이번엔 자네가 너무 지나쳤네. 자네가 이 기지에 온 뒤 지금까지 했던 행동을 돌이켜 생각해 봐. 모든 일에서 독선적이고 독단적이었어. 자네가 원하는 대로 끌고 가기 위해 수단과 방법을 가리지 않았고, 직무 권한을 넘어 모든 일에 관여하고 간섭했지. 기지의 지도부를 거치지 않고 자네 멋대로 일을 추진했어. 게다가 이번에는 특권과 비공식적인 루트를 통해 여러 단계의 기관을 뛰어넘어 최고 지도부에 자네의 주관적인 의견을 전달하고 사실과 다른 정보를 보고했어. 이게 얼마나 위험한 행동인 줄 알고 있나! 그래. 지금까지는 기지의 다른 동지들이 자네 행동을 용인해 왔네. 하지만 그건 모두 프로젝트를 위해서였지 지휘와 질서가 사라졌기 때문이 아니었어. 자네의 배경이 이 프로젝트에서 중요한 역할을 하고 있다는 것도 알고 있고, 자네가 가진 상부와의 연락 채널이 중요한 것도 사실이네. 하지만 자네는 이런 용인과 동지들의 신뢰를 방임으로 착각하고 점점 더 도를 넘고 있어. 이 실험이 끝난 뒤 자네의 행동을 상부에 정식으로 보고하겠네. 또한 자네의 잘못을 인정한다면 스스로 이 프로젝트에서 손을 떼고 기지를 떠나주게. 더는 함께 일하기 힘들군."

린윈은 두 손을 모으고 고개를 숙인 채 그의 말을 경청했다. 냉정하고 저돌적이었던 모습은 사라지고 잘못을 저지른 어린아이처럼 보였다. 그녀가 낮은 목소리로 말했다. "실험이 실패하면 더 큰 책임을 지겠습니다."

"실험이 성공하면 자네 방식이 옳다는 건가?" 대령이 말했다.

"저는 잘못이 없다고 생각합니다." 딩이가 끼어들었다. "기존의 틀을 벗어난 파격적인 연구에는 파격적인 추진 방식이 필요하다고 생각해요. 그러지 않으면 이 경직된 사회에서 과학이 한 발짝도 나아갈 수 없을 거예요. 후, 그때 제가 머리를 좀 더 굴렸더라면 초고속 가속기 프로젝트도 취소되지 않았을 거예요."

린윈이 고개를 들어 감격스러운 눈으로 그를 응시했다.

딩이가 일어나 이리저리 서성이더니 특유의 짓궂은 미소가 또 입가에 나타났다. "저는 아무 책임도 지지 않을 거예요. 물리학자는 가설을 제시하는 사람들이니까요. 가설이 실험으로 검증되지 않는다면 우리가 해야 할 일은 또 다른 가설을 제시하는 거예요."

"하지만, 딩 교수의 가설을 검증하려면 누군가 생명을 걸어야 합니다." 내가 말했다.

"성공했을 때 얻을 수 있는 것과 비교하면 감수할 만한 가치가 있어요."

"딩 교수는 그 헬리콥터에 타지 않을 테니 쉽게 말할 수 있겠죠."

"뭐라고요?" 딩이가 갑자기 화를 내며 소리쳤다. "나더러 헬리콥터에 타라는 겁니까? 내 용기를 증명하기 위해서? 어림없는 소리! 난 이미 물리학에 목숨을 바쳤어요. 똑똑히 말하지만 난 그 헬리콥터에 타지 않을 겁니다!"

"아무도 교수님께 타라고 하지 않았습니다." 쉬 대령이 체념한 듯 고개를 저으며 말했다.

나는 회의가 끝난 뒤 아무도 없는 곳으로 가서 그 번호로 전화를 걸었다. 신호가 한 번 울리자마자 린 장군의 침착한 목소리가 들려왔다. "천 박사?"

그가 내가 건 전화라는 것을 바로 알아차려 나는 몹시 놀랐다. 이는 상부에서도 우리 연구의 진행 상황을 예의 주시하고 있다는 것을 의미했다. 내가 조금 전 회의 상황을 설명하자 그가 말했다.

"현재 상황은 모두 파악하고 있네. 하지만 지금은 매우 위중한 시기라 프로젝트의 성과가 시급히 필요하다네. 그래서 불가피하게 위험을 감수할 수밖에 없지. 물론, 샤오원의 행동은 옳지 않았고 비열하다고 할 수 있지. 하지만 샤오원이 원래 그런 성격이라 어쩔 수 없는 면도 있고, 우리 쪽에서 이런 점을 미리 충분히 고려하지 못한 책임도 있네. 내일 본부에서 연구 현장과 상부 간의 소통을 전담할 사람을 기지로 파견하겠네. 그래도 천 박사, 연락해 줘서 고맙네."

"장군님, 제가 드리고 싶은 말씀은 딩 교수의 이론이 너무 허황되고 신빙성이 떨어진다는 겁니다."

"현대 물리학의 이론 중에 허황된 얘기 같지 않고 쉽게 믿을 수 있는 게 어디 있겠나?"

"하지만……."

"샤오윈이 보고한 딩 교수의 이론과 계산 과정은 이미 많은 학자와 전문가가 검토했다네. 샤오윈의 실험 계획도 신중한 검토를 거쳤지. 천 박사는 모를 수도 있겠네만, 딩 교수가 국방 프로젝트에 참여한 건 이번이 처음이 아니야. 우린 그의 능력을 신뢰하고 있어. 딩 교수의 이론이 아무리 허튼소리처럼 들려도 위험을 감수할 가치가 있을 걸세."

그 후 2주 동안 나는 군인과 민간인의 차이를 실감할 수 있었다. 상식적으로 보면 어리석기 짝이 없는 이 실험을 놓고 프로젝트팀의 구성원 대다수는 강하게 반대했고, 린윈을 비롯한 소수와 날카롭게 대립했다. 만약 이 프로젝트가 어느 지방 연구소의 일이었다면 반대자들은 표면적으로는 협조하는 척하면서 소극적으로 일하거나 뒤에서 은밀히 방해했을 것이다. 하지만 군대는 달랐다. 모두가 진심으로 최선을 다했고, 린윈이 내린 명령은 단호하게 실행되었다. 린윈보다 계급이 높은 이들도 많았지만 그들 또한 예외 없이 그랬다. 물론, 여기에 린윈의 개인적인 매력도 일정 부분 작용했다는 점도 부정할 수는 없다. 프로젝트팀에는 젊은 엘리트 장교들이 몇 있었는데, 그들은 옳고 그름을 따지지 않고 무조건적으로 그녀를 따랐다.

탐지봉 방어 시스템 연구팀에서도 몇 명의 엔지니어가 임시로 파견되었다. 그들은 시스템의 하드웨어를 개선해 탐지봉의 길이를 2.5배로 늘리고, 이를 헬리콥터에 설치했다. 이와 함께 시스템의 제어 프로그램도 수정했는데, 목표물 식별 및 타격 판단 방식을 역으로 설정해 목표물이 사라지는 순간 탐지봉이 튀어나오도록 했다.

실험 당일, 기지의 구성원 전원이 이륙장에 모였다. 한 달 전 첫 공중 실험을 했던 날처럼 화창하고 바람도 없는 날씨였다. 모두가 긴장한 가운데 생명의 위험을 직접 감수해야 하는 조종사 두 사람이 제일 여유롭게 보였다. 그들은 한 달 전처럼 구급차 옆에서 간호사들과 웃으며 잡담을 나누고 있었다.

훈련복을 입은 린윈이 평소처럼 탐지봉 시스템이 장착된 헬리콥터로 향했지만 류 대위가 그녀를 막았다.

"소령님, 탐지봉 시스템은 자동으로 작동합니다. 조종사 한 명만 탑승하면 됩니다."

린윈이 말없이 대위의 팔을 밀치고 뒷자리에 탔다. 대위가 린윈을 몇 초쯤 쳐다보다가 헬리콥터 안으로 허리를 숙여 린윈에게 낙하산 가방을 조심스럽게 메어주었다. 뇌구에 타버린 그의 손톱이 아직 다 자라지 않은 상태였다.

딩이는 누가 자신을 억지로 헬리콥터에 태울까 봐 겁이 났는지 주위의 경멸하는 시선도 아랑곳하지 않고 자신은 물리학에 목숨을 바친 사람이라고 고래고래 떠들어댔다. 또 더 심도 깊고 치밀한 계산을 통해 이론을 검증했으므로 뇌구를 반드시 잡을 수 있다고 장담했다. 우리 눈에 보이는 딩이의 모습은 영락없는 사기꾼이었다. 그와 린윈 외에는 그 누구도 실험 결과에 희망을 품지 않았고, 오로지 헬리콥터에 탄 사람들이 무사히 귀환할 수 있기만을 기도하고 있었다.

헬리콥터 두 대가 굉음과 함께 이륙했다. 공중에서 펑펑 터지는 폭발음과 함께 아크가 나타나자 지상에 있는 사람들의 심장이 오그라들었다. 계획에 따르면 뇌구가 활성화되는 즉시 아크가 꺼지고 탐지봉 시스템이 장착된 헬리콥터가 목표물로부터 약 25미터 거리까지 접근할 것이었다. 그리고 뇌구가 사라지는 순간 탐지봉이 자동으로 튀어나와 탐지봉에 연결된 지름 0.5센티미터 미만의 초전도 전선이 이른바 거품이 있을 것으로 판단되는 위치에 접촉하게 되어 있었다. 그 초전도 전선은 헬리콥터 내부에 설치된 방전 상태의 초전도 배터리와 연결되어 있었다.

헬리콥터 두 대는 점점 멀어져 갔고, 아크는 푸른 새벽하늘 위에 은빛으로 빛나는 별 하나로 보이게 되었다. 지상에 있던 우리는 그 뒤에 일어난 일을 나중에야 들었다.

이륙하고 약 24분이 지났을 때 구상섬전이 활성화되었다. 아크가 꺼진 뒤 탐지봉이 장착된 헬리콥터가 공중에 떠 있는 뇌구 쪽으로 접근해 거리를 약 25미터로 좁힌 뒤 탐지봉으로 그쪽을 겨누었다. 이것은 뇌구를 유도해 낸 이래 헬리콥터가 뇌구에 가장 가까이 접근한 순간이었다. 뇌구를 따라가며 비행하는 것은 무척 어려운 일이었다. 뇌구는 기류의 영향을 받지 않았고 어떤 요인으로 움직이는 방향이 결정되는지 아무도 알지 못했다. 진행 방향이 변덕스럽고 불규칙했기 때문에 갑자기 헬리콥터를 향해 돌진할 수 있다는 점이 가장 위험했다. 나중에 영상으로 확인해 보니 뇌구와 헬리콥터가 가장 가까웠을 때는 거리가 단 16미터에 불과했다. 뇌구는 주황빛을 내는 일반적인 유형으로 낮에는 육안으로 잘 보이지 않았다. 뇌구가 1분 35초간 나타났다가 사라졌을 때, 뇌구와 헬리콥터의 거리는 22.5미터였다. 헬리콥터에 타고 있던 류 대위와 린윈은 밖에서 뇌구가 폭발하는 소리를 분명히 들었다. 그와 동시에 탐지봉 시스템이 작동하며 20미터가 넘는 탐지봉이 번개처럼 튀어나와 초전도 전선의 한쪽 끝을 뇌구가 사라진 위치로 정확히 뻗었다. 영상을 확인해 보니, 뇌구가 사라진 뒤 초전도 전선이 그 위치에 도달하기까지 걸린 시간은 고작 0.4초에 불과했다.

곧바로 린윈 주변에서 거대한 폭발음이 들리며 기내에서 무언가가 폭발했다. 뜨거운 증기가 기내를 가득 채웠지만 헬리콥터는 정상적인 비행 상태를 유지한 채 기지로 돌아와 착륙했다.

헬리콥터가 사람들의 환호성 속에서 착륙했다. 쉬 대령이 말한 대로, 이번 실험은 안전하게 귀환한 것만으로 이미 성공한 셈이었다.

조사 결과, 기내에서 폭발한 것은 지상 근무 요원이 실수로 뒷좌석 아래 두고 간 생수병인 것으로 밝혀졌다. 뇌구의 에너지가 물속에서 방출되어, 순식간에 물이 수증기로 변한 것이었다. 천만다행으로 생수병은 좌석 밑에 있었고 폭발하면서 플라스틱으로 만들어진 병은 파편조차 남기지 않고 완전히 파열되었다. 린윈의 오른쪽 종아리만 훈련복을 뚫고 들어간 수증기에 가벼운 화상을 입었다.

"정말 운이 좋았습니다. 헬리콥터의 냉각 시스템은 냉각유를 사용했기 때문에 무사할 수 있었습니다. 자동차처럼 물탱크를 사용했다면 물탱크 전체가 폭탄이 되었을 겁니다." 류 대위가 폭발의 충격이 가시지 않은 얼굴로 말했다.

"그보다 더 큰 행운을 모르시는군요." 딩이가 다가와 또 히죽이며 말했다. 그는 여전히 이 모든 일이 자신과 무관하다고 생각하는 것 같았다. "그 생수병 외에도 헬리콥터 내부에 또 다른 물이 있었죠."

"어디에요?" 린윈이 묻고는 곧 그 해답을 깨달은 듯 소리쳤다. "아, 우리 몸속에!"

"그렇죠. 두 사람의 혈액도 있었어요."

그 순간 모두 찬 숨을 훅 들이마셨다. 그들이 몸속에 흐르는 피가 순식간에 수증기로 변하는 장면은 차마 상상조차 할 수가 없었다. 그제야 모두 얼마나 끔찍한 위험을 모면했는지 깨달았다.

"구상섬전이 에너지를 방출할 목표물을 선택할 때 목표물의 경계 조건이 중요하다는 걸 알 수 있어요." 딩이가 생각에 잠긴 듯 말했다.

누가 물었다. "딩 교수님, 에너지를 모두 방출한 뇌구 말입니다. 그걸 뭐라고 불렀죠? 아, 거품이라고 했죠? 그게 초전도 배터리 안에 있나요?"

딩이가 고개를 끄덕였다. "전체 과정이 정확하게 진행됐으니 아마 그 안에 있을 거예요."

모두 들뜬 표정으로 헬리콥터에서 초전도 배터리를 내렸다. 그 흥분 속에는 조롱의 뉘앙스도 적잖이 섞여 있었다. 대부분이 이미 결과를 짐작하고 있었으므로 지금 상황을 헬리콥터의 안전한 귀환을 축하하는 가벼운 코미디 정도로 여겼다.

"교수님, 거품을 언제 꺼내서 보여주실 거예요?" 무거운 배터리를 헬리콥터에서 내려놓은 뒤 누군가 물었다. 사람들은 딩이가 이 배터리를 실험실에 숨겨놓고 최소한의 인원만 불러서 자신의 실패를 확인할 것이라고 생각했지만 그의 대답은 예상을 빗나갔다.

"지금 보여드릴게요."

주위에서 환호성이 터져 나왔다. 마치 한 사람의 처형을 구경하러 단두대에 몰려든 사람들 같았다.

쉬 대령이 헬리콥터의 탑승 계단에 올라서서 큰 소리로 말했다. "잘 들어라. 거품을 배터리에서 꺼내는 건 아주 신중해야 하고 충분한 준비가 필요하다. 배터리를 실험실로 옮긴 뒤 결과를 즉시 발표하도록 하겠다."

"대령님, 모든 사람이 며칠 동안 이 실험을 위해 최선을 다했습니다. 특히 류 대위님과 린 소령은 생명의 위험을 감수했습니다. 그러니 지금 당장 결과를 확인할 권리가 있습니다." 딩이가 말하자 또 한 번의 환호성이 터져 나왔다.

"딩 교수님, 이건 아주 중요한 프로젝트입니다. 장난으로 대할 일이 아닙니다. 배터리를 즉시 실험실로 옮길 것을 명령합니다." 쉬 대령이 단호하게 말했다. 나는 대령이 정말 좋은 사람이라고 생각했다. 이런 순간에도 딩이의 체면을 지켜주려 애쓰고 있으니 말이다.

"대령님, 거품을 꺼내는 일은 전적으로 제 소관입니다. 이 실험의 절차와 시기를 결정한 권리는 제게 있습니다." 딩이가 쉬 대령에게 말했다.

"교수님, 냉정하게 행동하시죠." 쉬 대령이 딩이에게 나직이 말했다.

"린 소령의 의견은 어때요?" 딩이가 말없이 서 있는 린윈에게 물었다.

린윈이 머리를 흔들어 머리카락을 뒤로 휙 넘기며 단호하게 말했다. "지금 합시다. 어떤 결과든 빨리 확인하는 게 좋겠어요."

"그렇다니까요." 딩이가 손을 저으며 말했다. "초전도연구소의 엔지니어들, 앞으로 나오세요!"

초전도 배터리를 조작하는 엔지니어 세 명이 앞으로 나왔다. 딩이가 그들에게 말했다. "뇌구를 꺼내는 방법은 어제 논의했으니 모두 알고 있을 거라고 믿어요. 자기장 밀폐 장치는 가져왔나요?" 가져왔다고 하자 딩이가 말했다. "그럼 시작합시다!"

원통형 초전도 배터리를 작업대에 올려놓고 한 엔지니어가 초전도 전선을 배터리 음극에 연결했다. 초전도 전선 끝에 스위치가 달려 있었다. 딩이가 그걸 가리키며 말했다. "이 스위치를 누르기만 하면 초전도 전선이 배터리와 연결되어 배터리 내의 거품이 추출될 겁니다."

다른 엔지니어 두 사람이 초전도 전선의 다른 쪽 끝에 일정 간격마다 코일이 감겨 있는 장치를 설치했다. 이어서 딩이가 모두에게 설명했다. "거품이 밖으로 나오면 어떤 용기에도 담을 수 없고 모든 물체를 관통하며 스스로 떠다닐 거예요. 하지만 이론적으로 볼 때 거품은 일정량의 음전하를 띠기 때문에 자기장을 이용해 가둘 수 있어요. 이 장치로 자기장을 형성해 거품을 잡아두고 여러분께 보여드릴게요. 자, 자기장을 활성화할게요."

한 엔지니어가 스위치를 조작하자 자기장 발생장치에 빨간불이 켜졌다.

"거품을 더 확실히 관찰하기 위해 이걸 가져왔어요." 딩이가 바닥에서 정사각형 모양의 물건 하나를 집어 들었다. 모두 그것이 바둑판이라는 것을 보고는 놀랐다.

"자, 역사적인 순간을 맞이할 차례입니다." 딩이가 초전도 배터리 옆으로 다가가 빨간 스위치 위에 손가락을 올려놓은 뒤 모두의 시선이 집중된 가운데 스위치를 눌렀다.

아무 일도 일어나지 않았다.

딩이의 얼굴은 여전히 호수처럼 평온했다. 그가 자기장 발생장치를 가리키며 선언하듯 말했다.

"이것이 바로 비활성 상태의 구상섬전입니다."

거기엔 아무것도 없었다.

한순간 정적이 흘렀다. 자기장 발생장치가 내는 웅웅거리는 가느다란 소리만 들릴 뿐이었다. 나는 시간이 마치 아교처럼 끈끈해졌다고 느끼며 이 순간이 빨리 지나가기만을 바랐다.

갑자기 뒤쪽에서 푹, 하는 소리가 나자 모두 놀라 뒤를 돌아보았다. 류 대위가 배를 쥐고 웃음을 터뜨리고 있었다. 그는 조금 전 들이켠 생수까지 뿜어내며 웃어댔다.

"하하하! 여러분, 딩 교수님 좀 보세요. 벌거벗은 임금님에 나오는 재단사 같지 않아요?"

모두 꼭 맞아떨어지는 비유라고 생각했는지 웃음을 터뜨렸다. 그들은 이 물리학자의 뻔뻔함과 유머 감각을 비웃으며 한껏 웃어젖혔다.

"모두 조용히 해! 집중!" 쉬 대령이 팔을 저어 조용히 하게 한 뒤 말했다.

"이럴 때일수록 실험을 대하는 올바른 인식과 태도가 필요하다. 우리는 실험의 실패를 예상했지만 진행하기로 합의했다. 실험 참가자가 안전하게 귀환한 것만으로도 실험은 이미 성공한 셈이다."

"하지만 누군가는 결과에 책임져야 하지 않습니까?" 누군가 큰 소리로 외쳤다.

"이런 우스꽝스러운 코미디를 보려고 백만 위안 넘게 투자하고,

헬리콥터 한 대와 두 사람의 생명을 걸고 모험한 건 아니잖습니까!"
이 말이 모두의 공감을 불러일으켰다.

그때 딩이가 납작한 바둑판을 들어 자기장 발생장치 위로 가져갔다. 그의 행동에 시선이 쏠리며 소란이 곧 가라앉았다. 완전히 조용해지자 딩이는 바둑판이 자기장 발생장치 바닥에 닿을 때까지 천천히 내렸다. 가까이 다가가 바둑판을 가만히 살펴보던 사람들이 충격에 휩싸여 그 자리에서 얼음처럼 굳었다.

바둑판의 정사각형 칸 중 일부가 일그러져 변형되었는데, 그 변형된 부분이 정확히 원형을 이루고 있었던 것이다. 마치 바둑판 위에 완전히 투명한 크리스털 구슬이 놓여 있는 것 같았다.

딩이가 바둑판을 치우자 사람들이 몸을 굽혀 바둑판이 있던 위치와 수평으로 눈높이를 맞추었다. 그러자 바둑판 없이도 거품이 보이기 시작했다. 구형의 흐릿한 윤곽이 공중에서 희미하게 어른거려 무지갯빛이 돌지 않는 비눗방울이 떠 있는 것 같았다.

석상처럼 굳어버린 사람들 중에 제일 먼저 움직인 사람은 류 대위였다. 그는 손톱 없는 손가락을 가늘게 떨며 거품을 향해 뻗으려다가 이내 다시 움츠렸다.

"괜찮아요. 머리를 넣어도 돼요." 딩이가 말했다.

류 대위가 정말로 거품 속으로 머리를 넣었다. 인류가 처음으로 구상섬전 속으로 들어가 바깥세상을 바라본 순간이었다. 류 대위는 아무런 이상함을 느끼지 못했고, 그 모습을 본 사람들은 다시 환호성을 질렀다. 이번 환호성은 진심 어린 기쁨에서 터져 나오는 것이었다.

# 굉전자

실험 성공을 자축하기 위해 기지에서 멀지 않은 캉시(康西)초원*에 가서 양고기를 구워 먹으며 회식을 하기로 했다. 초원의 한 공터에 커다란 탁자가 설치되었다.

쉬 대령이 축사를 했다. "오랜 옛날 누군가는 자신이 공기에 둘러싸여 살아가고 있다는 것을 문득 깨달았을 것입니다. 또 인류는 우리 모두가 중력에 묶여 있다는 사실을 알게 되었습니다. 그리고 사방에 전자기파가 파도처럼 출렁이고 있다는 것도, 우주방사선이 언제나 우리 몸을 통과하고 있다는 것도 알게 되었죠. 이제 우리는 또 한 거품에 대해 알게 됐습니다. 거품들은 시시각각 우리 주변의 텅 빈 것처럼 보이는 공간을 떠다니고 있습니다. 이 연구 기지의 모든 사람을 대표해, 딩이 교수님과 린윈 소령에게 마땅한 경의를 표합니다."

* 베이징 북부 근교에 있는 초원.

모두 박수 치며 환호했다.

딩이가 린윈에게 다가가 술잔을 들어 올리며 말했다. "린 소령, 나는 원래 군인에게 편견을 갖고 있었어요. 기계적이고 수동적인 사고로 똘똘 뭉친 사람들이라고 생각했지만 소령이 내 생각을 바꿔놓았어요."

린윈이 말없이 딩이를 보았다. 나는 그녀가 누군가를 그런 눈빛으로 바라보는 것을 본 적이 없었다. 심지어 장싱천 대령에게도 그런 눈빛을 보낸 적이 없었다.

이제 보니 딩이는 군복을 입은 사람들 속에서 군계일학처럼 돋보였다. 초원에서 불어오는 뜨거운 여름 바람 속에서 그는 마치 세 개의 깃발로 이루어진 사람처럼 보였다. 몸에 비해 너무 큰 조끼와 반바지, 그리고 긴 머리칼이 마치 깃발처럼 사정없이 바람에 휘날렸다. 그의 마른 몸은 세 개의 깃발을 꿰어놓은 깃대 같았다.

그의 옆에 선 린윈이 붉은 노을빛을 받아 유난히 아름답게 보였다.

쉬 대령이 말했다. "지금 우린 딩 교수님이 구상섬전이 무엇인지 설명해 주길 간절히 기다리고 있습니다."

딩이가 고개를 끄덕였다. "알고 있어요. 많은 사람들이 이 자연의 수수께끼를 풀기 위해 숱한 노력을 기울였죠. 그중에는 천 박사와 린 소령 같은 분들도 있죠. 그들은 평생을 바쳐 전자기학과 유체역학의 방정식들을 현기증이 날 만큼 비틀어 가며 연구했어요. 비틀다 못해 찢어질 정도가 되면 그 구멍을 기워 메우고 또 기우며 누더기가 되도록 연구했어요. 또 흔들리는 기둥을 지탱하려고 또 다른 기둥을 세워가며 간신히 건물을 세웠지만 그 결과물은 거대하고 복잡한, 흉

측한 괴물이었죠. 천 박사, 수많은 사람들이 실패한 이유가 뭔 줄 아세요? 그들은 단순하게 생각했기 때문이 아니라, 너무 복잡하게 생각해서 실패한 거예요. 더 단순하게 생각했어야 했어요."

린윈의 아버지가 했던 말과 똑같은 얘기였다. 분야는 달라도 비범한 사람들끼리는 서로 통하는 점이 있는 것 같았다.

"어떻게 더 단순하게 생각할 수 있나요?" 내가 의아한 표정으로 물었다.

딩이가 내 질문에 대답하지 않고 계속 말했다. "이제 구상섬전이 무엇인지 설명해 볼게요."

그 순간 하늘에 막 나타난 별들조차 깜빡이는 것을 멈춘 듯했다. 나는 마치 신의 마지막 심판을 기다리는 심정이었다.

"그건 그저 하나의 전자일 뿐입니다."

우리는 어리둥절하게 서로의 얼굴만 바라보았다. 잠시 사고력을 동원해 보았지만 결국 포기하고 딩이의 입만 쳐다보았다. 전혀 예상치 못한 말에 우리는 더 이상 질문조차 할 수가 없었다.

"축구공만 한 전자예요." 딩이가 덧붙여 말했다.

"전자가…… 어떻게 그런 모양일 수가 있어요?" 누군가 어리둥절하게 물었다.

"그럼 여러분은 전자가 어떤 모습이어야 한다고 생각하세요? 불투명하고 밀도가 높은 작은 공? 네, 대부분 사람들이 전자, 양성자, 중성자를 그런 모습으로 상상하죠. 우선 현대 물리학이 묘사하는 우주의 모습에 대해 알려드릴게요. 우주는 물리적인 곳이 아니라 기하학적인 곳이에요."

"좀 더 구체적으로 설명해 주실 수 없나요?"

"다시 말해, 우주에는 공간 외에는 아무것도 없어요."

모두 도무지 이해할 수 없는 이야기를 이해해 보려고 애썼다. 정적이 감돌고 있을 때 류 대위가 제일 먼저 양갈비뼈를 흔들며 말했다. "어떻게 아무것도 없을 수가 있습니까? 어떻게 전부 공간 뿐일 수가 있어요? 이 양고기만 해도 실체가 있는데 말이죠. 설마 제가 방금 먹은 게 양고기가 아니라 공간이라는 말씀이세요?"

"네. 대위님이 드신 건 모두 공간이에요. 대위님 자신도 역시 공간이고요. 왜냐하면 양고기도 대위님도 모두 양성자, 중성자, 전자로 구성되어 있고, 미시적인 차원에서 볼 때 그 입자들은 모두 휘어진 공간이기 때문이에요." 딩이가 접시를 조금 옮긴 뒤 손가락으로 테이블보를 문질렀다. "만약 공간이 이 천이라면 원자 입자는 천에 있는 미세한 주름이에요."

"이제 조금 이해가 됩니다." 류 대위가 말했다.

"그런데 우리가 기존에 생각하고 있는 우주의 모습과 정말 다르네요." 린윈이 말했다.

"하지만 이게 가장 실제에 가까운 모습이에요." 딩이가 말했다.

"그러니까, 전자는 일종의 거품 같은 건가요?"

"공처럼 닫힌, 곡면 공간이에요." 딩이가 진지하게 고개를 끄덕였다.

"전자가 어떻게 이렇게 클 수가 있어요?"

"빅뱅 이후 아주 짧은 시간 동안 우주 공간 전체가 평평했어요. 그 후 에너지가 낮아지면서 공간에 주름이 생겼고, 그러면서 각종 기본 입자가 탄생했어요. 우리를 혼란스럽게 했던 건 그 주름들이 모두 아주 미세하다는 사실이었어요. 거시적인 크기의 주름은 없을까?

아니면 거시적인 크기의 기본 입자는 없을까? 지금 우리가 그 존재를 확인한 거예요."

그 순간, 나는 드디어 숨을 쉴 수 있게 되었다고 느꼈다. 내 사고는 지난 십여 년간 질식 상태에 있었다. 그동안 나는 흐릿한 물속을 헤매는 것처럼, 사방이 아득하게 느껴지기만 했다. 그런데 이제 갑자기 수면 위로 떠올라 첫 숨을 들이마시며 드넓게 펼쳐진 하늘을 보게 된 것이다. 맹인이 눈을 뜨게 된다면 이런 기분일 것만 같았다.

"우리가 이 거품을 볼 수 있는 건 그 휘어진 공간을 통과하는 빛이 구부러지기 때문이에요. 그 때문에 가장자리의 윤곽을 볼 수 있죠." 딩이가 말했다.

"그런데 딩 교수님은 왜 그것이 양성자나 중성자가 아니라 전자라고 생각하십니까?" 쉬 대령이 물었다.

"좋은 질문입니다. 사실 간단해요. 거품이 번개를 맞아 구상섬전이 되었다가 다시 거품으로 돌아가는 과정은, 실제로는 전자가 낮은 에너지 준위에서 높은 에너지 준위로 전이해 들뜬 상태가 되었다가, 다시 낮은 준위로 돌아오는 과정이에요. 세 종류의 입자 중, 오직 전자만이 이런 방식으로 들뜬 상태가 될 수 있어요."

"전자이기 때문에 초전도 전선을 따라 전송될 수 있고 초전도 배터리 안에서 순환 전류처럼 영원히 멈추지 않고 작동할 수 있는 것이로군요." 린윈이 깨달은 듯이 말했다.

"그런데 희한하게도 지름이 배터리와 거의 비슷하군요."

"이 거대한 전자의 경우, 파동-입자 이중성*에서 입자보다 파동으로서의 성질이 우세해요. 그래서 그 '크기'라는 개념 자체가 우리가 상식적으로 생각하는 크기와는 근본적으로 달라요. 거대한 전자가 가진 수많은 신비한 특성들은 앞으로 천천히 알게 되겠죠. 그것이 우리가 세상을 바라보는 관점을 바꿔놓을 거라고 믿어요. 우선 이 거대한 전자에 이름을 붙여야겠어요. 거시적인 규모의 전자이니까 '굉전자(宏電子, macro-electron)'라고 부를게요."

"그럼 방금 말한 것처럼 굉양성자와 굉중성자도 있을까요?"

"물론 있을 거예요. 하지만 그것들은 들뜬 상태가 될 수 없기 때문에 발견하기 어렵겠죠."

"딩 교수, 당신의 꿈이 이루어졌네요." 린윈이 말했다. 딩이와 나 외에 다른 사람들은 그녀의 말을 이해하지 못했다.

"그래요. 정말 수박만 한 기본 입자가 물리학자의 책상에 올라왔어요. 다음 단계는 그 내부구조를 연구하는 것이겠죠. 그것도 휘어진 공간으로 이루어져 있을 테니 분명 살펴보기 어렵겠지만, 미시 입자의 구조를 연구하는 것보다는 몇 배는 쉬울 거라고 믿어요."

"그럼 굉원자도 존재할까요? 세 가지 거대한 입자가 원자를 구성할 수 있겠죠?"

"네. 굉원자도 있을 거예요."

* 양자역학의 기본 개념 중 하나로, 모든 물질과 에너지는 경우에 따라 파동처럼 행동하기도 하고 입자처럼 행동하기도 하는 성질을 지닌다는 것을 의미한다.

"우리가 잡은 그 거품, 아, 그 굉전자는 자유전자**인가요, 아니면 굉원자 속에 있는 전자인가요? 후자라면 그 굉원자의 원자핵은 어디에 있을까요?"

"하하, 그건 저도 모르겠어요. 하지만 원자 속 공간은 아주 넓어요. 원자 하나가 극장 홀만큼 크다면 원자핵은 그 홀의 한가운데 있는 호두 크기 정도일 거예요. 그러니까 이 굉전자가 굉원자 속에 있다면 그 원자핵은 아주 멀리 떨어져 있을 거예요."

"맙소사, 또 질문이 있어요. 만약 굉원자가 존재한다면 거대 물질도 있고 거대 세계도 있을까요?"

"우리 벌써부터 거대한 철학적 탐구를 하고 있는 것 같군요." 딩이가 웃으며 말했다.

"거대 세계가 있어요, 없어요?" 누군가 또 물었다. 우리는 옛날이야기에 빠져든 아이들처럼 집중해서 딩이의 얘기를 경청하고 있었다.

"저는 거대 세계가 존재한다고 믿어요. 거대 우주라고도 할 수 있겠죠. 하지만 그게 어떤 모습일지는 그야말로 미지의 영역이에요. 우리 세계와 완전히 다를 수도 있고, 아니면 가설 속 반물질 우주처럼 완벽히 대응해 거대 지구, 거대한 우리가 존재할지도 몰라요. 정말 그렇다면 거대 세계에 존재하는 제 머리는 아마 이 우주의 은하계를 다 담을 수 있을 만큼 거대할 거예요……. 이 또한 평행우주를 설

** 핵과의 인력에 의해 고정되어 있는 원자 내 전자와 달리 일정 영역 내에서 움직임이 자유로운 전자.

명하는 또 다른 표현 방식이 될 수 있지 않을까요?"

어느새 밤의 장막이 내려와 대지를 덮었다. 우리는 별이 총총히 뜬 여름밤의 하늘을 올려다보며 광활한 별바다 너머로 시선을 뻗으려 애썼다. 저 은하 위, 벨벳처럼 깊고 아득한 허공 속에서 우리는 딩이의 거대한 머리의 윤곽을 발견하고 싶었다. 나는 굉원자로 구성된 그의 초대형 뇌가 크리스털처럼 투명할 것 같다는 생각을 했다. 그리고 우리 모두 세상을 바라보는 시각이 이처럼 깊고 넓어졌다는 사실에 놀랐다.

회식이 끝난 후 우리는 가벼운 취기를 느끼며 초원을 산책했다. 나는 딩이와 린윈이 서로 가깝게 걸으며 친밀하게 대화를 나누는 것을 바라보았다. 세 개의 깃발이 밤바람에 휘날리는 듯한 모습을 하고 있는 딩이를 보며 이 비쩍 마른 남자가 남성적인 매력이 넘치는 항공모함 함장과 나를 가뿐히 압도할 수 있다는 것을 알았다. 이것이야말로 사상의 힘이었다. 이유를 알 수 없는 씁쓸함이 감돌았다.

밤하늘의 별빛은 그날 타이산의 밤처럼 휘황했고, 초원 위에 내려앉은 어둠 속에서 유령 같은 굉전자들이 둥둥 떠다니고 있었다.

# 무기

'거품'을 포획하는 데 성공한 이후, 연구에 새로운 길이 활짝 열렸고, 그 과정도 매우 순탄해졌다. 성과가 하나씩 나타나자 롤러코스터를 타는 기분이었다. 내가 구상섬전 활성화에 대한 가설을 제시한 데 이어 딩이가 굉전자의 존재를 이론적으로 설명해 내자 이제는 린윈의 기술적 천재성이 날개를 단 듯 결정적인 역할을 하기 시작했다.

다음 단계는 굉전자를 수집하는 것이었다. 딩이의 이론 연구에는 굉전자가 많이 필요하지 않았다. 그러나 무기를 연구 개발하기 위해서는 엄청난 양의 굉전자를 수집해야 했고, 이는 결코 쉽지 않은 일이었다. 아크를 이용한 기존의 포획 방법은 위험성이 너무 커서 다시 시도할 수 없었기 때문이다. 여러 사람들이 다양한 해결 방법을 제안했는데 그중 가장 중점적으로 검토된 것이 원격조종 비행기를 사용하는 것이었다. 이 방법은 안전 문제를 해결할 수는 있었지만, 굉전자를 대량으로 수집하기에는 비용이 너무 많이 들고 매우 비효율적이었다.

린윈은 비활성 상태의 굉전자를 직접 탐지하는 방법을 제안했다.

가까운 거리에서는 육안으로 굉전자를 볼 수 있으니 고감도 광학 관측 장비를 이용한다면 먼 거리에서도 굉전자의 위치를 파악할 수 있을 거라는 게 그녀의 생각이었다. 린윈은 빛을 굴절시키는 투명한 물체를 광범위한 공간에서 탐지할 수 있는 대기광학 탐지 시스템을 설계했다. 이 시스템은 대기를 수직으로 스캔하는 두 개의 레이저와 지상에 설치된 고감도 이미지 수집 및 인식 장치로 구성되어 있었다. 두 레이저의 대기 내 굴절 변화를 결합해 3차원 이미지로 재구성하는 방식으로, 전체적인 작동 원리는 CT 촬영과 유사했다.

며칠 사이 군복 차림이 아닌 사람들이 기지에 많아졌다. 대부분 컴퓨터 프로그래머, 광학 전문가, 패턴 인식 전문가였고 심지어 천체망원경 제작자도 있었다.

시스템이 완성된 뒤 모니터에 나타난 것은 굉전자가 아니라 대기의 불안정한 움직임과 기류였다. 평소에는 이런 대기 운동이 눈에 보이지 않지만 이 시스템에서는 뚜렷하게 나타났다. 늘 물처럼 잔잔해 보이던 대기가 실제로는 이렇게나 요동치는 세계였다는 사실에 적잖이 놀랐다. 마치 거대한 세탁기 속에서 끊임없이 움직이는 물살처럼 느껴졌다. 나는 이 시스템을 기상학 분야에서도 유용하게 사용할 수 있을 것이라 생각했지만 우리의 목표는 굉전자 탐지였으므로 이와 관련해서는 더 깊이 연구하지 않았다.

굉전자의 이미지는 그 복잡하게 요동치는 기류의 이미지에 섞여서 나타났지만, 뚜렷한 원형 형태를 갖추고 있어 패턴 인식 프로그램이 그것들을 혼란스러운 이미지 속에서 쉽게 추출해 낼 수 있었다. 마침내 공중에서 대량의 굉전자를 찾아내는 것이 가능해졌고, 위치가 파악되자 수집은 매우 순조로웠다. 비활성 굉전자는 위험성이 없기 때문에 탐지봉 없이 초전도 전선을 엮어 만든 거대한 그물을 이용해 물고기를 낚아 올리듯 한 번에 여러 개의 굉전자를 수집할 수 있었다.

이제 구상섬전을 만들어 인간의 수집품으로 만드는 것도 아주 쉬운 일이 되었다. 구상섬전을 연구하기 위해 인류가 겪었던 숱한 어려움이 주마등처럼 스쳤다. 장빈 부부처럼 평생을 노력하고 목숨까지 바쳤지만 아무것도 얻지 못했던 사람들, 시베리아 숲속 3141 기지에서 희생된 수많은 사람들……. 우리가 수없이 많은 길을 돌아 여기까지 왔다는 사실에 만감이 교차했다.

쉬 대령이 말했다. "과학 연구란 바로 이런 것일 테지. 과거의 그 수많은 오류들이 어리석어 보일지라도, 모두 반드시 거쳐야 하는 과정이었어."

그는 이륙하는 헬리콥터 편대를 배웅하며 이렇게 말했다. 비용을 절약하기 위해 헬륨 기구를 이용해 굉전자를 포획하기로 하자 연구 과정에 더 이상 헬리콥터가 필요하지 않게 되었다. 우리는 고난과 위험을 함께 겪은 조종사 두 사람과 작별했다. 수많은 밤 번쩍이는 아크를 끌고 날았던 그 비행들이 인생에 가장 소중한 추억이자 과학사에 길이 남을 순간이 될 것이라고 우리는 믿었다.

이륙하기 전 류 대위가 말했다. "열심히 연구하십시오. 여러분이 만든 '뇌구 기관총'으로 무장할 날을 기다리겠습니다!"

'뇌구 기관총'은 '뇌구'에 이어 조종사들이 만들어 낸 두 번째 명칭으로, 이후 구상섬전 무기 분야에서 계속 사용되었다.

광학 탐지 시스템으로 비활성 상태의 굉전자를 찾아내는 데 성공하면서, 우리는 또 다른 희망을 품게 되었다. 하지만 결국 우리가 물리적으로 얼마나 얄팍한 이해에 머물러 있었는지를 증명하는 계기가 되었을 뿐이었다. 이 시스템으로 첫 번째 실험이 성공한 뒤 나와 린윈은 기쁨에 겨워 딩이를 찾아갔다.

"딩 교수, 이제 굉원자의 핵도 찾아낼 수 있을 거예요!"

"왜 그렇게 생각하세요?"

"굉원자의 핵을 찾을 수 없는 건 굉양성자와 굉중성자가 굉전자처럼 활성화되지 않기 때문이잖아요. 하지만 이제 광학 장치를 사용해서 거품의 위치를 직접 알아낼 수 있으니까요!"

딩이가 마치 아이들의 실수를 귀여워하는 것처럼 웃으며 고개를 저었다. "굉원자의 핵을 찾을 수 없는 건 활성화되지 않아서가 아니라 그것이 어떻게 생겼는지 우리가 전혀 모르기 때문이에요."

"뭐라고요? 굉원자핵은 거품처럼 생기지 않았나요?"

"굉원자의 핵이 거품이라고 누가 그랬어요? 이론적으로 볼 때 굉원자의 핵과 굉전자는 얼음과 불이 다르게 생긴 것처럼 완전히 다르게 생겼어요."

거대한 입자가 어떤 형태로 우리 주위를 떠다니는지 나는 도저히 상상할 수 없었지만 텅 빈 것처럼 보이는 이 공간이 기이한 것들로 가득 차 있는 듯한 느낌이 들었다.

이제 실험실에서 구상섬전을 활성화할 수 있게 되었다. 활성화 장치는 다음과 같은 구조로 이뤄져 있었다. 그 시작점은 거품을 저장하는 초전도 배터리로, 이곳에서 거품이 방출되면 자기장 속에서 가속되어 연속으로 10개의 번개 발생장치를 통과했다. 이 번개 발생장치에서 생성되는 번개 에너지의 총합은 기존에 상공에서 구상섬전을 활성화할 때 사용된 아크의 에너지보다 훨씬 컸다. 몇 개의 번개 발생장치를 사용할지는 실험 목적에 따라 달랐다.

무기 개발에 있어 우리가 당면한 가장 큰 숙제는 굉전자의 에너지가 방출될 때 특정한 목표물만 골라 정교하게 겨냥하는 그 놀라운 선택성의 원리를 파악하는 것이었다. 이 고도의 선택성이야말로 구상섬전의 가장 미스터리하고 공포스러운 특성이었다.

딩이가 말했다. "그건 굉입자의 파동-입자 이중성과 관련이 있어요. 제가 에너지 방출 모델을 이론적으로 수립했고, 여러분이 가장 놀라운 광경을 목격할 실험을 설계해 두었어요. 실험은 간단해요. 뇌구의 에너지 방출 과정을 150만 배 느리게 관찰하는 거예요."

"150만 배라고요?"

"네. 지금 우리가 저장한 가장 작은 부피의 굉전자를 기준으로 계산할 때 그 정도예요."

"초당 3600만 프레임이에요! 그런 고속 촬영 장비를 찾을 수 있겠어요?" 누군가 놀라며 물었다.

"그건 제가 할 일이 아니죠." 딩이가 오랫동안 피우지 않았던 파이프에 불을 붙였다.

"찾을 수 있을 거예요. 그런 장비가 틀림없이 있을 거예요." 린윈이 단호하게 말했다.

린윈과 함께 국방광학연구소의 실험동에 들어서자마자, 로비에 걸린 대형 사진이 시선을 잡아끌었다. 총구가 카메라를 향하고 있는 권총 사진으로, 총구 안쪽에서 불꽃이 비치고 연기가 막 피어오르고 있었다. 사진에서 가장 시선을 끄는 부분은 총구 앞에 떠 있는 구체였다. 표면이 매끄러운 황동색의 그 물체는 바로 총구에서 막 발사된 탄환이었다.

"우리 연구소 설립 초기에 고속 촬영한 사진입니다. 시간 해상도는 약 10만분의 1초로 현재 기준으로는 고속 촬영이라고 할 수도 없죠. 지금은 웬만한 촬영 장비 전문점에 가면 이 정도 수준의 장비는 쉽게 살 수 있습니다." 연구소장이 말했다.

"그럼 이 사진을 촬영한 순교자는 누구인가요?" 린윈이 물었다.

소장이 웃으며 말했다. "거울이에요. 광반사 시스템을 이용해 촬영한 겁니다."

우리를 위해 엔지니어 몇 명이 참석한 소규모 회의가 열렸다. 린윈이 초고속 촬영 장비가 필요하다고 하자 엔지니어들이 난색을 표했다.

소장이 말했다. "현재 우리 초고속 촬영 장비는 아직 국제적인 수준에 못 미치고 실제 작동 시에도 안정적인 성능을 발휘하지 못합니다."

"원하시는 사양을 말씀해 주시면 일단 논의해 보겠습니다." 한 엔지니어가 말했다.

내가 떨리는 목소리로 숫자를 말했다. "초당 약 3600만 프레임을 촬영하는 장비가 필요합니다."

나는 그들이 깜짝 놀라며 고개를 저을 줄 알았지만 뜻밖에도 웃음을 터뜨렸다. 소장이 말했다. "이제 보니 아주 일반적인 고속 촬영이 필요하신 거군요. 그 정도면 50년대에 초고속 촬영이었죠. 지금 우리 장비는 최고 초당 4억 프레임까지 가능하고, 세계 최고 수준은 초당 6억 프레임입니다."

놀라운 숫자에 우리 둘은 말문이 막혔다. 내가 물었다. "그런 속도로 회전할 수 있는 필름이 있습니까?"

그들이 또 웃었다. 한 엔지니어가 말했다. "현재 고속 촬영은 필름이 움직이지 않습니다. 필름 대신 렌즈가 움직이죠. 회전 반사경을 통해 필름에 이미지를 투영하기도 하고, 이미지 컨버터를 이용해 순간적으로 바뀌는 광학 이미지를 전달하고 기록하기도 합니다. 방금 말한 초당 수억 프레임의 촬영 속도는 더 복잡한 기술을 사용하고요."

그의 설명에 우리는 걱정을 내려놓을 수 있었다. 잠시 후 소장은 우리에게 연구소를 구경시켜 주었다. 그가 모니터를 가리키며 물었다. "이게 뭐처럼 보이세요?"

한참 보고 있다가 린윈이 말했다. "서서히 피어나는 꽃 같아요. 이상하네요. 꽃잎에서 빛이 나요."

소장이 말했다. "그래서 고속 촬영은 가장 부드러운 촬영이라 불립니다. 가장 폭력적인 과정도 부드럽고 가볍게 만들 수 있죠. 지금 보시는 건 대전차 고폭탄이 목표물에 충돌해 폭발하는 장면을 찍은 겁니다."

그가 '꽃' 가운데 있는 노란색 '꽃술'을 가리키며 말했다. "보세요. 이건 폭발할 때 나타난 초고온 초고속 제트*인데 강철판을 뚫고 있죠. 초당 600만 프레임으로 촬영한 겁니다."

* 일반적으로 노즐, 구멍 등에서 분사되는 유체의 흐름을 의미한다.

두 번째 실험실로 들어가자 소장이 말했다. "두 분이 원하시는 고속 촬영 장비입니다. 초당 5000만 프레임으로 촬영하죠."

잔잔한 수면 위에 보이지 않는 작은 돌멩이가 떨어지는 듯한 이미지였다. 먼저 물방울이 튕겨 오른 뒤 그 물방울이 터지면서 미세한 액체 방울이 사방으로 흩어지며 수면 위에 파문이 퍼져나가고 있었다.

"고에너지 레이저 빔이 금속 표면에 충돌하는 이미지입니다."

린윈이 의아한 듯 물었다. "초당 수억 프레임을 찍는 초고속 촬영 장비로는 뭘 찍죠?"

"기밀 자료여서 보여드릴 수 없습니다. 다만 토카막* 내의 핵융합 과정을 촬영할 때 자주 이용한다는 점만 말씀드리죠."

뇌구의 에너지 방출 과정을 초고속으로 촬영하는 실험은 신속하게 진행되었다. 광전자가 총 열 개의 번개 발생장치를 통과하면 아주 높은 에너지 상태로 활성화된다. 이 구상섬전이 지닌 에너지는 자연적으로 발생한 번개가 활성화하는 구상섬전의 에너지보다 훨씬 커서, 에너지 방출 과정을 더 자세히 관찰할 수 있을 것으로 기대되었다. 활성화된 뇌구는 목표물 구역으로 진입했다. 목표물 구역에는 정육면체 나무 블록, 원뿔형 플라스틱, 금속 구슬, 톱밥을 채운 종이 상자, 원통형 유리 등 다양한 형태와 재료의 목표물들이 높이가 다양한 시멘트 받침대 위에 놓여 있었다. 각각 백지를 깔고 올려

* 자기장을 이용해 초고온 플라스마를 가두어 핵융합 반응을 제어하는 도넛 모양의 장치.

놓았기 때문에 얼핏 보면 마치 현대미술 전시회처럼 보였다. 목표물 구역에 진입한 뇌구는 감속 자기장을 통과하며 속도가 줄어들어 구역 안을 떠다니며 에너지를 방출하거나 자체적으로 소멸했다. 목표물 구역의 가장자리에 설치된 고속 카메라 세 대는 부피가 크고 구조가 복잡해서 모르는 사람이 보면 카메라라고 생각하기 어려울 정도였다. 뇌구의 에너지가 타격할 목표물을 예측할 수 없었기에, 촬영이 성공할지는 운에 맡기는 수밖에 없었다.

실험이 시작되었다. 위험한 실험이었기 때문에 현장 인원은 모두 철수하고 실험실에서 300미터 떨어진 지하통제실에서 전 과정을 원격으로 진행했다.

감시카메라 화면을 통해 초전도 배터리에서 방출된 첫 번째 거품이 첫 번째 번개 발생장치를 통과하며 아크를 받아 활성화되는 장면이 보였다. 감시 시스템의 음향 센서에서는 소리가 왜곡되어 펑펑 소리가 들렸지만, 300미터 떨어진 실험실에서 통제실까지 번개의 굉음이 직접 전해졌다. 활성화된 구상섬전이 나타난 뒤, 자기장의 작용으로 서서히 앞으로 나아가며 연이어 아홉 개의 번개 발생장치를 더 통과하며 아크를 받았다. 번개 발생장치에서 아크를 받을 때마다 구상섬전의 에너지는 두 배씩 증가했다. 에너지가 증가함에 따라 밝기가 증가하지는 않았지만, 색깔이 변화했다. 암적색에서 주황색, 노란색, 흰색, 초록색, 파란색, 보라색으로 바뀌었다. 마지막에 연보랏빛으로 변한 불덩어리는 가속 구역에 들어갔고, 가속 자기장 속에서 마치 급류에 휩쓸린 듯 속도가 급격히 증가하더니 순식간에 목표물 구역으로 들어갔다. 그리고는 마치 고요한 연못에 떨어진 듯 속도가 느려지며 목표물 사이를 유유히 떠다니기 시작했다. 우리는 모두 숨을 죽이고 기다렸다. 곧이어 에너지 폭발이 일어났다. 한 줄기 섬광이 번쩍인 뒤 실험실 쪽에서 거대한 폭발음이 들렸다. 지하 통제실의 유리 진열장이 웅웅 소리를 내며 떨릴 정도였다. 이 에너지 폭발은 원뿔형 플라스틱을 백지 위에 놓인 한 줌의 검은 재로 만들었다. 하지만 고속 카메라를 조작하던 촬영기사는 카메라가 향하고 있는 목표물이 아니어서 아무것도 촬영하지 못했다고 했다. 뒤이어 뇌구 여덟 개가 추가로 생성되고 그중 다섯 개가 에너지 폭발을 일으켰지만 그중 어느 것도 촬영하지 못했다. 마지막 에너지 폭발은 목표물을 올려놓은 시멘트 받침대를 타격하는 바람에 사방으로 시멘트 조각이 날아가, 목표물 구역이 아수라장이 되어 버렸다. 결국 어쩔 수 없이 실험을 중단하고 오존 냄새가 가득한 실험실로 들어가 다시 정리를 해야 했다.

목표물 구역을 정리한 뒤 실험이 재개되었다. 굉전자가 하나씩 목표물 구역으로 진입했지만 숨바꼭질하듯 고속 카메라가 향하고 있는 목표물을 피해 갔다. 광학연구소 엔지니어들은 목표물 구역에 가까이 있는 카메라들이 파손될까 봐 걱정했지만, 우리는 실험을 강행한 끝에 마침내 열한 번째 에너지 폭발 때 목표물을 타격하는 영상을 포착할 수 있었다. 이때 명중한 목표물은 각 변의 길이가 30센티인 정육면체 소나무 블록이었다. 구상섬전이 지닌 에너지의 위력을 보여주는 완벽한 시연이었다. 나무 블록은 연회색으로 타버렸는데 처음에는 정육면체 형태가 유지되었지만 손을 대자 바로 부서졌다. 재를 떨어내자 그 밑에 깔린 백지는 불에 탄 흔적 없이 매끄럽고 하얀 표면 그대였다.

편집하지 않은 고속 촬영 영상이 컴퓨터로 전송되었다. 일반 속도로 재생하면 수천 시간에 달하지만 목표물을 타격하는 과정이 기록된 구간은 약 20초밖에 되지 않았다. 수천 시간 분량의 영상에서 그 20초를 찾아냈을 때는 이미 밤이 깊은 시각이었다. 우리는 숨을 죽이고 화면을 응시하며 이 신비로운 악마가 베일을 벗고 모습을 드러내는 장면을 지켜보았다.

전체 과정은 초당 24프레임의 정상 속도로 재생했을 때 22초 길이였다. 에너지가 폭발하는 순간 뇌구와 나무 블록 사이의 거리는 약 1.5미터로 가까웠기 때문에 아주 운 좋게 뇌구와 나무 블록을 동시에 관찰할 수 있었다. 처음 10초 동안 뇌구의 밝기가 급격히 증가했다. 나무 블록이 곧 불타오를 것을 예상했지만 놀랍게도 블록이 색을 잃고 투명해지기 시작하더니 정육면체의 윤곽만 희미하게 보이다가 뇌구의 밝기가 최대치에 달하자 그 윤곽마저 완전히 사라졌다. 그 후 뇌구의 밝기가 약해지기 시작할 때까지 약 5초 정도 지속되었는데 그동안 나무 블록이 있던 자리에 아무것도 보이지 않았다. 뇌구의 밝기가 약해질수록 투명한 정육면체의 윤곽이 그 위치에 다시 나타나기 시작하다가 곧 색이 나타나며 실체가 보였지만 그것은 회백색을 띤 정육면체의 재 덩어리가 되어 있었다. 그 순간 뇌구는 완전히 사라졌다.

우리는 모두 넋이 나간 듯 한동안 멍하니 있다가 영상을 뒤로 돌려 다시 보기로 했다. 이번에는 느린 속도로 한 프레임씩 재생하다가 나무 블록이 투명한 윤곽으로 변하는 순간 일시정지 버튼을 눌렀다.

“꼭 정육면체 모양의 거품처럼 보이네요!” 린윈이 투명한 윤곽을 가리키며 말했다.

화면을 다시 재생시키자 어두워지는 뇌구와 뇌구 아래 텅 빈 백지만 보였다. 화면을 한 프레임씩 넘기며 모든 화면을 자세히 살펴보았지만, 백지 위에는 정말 아무것도 없었다! 화면을 다시 넘기자 투명한 윤곽이 다시 나타나더니 회색의 정육면체로 변했다.

이때 흰 연기가 모니터 앞을 한 겹 가렸다. 뒤에 있는 딩이가 내뿜은 담배 연기였다. 그가 어느새 또 파이프에 불을 붙여 담배를 피우고 있었다.

"여러분은 방금 물질의 파동-입자 이중성을 목격했어요." 딩이가 화면을 가리키며 큰 소리로 말했다. "그 짧은 순간에 거품과 나무 블록은 모두 파동의 성질을 띠고 공명했어요. 그 공명 속에서 둘은 하나가 된 겁니다. 나무 블록의 파동은 굉전자의 파동이 방출한 에너지를 흡수했고요. 그 후 각각 입자의 성질을 회복하자 타버린 나무 조각이 다시 원래 위치에 나타나 실체를 이뤘죠. 이게 바로 여러분을 혼란스럽게 한 수수께끼, 구상섬전이 지닌 목표 선택성에 대한 설명이에요. 구상섬전의 에너지에 맞았을 때, 목표물은 파동 상태였고, 근본적으로 원래 그 위치에 존재하지 않았어요. 그래서 당연히 목표물 주위에 있던 다른 것들은 그 에너지의 영향을 받지 않았던 거죠.

"어째서 목표물만 파동의 성질을 띠고 그 아래 종이는 그렇지 않은 건가요?"

"그건 한 물체의 경계조건에 의해 결정돼요. 이미지 처리 프로그램이 사진에서 인물 사진을 자동으로 추출하는 기능과 유사해요."

"또 다른 수수께끼의 해답도 찾았어요. 구상섬전의 투과성이요!" 린윈이 상기된 얼굴로 말했다. "굉전자가 파동의 성질을 띨 때는 자연스럽게 물체를 투과할 수 있고, 크기가 비슷한 구멍을 만나면 회절* 현상도 나타나요."

"구상섬전이 파동의 성질을 띠고 있을 때는 일정한 범위를 뒤덮을 수 있기 때문에 뇌구의 에너지가 폭발할 때 거리가 떨어져 있는 물체에도 영향을 미칠 수 있는 거로군!" 쉬 대령도 갑자기 깨달은 듯 말했다.

……

이렇게 구상섬전을 덮고 있던 신비의 베일이 한 겹씩 벗겨졌다. 하지만 이러한 이론적 성과는 구상섬전 무기 개발에 직접적인 도움이 되지는 않았다. 무기 개발을 위해서는 우선 살상력을 가진 굉전자를 대량으로 수집하는 것이 가장 중요한데, 이론 연구 자체는 굉전자 수집에 아무런 도움이 되지 않았다. 그렇지만 기지에서 수집해 저장하고 있는 굉전자가 1만 개가 넘었고 계속해서 늘어나고 있었기 때문에, 이론과는 관계 없는 미련한 방법을 시도해 볼 수 있었다. 어떤 목표물을 선택해 에너지를 방출하는가는 굉전자 자체의 성질에 의해 결정되며 그것을 활성화한 번개의 에너지와는 무관하다는 사실을 우리는 이미 알고 있었다. 만약 굉전자가 한 번의 에너지 방출에서 한 종류의 목표를 선택한다면, 다음번에도 반드시 같은 종류의 목표물을 선택할 것이라는 가설을 가지고 우리는 대규모 동물 실험을 계획했다.

아주 단순한 실험이었다. 실험용 토끼, 돼지, 염소 등 인간과 생

* 파동이 장애물 주위를 지나갈 때 휘어서 돌아가는 현상.

리학적으로 유사한 동물들을 목표물 구역에 가져다 놓은 뒤, 굉전자를 방출해 구상섬전으로 활성화했다. 구상섬전이 폭발하며 동물을 타격해 살상한다면 그 굉전자를 무기용으로 분류해 저장하는 것이었다.

날마다 실험용 동물들이 구상섬전을 맞고 재로 변하는 광경을 보면서 정신적인 충격을 받지 않는 것은 불가능했다. 린윈은 내게 "도살장에서 죽는 것에 비하면 구상섬전을 맞고 죽는 편이 고통이 훨씬 덜해요."라고 말했다. 나는 그녀의 말에도 어느 정도 일리가 있다고 느꼈기에 마음의 부담을 조금은 덜 수 있었다. 하지만 실험이 계속 진행되면서 그렇게 단순한 문제가 아니라는 걸 알았다. 구상섬전의 목표 선택성이 너무 정밀해서 가끔 동물의 근육 조직은 그대로 두고 뼈만 태우기도 하고 심지어 혈액만 기화시킬 때도 있었다. 이런 공격을 받고 죽은 동물은 너무 끔찍한 상태로 발견되었다. 다행히 딩이가 한 가지 사실을 발견하면서 이 악몽 같은 실험은 막을 내렸다.

딩이는 번개가 아닌 다른 것으로 구상섬전을 자극하는 방법을 연구해 왔다. 제일 먼저 생각한 건 레이저였지만 성공하지 못했고 고출력의 마이크로파로 시도했지만 역시 실패했다. 그런데 후자의 실험 과정에서 마이크로파가 굉전자를 통과한 뒤 복잡한 스펙트럼으로 변형된다는 사실을 발견했다. 마치 지문처럼 굉전자마다 스펙트럼이 달랐고, 같은 종류의 목표에 에너지를 방출하는 굉전자는 동일한 주파수 스펙트럼을 가지고 있었다. 따라서 특정 목표를 선택하는 굉전자의 주파수 스펙트럼을 기록하면 활성화 실험을 거치지 않고도 주파수 스펙트럼 특성을 통해 동일한 종류의 굉전자를 찾아낼 수 있었다. 이로써 동물 실험은 더 이상 하지 않아도 되었다.

구상섬전을 실전에 사용할 수 있는 발사기를 개발하는 작업도 동시에 진행되었다. 사실 개발에 필요한 기술은 기존 연구를 기반으로 이미 완성 단계에 있었다. 뇌구 기관총은 다음과 같은 몇 가지 주요 부분으로 구성되었다. 첫째는 거품을 저장하는 초전도 배터리였다. 둘째는 자기장 가속 레일로, 3미터 길이의 긴 원통형 금속 지지대 내부에 일정 간격마다 전자기 코일이 설치되어 있었다. 거품이 통과하는 순간, 코일 내 전류가 역전되며, 이때 자기장이 생겨나 거품의 앞뒤에서 인력과 척력을 가해 일정 속도로 가속시키는 구조였다. 셋째는 활성화 전극으로, 가속된 거품이 통과할 때 인공 번개를 생성하여 그것을 활성화하는 역할을 했다. 그 외 부속 장치로는 시스템 전체에 전력을 공급하는 초전도 배터리와 기관총의 조준 시스템 등이 있었다. 기존 실험 장비를 활용했기 때문에 첫 번째 뇌구 기관총은 단 보름 만에 완성되었다.

스펙트럼 식별 기술이 개발된 후, 무기로 사용할 수 있는 굉전자를 찾아내는 속도가 훨씬 빨라져 벌써 수천 개나 수집해 저장하게 되었다. 이 굉전자들은 모두 활성화된 뒤 에너지를 방출할 때 생명체만 공격하는 것들이었다. 이 정도 저장량이면 유리 진열장에 있는 도자기를 하나도 깨뜨리지 않고 단시간 내에 작은 도시의 수비대 전체를 살상하고도 남을 양이었다.

"딩 교수는 양심의 가책이 조금도 없나요?" 나는 딩이에게 물었다. 우리는 인류 최초의 구상섬전 무기 앞에 서 있었다. 가속 레일과 활성화 전극이 안테나와 비슷하게 생겨 외관상으로는 공격용 무기보다는 통신 장치나 레이더에 가까워 보였다. 끝부분에는 길이 1미터의 금속 원통형 초전도 배터리가 두 개 달려 있었다. 그 안에는 각각 무기용 굉전자 수천 개가 저장되어 있었다.

"린윈에게는 왜 안 물어봐요?"

"린윈은 군인이잖아요. 당신은 어떤가요?"

"난 상관없어요. 내가 연구하는 것들의 규모는 10의 마이너스 30제곱센티미터 이하이거나 100억 광년 이상이에요. 어느 쪽과 비교해도 지구와 인간은 미미한 존재일 뿐이에요."

"생명이 미미한 존재인가요?"

"물리학의 관점에서 보면 생명이라는 물질의 운동 형태는 다른 물질의 운동과 비교해 더 우월한 의미를 지니고 있지 않아요. 생명에서 새로운 물리 법칙을 찾을 수 없으므로 한 사람의 죽음과 얼음 한 조각의 융해는 내 관점에서 볼 때 본질적으로 차이가 없어요. 천 박사는 가끔 생각이 너무 많아요. 우주의 궁극적인 법칙을 기준으로 삶을 바라보는 법을 배우세요. 그렇게 살면 훨씬 편안할 거예요."

그나마 유일하게 내 마음을 조금은 편안하게 해준 것은 구상섬전 무기가 처음 생각했던 것처럼 그렇게 무시무시한 무기가 아니라는 사실이었다. 이 무기의 공격을 방어하는 것도 가능했다. 굉전자는 전자기장과 상호작용을 할 수 있으니, 자기장을 이용해 굉전자의 방향을 바꿀 수도 있었다. 이 무기는 실전에 투입되고 얼마 동안만 대단한 위력을 발휘할 것이고, 그 후에는 약점이 드러날 것이기 때문에 군 당군은 이 프로젝트에 관한 기밀 유지에 각별히 신경 쓰고 있었다.

구상섬전 무기가 탄생한 지 얼마 되지 않아 장빈 교수가 기지를 방문했다. 눈에 띄게 쇠약해졌지만 기지에 하루 종일 머물렀다. 그는 자기장에 갇힌 광전자를 넋 놓고 지켜보고, 그것들이 하나씩 활성화되어 구상섬전으로 변하는 모습을 보며 무척 흥분했다. 마치 그의 일생이 이 하루에 모두 응축된 듯했다.

그는 딩이를 만나 흥분한 목소리로 말했다. "바로 딩 교수 같은 사람이 구상섬전의 비밀을 풀게 될 줄 알았어요. 내 아내 정민이 당신과 같은 과를 졸업했지요. 아내도 딩 교수 같은 천재였죠. 살아 있었다면 아마 당신보다 먼저 이런 걸 발견했을 거예요."

장빈 교수가 떠나기 전 내게 말했다. "난 이제 남은 시간이 별로 없네. 지금 내 유일한 소원은 죽은 뒤에 구상섬전으로 화장되는 거야."

위로의 말을 꺼내려 했지만, 그는 이제 정말로 그런 위로가 필요하지 않을 것 같아 나는 말없이 고개를 끄덕였다.

## 관측자

구상섬전 무기 부대가 창설되었다. 초기 병력은 한 개 중대 규모였고, 지휘관은 캉밍(康明)이라는 육군 중령으로 매우 침착한 인물이었다. 부대의 암호명인 '서광(曙光)'은 구상섬전을 처음 활성화 해낸 순간을 떠올리며 린윈과 내가 함께 지은 이름이었다. 구상섬전이 주위의 엷은 구름들을 붉게 물들여 마치 작은 일출을 보는 듯했던 그 장관을 우리는 평생 잊을 수 없을 것이다.

서광 부대는 즉시 집중 훈련을 시작했다. 주력 훈련은 실탄 사격이었다. 훈련은 최대한 실전과 비슷한 조건을 갖추기 위해 야외에서 진행되었지만, 위성 정찰을 피해야 했으므로 흐린 날에만 실시되었다. 그 때문에 비가 자주 오고 맑은 날이 적은 남부의 사격장 몇 곳을 정해놓고 계속 옮겨 다니며 훈련을 했다.

훈련을 실시할 때마다 사격장 위로 뇌구 기관총에서 발사된 구상섬전이 줄지어 날아다녔다. 그것들이 직선 또는 포물선을 그리며 목표물을 향해 날아가며 내는 소리는 처량한 나팔 소리 같기도 했고 들판을 휩쓰는 광풍 소리 같기도 했다. 뇌구의 폭발음은 아주 특이해서 방향성이 없었다. 그것은 사방에서 들려오는 것 같기도 했고, 때로는 심지어 몸속에서 터져 나오는 소리처럼 느껴졌다.

우리가 서광 부대와 함께 새로운 사격장으로 이동한 지 얼마 되지 않은 어느 날, 딩이가 찾아왔다. 그는 이론 연구를 맡고 있기에 사격장에서는 원래 할 일이 없었다.

"두 분이 빠질지 모를 오류를 미리 설명하고 한 가지 신기한 현상을 보여주러 왔습니다." 딩이가 말했다.

부대가 실탄 사격 훈련 준비로 분주한 때에 딩이가 우리에게 물었다. "평소에 철학적인 사색을 좀 하시나요?"

"난 거의 하지 않아요." 내가 대답했다.

"나도요." 린윈이 대답했다.

그러자 딩이가 말했다. "상관없어요. 오늘은 제가 두 분이 철학적인 사고를 하지 않을 수 없게 만들어 줄 테니까요."

주위를 둘러보니 구름에 덮인 사격장은 습한 숲속의 공터였고, 공터의 반대 쪽 끝에는 훈련용 간이 시설물과 목표물로 사용되는 폐차들이 있었다. 이런 곳이 철학과 무슨 관계가 있는지 전혀 상상할 수가 없었다. 그때 위장복을 입은 캉 중령이 다가와 딩이에게 이번 사격 훈련의 요구사항을 물었다.

"간단해요. 첫째, 현장의 모든 감시 장치를 끌 것. 둘째, 사격 시 목표물을 조준한 뒤 지휘관을 포함한 모든 사람이 두 눈을 감고 제 지시가 있을 때까지 눈을 뜨지 말 것. 두 번째가 제일 중요해요."

"이유를 물어봐도 됩니까?"

"이유를 설명하기 전에 먼저 한 가지 질문을 할게요. 이 거리에서 발사된 구상섬전이 목표물에 명중될 확률이 얼마나 되나요?"

"거의 백 퍼센트입니다. 뇌구는 기류의 영향을 받지 않아서 가속 후 궤적이 아주 안정적이죠."

"좋습니다. 시작하시죠. 조준 후에 모두 눈을 감아야 한다는 걸 잊지 마세요."

"조준 완료!"라는 외침이 들리자마자 나는 눈을 감았다. 곧 가속 레일 위에서 아크가 점화되며 탁탁거리는 소리가 들려와 소름이 끼쳤다. 그리고 곧바로 구상섬전이 내는 날카로운 울음소리가 들렸다. 그 뇌구들이 나를 향해 날아오는 듯한 기분에 머리가 쭈뼛거렸지만 그래도 눈을 뜨지 않으려고 애를 썼다.

"이제 모두 눈을 뜨세요." 딩이의 목소리가 들리는 동시에 구상섬전이 폭발할 때 생성된 오존이 목을 따갑게 찔러 기침이 터져 나왔다.

눈을 뜨자 순간적으로 현기증이 났다. 무전기를 통해 통제관의 목소리가 들렸다. "열 발 발사, 명중 한 발, 이탈 아홉 발." 곧바로 그가 작게 중얼거리는 소리가 들렸다. "이상하네." 병사 몇 명이 빗나간 구상섬전이 잡초에 일으킨 불을 껐다.

"어떻게 된 거야?" 캉 중령이 뇌구 무기 뒤에 있는 사수에게 소리쳤다. "눈 뜨고 목표를 조준한 후에 눈을 감으라고 했잖아!"

"그렇게 했습니다. 조준은 완벽했습니다!" 사수인 상사가 말했다.

"그럼…… 무기를 점검해!"

"그러실 필요 없어요. 무기와 사수의 조준에는 문제가 없습니다." 딩이가 손을 저으며 말했다.

"구상섬전이 전자라는 걸 잊지 마세요."

"양자 효과가 나타났다는 건가요?" 내가 물었다.

딩이가 고개를 끄덕이며 말했다. "그렇습니다. 관측자가 있을 때 그것들의 상태는 하나의 확정값으로 붕괴되는데 그 값이 우리가 거시 세계에서 경험하는 것과 부합하기 때문에 그것이 목표물을 맞히게 되죠. 하지만 관측자가 없을 때 그것들은 양자 상태로 존재하고, 그 모든 것이 불확정적이에요. 그때는 그 위치를 확률로만 나타낼 수 있어요. 이런 상황에서 발사된 구상섬전들은 사실상 전자구름*의 형태로 존재하죠. 말하자면 확률구름이고, 목표를 맞출 확률은 매우 낮아요."

"우리가 지켜보지 않았기 때문에 번개가 목표물을 맞히지 못했다는 겁니까?" 중령이 믿기 힘들다는 듯 물었다.

"바로 그렇습니다. 놀랍죠?

"이건 너무…… 유심론(唯心論)적이네요." 린윈이 고개를 갸웃거렸다.

"봐요. 철학적이죠?" 딩이가 내게 눈짓을 하더니 린윈에게 말했다. "철학으로는 날 가르치려고 하지 말아요."

"맞아요. 난 그럴 자격이 없어요. 모든 사람이 당신처럼 심오한 사고를 한다면, 세상은 너무 무서울 거예요." 린윈이 어깨를 으쓱였다.

"양자역학의 기본 원리 정도는 모르지 않잖아요." 딩이가 물었다.

* 전자가 원자 내부에서 구름처럼 퍼져 있는 확률적 분포 형태를 이루는 것을 비유적으로 이르는 말.

"그래요. 알아요. 그것도 꽤 많이. 하지만……."

"하지만 거시 세계에서 그걸 보게 될 줄은 몰랐죠?"

중령이 물었다. "뇌구가 목표물에 명중하려면 우리가 처음부터 끝까지 지켜보고 있어야 한다는 겁니까?"

딩이가 고개를 끄덕였다. "아니면 적군이 지켜봐도 상관없어요. 단, 반드시 관측자가 있어야 해요."

"다시 한번 해봐요. 확률구름이 뭔지 보자고요!" 린윈이 상기된 목소리로 말했다.

딩이가 고개를 저었다. "불가능해요. 양자 상태는 관측자가 없을 때만 나타나요. 관측자가 등장하는 순간, 그건 우리의 경험적 현실로 붕괴돼요. 그러니까 우리는 영원히 확률구름을 볼 수 없어요."

"무인 카메라를 설치하면 안 됩니까?" 중령이 말했다.

"카메라도 관측자라서 양자 상태의 붕괴를 유발하죠. 처음에 모든 감시 장치를 끄라고 한 게 그 이유였어요."

"하지만 카메라는 의식이 없잖아요." 린윈이 말했다.

"이것 좀 봐요. 유심론자가 당신이에요, 나예요? 관측자는 의식이 필요 없어요." 딩이가 린윈을 보며 히죽거렸다.

"틀렸어요." 난 드디어 딩이의 오류를 잡았다고 생각했다. "당신 말대로면 구상섬전 주위에 있는 모든 게 다 관측자일 텐데 관측자가 없는 상태가 될 수 있어요? 카메라의 감광 시스템에 자기 이미지를 남기는 것처럼 구상섬전도 공기 중에 이온화 흔적을 남겨요. 구상섬전이 발산하는 빛은 주변 식물에 영향을 미치고, 그들이 내는 소리는 땅 위의 모래 알갱이를 진동시키고요. 주변 환경에 언제나 어느 정도의 흔적을 남기죠. 이건 카메라로 이미지를 촬영하는 것과 본질적으로 같아요."

"네. 하지만 관측의 강도는 크게 다르죠. 이미지를 촬영하는 것은 강한 관측이지만, 땅 위의 모래 알갱이가 흔들려 원래 위치에서 움직이는 건 약한 관측이에요. 약한 관측도 양자 상태의 붕괴를 일으킬 수는 있지만 그 영향력은 아주 미미해요."

"비현실적인 이론 같아서 믿기가 힘들군요."

"실험으로 증명하지 않았다면 정말 아무도 믿지 않았을 거예요. 하지만 양자 효과는 20세기 초반에 미시 세계에서 이미 증명되었어요. 우리는 이제서야 그 양자 효과가 거시 세계에서도 나타난다는 걸 직접 보게 된 거예요. ……보어*가 살아 있었다면 얼마나 좋았을까요, 드 브로이**가 살아 있었다면, 하이젠베르크***와 디랙****도 살아 있었다면…… 얼마나 좋을까요." 딩이가 감상에 빠져 꿈을 꾸는 듯 중얼거리며 서성거렸다.

"하지만 아인슈타인*****은 죽어서 다행이네요." 린윈이 말했다.

* 닐스 보어. 원자 구조와 원자에서 방출되는 복사 연구로 1922년 노벨 물리학상을 수상한 덴마크 물리학자.

** 루이 드 브로이. 전자의 파동적 성질 발견으로 1929년 노벨 물리학상을 수상한 프랑스 물리학자.

*** 베르너 하이젠베르크. 양자역학 창안과 이를 통한 수소의 동소체 형태 발견으로 1932년 노벨 물리학상을 수상한 독일 물리학자.

**** 폴 디랙. 새로운 형태의 생산적인 원자 이론 발견으로 1933년 노벨 물리학상을 수상한 영국 물리학자.

***** 알베르트 아인슈타인은 양자역학의 초기 발전에 기여했으나, 양자역학의 확률적이고 불확정적인 측면, 특히 양자 얽힘 현상에 대해서는 "신은 주사위 놀이를 하지 않는다."라고 말하며 회의적인 견해를 보였다.

나는 기지에서 굉전자를 활성화하는 실험을 할 때 딩이가 감시카메라 네 대를 설치할 것을 강력하게 요구했던 일이 생각나 그에게 얘기했다.

“맞아요. 안전을 위한 거였어요. 모든 감시카메라가 고장 난다면 구상섬전이 양자 상태가 될 거고, 그러면 기지의 상당 부분이 확률 전자구름에 휩싸일 테니까요. 그렇게 되면 기지 어디에서든 구상섬전이 갑자기 나타났을 겁니다.”

나는 이제야 알 것 같았다. 역사상 대부분의 목격 사례에서, 왜 구상섬전을 활성화할 만한 번개가 근처에 없었는데도 허공에서 구상섬전이 갑자기 나타났는지, 또 어떻게 그토록 신비롭게 종적을 감추며 사라졌는지를. 이는 아마도 당시 목격자가 굉전자 확률구름 속에 있었고, 그의 우연한 관측이 구상섬전의 양자 상태를 갑자기 붕괴시켰기 때문일 것이다.

나는 탄식하며 말했다. “구상섬전에 대해 이미 잘 알고 있다고 생각했는데…….”

“아직 천 박사가 모르는 부분이 더 많아요. 자연의 이런 기이함은, 정말 상상을 초월하죠.” 딩이가 내 말을 끊으며 말했다.

“또 뭐가 있나요?”

“입 밖에 꺼내서 얘기하기 무서운 것들도 있어요.” 딩이가 목소리를 낮춰 말했다.

처음에는 그의 말을 깊이 생각하지 않았지만 다시 생각해 보니 왠지 소름이 끼쳤다. 고개를 들어보니 딩이가 뱀처럼 이상한 눈빛으로 나를 보고 있어 온몸이 선득해졌다. 내 의식 깊숙한 곳에는 가장 어두운 그림자가 있었다. 나는 그것을 잊으려 계속해서 발버둥 쳤고,

거의 잊어가는 듯했다. 도저히 그 그림자를 다시 마주할 용기가 나지 않았다.

그 후 이틀간의 실험에서 구상섬전이 지닌 거시적 양자 효과는 더욱 분명하게 확인되었다. 관측자가 없는 경우 뇌구 무기가 발사한 구상섬전의 탄착점은 심하게 분산되어, 관측자가 있는 경우와 비교할 때 명중률이 10분의 1로 떨어졌다. 우리는 굉전자가 양자 상태일 때 생성하는 확률구름의 크기를 확인하기 위해 더 많은 장비를 이용해 보다 복잡한 실험을 진행했다. 사실 양자역학의 관점에서 보면 이것은 정확하지 않은 표현이다. (거시적이든 미시적이든) 전자 하나의 확률구름은 우주 전체만큼 크고, 양자 상태의 구상섬전은 안드로메다은하에서 나타날 수도 있다. 단지 그 확률이 극히 낮을 뿐인 것이다. 우리가 말하는 확률구름의 크기는 공학적인 의미로, 그 경계를 넘어가면 거의 무시해도 좋을 만큼 확률구름이 희박해지는 모호한 경계를 의미한다.

그런데 셋째 날 예기치 못한 상황이 발생했다. 관측자가 전혀 없는 상태에서 뇌구 기관총에서 발사된 구상섬전 열 개가 모두 정확히 목표물을 맞힌 것이다. 이때 사용된 굉전자는 금속을 에너지 방출 목표로 삼는 종류로 활성화된 에너지가 매우 높아, 목표물로 사용된 폐장갑차의 3분의 1이 녹아내렸다.

"뭔가 오류가 있었을 거예요. 관측자가 나타났겠죠. 카메라 중 하나가 꺼지지 않았을 수도 있고, 어떤 병사가 굉전자구름을 보고 싶어서 몰래 눈을 떴을 가능성도 있어요." 딩이가 단정적으로 말했다.

다음 발사 전, 카메라 두 대를 모두 철거하고 사격장에 있는 모든 인원을 외부와 완전히 격리된 지하 벙커로 철수시켰다. 사격장 상공에도 아무도 없는 것을 확인한 뒤 조준을 마친 뇌구 기관총을 자동 발사로 전환했다.

하지만 이번에 발사된 열다섯 개의 구상섬전 또한 모두 정확히 명중했다.

나는 딩이가 당황하는 걸 볼 수 있을 것 같아 속으로 쾌재를 불렀다. 잠시라도 당황하는 걸 볼 수 있다면 그걸로 족했다. 그런데 예상치 못한 결과 앞에서 그는 걱정하는 듯했지만, 그건 내가 생각하던 종류의 걱정이나 두려움과는 달랐다. 이전과 마찬가지로, 그는 원인을 몰라 걱정하는 것이 아니었다.

"실험과 실탄 훈련을 즉시 중단해요." 그가 린윈에게 말했다.

린윈이 딩이를 보고는 하늘을 한번 올려다보았다.

내가 말했다. "왜 중단해요? 관측자가 전혀 없었는데 양자 효과가 나타나지 않았으니 원인을 밝혀내야죠?"

린윈이 하늘을 가리켰다. "아뇨. 관측자가 있었어요."

나는 고개를 들어 하늘을 보았다. 며칠 동안 짙게 끼어 있던 먹구름 사이로, 어느새 푸른 하늘이 좁게 드러나 있었다.

# 타버린 칩

남부에서 기지로 돌아오니 베이징은 완연한 가을이 되어 밤에는 제법 추웠다.

기온만이 아니라 구상섬전 무기에 대한 군부의 관심도 함께 떨어진 듯했다. 기지로 돌아오자마자 쉬 대령으로부터 총참모부와 총장비부가 구상섬전 무기를 대규모로 부대에 배치할 계획이 없으며, 서광 부대의 규모도 더 이상 확대하지 않을 것이라는 소식을 들었다. 상부의 입장이 이처럼 달라진 것은, 실전에서 적이 구상섬전 무기를 방어할 수 있다는 사실을 고려했기 때문이었다. 현재 우리가 개발한 구상섬전 무기에는 근본적으로 약점이 있었다. 구상섬전이 자기장에 의해 가속될 수 있다는 것은 자기장에 의해 방향이 돌려질 수도 있음을 의미했다. 적이 자기장을 역방향으로 이용해 구상섬전을 방어할 수 있으므로 이 무기를 실전에 투입해도 얼마 못 가서 무력화될 수 있었다.

기지의 다음 연구 목표는 전자기장을 통한 방어를 뚫는 방법을 찾아내는 한편, 구상섬전 무기의 타격 목표를 인간이 아닌 무기와 장비, 특히 첨단 무기 및 장비로 전환하는 것이었다.

제일 먼저 각종 전선을 녹일 수 있는 굉전자를 수집하는 방법을 생각해 냈다. 이게 가능하다면 적의 첨단 무기를 무력화하는 효과적인 방법이 될 수 있었다. 그런데 실험 과정에서 심각한 문제가 발견되었다. 전선을 녹일 수 있는 구상섬전은 마찬가지로 다른 금속도 목표물로 삼아 에너지를 방출했고, 큰 부피의 금속을 녹일 때 막대한 에너지를 소모했다. 그래서 이런 종류의 구상섬전이 방출하는 에너지의 대부분은 커다란 금속을 녹이는 데 소모되고, 전선에 작용하는 에너지는 극히 일부에 불과한 탓에 매우 비효율적이었으며 무기 장비를 파괴하는 능력도 매우 제한적이었다.

다음으로는 자연스럽게 전자 칩을 고려하게 되었다. 전자 칩은 구상섬전 무기가 공격할 수 있는 가장 이상적인 표적이었다. 우선 전자 칩은 특수한 재료로 만들어져 일반적인 전선처럼 불필요한 곳에 에너지가 분산될 우려가 없을뿐더러, 하나의 크기가 아주 작기 때문에 적은 에너지 방출로도 많은 양을 파괴할 수 있었다. 현대 첨단 무기에 있어서 전자 칩이 파괴되는 것은 치명적인 타격이었다. 하지만 전자 칩을 목표물로 삼는 굉전자(우리는 이것을 '칩을 먹는' 굉전자라고 불렀다.)는 매우 희귀했다. 우리는 이를 구상섬전의 백미로 여겼다. 이런 굉전자를 충분히 확보하려면 엄청난 양의 굉전자를 수집해 주파수 분석을 해야 하므로 막대한 자금이 필요했지만, 상부에서 이미 이 프로젝트에 대한 추가 지원을 중단한 상태였다.

상부의 관심을 끌어 연구 자금을 확보하기 위해 쉬 대령은 현재 보유하고 있는 '칩을 먹는' 굉전자를 사용해 시연 사격을 하기로 결정했다.

사격은 2005년식 탱크 시험 기지에서 진행되었다. 나와 린윈이 '탐지봉 방어 시스템'을 위해 이곳을 방문했을 때와는 달리 아주 조용했고, 어지럽게 난 바퀴 자국 사이로 잡초가 무성하게 자라고 있었다. 사격에서 표적으로 사용하기 위해 어제 막 운반해 온 2000년식 탱크 두 대만 덩그러니 서 있었다.

원래는 총장비부 관계자만 참석해 시연을 지켜볼 예정이었지만 두 시간 전에 참석자 수가 두 배로 늘었다는 통보를 받았다. 참석자는 대부분 총참모부 소속이었고 소장 한 명과 중장 한 명이 포함되어 있었다.

우리는 먼저 그들을 목표물 구역으로 안내했다. 사격의 목표물로 탱크 두 대 외에도 장갑차 몇 대가 있었는데, 모두 군용 전자 장비가 탑재되어 있었다. 한 대에는 주파수 변조 통신 장비, 다른 한 대에는 레이더 서버가 설치되어 있었다. 또 다른 장갑차에는 내구성이 강화된 군용 컴퓨터 몇 대가 설치되어 있었고, 모두 전원이 켜진 상태로 모니터에는 다양한 화면보호 이미지가 움직이고 있었다. 추가로 폐기된 구형 지대공 미사일도 목표물용으로 준비되어 있었다. 이 모든 차량과 장비가 넓은 공터에 일렬로 나란히 서 있었다.

참석자들에게 목표물용 장비를 보여주면서 일부러 장비의 전자 제어 시스템을 열어 손상되지 않은 회로판의 칩을 직접 보여주었다.

"자네가 말하는 그 신형 무기가 이 칩들을 모두 파괴할 수 있단 말인가?" 중장이 내게 물었다.

"네, 장군님. 칩을 제외한 다른 부분은 거의 손상되지 않습니다." 내가 대답했다.

"그 번개가 생성한 전자기 유도 현상으로 칩이 파괴되는 건가?"

소장이 물었다. 젊어 보이는 그는 기술 분야를 담당하는 장군인 듯했다.

나는 고개를 저었다. "아닙니다. 일반적인 번개가 생성하는 전자기 유도 현상은 탱크와 탱크의 금속 외피에 나타나는 패러데이 케이지 효과로 인해 크게 약화됩니다. 구상섬전은 장갑을 관통해 이 전자 칩들을 태워버립니다."

두 장군이 믿기 힘들다는 듯 서로 얼굴을 보고 웃으며 고개를 저었다.

린윈과 쉬 대령은 모든 사람을 500미터 떨어진 사격 지점으로 안내해 뇌구 기관총을 보여주었다. 뇌구 기관총은 로켓포 운반용 트럭에 설치되어 있었다.

중장이 말했다. "나는 무기를 보기만 해도 직감적으로 느껴지는 게 있네. 강력한 무기는 외관이 어떻게 생겼든 보이지 않는 날카로움이 느껴지는데 이 무기에서는 그런 게 느껴지지 않는군."

쉬 대령이 말했다. "장군님, 첫 번째 원자폭탄도 처음에는 커다란 철통처럼 보였습니다. 겉보기에는 그 위력을 느낄 수 없었을 것입니다. 장군님의 직감은 전통적인 무기에만 해당하는 것입니다."

장군이 말했다. "부디 그러길 바라네."

시험 사격이 시작되기 전 안전을 위해 모래주머니로 임시 방호벽을 쌓고 참석자들을 모두 그 뒤로 이동하게 했다.

10분 뒤 사격이 시작되었다. 뇌구 기관총의 조작 방식은 전통적인 기관총과 유사했다. 방아쇠 같은 격발 장치가 있고 조준 장치도 기관총과 거의 동일했다. 초기 설계 때는 컴퓨터 시스템의 통제하에서 사격이 진행되었다. 마우스로 모니터 화면상의 십자 커서를 움직여 목표물에 맞추면, 뇌구 기관총의 발사대가 자동으로 조준되었다. 하지만 그러기 위해 복잡한 전자 및 기계 시스템이 필요했다. 반면 이 뇌구 기관총은 정확하게 조준할 필요가 없었고, 일정 수준의 오차가 있어도 구상섬전이 목표물을 파괴할 수 있었다. 그러므로 우리는 가장 원시적인 방식으로 이 최첨단 무기를 조종하기로 했다. 시간이 부족하기 때문이기도 했지만 무기의 간결성과 신뢰성을 돋보이게 하려는 의도도 있었다. 뇌구 기관총을 조종하고 있는 상사는 부대에서 가장 우수한 기관총 사수였다.

먼저 파지직하고 귀를 찢는 듯한 소리가 들렸다. 발사대에서 생성된 인공 번개에서 나는 소리였다. 바로 뒤이어 구상섬전 세 개가 각각 주황빛을 내뿜으며 약 5미터 간격으로 일렬로 늘어서 고막을 긁는 날카로운 소리를 내며 탱크를 향해 날아갔다. 구상섬전은 마치 그 안으로 녹아드는 것처럼 탱크에 명중하자마자 사라졌다. 탱크 안에서 폭발음이 세 차례 들려왔다. 탱크 내부가 아니라 우리 각자의 귓가에서 폭발이 일어난 것처럼 아주 또렷한 폭발음이었다. 이어서 나머지 목표물을 향해 사격이 이어졌다. 각 목표물마다 두 개에서 다섯 개의 구상섬전이 발사되었다. 활성화 전극에서 나는 바지직 소리, 구상섬전이 날아가며 내는 날카로운 소리, 그것들이 목표물에 명중할 때의 폭발음이 교차하며 상공으로 울려 퍼졌다. 목표물에 명중하지 못하거나 목표물을 뚫고 나간 구상섬전 두 개가 목표물 사이를 떠다니고 있었다.

마지막 뇌구가 지대공 미사일에 명중한 뒤에야 평온이 찾아왔다. 목표물 사이에서 허공을 떠돌고 있던 구상섬전 두 개도 소리 없이 사라졌다. 장갑차 한 대에서 검은 연기가 피어올랐지만 다른 목표물은 아무 일도 일어나지 않은 듯 그 자리에 그대로 서 있었다.

"발사된 탄들이 뭘 했지?" 한 대령이 린원에게 물었다.

"곧 아시게 될 겁니다!" 린원이 자신 있게 말했다.

모두가 방호벽 뒤에서 나와 500미터 떨어진 목표물 구역으로 다가갔다. 나는 결과에 대한 자신감은 있었지만, 이 프로젝트의 운명을 결정할 고위 장교들이 이렇게나 많이 모인 자리에 있자니 긴장감을 누를 수가 없었다. 연기가 나던 장갑차에서는 더 이상 연기가 나지 않았고 공기 중에 상쾌한 냄새가 감돌았다. 목표물 구역에 다가갈수록 그 냄새가 점점 더 짙어졌다. 한 장군이 무슨 냄새인지 묻자 린원이 대답했다. "오존입니다. 구상섬전 에너지가 폭발할 때 발생한 것입니다. 장군님, 미래의 전쟁터에서는 이런 냄새가 날 겁니다."

린원과 나는 우선 사람들을 장갑차 앞으로 데려갔다. 사람들은 차체를 에워싸고 자세히 살펴보았다. 불탄 자국이나 부서진 곳을 찾으려고 했지만, 아무것도 발견할 수 없었다. 차체는 새것처럼 멀쩡했다. 장갑차 뒷문을 열어 보여주자 몇몇은 머리를 안으로 넣고 살펴보았지만, 더욱 짙어진 오존 냄새 외에는 아무런 손상 흔적도 발견하지 못했다. 군용 컴퓨터 네 대가 차 안에 가지런히 놓여 있었지만, 사격 전과 달리 화면은 모두 꺼져 있었다. 우리는 그중 한 대를 꺼내 바닥에 내려놓았다. 린원이 녹색 외장케이스를 연 뒤 내가 컴퓨터를 들어 올려 기울이자 흰색 가루가 쏟아져 나왔다. 가루 속에 작고 검은 조각들이 섞여 있었다. 내가 컴퓨터 내부를 모두에게 보여주자 놀라움이 섞인 탄식이 터져 나왔다.

컴퓨터 내부의 메인보드에 있는 칩의 3분의 2가 감쪽같이 사라지고 없었다.

이어서 2000년식 탱크 내부의 통신 장비와 레이더 서버 속의 전자 칩도 절반 이상이 회색으로 변하거나 타버린 것을 보여주자 참석자들은 놀라움과 감탄을 금치 못했다. 마지막으로 지대공 미사일의 노즈를 열어 보이자 충격은 절정에 달했다. 미사일 유도 모듈이 마치 전자 칩의 유골함이 된 것처럼 온통 재로 변해 있었기 때문이다. 탄두를 제거하던 미사일 부대 소속 병사 두 명이 겁에 질린 얼굴로 나와 린윈을 올려다보더니 저 멀리 있는 뇌구 기관총을 보며 귀신을 본 듯 어리벙벙한 표정을 지었다.

중장이 큰 소리로 말했다. "적진에서 적장의 머리만 베어내는 격이로군!"

참석자들이 뜨거운 박수를 보냈다. 만약 구상섬전 무기의 광고를 만든다면 그보다 더 어울리는 카피는 없을 것이다.

기지에 돌아와 나 또한 뜻밖의 피해를 입었다는 것을 알게 되었다. 시연장에 가져갔던 노트북의 전원이 켜지지 않아 케이스를 열어 보니 흰 잿가루가 내부에 가득 차 있었다. 흰 가루를 훅 불자 날아오른 가루가 코와 입으로 빨려 들어와 기침이 났다. 메인보드를 살펴보니 CPU와 256메가바이트 메모리 두 개가 보이지 않았다. 조금 전 내 입김에 날아간 재들이 바로 그것들이었다. 발사 시연 때 나는 관찰과 기록을 위해 구상섬전 탄착점과 참석자들이 있는 방호벽의 중간 지점에 서 있기는 했지만, 통상적으로 규정된 안전거리인 50미터보다는 훨씬 멀리 떨어져 있었다.

조금만 생각했더라면 예상할 수 있었던 일이었다. 전자 칩은 부피가 매우 작아 그 각각은 구상섬전이 방출하는 에너지 중 소량만 흡수할 수 있었다. 그래서 남은 에너지가 더 멀리까지 영향을 미치게 된 것이었다. 따라서 전자 칩처럼 목표물이 작은 경우, 구상섬전이 영향을 미치는 범위가 크게 확장되었다.

## 기이한 현상(3)

달빛이 유난히 밝은 밤, 나와 린윈, 딩이는 기지 내 한적한 산책로를 걸으며 자기장으로 구상섬전을 방어할 수 있는 문제를 어떻게 해결할 것인지 논의했다.

"이제 확실해졌어요. 전하를 가진 광전자를 사용하는 한, 이 문제는 해결할 수 없어요." 린윈이 말했다.

"동의해요." 딩이가 말했다. "난 요즘 광전자의 운동 상태를 통해 그것에 대응하는 원자핵의 위치를 알아내는 방법을 연구하고 있어요. 이론적으로 아주 복잡하고 어려운 문제이고, 몇 가지 문제는 해결이 불가능할 것 같아서 아주 장기적인 연구가 될 것 같아요. 어쩌면 이번 세기 안에 해결할 수 없을지도 몰라요."

나는 밝은 달빛에 가려 희미해진 별빛을 올려다보며 지름이 500킬로미터, 심지어 1000킬로미터나 되는 원자가 어떤 모습일지 상상했다.

딩이가 말했다. "하지만 정말 광원자핵을 찾을 수 있다면 전하를 띠지 않는 광중성자를 얻을 수 있다는 뜻이고, 그걸로는 틀림없이 전자기 장벽을 뚫을 수 있을 거예요."

"굉중성자는 굉전자처럼 활성화될 수 없으니 방출할 에너지도 없는데 어떻게 무기로 사용할 수가 있어요?" 린윈이 내가 생각하고 있는 질문을 던졌다.

딩이가 대답하려는데 린윈이 갑자기 손가락을 입에 대고 "쉿! 잠깐!" 하며 걸음을 멈췄다.

그때 우리는 구상섬전 활성화 실험실 옆을 지나고 있었다. 스펙트럼 식별법이 등장하기 전에 무기용 굉전자를 골라내기 위해 이곳에서 수많은 동물 실험을 진행했고, 실험용 동물 수백 마리가 구상섬전을 맞고 재로 변했다. 또 이 건물은 린윈이 나를 처음 이 기지로 데려와 무기 시연을 보여준 곳으로, 대형 창고를 개조한 것이었다. 지금 달빛 아래에서는 마치 거대한 그림자처럼 보였다. 린윈의 손짓에 따라 나와 딩이도 걸음을 멈췄다. 발소리가 멎자 실험실 안에서 소리가 들려왔다.

염소 울음소리였다.

하지만 실험실에 염소가 있을 리 없었다. 마지막 동물 실험은 두 달 전에 있었고, 그 후 이 실험실은 줄곧 닫혀 있었다.

그 소리가 또 들렸다. 틀림없는 염소 울음소리였다. 간헐적으로 들리는 구슬픈 울음소리가 이상하게도 구상섬전의 폭발음을 연상시켰다. 두 소리에는 닮은 점이 있었다. 소리가 나는 방향을 알 수 있지만, 어떻게 들으면 공간 전체를 가득 채운 소리인 것 같기도 하고, 또 가끔은 듣는 사람의 몸속에서 나는 소리 같기도 했다.

린윈이 실험실 문 쪽으로 다가갔다. 딩이도 뒤를 따라갔지만, 나는 두 다리에 납을 매단 것처럼 발을 뗄 수가 없었다. 오래전 그날의 그 느낌이었다. 몸을 꼼짝도 할 수 없고 거대하고 차가운 손이 나를 감싸 쥔 것처럼 온몸이 서늘해졌다. 나는 그들이 염소를 볼 수 없을 거라는 걸 알았다.

린윈이 문을 열자 커다란 철문이 레일을 따라 철컹철컹 미끄러지며 열렸다. 희미하게 들리던 염소 울음소리는 그 소리에 파묻혀 사라졌다. 린윈이 불을 켜자 문 사이로 넓은 건물의 내부가 보였다. 그 안에 2미터 넘는 철제 울타리를 둘러놓은 정사각형 너비의 공간이 있었는데, 그곳은 활성화 실험에서 목표물들을 배치하는 구역이었다. 그곳에서 실험동물 수백 마리가 구상섬전에 의해 한 줌 재로 변했다. 지금 그 공간은 텅 비어 있었다. 린윈이 넓은 실험실 안을 이리저리 찾아다녔지만 내 예감대로 아무것도 발견하지 못했다. 딩이는 문가에 가만히 서 있었고 불빛이 그의 가늘고 긴 그림자를 문밖으로 길게 늘어뜨렸다.

"틀림없이 염소 울음소리를 들었다니까요!" 린윈의 목소리가 높은 건물 전체에 메아리쳤다.

딩이가 린윈의 말에 대꾸하지 않고 내게 다가와 나직이 물었다. "몇 년 동안 천 박사는 이런 일 없었어요?"

"그게 무슨 소리예요?" 나는 떨리는 목소리를 애써 누르며 되물었다.

"결코 경험할 리 없다고 생각했던 일들요."

"무슨 말인지 모르겠어요." 나는 억지로 웃었지만 분명히 어색한 웃음이었을 것이다.

"그럼 됐어요." 딩이가 내 어깨를 토닥였다. 그가 그런 행동을 한 것은 처음이었다. 그 손길이 왠지 모르게 위안이 되었다. "사실 자연

속에서 일어나는 이상한 현상은 정상적인 것의 다른 표현 방식일 뿐이에요." 딩이가 말했다. 내가 그의 말을 곰곰이 생각하고 있는데 딩이가 실험실에 있는 린윈을 향해 외쳤다. "그만 찾고 나와요!"

린윈이 실험실을 나오며 불을 껐다. 커다란 철문이 닫히기 직전 나는 높은 창문으로 스며든 달빛이 어두운 실험실을 비추며 그 죽음의 울타리 구역 한가운데에 사다리꼴 모양의 빛을 투사하는 것을 보았다. 건물은 오래된 무덤처럼 어둡고 음산했다.

# 원자력발전소

구상섬전 무기는 우리 예상보다 훨씬 빠르게 실전에 투입되었다.

그날 정오, 서광 부대에 상부의 긴급 명령이 하달되었다. 모든 장비를 전투 상태로 갖추고 즉시 출동하라는 명령이었고, 훈련상황이 아니라고 분명히 명시되어 있었다. 우선 한 소대가 뇌구 기관총 두 자루를 가지고 헬리콥터를 타고 출동했다. 쉬 대령과 나, 린윈도 동행했다. 헬리콥터는 10여 분 만에 착륙했다. 평소 교통 체증이 거의 없는 구간이라 차량으로 이동했어도 그리 오래 걸리지 않을 거리였으므로, 상황이 매우 긴급하다는 것을 알 수 있었다.

헬리콥터에서 내리자마자 우리는 어디에 와 있는지 알 수 있었다. 앞쪽에 햇빛에 반짝이는 흰색 건물이 줄지어 서 있었는데 최근 텔레비전에 여러 번 등장한 곳이었다. 건물들 가운데 있는 높은 원기둥형 건물이 특히 눈에 띄었다. 그것은 바로 대형 원자로였고 이곳은 최근 완공된 세계 최대 규모의 핵발전소였다.

이곳에서 바라보니 발전소 구내에는 아무도 보이지 않고 매우 조용했다. 하지만 우리 주위는 긴박하고 분주했다. 군용 지프 몇 대가 도착했고 완전 무장한 경찰들이 뛰어내렸다. 군용 지프 옆에서 장교 세 명이 망원경을 들고 발전소 방향을 지켜보고 있었다. 경찰차 옆에는 방탄복을 입고 있는 경찰들과 그들 주위에 어지럽게 놓여 있는 총기가 보였다. 린윈의 시선을 따라 위를 올려다보니 우리 뒤쪽에 있는 건물 지붕에서 저격수 몇 명이 소총을 들고 원자로 방향을 겨누고 있었다.

헬리콥터가 착륙한 곳은 발전소 게스트하우스 앞 마당이었다. 한 무장경찰 부대 중령이 말없이 우리를 게스트하우스 내 회의실로 안내했다. 임시 통제실이 차려진 회의실에서 무장경찰 지휘관 몇 명과 경찰관들이 검은 양복을 입은 사람 주위에 모여 발전소 내부 배치도인 듯한, 커다란 도면을 들여다보고 있었다. 우리를 안내한 군인은 검은 양복을 입은 그 사람이 작전 총지휘관이라고 알려주었다. 나도 아는 얼굴이었다. 텔레비전에 자주 등장하는 사람이었는데, 이런 고위급의 중앙 지도부 인사가 이곳에 있다는 건 그만큼 심각한 사안이라는 뜻이었다.

“정규 부대까지 불러왔어요? 혼란을 더 키우지 말아요!” 한 경찰 관계자가 말했다.

“아, 내가 불러달라고 총참모부에 요청했네. 이들의 신형 장비가 도움이 될 수도 있어.” 총지휘관이 말했다. 우리가 들어온 후 그는 처음으로 고개를 들었다. 나는 그가 주변의 장교들이나 경찰관들처럼 긴장하거나 불안해하지 않고, 오히려 판에 박힌 일상에서 오는 권태를 은근히 내비치고 있는 것을 보았다. 이런 상황에서 그런 태도는 오히려 그가 지닌 노련함과 침착함을 보여주는 듯했다. “당신들 책임자가 누구지? 아, 알겠네, 대령. 두 가지 질문이 있네. 첫째, 부대가 보유하고 있는 장비로 건물 내부의 다른 시설은 파괴하지 않고 내부의 특정 목표물만 파괴할 수 있나?"

"네, 지휘관님."

"둘째…… 음, 이건 먼저 현장을 확인한 뒤에 질문하는 게 좋겠군. 계속 진행하지." 그가 말을 마치자 주위에 있는 사람들이 다시 도면 위에서 머리를 맞댔다. 우리를 안내했던 중령이 따라오라는 손짓을 했다. 그를 따라 회의실을 나와 옆방의 앞으로 갔다. 문은 반쯤 열려 있었고, 임시로 설치된 케이블이 여러 가닥 튀어나와 있었다. 중령이 우리에게 멈추라는 손짓을 했다.

"시간이 없으니 간단히 설명하겠습니다. 오늘 오전 9시경 테러리스트 여덟 명이 원자력발전소의 원자로를 점령했습니다. 발전소에 견학을 온 초등학생들이 타고 있던 대형 버스를 납치해 발전소로 진입했고 점령 과정에서 경비원 여섯 명을 살해했습니다. 현재 그들은 인질 서른다섯 명을 붙잡고 있는데 그중 스물일곱 명은 버스를 함께 타고 온 초등학생들이고, 나머지 여덟 명은 발전소 엔지니어와 직원들입니다."

"어디서 온 사람들입니까?" 린윈이 물었다.

"에덴동산입니다."

나도 그 국제 테러 조직을 알고 있었다. 그들은 온건한 사상도 극단으로 치달으면 위험해진다는 걸 보여주는 전형적인 사례였다. 이 단체의 전신은 태평양의 한 작은 섬에서 실험적인 소규모 사회를 건설한 반기술주의자 집단으로, 현대기술을 거부하고 전원생활로 돌아가려 했다. 세계 각지의 유사한 조직들과 마찬가지로, 처음에는 폐쇄된 공동체로 시작되었고 공격적인 경향은 전혀 없었다. 하지만 고립된 생활이 계속되면서 이들의 사상은 점차 극단으로 치닫기 시작했다. 기술로부터의 도피는 기술에 대한 증오로, 과학으로부터의 이탈은 과학에 대한 반대 운동으로 변모했다. 일부 극단주의자들은 그들이 현대의 에덴동산이라 부르는 섬을 떠나 모든 현대기술을 파괴하고, 문명을 농경시대 수준으로 되돌려 놓겠다는 사명을 품고 테러 활동을 시작했다.

다른 테러리스트 단체들과 비교할 때, 에덴동산의 공격 대상은 그 의도를 짐작할 수 없어 대중을 혼란스럽게 했다. 유럽원자핵공동연구소의 초대형 싱크로트론 가속기를 폭파하고, 북아메리카의 대형 유전자연구소 두 곳을 불태웠으며, 캐나다의 어느 광산 깊숙이 위치한 대형 중성미자 탐지 탱크를 파괴했고, 노벨물리학상 수상자 세 명을 암살했다. 이러한 기초과학 시설과 과학자들은 테러 공격에 대해 거의 아무런 방비가 되어 있지 않았기에 에덴동산은 번번이 성공을 거두었지만, 원자로를 공격한 것은 이번이 처음이었다.

"현재 어떤 조치를 취했나요?" 린윈이 다시 물었다.

"아무것도 하지 않았습니다. 멀리서 포위만 했고 가까이 다가갈 수도 없습니다. 그들이 원자로에 폭발물을 설치해 언제든 폭발시킬 수 있습니다."

"하지만 제가 알기로는, 이 대형 원자로의 외벽은 굉장히 두껍고 튼튼합니다. 철근 콘크리트 두께만 해도 몇 미터나 되는데 저들이 얼마나 많은 폭탄을 싣고 들어갈 수 있었을까요?"

"많지 않습니다. 작은 빨간 알약들이 들어 있는 병 하나만 가지고 들어갔습니다."

중령의 마지막 한마디에 린윈과 나는 경악을 금치 못했다. 에덴동산은 기술을 증오하지만 자신들의 목적 달성을 위해서라면 기술을 사용했다. 사실 그들은 과학기술 수준이 가장 높은 테러 조직으로 일류 과학자 출신의 조직원들이 많았다. 그 '빨간 알약'은 그들의 발명품으로 특정한 나노 소재로 감싼 농축 우라늄 조각이었다. 그 알약에 충분한 충격만 가해지면 압축을 거치지 않고도 핵분열 폭발을 일으킬 수 있었다. 그들이 보통 쓰는 방법은, 대구경 총의 입구를 용접해 막고 빨간 알약을 그 막힌 입구에 놓은 다음, 끝을 평평하게 갈아낸 총알을 장전해 놓는 방식이었다. 그 상태에서 총을 쏘기만 하면 총알이 빨간 알약에 충격을 줘 전술 핵무기 급의 폭발이 일어나는 것이었다. 에덴동산은 이 무기를 이용해 지하 수백 미터 깊이에 위치한 세계 최대 싱크로트론 가속기를 폭파해 세 동강 냄으로써 전 세계를 공포에 떨게 했다.

중령이 우리를 방으로 데리고 들어가기 전 주의를 주었다. "들어가서는 신중히 말씀해 주십시오. 여긴 그들과 양방향 비디오 통신이 연결되어 있습니다."

방에 들어서자 군인과 경찰관 몇몇이 커다란 모니터를 주시하고 있었다. 그런데 모니터 속 장면은 내 예상과 사뭇 달라 순간 내가 뭔가 잘못 알고 있는 것인가 하고 생각을 했다. 한 여자 교사가 수업을 하듯 아이들을 가르치고 있었다. 그 뒤로 넓은 제어 장치가 보였고, 여러 디스플레이, 계기판이 반짝이고 있었다. 아마도 그곳이 원자로의 통제실인 듯했다. 나는 교사를 유심히 살펴보았다. 나이는 30대로 보였고 옷차림은 수수했으며, 조금 여윈 얼굴에 쓴 금색 체인이 달린 안경이 커 보였다. 안경 너머 그녀의 눈동자에서 지적인 예리함이 배어 나왔고, 목소리는 부드럽고 따듯했다. 그 목소리를 듣자 나도 긴장감과 두려움이 누그러지는 것 같았다. 나는 학생들을 인솔해 원자력발전소를 견학하러 왔다가, 위험에 처했음에도 불구하고 침착함을 잃지 않고 아이들을 안심시키는 그녀의 강한 책임감에 감탄했다.

“저 여성이 바로 에덴동산 아시아 지부 우두머리이자 이번 테러를 설계한 주요 인물입니다. 작년 3월 미국에서 하루 만에 노벨물리학상 수상자 두 명을 암살하고 도주했으며, 각국에서 수배 중인 에덴동산 주요 인사 중 세 번째 서열입니다.” 중령이 화면 속 ‘교사’를 가리키며 낮은 목소리로 말했다.

나는 머리를 몽둥이로 얻어맞은 듯 충격에 휩싸여 린윈을 돌아보았지만, 린윈은 별로 놀라지 않은 듯했다. 다시 화면을 보니 이상한 점이 있었다. 아이들이 서로 바짝 붙어 앉아 겁에 질린 눈으로 ‘교사’를 보고 있었던 것이다. 마치 갑자기 튀어나온 괴물을 만난 것 같은 표정이었다. 나는 곧 그 아이들이 공포에 떨고 있는 이유를 알았다. 한 소년이 바닥에 쓰러져 있었고, 머리가 산산조각 나 피와 뇌수가 바닥에 흩어져 있었던 것이다. 두 눈을 뜬 채로 누워 있는 그 모습은 마치 소년이 당혹스러운 눈빛으로 자신의 피와 뇌수로 그려진 추상화를 응시하고 있는 것처럼 보였다. 그 옆에는 ‘교사’가 남긴 피 묻은 발자국이 있었다. 그녀의 오른 소매는 피로 물들어 있었으며, 소년의 두개골을 부순 권총은 그녀의 뒤편 제어 장치 위에 놓여 있었다.

“자. 애들아, 사랑스러운 아이들아, 앞 수업을 잘 들었으니 이제 다음 수업으로 넘어가자꾸나. 내가 질문을 하나 할게. 물질의 기본 단위는 뭘까?” ‘교사’는 계속 수업을 이어갔고 그녀의 목소리는 여전히 부드럽고 온화했지만, 미끌미끌하고 차가운 뱀이 내 목을 칭칭 감아 조이는 듯한 기분이 들었다. 아이들은 나보다 백 배는 더 강렬하게 같은 느낌을 받고 있을 것이었다.

"너, 너 대답해." 아이들이 대답하지 않자 '교사'가 한 소녀를 지목했다. "괜찮아. 틀려도 괜찮아."

'교사'가 친절한 미소를 지으며 조용히 말했다.

"원…… 원자." 소녀가 떨리는 목소리로 말했다.

"봐, 역시 틀렸어. 하지만 괜찮아. 착한 아이니까. 내가 정답을 알려줄게. 물질을 구성하는 기본 단위는……." 그녀가 한 글자씩 손으로 허공에 글씨를 쓰며 말했다. "목, 화, 토, 금, 수! 자, 모두 열 번 반복해. 목화토금수!"

아이들은 목화토금수를 열 번 연달아 외쳤다.

"참 착한 아이들이구나. 바로 그거야. 우리는 과학으로 인해 복잡해진 세상을 다시 단순하게 만들고, 기술이 더럽힌 삶을 순수한 상태로 되돌려야 해! 원자를 본 적 있니? 그게 우리와 무슨 관계가 있지? 과학자들의 말에 속지 마. 그들은 이 세상에서 제일 어리석고 더러운 사람들이니까……. 기다려요. 이 수업만 마치고 협상을 재개하죠. 아이들의 수업에 지장을 줄 수는 없어요."

마지막 말은 '교사'가 우리 쪽을 향해 한 말이었다. 그녀도 어떤 디스플레이로 우리 쪽을 볼 수 있는 듯했다. 그녀가 그 말을 할 때 고개를 돌려 다른 쪽을 한번 쳐다보았다.

"어, 여자? 아, 드디어 여자가 왔네. 당신은 정말 매력적이군요." 린윈에게 하는 말인 것 같았다. 그녀가 두 손을 가슴 앞에 모으고 진심으로 놀란 듯한 표정을 지었다.

린윈이 '교사'를 향해 차갑게 웃으며 고개를 끄덕였다. 나는 린윈에게 의지하고 있는 나를 발견했다. '교사'의 잔인함에도 두려워하지 않고 똑같이 냉정한 태도로 대할 수 있다는 것은 그녀가 '교사'와 맞설 내면의 힘을 갖고 있다는 뜻이었다. 내게는 그런 힘이 없었기 때문에 나는 이미 '교사' 앞에서 무너져 버렸다.

"우리 사이에는 공통된 언어가 있잖아요." '교사'가 친한 친구에게 말하는 듯 친근한 미소를 지었다. "우리 여자들은 본질적으로 반기술주의자들이에요. 역겹고 로봇 같은 남자들과는 다르죠."

"난 기술을 거부하지 않아요. 난 공학자예요." 린윈이 차분히 말했다.

"나도 한때는 그랬지만, 그게 우리가 새로운 삶을 찾는 데 걸림돌이 되진 않아요. 당신의 소령 계급장이 정말 아름답군요. 그건 고대 갑옷의 잔재예요. 마치 인간성처럼, 기술에 갉아 먹혀버려 그만큼밖에 남지 않았죠. 우린 그것들을 소중히 여겨야 해요."

"저 아이는 왜 죽었나요?"

"아이요? 얘가 아이라고요?"

'교사'가 바닥에 누워 있는 시신을 보고 놀라는 척을 하며 말했다.

"우리 첫 수업은 인생의 방향이었어요. 나중에 커서 뭐가 되고 싶으냐고 했더니 이 바보가 뭐라고 했는 줄 알아요? 과학자가 되고 싶다고 했어요. 이 작은 머리통이 벌써 과학에 물들었다고요. 맞아요. 과학이 모든 걸 오염시켰어요!"

그녀가 아이들을 향해 몸을 돌렸다.

"착한 아이들아, 우린 과학자가 되지 말자. 공학자도 의사도 되지 말자. 우린 영원히 자라지 말자. 우린 모두 작은 목동이야. 큰 물소를 타고 대나무 피리를 불면서 초원을 천천히 돌아다니면 돼. 물소를 타본 적 있니? 대나무 피리를 불 줄 아니? 그런 순수하고 아름다운 시대가 있었다는 걸 알아? 그때는 하늘이 아주 파랗고, 구름은 아주 하얬단다. 풀밭은 눈물이 날 만큼 초록색이었어. 공기는 달큰했고, 작은 시냇물은 크리스털처럼 투명했지. 그때의 삶은 세레나데처럼 여유로웠고 사랑은 달빛처럼 낭만적이었어.

하지만 과학과 기술이 모든 걸 빼앗아 갔어. 대지는 추악한 도시에 점령당했지. 파란 하늘과 흰 구름도 사라지고, 초원은 말라 죽고 시냇물은 검게 변해버렸어. 소들은 농장의 철창에 갇혀 우유와 고기를 생산하는 기계로 전락했지. 대나무 피리도 사라졌고 광란의 기계음으로 뒤범벅된 록 음악만 남았어…….

우리가 왜 여기 왔을까? 얘들아, 우리는 인류를 에덴동산으로 다시 데려갈 거야! 그러려면 먼저 과학과 기술이 얼마나 추악한지 사람들에게 알려줘야 해. 어떻게 알려줄까? 고름 덩어리가 얼마나 역겨운지 사람들에게 알려주려면 어떻게 해야 할까? 바로 그걸 잘라내는 거야. 오늘 우리는 여기에 있는 기술의 고름 덩어리를 잘라낼 거야. 바로 이 거대한 원자로 말이야. 이걸 잘라서 방사성 고름이 곳곳에 흘러넘치게 할 거야. 그러면 사람들도 기술의 진정한 모습을 보게 되겠지……."

"한 가지 부탁을 들어줄 수 있나요?" 린윈이 '교사'의 말을 자르고 끼어들었다.

"물론이지."

"내가 그 아이들을 대신해 인질이 될게요."

'교사'가 미소를 지으며 고개를 저었다.

"단 한 명이라도 괜찮아요."

'교사'가 계속 미소 짓는 얼굴로 고개를 저었다. "소령, 당신이 어떤 인간인지 내가 모를 것 같아? 당신도 나처럼 차가운 피를 가지고 있어. 당신이 여기로 들어오는 순간 0.5초 만에 내 총을 빼앗고, 내 두 눈에 총알을 한 발씩 꽂아 넣는 데 각각 0.25초밖에 걸리지 않을걸?"

"말하는 걸 보니 영락없는 공학자군." 린윈이 싸늘하게 웃으며 말했다.

"모든 공학자를 지옥에 보내버릴 거야." '교사'는 미소를 지으며 말하고는 제어 장치 위에 있는 권총을 집어 들고, 총열 내부가 선명하게 보일 만큼 카메라 렌즈 앞에 총구를 가까이 가져다 댔다. 총성이 절반쯤 들리다 카메라가 고장 나면서 화면이 검게 변했다.

방에서 나온 나는 지옥에서 빠져나온 듯한 긴 한숨을 내쉬었다. 우리는 중령에게 원자로와 통제실의 구조에 대해 간단히 설명을 들은 뒤 다시 회의실에 들어갔다. 그때 한 경찰관의 목소리가 들렸다.

"……테러리스트들이 조건을 제시한다면 아이들의 안전을 위해 우선 조건을 수용한 후에 방법을 모색할 것입니다. 문제는 저들이 어떤 조건도 제시하지 않고 있다는 겁니다. 저들은 원자로를 폭파하기 위한 목적으로 침입했고, 아직 폭파하지 않은 건 저들이 가져온 소형 위성 안테나를 통해 폭파 장면을 실시간 중계하려고 하고 있기 때문입니다. 저들이 언제든 폭탄을 폭발시킬 수 있는 매우 위급한 상황입니다."

우리가 들어가자 총지휘관이 말했다. "상황 파악은 했겠지. 이제 두 번째 질문이네. 그 무기가 성인과 아동을 식별할 수 있나?"

쉬 대령은 불가능하다고 대답했다.

"어린이들이 있는 통제실을 피해 폭탄을 설치한 테러리스트들이 있는 원자로 건물 일부만 공격할 수 있나요?" 한 경찰관이 물었다.

"그건 안 돼요!" 쉬 대령이 대답하기 전에 한 무장경찰 부대 대령이 끼어들었다. "교사가 원격 폭발 장치를 들고 있습니다."

그들은 그 섬뜩한 여자를 '교사'라고 지칭하고 있었다.

"그게 아니라도 불가능합니다." 쉬 대령이 말했다. "원자로와 통제실은 한 건물에 있습니다. 저희 무기는 건물 전체를 공격하는 것이고 벽으로 차단이 불가능합니다. 건물 크기로 볼 때 어떤 부분을 목표물로 해도 건물 전체가 살상 범위에 들어갑니다. 아이들을 원자로 건물에서 멀리 벗어나게 하지 않는 한 함께 공격받게 될 겁니다."

"무슨 무기예요? 중성자탄인가?"

"죄송합니다. 자세한 것은 총장비부 부장의 승인이 있어야만 공개할 수 있습니다."

"필요 없어요." 무장경찰 부대 대령이 총지휘관을 향해 말했다. "쓸모없는 무기인 것 같습니다."

"저는 사용할 수 있다고 생각합니다!" 린윈의 갑작스러운 외침이 나와 쉬 대령을 긴장하게 했다. 그녀가 낄 자리가 아니기 때문이었다. 린윈은 총지휘관의 책상 앞으로 걸어가 두 손으로 책상을 짚고 몸을 앞으로 기울이며 총지휘관을 뚫어져라 응시했다. 총지휘관이 고개를 들어 차분하게 그녀와 시선을 맞추었다. "총지휘관님, 지금 상황은 1 더하기 1이 2라는 것만큼이나 명확합니다."

"린윈!" 쉬 대령이 엄한 목소리로 그녀를 막으려 했다.

"소령 동지 계속 말해보게." 총지휘관이 미동 없는 시선으로 그녀를 보며 말했다.

“사령관님, 저는 다 말씀드렸습니다.” 린원이 시선을 내리고 뒤로 물러섰다.

“좋아. 비상지휘본부 인원만 남고 모두 나가서 대기하게.” 총지휘관이 시선을 아래로 향하고 말했다. 하지만 그는 건축 도면을 보고 있지 않았다.

우리는 게스트하우스 옥상으로 올라가 서광 부대 사람들과 합류했다. 뇌구 기관총 두 대가 각각 녹색 천으로 덮여 옥상 가장자리에 설치되어 있었다. 그 아래 초전도 배터리 네 개가 놓여 있었는데 그중 두 개에는 구상섬전을 활성화하는 데 필요한 강력한 전력이 저장되어 있었다. 나머지 두 개에는 살상형 굉전자 2000발이 담겨 있었다.

옥상에서 전방 200여 미터 떨어진 곳에 거대한 원통형의 원자로가 오후의 햇빛을 받으며 조용히 서 있었다.

무장경찰 부대 대령이 자리를 뜬 뒤 쉬 대령이 낮은 목소리로 린원을 질책했다. “무슨 짓을 한 거야? 구상섬전 무기가 현재 어떤 위기에 처해 있는지 알잖나! 정보가 유출되면 적들이 금세 방어 체계를 구축할 거라고. 그러면 구상섬전 무기가 실전에서 무슨 역할을 할 수 있겠나? 지금도 적의 정찰 위성과 스파이들이 곳곳에서 수상한 움직임을 감시하고 있는데 우리가 이걸 지금 사용해 버리면…….”

“여기가 바로 전쟁터예요! 이 원자로의 용량은 체르노빌의 수십 배라고요. 이게 폭파되면 반경 수백 킬로미터에 사람이 살 수 없고 수십만 명이 방사능으로 사망할 거예요."

"그건 알아. 상부에서 사용 명령을 내리면 주저하지 않고 실행할 거다. 하지만 자네가 권한을 넘어 지휘관의 결정에 영향을 미쳐서는 안 돼."

린윈은 침묵했다.

"사실 당신은 그 무기를 당장이라도 써보고 싶은 거죠." 내가 참지 못하고 말했다.

"그게 어때서요? 그게 정상 아니에요?" 린윈이 목소리를 낮춰 내게 물었다.

그 후 우리는 아무 말도 하지 않았다. 뜨거운 여름 바람이 건물 지붕을 스쳐 지나가고, 아래에서는 급정거하는 차량의 소리와 차에서 내리는 병사들의 급한 발걸음 소리, 무기와 철모가 부딪히는 소리가 이어졌다. 몇 번의 짧은 명령 소리를 제외하면 말소리는 들리지 않았다. 그 속에서 나는 공포의 침묵이 모든 것을 압도하는 것을 느꼈다. 다른 소리들이 그 죽은 듯한 적막에서 벗어나려고 발버둥 쳤지만 이내 그 침묵의 거대한 손에 짓눌려 질식당했다.

얼마 지나지 않아 무장경찰 부대 대령이 다시 나타났다. 옥상에 있던 모든 사람이 일어서자 그가 짧게 말했다. "서광 부대 지휘관 나를 따라오게."

캉밍 중령이 철모를 고쳐 쓰며 앞으로 나가 그를 따라갔다.

다른 사람들이 다시 앉을 틈도 없이 캉 중령이 돌아왔다.

"공격 준비! 발사 수는 우리가 결정하지만 원자로 건물 내의 모든 목표물을 파괴해야 한다."

"발사 수는 린윈 소령이 결정하게." 쉬 대령이 말했다.

"소산탄 총 200발. 각 발사대당 100발을 발사한다."

린윈이 말했다. 그녀는 이미 모든 계획을 세워놓은 듯했다. 이번 무기에 탑재된 괭전자는 모두 소산형으로, 건물 내 모든 생체 목표물을 제거한 뒤에는 남아 있는 에너지를 전자기 복사 형태로 점차 소산시킨다. 폭발하지 않고 천천히 소멸해 추가적인 파괴력은 없는 유형이었다. 반면 목표물을 제거한 후에도 폭발하는 방식으로 에너지를 방출해 특정 목표물 외에 다른 목표물도 무작위로 파괴하는 유형도 있었다.

"첫 번째와 두 번째 사격조 앞으로 나와라." 캉밍 중령이 명령하며 인파를 헤치고 앞으로 나왔다. 그는 앞을 가리키며 말했다. "무장경찰 부대가 원자로에 접근하다가 안전거리인 100미터 거리에 도착하면 멈출 것이다. 그때 바로 사격을 시작한다."

나는 갑자기 심장이 오그라드는 것 같았다. 앞에 보이는 거대한 원통형 건물이 햇빛을 받아 눈부신 빛을 반사해 똑바로 쳐다볼 수가 없었다. 건물 지붕을 스친 바람에 아이들의 목소리가 실려 오는 듯한 환청이 들렸다.

두 대의 뇌구 기관총 덮개를 벗기자 가속 레일의 금속 외장이 햇빛에 반짝였다.

"이건 제가 할게요." 린윈이 뇌구 기관총 사격 위치에 먼저 앉았다. 캉 중령과 쉬 대령은 서로를 바라본 뒤 그녀를 내버려 두었다. 그녀의 눈빛과 동작에서 제일 좋아하는 장난감을 손에 넣은 아이처럼 감출 수 없는 흥분이 느껴졌고, 그녀의 그런 모습에 나는 소름이 끼쳤다.

건물 밑에서 무장경찰 부대가 원자로 방향으로 분산 대열을 이뤄

이동하기 시작했다. 전방의 거대한 건물 앞에서 그들은 개미처럼 미미한 존재처럼 보였다. 부대는 금세 원자로에서 100미터 떨어진 안전거리에 접근했다. 그때, 뇌구 기관총 가속 레일 위에서 활성화 아크가 번쩍이며 점화되었다. 바지직하는 날카로운 소리가 나자 밑에 있는 사람들이 일제히 위를 올려다보았고, 무장경찰 부대원들도 뒤를 돌아보았다. 부대가 원자로에서 100미터 떨어진 곳에 멈추는 순간, 게스트하우스 옥상에서 구상섬전이 2열을 이루며 원자로를 향해 곧장 날아갔다. 이 죽음의 허리케인은 굉음을 내며 200여 미터의 상공을 갈랐다. 첫 번째 구상섬전이 원자로 건물에 충돌한 뒤에도 가속 레일에서는 여전히 구상섬전이 끊임없이 나오고 있었다. 구상섬전이 줄지어 날아가며 남기는 불꽃 꼬리가 한 줄로 이어지면서, 게스트하우스 옥상과 원자로 사이에 두 줄기의 붉은 강이 만들어졌다.

그 후의 상황은 나중에 통제실 영상으로 본 것이다.

구상섬전이 줄지어 통제실로 날아들어 갔을 때, '교사'는 강의를 멈추고 제어 장치 위에서 무언가를 조작하고 있었다. 서로 끌어안고 두려움에 떨고 있는 아이들은 기관총을 든 테러리스트에게 감시당하고 있었다. 건물에 들어간 구상섬전은 일시적으로 관측자의 시야에서 벗어나 확률구름 상태가 되었지만, 관측자가 나타나자 확률구름이 붕괴되어 속도를 잃고 무작위로 움직이며 저속으로 떠다니기 시작했다. 그러자 모든 이들이 고개를 들어 공포와 혼란에 휩싸인 눈빛으로 둥둥 떠다니는 불덩어리를 쫓았다. 불덩어리의 꼬리는 공기 중에 복잡하고 예측 불가능한 패턴을 그렸고, 그것들이 내는 소리는 귀신들의 흐느낌처럼 들렸다. 통제실 카메라에 찍힌 영상에서 '교사'의 얼굴이 똑똑히 보였다. 그녀의 안경에는 구상섬전의 주황빛과 푸른빛이 뒤섞여 반사되고 있었고, 다른 사람들과 달리 그녀의 눈빛에는 공포가 아니라, 무언가에 완전히 홀린 사람의 눈빛만이 담겨 있었다. 심지어 그녀는 한 번 웃기도 했다. 긴장을 풀기 위해서였을 수도, 혹은 정말로 그 불덩어리들이 흥미롭게 느껴졌기 때문일 수도 있었다. 어쨌든 그것이 그녀가 이 세상에서 마지막으로 보인 표정이었다.

구상섬전이 폭발하는 순간 강력한 전자기 펄스에 카메라 영상 전송이 차단되었지만, 몇 초 후 복구되었다. 다시 나타난 화면 속에는 아무도 보이지 않았고, 아직 남아 있는 구상섬전 몇 개만이 떠다니며 차츰 꺼져가고 있었다. 에너지가 감소하자 그것들이 내는 소리도 더 이상 무섭게 들리지 않았고, 마치 장중한 레퀴엠처럼 느껴졌다.

나는 게스트하우스 옥상에서 원자로 건물에서 터져 나오는 폭발음을 들었다. 건물 유리창 전체가 웅웅거리며 진동했고, 그 소리는 고막이 아니라 오장육부를 뒤흔들어 구역질을 일으켰다. 분명 그 안에는 여러 초저주파 성분이 섞여 있었을 것이다.

원자로 통제실에 들어가기 전 나는 내가 버티지 못할 거라는 예감이 들었지만, 린윈과 함께 안으로 들어갔다. 정신적인 충격으로 다리가 풀려 똑바로 서 있기도 힘들었다. 부모님의 시신을 보고 10여 년이 지나, 나는 또 재가 되어버린 아이들의 시신을 보게 되었다. 완전히 재로 변하지 않은 이들을 제외하면, 사망자들은 대부분 흰 잿더미가 되었지만 그들이 입었던 옷은 그을린 곳조차 없이 멀쩡했다. 보통 화장로에서 시신 한 구가 재가 되려면 2000도 이상의 고온에서 몇십 분이 걸리지만, 구상섬전은 단 한순간에 이 모든 것을 태웠다. 구상섬전 내부의 온도가 1만 도 이상이었을 뿐만 아니라, 물질 파동의 공명으로 에너지가 모든 세포에 균일하게 작용했기 때문이었다.

경찰들이 '교사'의 잿더미 주위에 모여 그녀의 옷 속에서 무언가를 찾고 있었다. 다른 테러리스트 일곱 명도 완전히 사라졌는데 그 중에는 빨간 알약을 폭발시키려던 두 명도 포함되어 있었다.

나는 재가 되어버린 아이들의 유해 사이로 조심스럽게 들어갔다. 하얀 재 위에 한때 꽃처럼 피어났던 아이들이 남긴 옷들이 그대로 놓여 있었다. 어떤 재는 아이들이 쓰러질 때의 모습을 그대로 유지하고 있어 머리와 팔다리의 형상을 구분할 수 있을 정도였다. 마치 통제실 바닥 전체가 캔버스가 된 듯, 구상섬전이 그린 생명과 죽음에 관한 거대한 추상화가 그려져 있었다. 나는 그 앞에서 삶에 대한 초탈과 공허함을 느꼈다.

린윈과 나는 작은 잿더미 앞에서 걸음을 멈췄다. 그 위에 놓인 옷으로 보아 어린 소녀인 것 같았다. 유해는 아이의 마지막 자세를 아주 온전하게 유지한 채로 놓여 있었다. 마치 즐거운 춤을 추며 다른 세계로 떠나는 듯한 모습처럼 보였다. 다른 유해와 달리 이 아이의 몸은 전부 불타지 않고 작은 손이 남아 있었다. 하얗고 보드라운 손이었다. 손가락 마디마디의 작은 살집까지 또렷하게 보여 아직 생명이 다하지 않은 듯한 착각을 불러일으켰다. 린윈은 무릎을 꿇고 그 작은 손을 조심스럽게 들어 올렸다. 나는 그녀 뒤에서 미동도 하지 않고 서 있었다. 그 순간 시간이 멈춘 듯했다. 나는 감각이 없는 석상이 되어 세상이 끝날 때까지 이 아이들의 재와 함께 머물 수 있기를 진심으로 바랐다.

얼마나 시간이 흘렀을까, 내 옆에 또 한 사람이 서 있다는 걸 알았다. 총지휘관이었다. 린윈도 그를 보고는 작은 손을 내려놓고 일어났다. "아이들의 부모님을 만나게 해주세요. 공격은 제가 했습니다."

총지휘관이 천천히 고개를 저었다. "결정은 내가 내렸네. 결과는 자네와 상관없어. 작전에 참여한 모든 동지들도 마찬가지야. 자네들은 임무를 잘 수행했네. 서광 부대에 표창을 건의하겠네. 고맙네."

그는 말을 마친 뒤 무거운 발걸음으로 자리를 떴다. 이번 작전에 대해 어떤 평가가 내려지든 그의 정치적 인생은 끝났다는 걸 우리는 모두 알고 있었다. 그가 몇 걸음 걷다가 멈춰 서서는, 뒤를 돌아보지 않고 린윈이 평생 잊지 못할 말을 남겼다. "참, 소령. 날 일깨워 줘서 고맙네."

기지에 돌아오자마자 나는 사직서를 냈다. 모두 만류했지만 내 마음은 이미 결정되어 있었다.

딩이가 말했다. "천 박사, 이성적으로 생각해요. 구상섬전 무기를 사용하지 않았더라도 그 아이들은 결국 죽었을 거예요. 더 고통스럽게 죽었을지도 몰라요. 그리고 그 아이들 외에도 수만 명이 방사선 질환과 혈액암으로 죽었을 거예요. 그들의 후손도 기형으로 태어났을 것이고……."

"난 딩 교수처럼 그렇게 과학적인 이성도 없고, 린윈 같은 군인의 냉정함도 없으니 떠날 수밖에 없어요."

"나 때문이라면……." 린윈이 천천히 말했다.

"아니에요. 아니에요. 당신은 잘못이 없어요. 문제는 나한테 있어요. 딩 교수의 말대로 너무 예민해요. 아마 어릴 적 경험 때문일 거예요. 난 정말로 또다시 누군가가 구상섬전을 맞고 재로 변하는 것을 보고 싶지 않아요. 그게 누구든 간에. 나는 무기를 개발할 수 있을 만큼 마음이 단단하지 못해요."

"우리는 지금 전자 칩을 태우는 굉전자를 수집하고 있잖아요. 이 무기는 오히려 전쟁에서 적의 인명 피해를 줄일 수 있을 거예요."

"내겐 다 똑같아요. 이젠 구상섬전을 다시 볼 수 없을 것 같아요."

나는 자료실에서 업무에 사용했던 모든 기밀자료를 반납했다. 기지를 떠나기 전 마지막 마무리 절차였다. 각각의 문서를 반납하며 서명을 할 때마다 외부에는 알려지지 않은 이 세계에서 한 걸음씩 멀어지는 것 같았다. 이곳에서 내 청춘의 가장 찬란한 나날들을 보냈다. 나는 알고 있었다. 이번에 떠나면, 다시는 이곳으로 돌아오지 않을 것이라는 걸.

기지를 떠날 때 린윈이 멀리까지 나를 배웅했다. 마지막 작별의 순간 그녀가 말했다. "구상섬전의 민간 연구가 아마 곧 시작될 거예요. 그때 다시 협력할 수 있을 거예요."

"그런 날이 오면 정말 좋겠네요." 내가 말했다. 그녀의 말은 정말 위안이 되었지만, 우리가 다시 만날 수 없을 거라는 또 다른 직감도 들었다. 그래서 오래전부터 하고 싶었지만 마음에 담아두었던 말을 꺼냈다.

"린윈, 타이산에서 처음 만났을 때 나는 한 번도 느껴보지 못한 감정을 느꼈어요……." 나는 베이징을 병풍처럼 둘러싼 먼 산들을 보며 말했다.

"나도 알아요. 하지만 우린 너무 달라요." 린윈도 내 시선을 따라 먼 산을 바라보았다. 우리는 함께 있는 시간 내내 그랬다. 한 번도 서로를 마주 본 적은 없었지만, 항상 같은 방향을 바라보고 있었다.

"맞아요. 너무 달라요……. 몸조심해요." 전운이 점점 짙어지는 시국이었으므로 그녀도 내 마지막 말의 의미를 이해했을 것이었다.

"당신도 몸조심해요." 린윈도 나직이 말했다.

차를 한참 타고 가다가 뒤돌아보니 그녀는 여전히 그 자리에 서 있었다. 늦가을 바람에 날린 낙엽들이 그녀의 발밑에 쌓여, 마치 금빛 강물 위에 서 있는 것 같았다. 그것이 내가 기억하는 린윈의 마지막 모습이었다.

그 후, 나는 다시는 린윈을 만날 수 없었다.

## 기이한 현상(4)

뇌전연구소로 돌아온 나는 침울한 나날을 보냈다. 온종일 기숙사에서 술을 마시며 몽롱한 술기운으로 시간을 보내던 어느 날 가오보 소장이 나를 찾아와 말했다.

"자네는 정말이지 어리석다는 말밖에 나오지 않는군."

"왜 그러세요?" 내가 심드렁하게 물었다.

"무기 연구에서 손을 뗐다고 갑자기 성인이라도 되는 줄 아는 거야? 모든 민간 기술은 군사 목적으로 사용될 수 있고, 마찬가지로 군용 기술이 우리 일상에 이로운 혜택을 줄 수도 있어. 사실 항공우주든, 원자력이든, 컴퓨터든 20세기의 중요한 과학적 성과 대부분은 모두 과학자와 군인이라는 완전히 다른 두 집단이 함께 이뤄낸 결과야. 이렇게 단순한 진리를 왜 모르나?"

"제겐 저만의 경험과 상처가 있어요. 그리고 소장님 말씀을 믿지도 않고요. 저는 결코 무기로 사용되지 않으면서도 생명을 구하고 이롭게 하는 연구 주제를 찾아내고 말 겁니다."

"나는 불가능하다고 생각해. 수술칼로도 사람을 죽일 수 있어. 하지만 어쨌든 뭔가 할 일을 찾는 편이 자네에게 이롭겠지."

가오보 소장은 밤늦게 돌아갔다. 나는 불을 끄고 침대에 누워 며칠 밤 내내 그랬듯 자는 것도 아니고 깨어 있는 것도 아닌 얕은 수면 상태로 빠져들었다. 이런 잠은 자고 있을 때가 깨어 있을 때보다 더 피곤했다. 악몽이 수없이 계속되었기 때문이다. 꿈의 내용은 다 달랐지만 어떤 꿈을 꾸든 똑같은 소리가 배경음악처럼 계속해서 흘렀다. 그것은 구상섬전이 허공을 가르며 날아갈 때 나는 구슬픈 울음소리였다. 그건 마치 황야에서 영원히 멈추지 않고 흐르는 고독한 훈 소리 같기도 했다.

그때 어떤 소리가 나를 깨웠다. '띠……' 하는 짧은 소리였지만 배경음악이 흐르는 악몽 속에서도 그것이 현실 속에서 들려오는 소리라는 것은 분명히 느껴졌다. 눈을 뜨자 기이한 파란빛이 방을 감싸고 있었다. 그 빛은 어둑하게 반짝였고, 파란빛에 휘감긴 천장은 무덤 천장처럼 어둡고 음산했다.

나는 반쯤 몸을 일으켜 앉았다. 파란빛이 책상 위에 놓인 노트북 화면에서 나오고 있음을 알았다. 그날 오후, 기지에서 가지고 나온 이후 며칠 동안 열어보지 않았던 가방에서 노트북을 발견했다. 인터넷에 연결하려 전원 스위치를 눌렀지만, 화면은 켜지지 않고 오류 메시지 몇 줄만 나타났다. 그제야 그것이 구상섬전 사격 시연 현장에 가져갔다가 타버린 노트북이라는 사실이 생각났다. 시연 현장에서 구상섬전에서 방출된 에너지에 CPU와 메모리 모듈이 다 타서 희고 고운 재로 변한 뒤 계속 방치해 두었던 것이었다.

그런데, 그 노트북이 켜지고 있었다. CPU도 메모리도 없는 노트북이! 모니터에 윈도우 XP의 부팅 로고가 나타나더니 하드디스크에서 나는 가벼운 탁탁 소리와 함께 배경화면이 나타났다. 그 푸른 하늘은 너무도 청명했고, 풀밭은 눈이 부실 정도로 푸르렀다. 액정 화면이 마치 다른 기이한 세계로 통하는 창문처럼 느껴졌다.

전등을 켜려고 힘들게 일어났다. 떨리는 손으로 겨우 스위치를 찾아 눌렀다. 스위치를 누른 뒤 형광등이 켜지는 그 짧은 몇 초가 숨이 막힐 정도로 길게 느껴졌다. 전등 빛이 모니터의 기묘한 파란빛을 덮었지만, 나를 사로잡은 공포는 조금도 줄어들지 않았다. 그때 딩이가 작별할 때 했던 말이 생각났다.

"무슨 일 있으면 전화해요." 그는 의미심장한 말을 던지며 범상치 않은 눈빛으로 나를 바라보았다.

그래서 나는 급히 딩이에게 전화를 걸었다. 그는 아직 깨어 있었는지 벨이 한 번 울리자마자 받았다.

"빨리 와줘요. 빠르면 빠를수록 좋아요! 그게…… 그게 켜졌어요. 부팅이 됐다고요. 방금…… 내 노트북이 켜졌어요." 나는 뭐라고 설명해야 할지 알 수 없었다.

"천 박사? 지금 갈게요. 아무것도 건드리지 말아요." 딩이의 목소리는 차분했다.

전화를 끊고 다시 노트북을 보았다. 마치 무언가를 기다리는 듯 배경화면이 환한 빛을 내뿜고 있었다. 파란색과 초록색 섞인 이상한 눈동자가 나를 쳐다보고 있는 것 같아 방에 있을 수가 없어서 옷도 입지 않고 밖으로 나왔다. 독신자 기숙사 복도는 조용했다. 옆방에 사는 젊은 남자의 코골이 소리가 희미하게 들려오자 마음이 조금 진정되고 호흡도 편해졌다. 나는 문 앞에 선 채 딩이를 기다렸다.

딩이는 곧 도착했다. 구상섬전 이론 연구가 국가 물리연구원으로 이관될 예정이었기 때문에 그는 관련된 업무를 처리하기 위해 시내에 머무르고 있었다.

"들어가죠." 그가 내 뒤의 닫힌 문을 보며 말했다.

"나는, 안 들어갈래요. 딩 교수가 들어가 봐요." 나는 몸을 돌려 그에게 틈을 내주었다.

"별일 아닐 거예요."

"당신한텐 모든 일이 별것 아닐지 모르지만 난 정말 견딜 수 없어요." 나는 머리를 움켜쥐었다.

"초자연적 현상이 존재하는지는 모르겠지만, 당신이 겪은 건 초자연적인 현상이 결코 아니에요."

그의 말에 조금 마음이 놓였다. 마치 깜깜한 어둠 속에서 두려움에 떨던 아이가 어른의 손을 잡은 것 같았고, 물에 빠진 사람이 간신히 단단한 기슭을 밟은 것 같았다. 하지만 그 느낌은 곧 나를 다시 절망으로 밀어 넣었다. 나는 늘 딩이의 지성 앞에서, 또 린윈의 행동력 앞에서 위축되었다. 그들 앞에서 나는 매번 약자가 되고 말았다. 린윈의 마음속에서 내가 딩이와 장싱천 대령 다음인 것도 당연했다. 구상섬전이 나를 이런 사람으로 만들었다. 어릴 적 그 공포의 생일날 밤 이후 내 영혼은 그때 그 상태에서 한 걸음도 더 나가지 못했다. 나는 평생 남들은 알지 못하는 공포를 시시각각 느끼며 살아갈 운명이었다.

나는 억지로 딩이를 따라 방으로 들어갔다. 그의 마른 어깨 너머로 책상 위에 놓여 있는 노트북의 화면이 화면보호 이미지로 전환된 것이 보였다. 은하가 펼쳐진 우주 사진이었다. 딩이가 마우스를 움직이자 화면이 밝아지며 그 기이한 하늘과 녹색 풀밭이 나타났고,

나는 차마 보지 못하고 시선을 돌렸다.

딩이가 노트북을 들어 올려 살펴본 뒤 내 앞으로 밀었다. "열어 봐요."

"싫어요." 나는 노트북을 밀어내려다 그 따듯한 케이스에 손끝이 닿자 감전이라도 된 듯 기겁을 하며 피해버렸다. 마치 생물을 만진 듯한 느낌이었다.

"좋아요. 내가 할게요. 십자드라이버 있어요?"

"드라이버는 필요 없어요. 열었을 때 나사를 다시 조여놓지 않았어요."

딩이가 컴퓨터를 만지작거리기 시작했다. 일반적으로 노트북 컴퓨터는 분해하기 어렵지만 내 노트북은 델(Dell)의 최신형 조립식 모델이었기 때문에 바닥 부분의 케이스를 쉽게 분리할 수 있었다. 딩이가 말했다. "고속 카메라로 구상섬전의 에너지 방출 과정을 촬영했을 때 기억나요? 천천히 한 프레임씩 재생하다가 그 타버린 나무 블록이 투명한 윤곽으로 변할 때 이미지를 정지시켰잖아요. 그때 린윈이 했던 말 기억해요?"

"'정육면체 모양의 거품처럼 보이네요!'라고 했죠."

"맞아요. 내가 안쪽을 살펴볼 테니까 화면을 잘 봐요." 딩이가 몸을 숙이고 고개를 돌려 노트북의 밑바닥을 살폈다.

그 순간 화면이 검게 변하고 오류 메시지가 두 줄 나타났다. CPU와 메모리가 감지되지 않는다는 내용이었다.

딩이는 노트북을 뒤집어 내게 보여주었다. 메인보드에 CPU와 메모리의 슬롯이 모두 비어 있었다.

"내가 관측한 순간, 양자 파동함수가 붕괴된 거예요." 딩이가 조심스럽게 노트북을 책상 위에 내려놓았다. 화면은 여전히 검게 꺼져 있었다.

"타버린 CPU와 메모리 모듈도 굉전자처럼 양자 상태에 있다는 거예요?"

"맞아요. 다시 말하면, 이 칩들은 굉전자와 물질파 공명을 일으킨 뒤 양자 상태로 전이되어 굉입자가 된 거예요. 파괴된 상태와 파괴되지 않은 상태가 중첩되어 존재하게 된 거죠. 방금 노트북이 부팅됐을 때는 칩들이 파괴되지 않은 상태, 즉, CPU와 메모리가 모두 온전히 메인보드에 꽂혀 있는 상태였어요. 하지만 내가 관측함으로써 칩들의 양자 상태가 다시 파괴된 상태로 붕괴된 거예요. 사실, 본질적으로 말하자면, 구상섬전의 에너지 방출은 구상섬전과 목표물, 각각의 확률구름이 완전히 혹은 부분적으로 중첩되는 현상이에요."

"그렇다면 관측자가 없을 때 그 칩들은 계속 온전한 상태로 존재할까요?"

"그건 불확정적이에요. 이 노트북은 칩들의 확률구름 속에 휩싸여 있다고 할 수 있어요."

"그럼 불에 타 죽은 그 실험동물들도…… 모두 양자 상태에 있는 건가요?" 나는 믿기 어려운 진실에 다가가고 있다는 예감에 긴장감이 들었다.

딩이가 고개를 끄덕였다.

나는 차마 다음 질문을 할 용기가 없었지만, 딩이는 내가 무슨 생각을 하고 있는지 이미 알고 있다는 듯 나를 차분하게 바라보았다.

"네. 사람도 마찬가지예요. 구상섬전으로 죽은 모든 사람은 양자 상태에 있어요. 엄밀히 말하면 그들은 정말로 죽은 게 아니에요. 그들은 슈뢰딩거의 고양이*처럼 불확정성 속에 생과 사, 두 가지 상태에 동시에 놓여 있어요."

딩이가 일어나 창가로 다가가 어두운 밤하늘을 내다보며 말했다. "그들에게 있어서 '사느냐 죽느냐'는 정말 '그것이 문제로다'라고 할 수 있어요."

"우리가 그들을 볼 수 있을까요?"

딩이가 내 머릿속 생각을 털어내려는 듯 창문 쪽으로 손을 휘저었다. "불가능해요. 우린 절대로 그들을 볼 수 없어요. 그들의 붕괴 상태가 바로 죽음이기 때문이죠. 그들은 양자 상태의 특정한 한 확률 안에서만 살아 있는 상태로 존재할 수 있어요. 관측자인 우리가 등장하는 순간 그들은 즉시 소멸 상태로 붕괴되어 유골함이나 무덤으로 돌아가게 되죠."

"그들이 다른 평행 세계에 살고 있다는 뜻이에요?"

"아뇨. 그런 뜻이 아니에요. 그들은 우리 세계에 살고 있어요. 그들의 확률구름은 상당히 넓은 범위를 덮고 있을 수 있어요. 어쩌면 그들은 지금 이 방 안에, 바로 당신 뒤에 서 있을지도 몰라요."

나는 등줄기가 오싹했다.

* 오스트리아의 물리학자 에르빈 슈뢰딩거가 1935년, 입자의 상태가 관측되기 전까지 결정되지 않는다는 양자역학의 해석을 비판하기 위해 제안한 사고 실험. 밀폐된 상자 속에 고양이와 함께 방사성 물질, 독극물 병, 그리고 독극물을 터뜨리는 장치가 있다고 가정한다. 방사성 물질이 붕괴할지 안 할지는 확률에 따르며, 이 붕괴 여부가 고양이의 생사를 결정한다. 슈뢰딩거는 이 사고 실험을 통해 고양이가 상자 속에서 관측되기 전까지 '살아 있는 상태'와 '죽어 있는 상태'가 동시에 공존한다는, 우리 직관과 어긋나는 양자역학의 기묘함을 보여주려 했다.

딩이가 몸을 돌려 내 뒤를 가리켰다. "하지만 당신이 돌아보면, 그들은 즉시 붕괴되어 소멸 상태로 돌아가요. 날 믿어요. 당신도, 또 다른 누구도 그들을 절대로 볼 수 없어요. 카메라를 포함한 그 어떤 관측자도 그들의 존재를 탐지할 수 없고요."

"그들이 현실 세계에 비양자 상태의 흔적을 남길 수 있나요?"

"있어요. 당신도 아마 그런 흔적을 이미 본 적이 있을걸요?"

"그럼 그들은 왜 내게 편지라도 써주지 않는 거죠?" 나는 실성한 듯 소리쳤다. 내가 말한 '그들'은 오직 그 두 사람뿐이었다.

"칩 같은 물체에 비하면 의식을 가진 양자 상태의 생물, 특히 인간의 행동은 훨씬 복잡해요. 그들이 비양자 상태의 우리 현실 세계와 어떻게 상호작용하는지는 여전히 풀기 힘든 수수께끼예요. 이 과정에는 논리적, 심지어 철학적 함정이 많아요. 예를 들면 그들이 편지를 썼을 수도 있어요. 그런데 그 편지가 비양자 상태가 되어 당신에게 발견될 확률이 얼마나 될까요? 또 다른 예를 들어보면, 그들 눈에는 현실 세계도 양자 상태로 보이는 걸까요? 만약 그렇다면 그들이 당신의 확률구름 속에서 현재 상태의 당신을 찾는 건 아주 힘든 일일 거예요. 그들에게 집으로 돌아가는 길은 아주 멀고 아득할 거예요……. 그만하죠. 이건 하루 이틀 만에 이해할 수 있는 문제가 아니에요. 너무 깊이 파고들면 당신만 힘들어지니 나중에 천천히 생각해보자고요."

나는 아무 말도 하지 않았지만, 도저히 그 생각을 하지 않을 수가 없었다.

딩이가 테이블에서 내가 반쯤 마신 훙싱(紅星) 이과두주 병을 들어 나와 자신에게 한 잔씩 따랐다. "자, 한 잔 마시면 다 잊을 수 있을

지도 몰라요."

독한 술에 후끈한 기운이 돌자 혼란스러웠던 머리가 확실히 조금 맑아졌다.

"머릿속이 너무 복잡하고 어지러워요." 나는 현기증을 느끼며 침대에 푹 쓰러졌다.

"뭔가 할 일을 찾아봐요." 딩이가 말했다.

하

# BALL LIGHTNING

# 토네이도

나는 곧 해야 할 일을 찾았다. 내가 가오보 소장에게 말했던, 군사적 목적으로는 절대로 사용될 수 없으며 생명을 구하고 이롭게 하는 일에만 쓰일 연구였다. 그건 바로 토네이도 예보다. 작년 여름 장싱천 대령과 함께 작은 섬에서 목격한 토네이도는 내게 깊은 인상을 남겼다. 거품 상태의 굉전자를 탐지하는 광학 시스템이 작동될 때 화면상으로 보이는 대기교란* 현상을 보며, 그 시스템이 토네이도 예측 연구에 획기적인 돌파구를 마련할 수 있을 거라는 생각이 번쩍 들었다. 현재 기상학계는 토네이도 생성 과정의 공기역학 메커니즘을 파악하고, 토네이도 생성 과정을 설명하는 완벽한 수학적모델을 구축했다. 나는 이 모델을 거품 탐지 시스템으로 관측해 얻은 대기교란 데이터와 결합하면, 토네이도로 발전할 가능성이 있는 대기교란을 판단하고 토네이도를 예보할 수 있을 것이라고 생각했다.

* 대기의 안정성이 흐트러져 기류나 기압이 불균형한 상태.

가오보 소장은 이 프로젝트의 가장 큰 장애물을 해결해 주었다. 굉전자 광학 탐지 기술을 민간용으로 전환한 것이었다. 그는 군부에 연락해 이 연구의 진행 가능성을 타진했고 이 시스템은 구상섬전과 직접적인 연관이 없었기 때문에 예상보다 훨씬 쉽게 기술 이전을 승인받을 수 있었다.

가오보 소장은 총장비부를 찾아가 모든 절차를 완료하고 돌아온 뒤, 나에게 굉전자 탐지 시스템을 개발한 두 기관과 직접 연락하라고 했다. 각각 시스템의 소프트웨어와 하드웨어 부분을 개발한 곳으로 모두 지방 기관인 데다 현재 구상섬전 연구 기지와 아무 관련이 없었다. 가오보 소장에게 기지의 현재 상황을 물었더니, 자신은 총장비부의 프로젝트 관리 부서와 연락을 주고받았으며 기지와 연락한 적은 없다고 했다. 그러면서 기지의 기밀 등급이 크게 격상되어 외부와의 연락이 단절되었다는 소식을 들었다고 했다. 전운이 감도는 현 상황을 고려할 때 납득할 수 있는 일이었다. 나는 내가 여전히 마음 한구석에서 그들을 걱정하고 있다는 것을 깨달았다.

토네이도 예보 연구는 빠르게 진전되었다. 대기교란 탐지에 요구되는 정밀도는 굉전자 탐지에 필요한 정밀도보다 훨씬 낮았다. 덕분에 기존의 광학 탐지 시스템을 그대로 사용할 수 있었고, 정밀도 요구 기준이 낮아진 만큼 탐지 범위는 더 확대되었다. 내가 해야 하는 일은 단지 적절한 수학적모델을 사용해 이미 얻은 대기교란 이미지를 분석함으로써 토네이도를 생성할 수 있는 대기교란(나중에 이 분야의 전문가들은 이러한 대기교란을 '알'이라고 불렀다.)을 식별하는 것이었다. 구상섬전 연구 초기, 나는 수학적모델을 개발하기 위해 엄청난 노력을 쏟아부었다. 떠올리기도 싫을 만큼 어려운 과정이었지만, 헛된 시간이 아닌 셈이었다. 유체역학 및 기체역학 분야에서 수학적 모델을 구축하며 쌓은 경험과 지식은 연구에 큰 도움이 되었고, 그 덕분에 토네이도 탐지 시스템의 소프트웨어를 빠르게 완성할 수 있었다.

우리는 토네이도가 자주 발생하는 광둥성(廣東省)에서 이 시스템을 시험했고, 토네이도를 예보하는 데 몇 차례 성공했다. 그중 한 번은 토네이도가 광저우 시내의 한 귀퉁이를 스쳐 지나갔는데 이 시스템을 이용해 이를 예보하고 10~15분 전에 조기 경보를 발령함으로써 사람들을 안전하게 대피시킬 수 있었다. 인명 피해 외에 다른 손실은 막을 수 없었지만 기상학계에서는 뛰어난 성과로 평가받았다. 사실 카오스 이론*에 따르면 토네이도를 한참 전에 미리 예보하는 것은 거의 불가능한 일이었다.

연구에 몰두하는 동안 시간이 빠르게 흘러 어느새 1년이 지났다. 나는 4년마다 열리는 세계기상회의에 참석했고, 기상학계의 노벨상으로 불리는, 세계기상기구(WMO)에서 수여하는 국제기상기구(IMO)상의 다섯 후보 중 한 명으로 올랐다. 경력 등의 이유로 수상하지는 못했지만 기상학계에서 큰 주목을 받게 되었다.

토네이도 연구의 성과를 보여주기 위해, 이번 세계기상회의의 분과 세미나인 국제 열대성 사이클론 학술 토론회는 북미 대륙의 오클라호마주에서 열렸다. 이곳은 토네이도가 자주 발생해 '토네이도

* 예측 불가능해 보이는 복잡한 현상 속에도 나름의 질서와 규칙이 존재하며, 초기 조건의 아주 작은 차이가 시간이 지나면서 예측할 수 없는 큰 결과로 나타날 수 있다는 이론.

앨리(Tornado Alley)'라는 별명이 붙은 곳으로 토네이도 연구자를 다룬 영화 〈트위스터(Twister)〉의 배경이 된 곳이기도 했다.

우리의 주된 방문 목적은 세계 최초로 실용화된 토네이도 예보 시스템을 견학하는 것이었다. 평원을 달리는 자동차의 차창 밖으로 오클라호마주의 가장 흔한 풍경인 드넓은 밀밭, 목장, 유전이 번갈아 나타났다. 목적지에 가까워지자 우리를 안내하던 로스 박사가 창문의 커튼을 닫으라고 했다.

"죄송합니다만, 이제 군사기지에 진입하겠습니다." 그가 말했다.

나는 그의 말을 듣고 영원히 군대와 군사기지에서 벗어날 수 없는 걸까 하는 생각이 들어 들떴던 기분이 차갑게 식었다. 차에서 내리자 사방이 임시 건물로 둘러싸여 있었고 거대한 돔형 덮개로 덮인 안테나 몇 개가 보였다. 천체망원경 같은 장치를 실은 차량도 있었는데 대기광학 관측용 고출력 레이저 송신기인 듯했다. 통제실에 들어서자 낯익은 암녹색 군용 컴퓨터가 줄지어 있고, 직원들도 익숙한 위장 군복을 입고 있었다. 유일하게 낯선 것은 고해상도 초대형 플라스마 스크린이었다. 중국에서는 이런 고가의 장비를 사용할 수가 없어서 대부분 프로젝터를 사용하고 있었다.

대형 스크린 위에 대기광학 관측 시스템으로 수집한 대기교란 이미지가 띄워져 있었다. 이 기술 이전으로 가오보 소장이 이끄는 뇌전연구소는 큰 수익을 올렸다. 작은 화면에서는 평범해 보였던 대기교란 이미지를 이렇게 큰 화면으로 보니 정말 장관이었다. 어지러운 난류가 마치 떼를 이루어 광란의 춤을 추는 자수정비단뱀들처럼 보였다. 그것들은 한데 뭉쳤다가 금세 사방으로 흩어지며 섬뜩한 기운을 뿜어대고 있었다.

"저 탁 트인 하늘이 이렇게 미치광이처럼 요동치는 곳일 줄은 상상도 못했군." 누군가 감탄했다.

나는 '더 심한 미치광이를 못 봐서 하는 소리지'라고 생각하며 굉전자의 거품을 찾을 수 있을지 화면을 더 주의 깊게 살펴보았지만 역시 찾을 수 없었다. 하지만 이렇게 넓은 면적의 화면 속에 어딘가에는 틀림없이 하나 이상의 거품이 있을 것이라고 생각했다. 그것들은 여전히 극비인 또 다른 이미지 인식 프로그램으로만 찾아낼 수 있었다.

"오늘 '알'을 볼 수 있을까요?" 내가 물었다.

"물론이죠." 로스 박사가 대답했다. "최근 오클라호마와 캔자스 두 주에서 토네이도가 빈번히 발생하고 있어요. 지난주엔 오클라호마주에서만 하루에 124개의 토네이도가 발생해 사상 최다 기록을 세웠죠."

주최 측은 기지 내에 마련된 회의실에서 토론회를 진행하며 '알'이 나타나기를 기다렸다. 그런데 참석자들이 회의실에 착석하기도 전에 경보음이 울렸다. 시스템이 '알'을 탐지한 것이었다! 모두 다시 통제실로 급히 달려가 보니, 대형 스크린 속에는 여전히 실타래 같은 대기교란이 어지럽게 넘실대고 있었다. 겉보기엔 아까와 달라진 게 없어 보였지만, '알'은 고정된 형태가 아니라 패턴 인식 프로그램만이 그것을 식별할 수 있었다. 시스템은 그것을 붉은 원으로 표시해 화면에 나타냈다.

"여기에서 130킬로미터 떨어진 곳에 있어요. 현재 오클라호마시 경계 부근에 도달했군요." 로스 박사가 말했다.

"토네이도가 만들어지는 데 얼마나 걸릴까요?" 누군가 긴장된 목소리로 물었다.

“7분 정도 걸릴 거예요.”

“미리 대피하기 힘들겠군요.” 내가 말했다.

“아뇨. 우린 어떤 대피도 하지 않아요!” 로스 박사가 큰 소리로 말했다. “이것이 바로 오늘 여러분에게 발표할 놀라운 소식입니다!”

대형 스크린 위로 작은 사각형 모양의 화면이 분할되어 나타났고, 미사일이 굉음을 내며 발사대를 떠나 하늘로 솟아오르는 장면이 중계되었다. 미사일이 가느다란 흰색 꼬리를 매단 채 하늘에 거대한 포물선을 그리며 날아가는 모습을 카메라가 계속 따라가며 촬영했다. 약 1분 뒤 미사일이 포물선의 정점을 지나 고도가 낮아지기 시작하더니, 또 1분 뒤 약 500미터 상공에서 폭발했다. 파란 상공을 배경으로 타오르는 불덩이가 활짝 핀 장미꽃 한 송이 같았다. 그때 대형 스크린 위의 대기교란 이미지 화면에서는, ‘알’을 나타내는 붉은 원 부근에 거대한 크리스털 구슬 같은 형상이 나타나 빠르게 커져가는 것이 보였다. 곧이어 그 투명한 구체는 형태를 잃고 사라졌고, ‘실타래’들이 그 자리를 다시 채웠다. 붉은 원이 사라졌고, 경보도 해제되었다. 로스 박사는 ‘알’이 폭파되었고, 이는 ‘토네이도 헌터’라고 불리는 이 시스템을 이용해 성공적으로 폭파한 아홉 번째 ‘알’이라고 발표했다.

로스 박사가 말했다 “모두 아시다시피 토네이도는 보통 강한 뇌우에서 발생합니다. 뇌우 속의 따듯하고 습한 공기가 상승하면서 차가운 공기층을 뚫고 올라가면, 점차 냉각되면서 수증기가 빗방울이나 우박으로 응결되지요. 냉각된 공기는 이 빗방울이나 우박을 싣고 아래로 가라앉고, 이 가라앉은 공기는 하층의 따듯한 공기와 지구의 자전 등의 영향으로 다시 말려 올라가면서 결국 토네이도를 형성하게 됩니다. 이런 토네이도의 형성 과정은 매우 불안정하고, 그중 가장 중요한 에너지의 흐름은 냉각된 공기의 하강입니다. 이 하강하는 차가운 공기 덩어리가 바로 '알'의 심장부죠. '토네이도 헌터' 시스템은 열압력탄을 탑재한 미사일을 발사해 하강하는 차가운 공기를 정밀 타격합니다. 이 열압력탄이 순간적으로 엄청난 열을 방출해 차가운 공기 덩어리를 가열시킴으로써 토네이도의 형성을 막는 겁니다. 사실, 미사일 타격 기술과 열압력탄 기술은 새로운 것이 아니고, 이 정도 타격은 정밀 타격 축에도 들지 못합니다. 군사적 용도보다 낮은 정밀도가 요구되기 때문에, 비용 절감을 위해 퇴역한 구형 미사일을 사용하고 있습니다. '토네이도 헌터' 시스템의 핵심 기술은 바로 천 박사님이 개발한 대기광학 탐지 시스템입니다. 이 기술로 토네이도 '알'의 위치를 사전에 파악할 수 있게 되면서 인공적으로 토네이도의 형성을 막을 수 있게 되었습니다. 천 박사님께 경의를 표합시다!"

다음 날, 오클라호마주의 주도 오클라호마시에서 나는 명예시민 증서를 받았다. 주지사가 명예 증서를 수여한 뒤 금발의 소녀가 오클라호마를 상징하는, 내가 한 번도 본 적 없는 겨우살이 식물을 선물해 주었다. 소녀는 지난해 토네이도로 부모님을 잃었다고 말했다. 그 끔찍한 밤, F3급 토네이도가 소녀의 집 지붕을 찢고 집 안에 있던 모든 것을 송두리째 수백 미터 상공으로 날려버렸는데 소녀만 물웅덩이에 떨어지며 구사일생으로 살아남았다고 했다. 소녀의 이야기에 나는 부모님을 잃은 그 생일날 밤을 떠올렸고, 또한 연구에 대한 벅찬 자부심을 느끼게 되었다. 이 일은 내가 마침내 구상섬전의 어두운 그림자에서 벗어나 햇살 가득한 새로운 삶을 시작할 수 있는 계기가 되었다.

시상식이 끝난 뒤 나는 로스 박사에게 경의를 표했다. 토네이도 예보 분야에서 돌파구를 연 것은 나였지만, 토네이도를 최종적으로 정복한 것은 그들이었다.

"토네이도를 정복한 것은 TMD입니다." 로스 박사가 말했다.

"전역 미사일 방어 시스템(Theater Missile Defense) 말인가요?"

"네. 거의 그대로 가져다가 사용했어요. 미사일 식별 부분을 천 박사님의 '알' 위치 추적 시스템으로 교체했을 뿐입니다. TMD는 마치 토네이도 제거를 맞춤형으로 설계된 것처럼 유용했습니다."

나는 그제야 두 시스템이 상당히 비슷하다는 사실을 깨달았다. 두 시스템 모두 접근해 오는 목표물을 자동으로 식별한 뒤 유도 미사일을 이용해 정밀하게 차단하는 방식이었다.

"제 연구 분야는 원래 기상학과는 전혀 관련이 없었습니다. 저는 수년 간 전역 미사일 방어 시스템과 국가 미사일 방어 시스템의 소프트웨어 연구를 담당하고 있었습니다. 제가 개발한 무기 시스템이 이런 방식으로 사회에 기여할 수 있다는 사실에 처음으로 이런 행복감을 느꼈습니다. 천 박사님, 진심으로 고맙습니다."

"저도 같은 마음입니다." 나도 진심이었다.

"칼을 쟁기로 바꾼 것이라 할 수 있겠죠." 로스 박사가 이렇게 말하고는 목소리를 낮춰 속삭이듯 말했다. "하지만 어떤 쟁기는 칼이 되기도 하죠. 우리 같은 무기 연구자들은 연구를 수행하면서 그로 인한 자책과 상실감을 감수해야 할 때도 있지요. 천 박사님, 혹시 이 점도 이해가 되실까요?"

가오보 소장도 비슷한 얘기를 한 적이 있었기 때문에 나는 말없이 고개를 끄덕였지만 속으로 경계심이 생겼다. 그가 말한 '우리'란 자신들을 가리키는 걸까, 아니면 나까지 포함하는 걸까? 그들이 설마 내가 과거에 했던 일을 알고 있는 걸까?

"감사합니다. 정말 감사합니다." 로스 박사가 말했다. 나는 그가 나를 바라보는 눈빛이 이상하다고 느꼈다. 놀랍게도 그 눈빛 속에는 어딘가 슬픔이 어려 있었다. 그 슬픔이 혹시 나와 개인적으로 관련된 것이 아닐까 짐작했지만, 나중에야 그것이 괜한 짐작이었음을 알게 되었다. 그리고 그의 슬픈 눈빛이 무엇을 의미하는지 진정으로 이해할 수 있었다. 나는 아마 마지막으로 해외에 파견된 학자들 중 하나였을 것이다. 내가 귀국한 지 열흘째 되던 날, 전쟁이 발발했다.

## 주평호 침몰

일상에 차츰 긴장감이 감돌기 시작했다. 매일 전황을 주시하기도 했지만, 내가 하는 연구에도 다른 차원의 의미가 생겼다. 생활의 주된 부분을 차지하던 기쁨이나 고민 같은 것들이 이제는 별로 중요하지 않게 느껴졌다.

그날 나는 군부에서 온 전화 한 통을 받았다. 회의에 참석하라는 통보였고 얼마 안 되어서 해군 소위가 나를 태우러 왔다.

전쟁이 발발한 뒤 구상섬전 무기 프로젝트를 자주 떠올렸다. 이 위급한 상황에 연구 기지에서 나를 부른다면, 사적인 감정을 버리고 달려가 책임을 다할 준비가 되어 있었다. 그러나 기지에서는 아무런 연락이 없었고, 전쟁 뉴스에서도 구상섬전 무기에 대한 소식은 전혀 찾아볼 수 없었다. 지금이야말로 그 무기가 세상에 나올 가장 좋은 시기였지만, 마치 한 번도 세상에 존재하지 않았던 것처럼 감감무소식이었다. 기지에 전화를 걸어봤지만 예전에 사용하던 번호는 모두 연결이 되지 않았고, 딩이의 행방도 묘연했다. 내가 경험한 모든 일이 마치 꿈처럼 흔적도 없이 사라진 것 같았다.

회의에 참석한 사람들은 대부분은 해군 관계자였고, 아는 얼굴은 하나도 없었다. 그제야 나는 구상섬전 무기와 아무 관련이 없는 회의라는 걸 알았다. 사람들의 표정은 굳어 있었고, 회의장 분위기도 어두웠다.

"천 박사님, 먼저 어제 발생한 해전 상황에 관해 설명해 드리겠습니다. 언론에는 아직 보도되지 않았습니다." 한 해군 대령이 서두를 생략하고 곧장 본론으로 들어갔다.

"해전의 자세한 위치와 세부 사항은 아실 필요 없고, 대략적인 상황만 말씀드리겠습니다. 어제 오후 3시경, 주평호 항공모함 전단이 해상에서 대규모 순항 미사일의 공격을 받았습니다……."

그 이름을 듣자마자 가슴이 철렁 내려앉았다.

"……미사일이 40여 발이나 날아왔고 함대가 즉시 방어 시스템을 가동했지만 공격 방식에 특이한 점이 있었습니다. 일반적으로 순항 미사일은 해상의 목표물을 공격할 때 수면에서 가깝게 저고도로 비행하며 미사일 방어망을 뚫습니다. 그런데 어제는 격추될 것을 신경 쓰지 않는 듯 미사일 비행 고도가 1000미터나 되었습니다. 그리고 미사일들은 전단 내 목표물을 직접 타격하지 않고 모두 우리 방어권 밖 500미터에서 1000미터 고도에서 저절로 폭발했습니다. 각 탄두의 폭발 위력은 작았지만, 흰색 가루가 넓게 확산되었습니다. 당시 영상을 보시죠."

프로젝션 화면에 넓은 하늘이 나타났다. 폭우가 쏟아질 듯 구름이 자욱하게 낀 상공에 작고 흰 점들이 수없이 나타났고, 수면에 수십 방울의 우유를 떨어뜨린 것처럼 그 점들이 차례로 확산되었다.

"여기가 바로 순항 미사일이 폭발한 지점입니다." 대령이 화면 속에서 커지는 흰 점들을 가리켰다. "참 괴이한 일입니다. 적의 의도를 전혀 파악할 수가 없습니다. 이 흰 물질들이……."

"현장에 다른 흔적은 없었나요?" 나는 가슴을 덮쳐오는 섬뜩한 예감에 대령의 말을 끊으며 물었다.

"어떤 흔적이요? 저 미사일과 관계된 흔적은 없는 것 같습니다."

"관련 없는 것도 괜찮으니 생각해 보세요." 내가 조급하게 다그치듯 물었다.

대령과 다른 몇몇 장교들이 서로 얼굴만 보고 있다가 안경을 쓴 중령이 말했다. "적의 조기경보기 한 대가 이 공역에서 비행 중이었다는 것 외에 다른 이상한 점은 없었습니다."

"그리고 또?"

"음……. 적의 저궤도 위성이 그 해역에 고출력 레이저를 발사했습니다. 아마도 그 조기경보기와 협력해 심해잠수정을 탐지하려던 것 같습니다. ……그게 이 미사일 공격과 관련이 있을까요? 천 박사님, 어디 아프세요? 괜찮으십니까?"

나는 정말로 잠수정 탐지였길, 하늘이 보우해 주시길 간절히 바라며 입을 열었다. "괜찮습니다. 감사합니다. 저 흰색 가루가 대략 무엇인지 아시나요?"

"방금 말씀드리려던 참입니다만……." 대령이 화면을 바꾸자 화가의 팔레트처럼 몇 가지 선명한 색상이 어지럽게 섞인 이미지가 나타났다. "이것은 해당 공역을 적외선 열화상 카메라로 촬영한 사진입니다. 여길 보시죠. 폭발 지점이 빠르게 초저온으로 변했습니다." 대령이 화면 속에서 눈에 띄는 파란 점을 가리키며 말했다. "그래서 우리는 그 흰색 가루가 고성능 냉각제일 가능성이 높다고 추측하고 있습니다."

나는 번개를 맞은 듯 머릿속이 아뜩해 쓰러지려다가 겨우 테이블을 붙잡고 몸을 지탱했다. "빨리 그 해역에서 함대를 철수시키세요!" 나는 화면을 가리키며 대령에게 소리쳤다.

"박사님, 이건 녹화 영상입니다. 사건은 어제 발생했습니다."

충격에 휩싸인 나는 반쯤 얼이 빠져서 한참 만에야 그의 말을 이해했다.

"이건 같은 시각 주평호에서 촬영한 영상입니다."

화면에 드넓은 바다와 하늘이 보이고 화면의 한쪽 구석에서 호위 구축함 한 척이 희미하게 모습을 드러냈다. 그때 하늘에 가늘고 긴 깔때기처럼 보이는 수증기가 나타났다. 바다 쪽으로 뻗은 깔때기 모양의 아래쪽 끝부분이 길게 늘어나더니 실처럼 가늘어졌다. 그 가느다란 실의 한쪽 끝이 수면에 닿자마자 바닷물이 빨려 들어가 그 실을 하얗게 만들었다. 처음에는 바다와 하늘을 연결하는 흰 실이 아주 가늘어서 낭창낭창 흔들렸다. 가장 가는 중간 부분이 거의 끊어질 것처럼 보였지만, 그것은 곧 굵어졌다. 하늘에서 드리워진 얇은 베일 같던 것이 바다 위에 우뚝 솟아 하늘을 떠받치는 거대한 기둥으로 변한 것이었다. 하얗던 색도 점점 거무스름해지더니 표면에서 소용돌이치는 바닷물만이 햇빛에 반사되어 반짝였다.

사실 이런 일을 생각해 본 적은 있었지만, 누군가가 실제로 해낼 거라고는 생각하지 못했다.

토네이도를 만들어 낼 수 있는 대기교란, 즉, '알'은 대기권 내에 무수히 많이 떠다니고 있고 그중 극히 일부만이 실제 토네이도로 변한다. 수많은 달걀 중 극히 일부만이 실제로 병아리로 부화하는 것과 같다. 한마디로 '알'은 하강하는 차가운 공기 덩어리다. 가열을 통해 이 덩어리의 온도가 떨어지는 것을 막으면, 장차 토네이도로 진화하게 될 알을 없앨 수 있다. 오클라호마주에서 토네이도를 소멸시킨 것과 동일한 원리다. 반대로 그 차가운 공기 덩어리를 더 냉각시켜 강화하면 장차 사라질 수도 있는 알을 '부화'시켜 토네이도로 키워낼 수 있다. 이런 알의 수는 아주 많기 때문에 기후 조건만 맞으면 언제 어디서든 토네이도를 생성해 낼 수 있다. 이때 필요한 기술의 핵심은 이런 잠재적 알을 발견하는 것인데, 내가 개발한 토네이도 예보 시스템이 바로 그 일을 가능케 했다. 더 끔찍한 사실은 이 시스템이 또 다른 현상을 만들어 낼 수 있다는 것이었다. 만약 서로 인접하거나 겹쳐 있는 '알'들을 찾아 부화시킨다면, 대기 중의 에너지가 집중돼 자연적인 조건에서는 존재하지 않는 슈퍼 토네이도를 생성해 낼 수도 있었다.

내 눈앞에 나타난 것이 바로 그런 토네이도였다. 지름이 2킬로미터 이상으로, 자연적으로 형성되는 토네이도의 곱절 크기였다. 자연상태에서 형성된 토네이도 중 가장 큰 것은 F5 등급으로 이미 '신의 손'이라고 불릴 정도로 큰데, 이 인공으로 '부화'된 토네이도는 최소 F7 등급이었다.

화면 속에서 토네이도는 서서히 오른쪽으로 이동하고 있었고, 주평호는 급하게 방향을 틀어 피하려 하고 있었다. 토네이도는 일반적으로 직선으로 진행하고 속도는 시속 약 60킬로미터로 항공모함의 최대 속도와 맞먹는다. 주평호가 빠르게 가속해 방향을 튼다면 토네이도를 피할 수 있었다.

하지만 바로 그때, 하늘을 향해 우뚝 솟은 거대한 검은 기둥의 양옆으로, 또 다른 하얀 실 두 개가 내려오기 시작하더니 빠르게 굵어지며 금세 거대한 검은 기둥 두 개로 변했다.

이 세 개의 슈퍼 토네이도는 그것들의 직경보다 짧은 거리인 1킬로미터도 채 되지 않는 간격을 유지한 채, 하늘에 닿을 듯 우뚝 솟은 모양으로 8000미터에 달하는 죽음의 장벽을 형성하며 위협적으로 다가왔다. 주평호의 운명은 이미 결정된 것과 다름없었다.

토네이도의 거대한 기둥이 곧 화면을 통째로 삼켰다. 요동치는 파도에서 뿜어져 나온 물보라가 쏟아지는 폭포처럼 앞을 덮쳤고, 토네이도의 내부는 깜깜한 심연이었다. 화면이 미친 듯이 흔들리다가 뚝 끊겼다.

대령은 토네이도가 주평호의 앞부분을 휩쓸고 지나갔다고 했다. 작은 섬에서 해군 중령이 예언했던 대로 주평호는 주갑판이 부러지고 30분 뒤 완전히 바닷속으로 가라앉았고, 함장을 포함해 승조원 2000명이 수장되었다. 토네이도가 접근하자 함장이 가압수형 원자로 두 개를 완전히 밀폐하도록 명령해 방사능 유출은 최대한 막았지만, 그로 인해 주평호는 동력을 상실했다. 호위 구축함 두 척과 보급함 한 척도 주평호와 함께 침몰했다. 슈퍼 토네이도는 함대를 휩쓸어 버린 뒤에도 하나가 남아 200여 킬로미터 넘게 더 이동한 뒤 서서히 사라졌다. 이는 현재까지 기록된 토네이도의 최장 이동 거리보다 두 배나 더 긴 거리였다. 그렇게 이동하는 동안에도 강력한 위력을 유지하여 작은 섬 하나를 휩쓸어 마을 하나를 완전히 파괴했고, 여성과 어린이를 포함해 100명이 넘는 주민이 희생되었다.

"주평호의 함장이 장싱천 대령인가요?"

"네. 그를 아십니까?"

나는 대답하지 않았다. 장싱천 대령보다 린윈에 대한 생각이 앞섰다.

"우리가 천 박사님을 모셔 온 이유는 두 가지입니다. 첫째, 박사님께서 중국 토네이도 연구 분야에서 가장 우수한 학자이고, 둘째, 저희가 입수한 정보에 따르면 이번 주평호를 공격한 코드명 '에우로스*'라는 기상 무기 시스템이 박사님의 연구 성과와 관련성이 있기 때문입니다."

나는 무겁게 고개를 끄덕였다. "그렇습니다. 제가 책임지겠습니다."

"아닙니다. 오해하지 마세요. 책임을 묻기 위해 모셔 온 것이 아닙니다. 박사님은 아무 책임이 없습니다. 뇌전연구소의 성과 발표 및 기술 이전은 모두 관련 부처의 엄격한 심사를 거친 합법적인 일이었습니다. 누군가 책임을 져야 하겠지만 박사님은 아닙니다. 첨단기술의 군사적 응용에 있어서 상대만큼 주도면밀하지 못했습니다."

내가 말했다. "이 무기는 방어할 수 있습니다. 함대의 미사일 방어 시스템을 우리가 개발한 대기광학 탐지 시스템에 연결하기만 하면 됩니다. 열압력탄이 탑재된 미사일을 발사해 토네이도를 제거하는 방법도 있지만, 고출력 마이크로파나 레이저로 차가운 공기 덩어리를 가열하는 방법이 더 빠르고 효과적입니다."

"네. 현재 방어 시스템 개발에 매진하고 있습니다. 협조를 부탁합니다." 대령이 낮은 한숨을 내쉬었다. "하지만 솔직히 말하면 방어

* 그리스 신화 속 바람의 신. — 원주

시스템은 다음 전쟁 때나 사용할 수 있을 겁니다."

"왜 그런가요?"

"주평호 전단의 손실로 우리 해군력은 큰 타격을 입었습니다. 우리는 이제 이번 전쟁에서 대규모 해상전을 벌일 능력이 없습니다. 해안 기지의 화력에 의지해 근해 방어에 주력할 수밖에 없습니다."

해군 작전 센터를 나온 뒤 공습경보 사이렌이 도시의 상공에 처량하게 울려 퍼졌다. 순식간에 비어버린 넓은 길 위를 터벅터벅 걸었다. 민방위 대원이 나를 향해 고함을 질렀지만 내 귀에는 들리지 않았다. 달려와 나를 잡아끄는 그들을 뿌리치고 나는 넋이 빠진 채 몽유병 환자처럼 계속 걸었다. 사람들은 나를 미친 사람이라고 생각했는지 내버려 두고 돌아갔다. 모든 희망이 사그라진 나는 이 고통스러운 삶을 끝내줄 폭탄 한 발을 간절히 바랐다. 하지만 폭발음은 멀리서만 쿵쿵 울렸고 내 주위는 더 적막해졌다. 얼마나 걸었을까, 공습경보가 해제되고 사람들이 거리로 나오기 시작했다. 나는 길 가운데 화단 턱에 털썩 주저앉았다. 그제야 텅 비어 있던 머릿속이 어떤 느낌으로 가득 차 있다는 걸 알았다. 그것은 마침내 한 사람의 감정을 이해하게 된 느낌이었다.

나는 린윈을 이해할 수 있었다.

휴대폰을 꺼내 기지에 전화를 걸었지만 아무도 받지 않았다. 몸을 일으켜 택시를 잡으려 했지만 전시인 탓에 택시가 많지 않았다. 30분 만에 간신히 택시를 잡아타고 기지로 향했다.

약 세 시간을 달려 도착한 기지는 이미 오래전부터 버려진 듯한 모습이었다. 사람도 장비도 어디로 갔는지 알 수 없었고 곳곳이 텅 비어 있었다. 나는 아무것도 없는 실험실 한가운데에 오랫동안 홀로 서 있었다. 부서진 창문 사이로 스며든 석양빛이 나를 비추다가 서서히 사라졌다. 어스름이 내려앉을 때쯤 그곳을 나왔다.

시내로 돌아온 뒤 나는 군 관련 기관을 돌아다니며 구상섬전 연구팀과 서광 부대의 행방을 수소문했지만 알아낼 수 없었다. 마치 세상에서 증발해 버린 듯 흔적조차 찾을 수 없었고, 린펑 장군이 알려준 번호로도 전화를 걸어봤지만 역시 연락이 닿지 않았다.

결국 나는 어쩔 수 없이 뇌전연구소로 돌아가 고출력 마이크로파를 이용한 토네이도 제거 연구에 전념할 수밖에 없었다.

## 파괴된 칩

전쟁은 계속되었고 또 한 번의 가을이 찾아왔다. 사람들은 차츰 전시 생활에 적응해 갔고, 공습경보와 식량 배급은 마치 전쟁 이전에 음악회와 카페를 가던 것처럼 일상적인 일이 되었다.

나는 가오보 소장이 이끄는 뇌전연구소에서 토네이도 방어 시스템 개발에 전념하고 있었다. 프로젝트가 빠르게 추진되었으므로 분주한 일상에 다른 일들은 잊고 지냈다. 하지만 어느 날, 끝없이 이어질 것만 같았던 전쟁의 균형이 마침내 깨졌다.

그날 오후 3시 30분경, 나는 뇌전연구소와 군부의 공학자 몇 명과 함께 전함 탑재형 고출력 마이크로파 발사기의 기술적 세부 사항을 논의하고 있었다. 이 장치는 10에서 100기가헤르츠 사이의 주파수 대역에서 약 10억 와트의 고도로 집중된 마이크로파 빔을 발사할 수 있었고, 이 주파수 대역의 마이크로파 에너지는 물 분자에 흡수되었다. 이러한 마이크로파 빔 여러 개를 결합하면 전자레인지와 비슷한 강도인, 1제곱센티미터당 1와트의 에너지가 만들어졌다. 이것으로 '알' 속에 있는 차가운 공기 덩어리를 가열하면 초기에 '알'을 제거하는 것이 가능했다. 이 장치를 대기광학 탐지 시스템과 결합해 토네이도 무기에 대한 효과적인 방어 체계를 구축할 수 있었다.

이때 갑자기 이상한 소리가 들렸다. 마치 갑자기 우박이 쏟아진 것처럼 타닥타닥하는 소리가 들려왔다. 먼 곳에서부터 시작된 그 소리는 빠르게 가까워지더니 이내 사방을 채우고 내 왼쪽 가슴 쪽에서도 들렸다. 그와 동시에 모든 컴퓨터에서 이상 현상이 나타났다. 수많은 작은 조각들이 깨진 곳 없이 온전한 컴퓨터 케이스를 뚫고 사방으로 날아갔다. 자세히 보니 완전한 형태의 CPU, 메모리 모듈을 비롯한 칩들이었다. 떠다니는 칩들이 허공을 촘촘히 채웠다. 손을 휘젓자 칩들이 팔에 닿아 이것이 환각이 아니라는 걸 알았다. 잠시 후 그 칩들은 꼬리를 끌며 어디론가 사라졌고, 허공은 금세 다시 텅 빈 상태로 돌아왔다. 사방의 모니터 화면들은 치명적인 오류를 알리는 블루스크린이 나타나거나 검게 변해 있었다.

왼쪽 가슴에 화끈한 열감이 느껴져 손으로 만져보니, 상의 주머니에 있던 휴대폰이 뜨거워져 있었다. 나는 급히 휴대폰을 꺼냈고 주위에 있던 사람들도 똑같은 행동을 했다. 모든 휴대폰에서 흰 연기가 피어오르고 있었다. 휴대폰 케이스를 열자 고운 흰 가루가 흩어졌다. 내부에 있던 칩이 다 타서 재가 된 것이었다. 컴퓨터 몇 대도 열어보니 메인보드에 있는 칩이 3분의 1가량 타버린 뒤였다. 칩이 타고 남은 재와 이상한 냄새가 사무실 안을 가득 채웠다.

그리고 곧 컴퓨터 화면을 비롯한 모든 조명이 꺼졌다. 정전이었다.

처음에는 전자 칩을 목표물로 에너지를 방출하는 구상섬전의 공격을 받았다고 생각했다. 그런데 이상한 점이 있었다. 이 부근의 건물에는 모두 연구 기관이 입주해 있어 전자 칩들이 밀집해 있으므로, 구상섬전이 에너지를 방출했다면 그것은 흩어져 약하게 작용해야 했다. 또 영향을 미치는 범위도 반경 100미터를 넘지 않을 것이므로 에너지 방출 시에 반드시 나는 폭발음이 들렸어야 했다. 구상섬전을 수없이 접해 예민해진 내 귀는 그것이 움직이는 소리까지 구분해 낼 수 있었지만, 방금 전에는 칩이 타는 소리 외에 아무 소리도 들리지 않았다. 그래서 나는 가까운 거리에 구상섬전이 나타나지 않았다는 것을 거의 확신할 수 있었다.

제일 먼저 해야 하는 일은 피해 범위를 확인하는 것이었다. 책상에 있는 전화기를 들었지만 연결이 끊겨 있었기 때문에 몇 사람과 함께 아래로 내려가 상황을 살펴보기로 했다. 우리는 곧 사무실 건물 두 동과 실험실 한 곳이 피해를 입어 전체 칩 중 약 3분의 1이 타버렸다는 사실을 알게 되었다. 뇌전연구소 옆에 있는 대기물리연구소와 기상 시뮬레이션 센터에 가보니 그들도 우리와 동일한 피해를 입었다고 했다. 현재까지 알려진 피해 규모로 보아 적어도 수십 개의 구상섬전이 사용된 것으로 추정되었지만, 그 흔적은 단 한 군데서도 발견되지 않았다.

곧이어 가오보 소장이 젊은 직원들 몇 명을 시켜 자전거를 타고 다니며 피해 상황을 알아보게 했다. 나머지 사람들은 사무실에서 초조하게 그들을 기다렸다. 뇌전연구소에서 나와 가오보 소장만 구상섬전 무기의 존재를 알고 있었으므로 우리 둘은 다른 사람들보다 더 큰 공포에 휩싸여 서로를 바라보았다. 30분 뒤 차례로 돌아온 젊은 직원들은 모두 귀신을 본 듯 공포에 질린 표정이었다. 3~5킬로미터 떨어진 곳까지 둘러보았는데 가는 곳마다 모두 알 수 없는 힘에 의해 전자 칩이 파괴되었을 뿐 아니라, 모두 똑같이 3분의 1의 비율로 파괴되었다는 것이었다. 그들은 겁이 나서 더 돌아다니지 못하고 서둘러 연구소로 돌아왔다고 했다. 휴대폰도 유선전화도 사용할 수 없어 모두가 불편해했다.

"적들이 이런 악마 같은 무기를 가지고 있다면 우린 정말 끝장난 거야!" 누군가 말했다.

나는 망연한 마음으로 가오보 소장과 또 눈빛을 교환했다. "연구소 차량 네 대로 각각 흩어져서 더 넓은 범위를 살펴보기로 하죠."

나는 그중 한 대를 몰고 동쪽으로 향했다. 지나가는 길에 보이는 모든 건물이 어둠에 잠겨 있었고, 사람들은 삼삼오오 모여 걱정스러운 얼굴로 얘기를 나누고 있었다. 그들의 손에는 모두 이미 무용지물이 된 휴대폰이 들려 있었다. 굳이 차에서 내리지 않아도 무슨 일이 일어났는지 알 수 있었지만 그래도 몇 번 차에서 내려 사람들에게 구상섬전을 보았는지 물어보았다. 역시 모두가 들은 것도 본 것도 없다고 했다.

시가지를 벗어나 계속 달려 외곽에 있는 작은 마을에 도착했다. 그곳도 전기는 끊겼지만 시내보다는 공황에 빠진 기색이 옅게 느껴졌다. 가슴속에 희망이 솟았다. 파괴 범위의 경계선에 거의 다다랐거나 그 강도가 약해진 걸 볼 수 있을 것 같은 예감이 들었다. 어느 PC방 앞에 차를 세우고 안으로 뛰어 들어갔다. 해가 질 때가 되어 정전된 PC방 내부는 어두웠고, 나는 바로 타버린 칩에서 나는 익숙한 냄새를 맡을 수 있었다. 들어가자마자 보이는 컴퓨터 중 한 대를 번쩍 들고 밖으로 가지고 나와 케이스를 열어 메인보드를 자세히 살펴보았다. 노을빛 사이로 메인보드에서 CPU를 비롯한 일부 칩들이 사라진 것을 확인할 수 있었다. 내 손에서 미끄러진 메인보드가 발등으로 떨어졌지만 아픔이 느껴지지도 않았다. 나는 싸늘한 늦가을 바람에 몸서리치듯 떨며 다시 차에 올랐다.

내가 연구소로 돌아온 지 얼마 되지 않아 다른 세 대의 차량도 모두 돌아왔다. 그중 제일 멀리 다녀온 사람은 고속도로를 따라 100킬로미터 넘게 달려갔지만 그곳의 상황도 여기와 다를 바 없었다고 했다.

다른 지역의 소식을 수소문해 보려고 했지만 텔레비전, 인터넷은 물론 전화도 먹통이었고, 오직 라디오 통신만 가능했다. 하지만 디지털 방식의 라디오들은 모두 IC 칩으로 작동하는 것이었기 때문에 모조리 작동하지 않았다. 다행히 나이 지긋한 수위가 지니고 있던 오래된 트랜지스터라디오 한 대를 겨우 얻을 수 있었다. 음질이 나쁘기는 해도 남부 지역의 몇몇 방송국 채널과 영어 방송 채널 두세 개, 일본어 방송 채널 하나를 수신할 수 있었다. 밤이 깊었을 무렵 라디오 채널들에서 이 기이한 재난에 대한 보도가 시작되었다. 단편적인 보도를 조합해 우리가 대략적으로 파악한 사실은 다음과 같았다.

중국 북서쪽의 어느 지역을 중심으로 반경 약 1300킬로미터에 달하는 지역이 칩 파괴 공격을 받았는데, 이는 전체 국토의 3분의 1에 해당하는 엄청난 면적이었다. 하지만 칩 파괴 비율은 중심부에서 바깥쪽으로 갈수록 점차 감소했고 우리가 있는 도시는 이 피해 지역의 가장자리에 위치해 있었다.

그 후 일주일 동안 전기 없이 생활해야 했고 생활은 점점 힘들어졌다. 물은 탱크차로 운반해 왔는데 각자 겨우 마실 만큼의 물만 배급받을 수 있었고, 밤에는 촛불에 의지해야 했다.

재난에 대한 숱한 유언비어가 떠돌았다. 사람들의 입과 미디어를 통해 제일 널리 퍼진 설들은 모두 외계인에 관한 얘기들이었다.(우리가 접할 수 있는 것은 라디오뿐이었다.) 수많은 유언비어 가운데 구상섬전에 대해 언급한 것은 하나도 없었다.

혼란스러운 정보 속에서 우리는 적어도 하나의 결론을 도출할 수 있었다. 이 공격이 적의 공격일 가능성은 낮으며, 그들 역시 우리와 마찬가지로 혼란스러워하고 있다는 점이었다. 이 사실은 우리를 조금이나마 안심시켰다. 나는 수백 가지 가능성을 떠올렸지만 스스로 납득할 만한 것은 하나도 없었다. 이 모든 일이 구상섬전과 관련이 있으리라 확신했지만, 동시에 그것이 구상섬전이 아니라는 것도 확신했다. 그렇다면 도대체 무엇이란 말인가?

적의 행동도 이해할 수 없었다. 우리가 이토록 엄청난 타격을 입고 방어 능력을 거의 상실했는데도 그들은 공격을 하지 않았고, 매일 이뤄지던 공습조차 중단되었다. 국제 언론은 이에 대해 비교적 설득력 있는 해석을 내놓았다. 문명 세계 전체를 이처럼 가뿐히 파괴할 수 있는 위력을 가진 미지의 힘이 존재한다면, 그 실체를 알기 전까지는 누구도 함부로 행동할 수 없다는 것이었다.

아이러니하게도 전쟁이 시작된 후 가장 평화로운 시간이 찾아왔다. 그러나 불길한 예감과 살벌한 긴장감이 평화 뒤에 감춰져 있었다. 전기와 컴퓨터를 쓸 수 없어 온종일 할 일이 없자, 사람들은 마음 속 두려움을 해소할 창구를 찾을 수 없었다.

차가운 가을비가 내리는 어느 날 밤, 기숙사의 어두운 방에 혼자 앉아 빗소리를 듣고 있으려니 세상이 끝없는 어둠에 휘감겨 있는 듯한 기분이 들었다. 온 세상에서 내 앞에서 흔들리는 촛불이 유일한 빛처럼 느껴졌다. 한없는 고독이 나를 짓눌렀다. 내 짧은 인생이 필름처럼 머릿속을 스쳤다. 원자력발전소에서 아이들의 재로 그려져 있던 추상화, 딩이가 거품의 배경으로 들고 있던 바둑판, 밤하늘에 길게 뻗은 아크, 눈보라 속 시베리아, 린윈의 옷깃에 달려 있던 날카로운 검, 타이산의 뇌우와 별빛, 대학 시절, 그리고 마지막으로 천둥번개가 치던 생일날 밤으로 돌아갔다.

인생이 크게 원을 그리며 다시 출발점으로 돌아온 느낌이었다. 다만 지금은 천둥소리 없이 비가 내리고, 내 앞에 있는 초도 한 자루만 남아 있었다.

그때 문 두드리는 소리가 들렸다. 내가 일어나 문을 열어주기도 전에 누군가 문을 밀고 들어왔다. 그는 흠뻑 젖은 우의를 벗고 마른 몸으로 추위에 오들오들 떨었다. 촛불에 비친 그의 얼굴이 눈에 들어온 순간, 나는 놀라움과 기쁨에 소리쳤다.

딩이였다.

"술 있어요? 따뜻한 술이면 더 좋겠네요." 그가 위아랫니를 딱딱 부딪히며 말했다.

내가 반병 남은 훙싱 이과두주를 건네주자 그는 병 바닥을 촛불 위에 올려 데우다가 더는 못 기다리겠다는 듯 병째 들고 단숨에 몇 모금을 벌컥벌컥 들이켰다. 그가 입가를 닦으며 말했다.

"쓸데없는 소린 집어치우고, 당신이 듣고 싶어 하는 얘기로 바로 들어갑시다."

## 해상 습격

딩이는 내가 구상섬전 연구 기지를 떠난 뒤에 있었던 일들을 들려주었다.

원자력발전소의 테러 진압 작전이 (군사적인 관점에서 볼 때) 완벽한 성공을 거둔 뒤, 찬밥 신세였던 구상섬전 연구가 다시 주목받으며 거액의 예산이 추가로 투입되었다. 이 자금은 주로 전자 칩을 목표물로 삼는 굉전자를 수집하는 데 사용되었다. 집적회로만 선택적으로 공격할 수 있다는 점이 구상섬전 무기의 가장 큰 잠재력이라고 판단했기 때문이다. 수많은 시간과 노력을 투입한 끝에 마침내 이 희귀한 굉전자를 5000개 이상 확보하게 되었고, 이는 실전 운용이 가능한 무기 시스템을 구성하기에 충분한 양이었다.

전쟁이 발발하자 기지 전체가 흥분에 휩싸였다. 사람들은 구상섬전이 1차 세계대전 때 탱크나 2차 세계대전 때 원자폭탄처럼 역사를 바꿀 무기라고 믿었다. 그들은 역사를 창조할 주역이 되고자 열정을 불태우며 준비를 마쳤지만, 상부에서 내려온 지시는 짧은 한마디뿐이었다. '대기.' 그 결과, 서광 부대는 전쟁 중 가장 한가로운 부대가 되었다. 처음에 사람들은 총사령부가 이 무기를 가장 결정적인 순간에 결정적인 장소에서 사용하려는 계획일 거라고 생각했지만, 린윈은 자신의 인맥을 통해 알아본 뒤 이것이 일방적인 착각이었음을 곧 알게 되었다. 총사령부는 이 무기를 별로 높이 평가하고 있지 않았다. 원자력발전소의 테러 진압 작전은 특수한 사례일 뿐 그것이 이 무기 시스템의 실전 잠재력을 증명할 수는 없다는 것이 그들의 판단이었다. 따라서 어느 군종에서도 이 무기를 실전에 투입하는 일에 큰 관심을 보이지 않았고 자연스럽게 연구 투자는 다시 중단되었다.

주평호 항공모함 전단이 전멸한 뒤 기지는 극도의 고통과 불안에 휩싸였다. 사람들은 군부가 신개념 무기가 지닌 엄청난 파괴력을 확인하고도 구상섬전 무기에 대한 태도를 바꾸지 않는 것을 이해하지 못했다. 그들은 구상섬전 무기가 현재 전세를 역전시킬 유일한 희망이라고 믿었다.

린윈은 여러 번이나 아버지를 찾아가 서광 부대의 참전을 허가해 달라고 했지만 매번 차갑게 거절당했다. 한번은 린 장군이 딸에게 이렇게 말했다. "샤오윈, 무기를 미신처럼 믿어서는 안 돼. 전쟁에 대해 더 깊이 있게 사고하고 전체를 넓게 바라보아야 한단다. 신형 무기 한두 가지로 승리할 수 있다는 건 유치한 생각이야."

여기까지 이야기하고 딩이는 이렇게 말했다. "난 과학기술을 숭배하는 사람으로서, 사실 린윈보다도 더 '무기 지상주의' 성향이 강했어요. 구상섬전이 이 전쟁을 끝낼 것이라고 확신했죠. 난 구상섬전 무기에 대한 총사령부의 이해할 수 없는 태도가 경직된 사고에서 비롯된 것이라고 생각했고, 대부분의 기지 관계자들과 마찬가지로 분통을 터뜨렸어요. 하지만 시간이 지나자 우리 생각이 유치했다는 게 결국 증명됐죠."

그러던 중 전환점이 찾아왔다. 기지와 서광 부대는 근해까지 진입한 항공모함 함대에 대한 전초 공격을 수행하라는 명령을 받았다.

남해 함대 사령부에서 작전 회의가 열렸다. 참석자들의 직급이 그다지 높지 않은 것으로 보아 상부가 이번 작전을 크게 중시하지 않고 있음을 알 수 있었다. 대령 두 사람이 회의를 주재했다. 한 사람은 남해 함대 작전부 부장이었고, 다른 한 사람은 육군 소속으로 남부 해안 기지의 부참모장이었다. 나머지 20여 명의 장교들은 대부분 잠수함 부대와 남해 함대의 근해 함정 부대 소속이었다.

부참모장이 먼저 전선의 상황을 설명했다. "모두 아시다시피 아군의 원양 제해권이 심각하게 약화된 뒤 적의 해군 병력이 점차 우리 근해로 접근하고 있습니다. 적 함대는 이미 여러 차례 아군의 해안 기지 대함 미사일 사정거리에 진입했지만, 우리의 공격은 모두 실패했습니다. 우리 미사일은 적 함대의 미사일 방어 시스템에 의해 대부분 요격당했습니다. 적의 미사일 방어 시스템의 조기 경보 능력을 무력화해야 아군의 대함 미사일이 적을 효과적으로 타격할 수 있을 것입니다. 이번 작전의 핵심은 '단풍잎' 시스템을 이용해 적의 함대 미사일 방어 시스템의 전자 장비를 파괴하거나 부분적으로 마비시켜 아군의 대함 미사일이 타격할 기회를 만드는 것입니다.

'단풍잎'은 구상섬전 무기의 코드명이었다. 이 부드러운 이름은 상부가 이 무기에 대해 가지고 있는 인상이 반영된 것이었다.

작전부장이 말했다. “다음은 작전 계획 수립입니다. 우선 전체 회의에서 큰 틀을 확정한 뒤 군종별 소그룹으로 나누어 세부 사항을 수립하겠습니다.”

“질문 있습니다.” 해안 기지 미사일 부대 지휘관인 육군 대령이 일어나서 말했다. “단풍잎은 가시거리 내 발사만 가능하다고 들었는데, 사실입니까?”

쉬원청 대령이 그렇다고 대답하자 그가 다시 말했다.

“그런 무기를 어디다 쓰겠습니까? 초가시거리 타격은 현대 무기의 기본입니다. 그렇다면 단풍잎은 근대 무기에 불과하겠군요.”

“대령님의 생각이야말로 근대적입니다.” 린윈이 짜증스러운 말투로 끼어들자 참석자들이 눈살을 찌푸리며 그녀에게 시선을 옮겼다.

“자, 그만 하세요. 먼저 단풍잎 지휘관이 작전 계획에 대한 구상을 설명하겠습니다.” 작전부장이 말했다.

“우리는 잠수함에서 단풍잎을 발사할 계획입니다.” 쉬 대령이 말했다.

“수중 발사가 가능합니까?” 한 잠수함 부대 대령이 물었다.

“불가능합니다.”

“해상에서 가시거리 내 타격을 수행하려면 기상 조건이 좋은 날에도 목표물로부터 8000에서 1만 미터 거리까지 접근해야 합니다. 게다가 적의 잠수함 방어 시스템의 핵심에서 그렇게 가까운 위치에서 잠수함을 수면 위로 부상시키라니, 이건 자살행위 아닙니까?” 잠수함 부대 지휘관이 화를 내며 말했다.

“단풍잎 발사 후 아주 짧은 시간 안에 적 함대의 전자 시스템이 파괴되고 잠수함 방어 시스템이 완전히 마비되어 반격이 불가능하게 됩니다." 린윈이 말했다.

잠수함 부대 지휘관이 이 젊은 여자 소령의 말은 들어줄 가치도 없다는 듯 남에게 들리지 않을 정도로 작게 콧방귀를 뀌고는 작전부장에게 흘긋 시선을 던졌다. 이 애송이의 말을 믿을 수 있겠느냐는 무언의 메시지였다.

작전부장이 단호하게 고개를 저었다. "안 돼. 그 방법은 불가능하네."

잠시 정적이 흐른 뒤, 한 해군 중령이 다른 방법을 내놓았다. "스텔스 고속 어뢰정을 적 함대의 가시거리 밖에 매복시킨 뒤 목표물이 나타나면 고속으로 가시거리 내로 진입해 타격하는 건 어떨까요?"

"그것도 불가능합니다." 다른 해군 장교가 말했다. "어뢰정을 가시거리 밖에 매복시킬 수가 없습니다. 적 함대가 공중 정찰을 하고 있다는 걸 잊었습니까? 적은 근해를 대상으로 시시각각 공중 정찰을 펼치고 있습니다. 스텔스도 레이더에만 잡히지 않을 뿐입니다. 이번 작전은 함대 전체를 동시에 공격해야 하기 때문에 어뢰정 투입 대수도 많습니다. 그렇게 큰 목표물이 공중 정찰을 피할 수 있겠습니까? 적의 300킬로미터 공중 정찰권 밖에서 매복할 수 있겠지만 그건 작전상 의미가 없습니다."

육군 대령이 주위를 둘러보며 말했다. "공군은 아무도 안 왔습니까? 공중 공격을 할 수는 없습니까?"

쉬 대령이 말했다. "기내 탑재형 단풍잎은 없을 뿐 아니라, 공중 가시거리 내 공격은 위험성이 큽니다."

다시 정적이 흘렀다. 구상섬전 부대 측 사람들은 침묵 속에 담긴

이 탄식을 읽어낼 수 있었다. '이 고물딱지 폭탄 때문에 정말 골치가 아프군.'

작전부장이 말했다. "가시거리 내에서 적의 함대에 접근할 수 있는 방법을 생각해 봅시다."

린윈이 말했다. "한 가지 방법밖에 없습니다. 어선을 이용하는 겁니다."

회의장에서 웃음이 터져 나왔다.

"우리가 관찰한 바에 따르면, 적의 함대는 항로 근처를 지나가는 어선은 무시합니다. 소형 어선이라면 더욱 그렇고요. 그러니 어선에서 단풍잎을 발사할 수 있습니다. 그 경우 가시거리 한계보다 더 가까운 거리까지 접근할 수 있다는 장점이 있습니다."

회의장의 웃음소리가 더 커졌다. 부참모장이 고개를 저으며 말했다. "소령, 화가 난다고 아무 말이나 하지 말게. 모두 진지하게 방법을 찾고 있는 거 안 보이나?"

쉬 대령이 말했다. "아닙니다. 이건 저희가 정식으로 수립한 작전 계획입니다. 저희는 이 작전이 가장 실현 가능성이 높다고 판단하고 있습니다. 상부에서 작전 명령이 내려오기 전부터 긴 시간 숙고하고 전문팀을 파견해 많은 조사와 연구를 진행한 결과입니다."

"이건 정말……." 한 해군 장교가 말하려고 하는데 작전부장이 손을 들어 그를 막았다. "잠깐. 어쩌면 방법이 될 수도 있겠어. 고민을 좀 한 것 같군."

"하하하, 정말 근대적인 방법이 아닙니까?" 조금 전 린윈에게 날 선 항의를 받았던 미사일 부대 지휘관이 말했다.

"이건 근대적이라고도 할 수 없습니다." 잠수함 부대 지휘관이 말했다. "20세기 초 유틀란트 해전이나 쓰시마 해전에서 어선을 이용해 군함을 공격했다는 얘길 들어봤습니까?"

"그때 단풍잎이 있었다면 그들도 그렇게 했을 겁니다!" 린윈이 성을 냈다.

"이건 현대적인 해상 작전이 아니라 해적질에 가까워요. 이 얘기가 밖으로 새어 나가면 웃음거리가 되지 않겠습니까?" 한 해군 대령이 말했다.

"그게 뭐 어때서요? 해안 기지에 대함 미사일 공격 기회를 만들어줄 수만 있다면 해적질이든 도둑질이든 기꺼이 할 수 있습니다." 작전 수립 책임자 중 한 사람인 육군 부참모장이 말했다.

작전부장이 말했다. "어선의 단점은, 첫째는 방어 무기가 전혀 없다는 것이고, 둘째는 항속이 느리다는 것입니다. 하지만 이 두 가지는, 그렇게 가까운 거리에서 적 함대를 상대할 때는 어뢰정과 별 차이가 없다고 할 수 있습니다."

모두 침묵했다. 참석자들이 이 계획에 대해 진지하게 고민하기 시작했고, 해군 장교 몇 명은 속삭이며 얘기를 나누었다.

"현 상황에서 타당한 계획이긴 합니다. 하지만……." 한 해군 장교가 말했다.

회의장이 다시 조용해졌다. 모두 그 '하지만' 뒤에 어떤 말이 나올지 알고 있었기 때문이다. 공격이 실패하거나, 공격에 성공해도 해안 기지에서 발사한 대함 미사일이 제때 적의 함대를 타격하지 못한다면, 그 작은 어선들이 막강한 함대의 함포를 피해 도망칠 수 없을 것이다.

하지만 전시의 군인인 그들은 그 비관적인 경우의 수에 대해 더 논의할 필요가 없다는 걸 알고 있었다.

"좋습니다. 각 군종별로 즉각 이 전략에 따라 구체적인 작전 계획을 수립하십시오." 작전부장이 부참모장과 작은 소리로 의견을 교환한 뒤 모두를 향해 말했다.

다음 날 서광 부대는 모든 장비를 갖추고 수송기 세 대로 해안 작전구역의 한 공항에 착륙했다. 가장 먼저 수송기에서 내린 딩이와 린윈은 양쪽 활주로로 전투기와 폭격기가 연달아 착륙하는 것을 보았다. 조금 더 멀리 있는 활주로에는 수많은 수송기가 착륙해 전투복을 입은 병력과 탱크를 쏟아내고 있었다. 하늘에서는 착륙을 기다리는 더 많은 비행기들이 거대한 엔진 소리를 내며 선회하고 있었다. 멀리 보이는 도로에서는 먼지를 일으키며 달리는 군용 차량의 행렬이 철의 강물처럼 끝없이 이어졌다.

"대상륙 작전이 시작됐네요." 린윈이 무거운 표정으로 말했다.

"구상섬전이 저 모든 걸 불필요하게 만들 거예요." 딩이가 그녀를 위로했다. 그때 그는 정말로 확신을 갖고 있었다.

여기까지 이야기하고 딩이가 말했다. "그때 내 말을 들은 린윈이 나를 몇 초 동안 바라보았어요. 위안을 얻은 어린아이 같은 표정이었죠. 린윈 앞에서 처음으로 강인한 모습을 보여준 것 같아 나도 기분이 좋았죠."

"당신이 정말 린윈보다 정신력이 더 강하다고 생각해요?" 내가 말했다.

"그녀에게도 약한 부분이 있어요. 그것도 아주 많이. 주평호가 침몰하고 장싱천 대령이 전사한 후 린윈은 점점 약한 모습을 감추지 못하고 있었어요."

린윈이 딩이를 보며 멀지 않은 잔디밭을 가리켰다. 완전무장한 병사들이 산처럼 쌓인 물품 주위를 삼엄하게 경계하고 있었다. 모두 표준 컨테이너 절반 크기의 카키색 금속 상자들이었다. 군용 화물 트럭들이 그 상자들을 차례로 실어 어디론가로 운반하고 있었다.

"전부 C805예요. 이번 작전에 쓰일 것들이겠죠." 린윈이 작은 목소리로 말했다. 딩이는 그녀가 말하는 C805가 '중국 엑조세(exocet)*'로 불리는 대함 미사일이라는 것을 알고 있었다. 중국의 해안 방어 시스템에서 가장 강력한 무기였는데 딩이는 그것들의 엄청난 양에 이미 압도당했다.

첫 번째 뇌구 기관총이 도착하자 즉시 항구로 운반되어 대기하고 있던 어선에 실렸다. 어선은 모두 소형선으로 가장 큰 배도 배수량이 100톤을 넘지 않았다. 뇌구 기관총의 초전도 배터리는 선체 내부에 설치하고, 발사대는 너무 길어 갑판에 설치한 뒤 방수포나 어망으로 덮어두었다. 모든 어선에 어민으로 위장한 해군 조타수와 기관사가 배치되었다. 어선 50척에 100여 명의 병력이 투입되었다.

린윈과 딩이는 항구의 준비 상황을 둘러본 뒤 해안 방어 지휘센터로 향했다. 쉬원청 대령과 캉밍 중령도 서광 부대를 이끌고 이미 그곳에 집결해 있었고, 작전실에서는 한 해군 대령이 대형 화면을 통

* 프랑스에서 개발한 대함 미사일. 프랑스어로 '날치'라는 뜻.

해 적의 상황을 설명하고 있었다.

"……적 함대의 핵심은 항공모함 세 척입니다. 이들은 80년대 이후에 진수된 최신형 핵 추진 항공모함인 칼 빈슨호, 스테니스호, 유나이티드 스테이츠호입니다. 나머지 전투 병력은 다음과 같습니다. 수상함은 순양함 세 척, 구축함 열네 척, 호위함 열두 척, 보급함 세 척까지 총 서른다섯 척이고, 잠수함 상황은 아직 확실하지 않지만 공격용 잠수함이 약 열 척 있는 것으로 추정됩니다. 아래에 보이는 것은 함대의 편대 배치도입니다."

대형 화면 위로 길쭉한 말들이 놓여 있는 복잡한 체스판 같은 도면이 나타났다.

"이것이 우리 군의 매복 진형입니다."

적 함대의 진행 방향 양쪽으로 점선 두 줄이 그려져 있었는데 각 줄에 점이 25개씩 있었다.

"이 배치도를 통해 각자가 담당할 목표물을 한눈에 확인할 수 있습니다. 주의할 점은 적 함대가 근해에 진입한 뒤에는 진형이 바뀔 수 있겠지만, 이 배치는 전형적인 근해 방어 진형이므로 큰 변화는 없을 것입니다. 각 발사 지점에서 실전 상황에 따라 목표물은 재조정해야 할 것입니다."

"특히 강조해 둘 점이 있습니다. 확인해 보니 항공모함이 핵심 타격 포인트가 되어야 한다는 의견이 압도적으로 많습니다. 육군의 생각이라면 이해할 수 있겠지만 일부 해군도 같은 의견이라는 사실이 우습군요. 명심하십시오. 주요 공격 목표는 순양함입니다. 항공모함은 무시하십시오. 순양함은 이지스 방어 시스템의 핵심 전자 장비를 탑재하고 있고 통제 센터 역할을 합니다. 그다음 목표는 방어 시스템의 주요 구성 전력인 구축함입니다. 순양함과 구축함이 무력화되면 함대 전체는 도마 위의 고깃덩어리에 불과하게 될 것입니다. 아울러 거리상으로도 그것들이 각 발사 지점과 가장 가까이 위치해 있습니다. 주위를 둘러싸고 있는 그것들을 무시하고 중심에 있는 항공모함을 먼저 공격한다면 재앙에 가까운 결과를 낳을 것입니다. 다시 한번 강조합니다. 순양함과 구축함이 함대의 뼈대입니다. 각 순양함에 최소 800발, 각 구축함에 150에서 200발을 발사해야 합니다."

대형 화면 위로 전함의 종단면도가 나타났다. 눈이 어지러울 정도로 복잡한 내부구조가 그려져 있었다. 함교에서 시작된 녹색 선 하나가 마치 전함 속에 살고 있는 기생충처럼 선체 곳곳으로 구불구불 뻗어나갔다.

"이것은 타이콘데로가급 순양함의 종단면도이고, 이 녹색 선은 뇌구 기관총의 사격 경로입니다."

그 구불구불한 녹색 선의 여러 위치에 작은 원이 그려져 있고 그 옆에 숫자가 적혀 있었다.

"원이 그려진 곳이 주요 공격 목표이고 원 옆에 있는 숫자는 해당 지점에 할당된 뇌구의 수입니다. 각자에게 나누어 준 책자에 적 함대에 속한 함선 전체의 단면도와 그에 대한 사격 경로가 그려져 있습니다. 시간상 전체를 외우기 어려우니 각자 맡은 목표물을 중심으로 기억해 두세요. 육군은 도면을 읽기 어려울 수 있으니 통째로 암기해야 할 겁니다. 한마디로 집중 공격 목표는 순양함과 구축함에 탑재된 이지스 전투 시스템입니다. 이제 무기 시스템 기술 담당자가 세부 사항을 보충 설명하겠습니다."

린윈이 앞으로 나가 브리핑을 시작했다. "전체적인 내용은 베이징 훈련센터에서 모두 설명했으니 오늘은 강조할 부분만 말씀드리겠습니다. 뇌구 기관총의 평균 발사 속도로 계산할 때, 각 목표물에 대한 사격은 40초에서 1분 안에 완료해야 합니다. 상당히 긴 시간이지만 당황하지 마세요. 뇌구는 탄도가 아주 뚜렷하게 보입니다. 일반 기관총으로 예광탄을 쏘는 것처럼 먼저 안정된 탄도를 확보한 뒤에 탄착점을 이동시키며 연사하면 됩니다.

함대가 일으키는 파도가 큰 문제입니다. 우리는 모두 소형 선박이기 때문에 작은 흔들림도 사격에 영향을 미칠 겁니다. 적 함대가 매복 해역에 완전히 진입했을 때 매복 진형의 앞부분은 아직 파도가 없을 것이고, 뒷부분은 파도가 이미 가라앉았을 것입니다. 따라서 사격 시 매복 진형의 중간 부분이 파도에 가장 큰 영향을 받게 됩니다. 그래서 가장 숙련된 병력을 선발해 흔들리는 배 위에서 사격 훈련을 실시한 뒤 중간 부분에 배치했습니다. ……이런 훈련에는 원래 더 시간이 필요하지만, 지금은 시간이 부족하니 실전에서는 각자 역량에 맡길 수밖에 없겠습니다!"

"소령님, 항공모함을 타격할 수 있는 기관총 사수가 어떻게 실수를 하겠습니까?" 한 소위가 말했습니다.

"다시 한번 말하지만, 항공모함은 공격 목표가 아니야! 항공모함은 생각하지 말라고! 항공모함에 탄약을 낭비하는 사람에게는 책임을 묻겠네!" 해군 대령이 화를 내며 소리치자 한바탕 웃음이 터졌다.

그날 밤, 서광 부대가 사격장에 도착해 보니 기묘하게 생긴 모의 함대가 그들을 기다리고 있었다. 대형 하드보드지 수십 장을 잘라 만든 전함의 측면 모습이 수십 개 세워져 있었다. 하드보드지마다 밑에 작은 바퀴가 두 개씩 달려 있어서 병사들이 각각 하나씩 맡아 뒤에서 밀어 움직였다. 종이로 만든 적의 함대가 진형을 이룬 채 서서히 사격장을 가로질렀다. 사수들이 각자 맡은 목표물을 향해 경기관총을 겨누었다. 경기관총마다 총열에 부착된 레이저 포인터를 이용해 탄착점을 가리키며 그 붉은 점이 예정된 경로를 따라 움직이게 하는 훈련을 했다. 각자 맡은 목표물의 사격 과정이 완전히 몸에 익을 때까지 밤늦도록 훈련이 계속되었다. 어둠 속에서 천천히 움직이는 종이 전함과 그 전함 위에서 똑같은 속도로 천천히 움직이는 빨간 빛이 신비로운 추상화처럼 최면 효과를 일으켜 모두 졸음을 쫓으며 훈련해야 했다.

부대원들은 자정이 지나서야 해군 병영으로 가 잠을 잘 수 있었다. 노르망디 상륙 작전 전날 밤, 한 심리학자가 병사들의 수면 상태를 관찰했다고 한다. 심리학자는 그들이 치열한 전투를 앞두고 잠을 이루지 못할 것이라 예상했지만, 오히려 대부분의 병사가 평소보다 깊이 잠에 들었다. 그는 이것이 곧 닥칠 엄청난 에너지 소모에 대비한 인간의 본능적인 반응이며, 이런 반응은 집단 속에서만 나타난다는 결론을 내렸다. 서광 부대의 병사들도 금세 깊은 잠에 빠졌다.

새벽이 되어 서광 부대는 선착장에 도착했다. 해는 아직 지평선 아래에 있었고, 항구에 정박해 있는 어선 50척이 새벽안개 속에서 파도에 흔들리고 있었다.

부대원들이 승선하기 직전, 린윈이 군용 지프를 몰고 나타났다. 그녀는 차에 실린 커다란 위장 가방 몇 개를 내렸다. 가방은 군복으로 가득 채워져 있었다. 부대원들이 출발하기 전 비린내가 진동하는 어업 회사 작업복으로 갈아입은 뒤 두고 온 군복이었다.

"린윈, 뭐 하는 거야?" 캉밍 중령이 물었다.

"부대원들이 작전이 끝나면 즉시 작업복을 벗을 수 있도록 군복 위에 작업복을 입게 하려고요."

캉밍 중령은 한참 동안 말없이 보고 있다가 천천히 고개를 서었다. "호의는 고맙지만 서광 부대에는 자체적인 규칙이 있네. 우리는 포로가 될 수 없어. 전함에 있는 해군들이나 입으라고 해."*

"그 규칙이 중위 이상의 장교들에게는 적용되겠지만, 이번 임무를 수행하는 병사들은 모두 뇌구 기관총 사수이에요. 그들은 이 작전에 대해 자세히 알지 못합니다. 제가 상부에 청원해 암묵적인 허락을 받았습니다. 저를 믿어주세요."

린윈의 말은 사실이었다. 서광 부대 훈련 초기에 캉밍 중령은 뇌구 기관총의 사격과 유지보수를 모두 포함한 종합적인 훈련을 진행하려고 했지만, 린윈은 강하게 반대했다. 그녀는 사수와 유지보수 인력을 엄격히 분리해야 한다고 주장했고, 이 의견이 받아들여졌다. 뇌구 기관총 사수들은 무기를 분해할 수도 없었고, 기술에 관한 정보는 전혀 접하지 못한 채 단순히 사격만 담당했다. 심지어 사수들은 아직도 자신들이 발사하는 것이 구상섬전이라는 사실조차 모른 채, 지휘관의 말대로 새로운 전자기 방사탄이라고만 알고 있었다. 린윈의 이러한 결정은 단지 기밀 유지를 위한 것만이 아니라, 더 깊

* 자국 군대의 군복을 입은 채 포로가 된 군인만 제네바협약에서 정한 전쟁포로의 권리를 누릴 수 있다. — 원주

은 뜻이 담긴 일이었던 것이다.

"현대전에서는 이제 이런 임무가 거의 없습니다. 공격이 실패하면 무기를 즉시 파괴하면 됩니다. 병사들에게 더 많은 걸 요구해서는 안 됩니다." 린윈이 진심을 담아 말했다.

캉 중령이 잠시 망설이다가 부대원들에게 손짓을 하며 명령했다. "알았다. 작업복 안에 군복을 입어! 빨리!" 그러고는 몸을 돌려 린윈에게 한 손을 내밀며 말했다. "린 소령, 고맙네."

"이 일만 봐도 린윈의 약한 면을 알 수 있겠죠?" 딩이가 이렇게 말하고는 하던 얘기를 계속했다.

10분 뒤, 어선 50척이 차례로 항구를 떠났다. 누가 봐도 새벽에 어부들이 고기를 잡으러 나가는 광경이었다. 그 작고 초라한 어선들이 지구상에서 가장 강력한 함대를 공격하러 가고 있다고는 누구도 상상하지 못할 것이었다.

다음은 딩이가 나중에 들은 이야기들을 조합한 내용이다.

어선들이 출항한 뒤 지휘센터 역할을 하는 조금 큰 어선에서 캉밍 중령과 해군 지휘관들이 회의를 열었다. 해군 소령과 대위, 중위 두 명이 100여 명의 조타수와 기관사들을 지휘하고 있었다.

해군 소령이 캉밍 중령에게 말했다. "중령님과 부하들은 선실에 몸을 숨기는 것이 좋겠습니다. 언뜻 봐도 고기 잡는 사람들 같질 않으니까요."

"배 아래층에서 진동하는 비린내를 참을 수가 있어야지." 캉밍 중령이 쓴웃음을 지으며 말했다.

"저희가 어선을 지정된 해역으로 이동시키고 적의 함대가 나타나면 그때 대령님의 지휘를 받도록 되어 있습니다. 상부에서 아주 위험한 작전이라며 자원자를 모집하더군요. 이건 정말 드문 일입니다." 소령이 말했다.

"저는 루다급 구축함의 항해사입니다. 이 작은 배와 함께 침몰한다면 비참한 일일 겁니다." 한 중위가 말했다.

"만약 이 작은 배가 항공모함 전단을 공격하러 가는 거라면?" 캉밍 중령이 물었다.

중위가 고개를 끄덕였다. "그렇다면 영웅적인 희생이 되겠죠. 항공모함 공격은 저와 제 동료들의 가장 큰 꿈이었습니다. 두 번째 꿈은 함장이 되는 것이고, 세 번째는 우리처럼 바다에서 사는 사람을 받아줄 여자를 찾는 거고요."

"우리 배의 공격 목표는 순양함 한 척이다. 성공하면 적의 항공모함이 몇 분 안에 침몰할 거야."

해군 장교 네 명이 일제히 얼어붙었다. "중령님, 농담하시는 거죠?"

캉밍 중령이 말했다. "뭘 그렇게 놀라? 해군 선배들의 기개는 다 어디로 갔어? 건국 초기에, 해군은 목선으로 구축함을 침몰시킨 적도 있다고."

"이대로 가다간 서프보드를 타고 해상 전략 기지를 공격하러 가겠네요!" 소령이 말했다.

"그렇더라도 무기는 있어야죠! 우리 배에 있는 무기는 이 권총 몇 자루뿐입니다." 한 중위가 말했다.

"자네들은 우리가 배에 실은 장비가 무슨 장비라고 생각하나?" 캉밍이 물었다.

"그게 무기인가?" 소령이 다른 세 장교를 보며 물었다.

"무선 통신 장비나 레이더가 아닐까요? 갑판에 놓인 그 장치는 안테나고요." 대위가 말했다.

"이제 말해주지. 저게 바로 항공모함 전단 공격에 사용할 무기야." 캉밍 중령이 말했다.

소령이 웃으며 말했다. "대령님, 저희가 그 말씀을 믿을 줄 아세요?"

한 중위가 초전도 배터리 두 개를 가리키며 말했다. "이제 알겠습니다. 해저 폭탄이군요. 위에 있는 철제 구조물은 발사대이고요."

캉밍 중령이 고개를 끄덕이며 말했다. "무기의 진짜 명칭은 밝힐 수 없고 그냥 해저 폭탄이라고 해두지."

그가 초전도 배터리에 있는 빨간 버튼을 가리키며 말했다. "이건 자폭 버튼이야. 긴급 상황이 발생하면 이 버튼을 눌러 이 무기를 침몰시켜야 해. 어떤 경우에도 적에게 넘겨서는 안 돼."

"상부에서도 신신당부한 사항입니다. 안심하셔도 됩니다. 이제 저희는 일을 해야겠습니다. 낡은 엔진 곳곳에서 기름이 흘러나오고 있어서요."

정오 무렵 매복 위치에 도착한 후 긴 기다림이 시작되었다. 그동안 캉밍 중령은 매복선을 따라 한 바퀴 둘러보고 각 선박의 기관총 상태를 점검한 것 외에 별다른 일을 하지 않았다. 무선 통신기로 작전본부와 단 두 차례 연락을 주고받은 게 전부였다. 한 번은 모든 배가 지정된 위치에 도착했다는 보고였고, 다른 연락은 야간 조명 통제 조치에 이의를 제기한 것이었다. 캉밍 중령은 야간 조명 통제는 아무 의미가 없으며 오히려 적의 의심을 살 수 있다고 주장했다. 작전본부에서도 그의 의견을 받아들여 야간에도 어선들이 평소처럼 조명을 환하게 밝히도록 지시했다. 작전본부는 적 함대의 위치 등에 대해서는 아무런 정보도 주지 않았다.

긴장감과 흥분은 곧 내리쬐는 뙤약볕에 사그라들었고, 그들은 더 이상 망원경을 들고 북쪽 수평선을 감시하지 않았다. 주의를 끌지 않기 위해 배는 작은 범위 안에서만 움직여 다니며 그물을 던졌다가 다시 끌어올리는 무의미한 작업을 반복했다. 해군 대위가 고기 잡는 일에 능숙해 물고기 몇 마리를 잡아 올렸다. 캉밍 중령은 대화 중에 그가 산둥성(山東省)의 한 어촌 출신이라는 것을 알게 되었다.

그들은 갑판의 그늘진 곳에서 포커를 치며 대부분의 시간을 보냈다. 다양한 주제로 자유로운 대화를 나누었지만 현재 임무와 이 작은 기습 함대의 운명에 대해선 단 한마디도 꺼내지 않았다.

밤이 되자 기다림에 지친 부대원들의 긴장이 조금씩 풀리기 시작했다. 마지막으로 본부와 연락한 지 여덟 시간이 넘도록 통신기는 한 번도 울리지 않았다. 파도가 뱃전에 부딪치는 단조로운 리듬에 며칠 밤을 새운 캉밍 중령은 졸음이 오기 시작했다. 잠들지 않으려 애쓰고 있는데 누가 그를 가볍게 밀었다. 해군 소령이었다. "왼쪽 전방을 보세요. 크게 움직이지 마시고요." 그가 낮은 소리로 속삭였다. 붉은 달이 막 수평선 위로 떠올라 해수면이 또렷이 보였다. 캉밍 중령이 그쪽으로 시선을 옮겼다. 처음 눈에 들어온 건 수면 위로 그려진 V자형 항적파였다. 그 파도의 맨 앞부분에 검고 가는 막대가 하나 솟아 있었고, 막대 위에 둥근 물체가 있었다. 어디선가 보았던 네스호의 괴물 사진과 비슷하다는 생각이 스쳤다. 사진 속에서 괴물은 검은 호수 위로 긴 목을 내밀고 있었다.

"잠망경이에요." 소령이 속삭였다.

그 가는 막대는 매우 빠른 속도로 움직이며 수면을 가를 때마다 밑동 부분에서 부채꼴 모양의 물보라를 일으켰다. 어선에 탄 사람들도 물보라가 가볍게 찰방이는 소리를 들을 수 있었다. 하지만 막대의 움직임이 차츰 느려지고 밑동에서 찰랑이는 물결도 작아지다가 이내 사라졌다. 잠망경은 그들의 정면에서 약 20미터 떨어진 곳에서 완전히 멈췄다.

"보지 마세요." 소령이 말했다. 그는 이렇게 말하며 캉밍 중령과 재미난 대화를 나누고 있는 듯 편안한 미소를 얼굴에 띄웠다.

캉밍 중령은 시선을 돌리기 직전 가는 막대 위의 둥근 물체에서 유리에 비친 듯 반짝이는 빛을 똑똑히 보았다. 그때 대위와 두 중위가 조타실에서 그물 바구니를 들고나와 천으로 덮인 발사대에 앉아 달빛을 받으며 그물을 수선하기 시작했다. 캉밍 중령은 대위의 능숙한 손놀림을 지켜보며 그를 따라 그물을 수선하기 시작했다. 그러나 신경은 온통 그들을 노려보는 그 괴물의 눈동자에 두고 긴장하고 있었다. 그 날카로운 눈빛이 그의 등에 날아와 꽂히는 것 같았다.

"여기서 그물을 던지면 저놈의 프로펠러에 감길 거예요." 대위가 말하며 이렇게 늦도록 일해야 하는 걸 불평하는 듯 피곤한 표정을 지었다.

"그다음에 심해 폭탄 두 개를 던지는 겁니다." 한 소위가 웃으며 말한 뒤 캉밍 중령에게 "말 좀 해보세요."라고 말했지만 그는 아무 말도 할 수가 없었다. 대위가 그물을 가리키며 캉밍 중령에게 "제 수선 솜씨가 어떻습니까?" 하고 물었다. 캉밍 중령은 방금 수선한 그물을 조타실의 불빛에 비춰 살펴보며 대위에게 "자네 솜씨를 보여줘." 하고 말했다. 그때 소령이 말했다. "또 움직였어요." 대위가 캉밍 중령에게 말했다. "돌아보지 마세요." 잠시 후 철벙하는 소리에 뒤를 돌아보니 그 막대기가 빠른 속도로 멀어지며 점점 작아지다가 이내 물속으로 사라졌다.

대위가 그물바늘을 던지고 일어나 캉밍 중령에게 말했다. "대령님, 제가 저 잠수함의 함장이었다면 우리의 정체를 알아챘을 거예요. 그물바늘을 잡으시는 자세가 잘못됐어요."

이때 무선 통신기를 통해 작전본부의 짧은 메시지가 도착했다. 적의 함대가 매복 해역에 도착했으니 공격을 준비하라는 명령이었다. 곧 희미한 굉음이 들려오며 소리가 점점 커졌다. 북쪽 밤하늘에 검은 점들이 줄지어 나타나기 시작했다. 세어 보니 다섯 개였고, 그중 하나는 둥근 달 속에 정확히 위치해 있어 회전하고 있는 프로펠러가 뚜렷하게 보였다. 다섯 대의 헬리콥터가 빠르게 접근해 오더니 굉음을 내뿜으며 그들의 머리 위를 가로질렀다. 기체 아래쪽에서 붉은 표시등이 번쩍인 뒤 헬리콥터 한 대가 막대 모양의 물체를 투하하자, 거의 동시에 그들의 배에서 멀지 않은 수면 위에 흰 물보라가 일었다. 그 헬리콥터가 일정 거리를 날아간 뒤 다른 헬리콥터 한 대가 비슷한 물체를 투하했다. 캉밍 중령이 그게 무엇이냐고 묻자 방금 조타실에서 나온 소령이 말했다.

"잠수함 탐지용 음파 부표입니다. 적들이 대잠수정 작전을 경계하고 있는 거예요."

헬리콥터 편대가 남쪽 하늘로 사라지자 다시 사방이 고요해졌다. 그때, 캉밍 중령의 귀에 꽂힌 초소형 이어폰으로 본부의 지시가 전달되었다. 이 초소형 이어폰은 선실 내 통신기와 연결되어 있었다.

"목표물이 접근하고 있다. 모든 선박은 사격 준비 상태로 전환하라. 이상."

구름이 달을 가려 바다 위가 다시 어두워졌지만, 북쪽 하늘에 커다란 빛무리가 나타났다. 그것은 마치 캉밍 중령이 기지에서 매일 밤 바라보던, 먼 도시의 하늘에 나타나는 빛무리처럼 보였다. 그는 망원경을 들어 북쪽 방향을 보았고 순간 자신이 불빛으로 휘황하게 빛나는 해안선을 보고 있는 것이라 착각했다.

"거리가 너무 가깝습니다!" 소령이 망원경을 던지고 소리치며 조타실로 뛰어들었다. 어선이 요란한 엔진 소리와 함께 방향을 바꾸어 되돌아가기 시작했다.

북쪽 밤하늘의 빛무리가 점점 더 밝아졌다. 그들의 배가 다시 방향을 돌렸을 때는 망원경 없이도 바다와 하늘의 경계에서 그 '해안'의 불빛을 볼 수 있었다. 망원경으로 다시 보자 이제는 함선들 각각의 윤곽이 뚜렷하게 보였다. 캉밍 중령의 이어폰에서 다시 소리가 들렸다.

"모든 선박은 들으라. 목표물의 대형은 동일하다. 계획대로 임무를 수행하라. 이상."

캉밍 중령은 그 순간 작전 지휘권이 완전히 자신들에게로 넘어왔음을 알았다. 모든 것이 예상대로라면 적 함대의 가장 앞쪽 순양함이 그들의 소형 어선 바로 앞에 올 때까지 기다렸다가 발포 명령을 내리기만 하면 되었다. 그들이 알고 있는 적 함대의 대형에 따르면,

그때가 바로 함대 전체가 매복 구역으로 진입한 시점이기 때문이었다. 이제 그들은 발포 전 마지막으로 해야 할 일까지 마쳤다. 그것은 구명조끼를 입는 것이었다.

함대가 빠르게 접근해 육안으로도 각 전함을 알아볼 수 있게 되자 캉밍 중령은 각 목표를 식별하기 시작했다. 그때 중위가 외쳤다. "스테니스호예요!" 아마 해군사관학교에서 이미 그 항공모함의 모양이 그의 뇌리에 깊이 각인되었을 것이다. 그는 소리치며 캉밍 중령을 쳐다보았다. 그 말속에 담긴 뜻을 캉밍 중령도 알고 있었다. '자, 이제 어떻게 할 건지 지켜보겠다'라는 뜻이었다. 캉밍 중령이 선수에 우뚝 선 채 차분한 눈빛으로 빠르게 접근하는 함대를 지켜보았다.

함대의 탐조등이 만들어 낸 거대한 타원형의 불빛이 어지럽게 흔들렸다. 어선이 가끔 그 불빛에 포위되어 바다 위에 긴 그림자를 드리웠지만, 탐조등 불빛은 곧 스쳐 지나갔다. 적은 그 작은 어선들에 관심을 두지 않는 듯했다. 적의 거대한 함대는 이제 그들의 시야를 가득 채웠다. 제일 앞에 있는 두 척의 순양함은 달빛과 전함의 불빛 속에서 세부적인 부분까지 자세히 보였고, 양쪽에 있는 여섯 척의 구축함은 아직 검은 실루엣으로만 보였다. 또 그들의 중심에 있는 세 척의 항공모함은 바다 위에 거대한 그림자를 드리우고 있었다. 그때 머리카락을 쭈뼛거리게 할 만큼 날카로운 소리가 점점 커지며 들려왔다. 마치 하늘을 예리한 칼로 가르는 듯한 굉음이었다. 그들이 고개를 들자 전투기 네 대가 지나가는 것이 보였다. 이어서 거대한 파도가 부서지는 소리가 들려왔다. 거대한 강철 함선들의 뱃머리가 파도를 치며 내는 소리였다.

폭이 좁은 흰색 순양함이 지나갔고 뒤이어 짙은 회색의 구축함들이 다가왔다. 구축함은 순양함보다 작았지만 제일 가까이 있었기 때문에 오히려 더욱 거대해 보였다. 복잡한 상부 구조물과 빽빽이 솟은 안테나들이 시선을 어지럽혔고, 갑판 위를 오가는 수병들의 모습도 뚜렷이 보였다. 곧이어 구축함에 가려 보이지 않던 항공모함 세 척이 모습을 드러냈다. 원자력으로 움직이는 그 세 개의 해상 도시는, 흡사 강철로 만든 죽음의 산맥처럼 보였다. 그 거대한 윤곽은 도저히 인간의 작품이라 믿기 어려울 정도였다. 어선 위의 부대원들은 초현실적인 광경 속에 들어선 듯한 기분에 사로잡혔다. 마치 거대한 강철 요새로 뒤덮인 낯선 행성에 불시착한 것만 같은 느낌이었다.

캉밍 중령이 옷깃에서 작은 무전기를 꺼내자 선실에 있던 서광 부대의 두 사수가 뇌구 기관총의 덮개를 들어 올렸다. 그들은 기관총 뒤에 엎드려 지나가는 순양함을 겨눈 채 발사대를 천천히 움직였다. 캉밍 중령이 낮은 목소리로 말했다.

"전원 사격 개시!"

발사대 앞쪽에 번개가 나타났다. 고막을 찢는 폭발음과 함께 나타난 작은 번개들이 푸른 섬광을 번쩍이며 주위 바다를 비추었다. 붉은빛을 내는 뇌구가 해수면에 바짝 붙어 날아갔다. 뇌구들은 긴 꼬리를 끌며 날카로운 소리를 냈다. 이 한 줄기 구상섬전은 첫 번째 구축함의 선미와 두 번째 구축함의 선수 사이를 가볍게 지나쳐 순양함 쪽으로 날아갔다. 이와 동시에, 다른 어선들에서도 한 줄기, 한 줄기 구상섬전이 쏘아 올려졌다. 멀리서 보면 그것들은 밝은 광선처럼 보였다. 구상섬전이 일정한 궤도로 계속해서 발사되면 이 탄도를 따라 공기가 이온화되면서 형광빛 흔적이 남았다. 이 곧은 형광빛 선들은 각 어선을 중심점으로 하는 부채꼴을 형성했고, 이 부채꼴은 구상섬전의 줄기가 더 멀리 이동할 수록 확장되었다. 멀리서 보면, 수많은 형광빛 선으로 만들어진 거대한 그물이 함대를 감싼 것처럼 보였다.

전쟁사의 위대한 순간이 눈앞에 다가온 것 같았다.

그런데 첫 번째 구상섬전 줄기가 목표물에 닿기 직전, 보이지 않는 거대한 손에 휘어 잡힌 듯 탄도가 갑자기 휘어졌다. 구상섬전들은 제각각 하늘로 솟아오르거나, 바다로 떨어지거나, 좌우로 날아가 목표물에서 멀어졌다. 게다가 휘어진 구상섬전이 인접한 다른 전함에 닿으려고 할 때마다 다시 방향이 바뀌었다. 마치 함대의 모든 전함이 구상섬전으로 뚫을 수 없는 거대한 유리 덮개에 덮여 있는 듯했다.

'방어 자기장!'

캉밍 중령의 머릿속에 다섯 글자가 떠올랐다. 구상섬전 무기 개발자들의 악몽 속에 수없이 등장했던 그 일이 정말 현실이 된 것이었다.

"전 부대 사격 중지! 무기 파괴!" 캉밍 중령이 급하게 명령했다.

갑판에 있던 두 사수 중 한 명, 즉 서광 부대의 상사가 뇌구 기관총의 빨간 버튼을 누르자 모두 달려들어 그것을 바다로 던졌다. 곧이어 바닷속에서 둔탁한 폭발음이 들리며 파도에 배가 흔들렸다. 기관총의 에너지원인 초전도 배터리가 합선되면서 폭발이 발생한 것으로 그 위력은 해저 폭탄과 맞먹었다. 뇌구 기관총은 산산조각 난 채로 바다 밑으로 가라앉았다.

모든 어선에서 구상섬전 발사가 중단되었지만 함대 상공에는 여전히 목표물을 잃은 구상섬전들이 떠돌고 있었다. 그것들의 꼬리가 남긴 잔상이 공중에 거대한 빛의 카펫을 직조했다. 구상섬전이 내던 일사불란한 날카로운 소리 또한 이제는 잡다한 벌떼 소리로 변해 있었다. 그것은 마치 처절한 통곡 소리처럼 들렸다.

캉밍 중령은 구축함 위에서 포탄이 발사되는 불꽃을 보았지만 스치듯 보았을 뿐이었다. 포탄이 그의 배에 명중했을 때 그는 먼바다를 응시하고 있었다. 바닷속에 가라앉은 구상섬전들이 여전히 반짝이는 물고기 떼처럼 은은한 빛을 내고 있었다.

함포의 포성이 쉬지 않고 울려 퍼졌다. 함대 양쪽 바다 위로 어선들의 파편이 뒤섞인 거대한 물기둥이 연거푸 치솟았다. 3분 뒤 포격이 멈췄을 때, 어선 50척 중 42척이 침몰했다. 배들이 너무 작아서 대부분 침몰하기도 전에 대구경 포탄에 의해 산산조각 났다. 살아남은 8척의 어선은 바다라는 무대 위에서 비극의 커튼콜을 하듯, 탐조등의 빛줄기에 둘러싸인 채 외롭게 떠 있었다.

전자기 복사로 에너지를 모두 소진한 구상섬전이 빠르게 하나씩 사라졌다. 이온화된 공기가 함대 상공에 형광빛 천장을 만들었고, 수면 위에는 구상섬전의 전자기 복사가 만들어 낸 흰 수증기가 자욱했다. 수명이 긴 구상섬전 몇 개가 공중을 떠돌며 서서히 멀어져 갔다. 그 소리가 희미하고 아득해 마치 바람에 흔들리는 쓸쓸한 초혼의 등불 같았다.

적들이 어떻게 구상섬전 무기의 존재를 알았고, 어떻게 방어 시스템을 구축했는지는 명확히 밝혀지지 않았지만 몇 가지 단서는 있었다. 1년 전 남쪽의 시험 사격장에서 실험을 진행할 때 우리 측 관측자가 사라진 뒤에도 뇌구 기관총에서 발사된 구상섬전이 양자 상태로 변하지 않았던 일이 있었다. 이는 다른 관측자가 있었다는 뜻이었다. 그 후 원자력발전소의 테러 진압 작전으로 구상섬전 무기에 대한 정보가 유출되었을 수도 있었다.(물론 그 때문에 진압 작전 자체가 잘못되었다고 할 수는 없었다.) 적이 구상섬전의 기본 원리와 무기 기술의 상세한 특성까지 파악했을 가능성은 낮았다. 그렇지만 그들도 오랫동안 구상섬전을 자연현상으로서 연구해 왔고, 시베리아 3141 프로젝트와 같은 대규모 응용연구를 진행했을 가능성도 있었다. 만약 그랬다면 산발적으로 알아낸 정보를 통해, 그 속에 감춰진 진실을 추측하는 것도 어렵지 않았을 것이다. 구상섬전의 본질과는 무관하게, 전자기장이 구상섬전에 영향을 미친다는 것은 학계에서 이미 알려진 사실이었다.

연구 기지로 돌아가는 수송기 안에서 린윈은 철모를 끌어안은 채 기내의 어두운 구석에 멍하니 웅크리고 앉아 있었다. 원래 야윈 몸이 작은 공처럼 말려 한겨울 들판에서 길을 잃은 아이처럼 외롭고 무력해 보였다. 딩이가 측은한 마음에 린윈에게 다가가 위로를 건넸다.

"사실 우린 이미 엄청난 성과를 거뒀어요. 광전자를 통해 물질의 가장 깊은 비밀을 거시적으로 관찰할 수 있게 되었어요. 지금까지는 미시 세계에 들어가야만 볼 수 있었던 것이죠. 과학적 성과와 비교하면 구상섬전의 군사적 용도는 말할 수 없이 미미한 수준이에요……."

"딩 교수, 구상섬전에 희생된 사람들이 양자 상태로 남아 있을까요?" 린윈이 딩이의 말을 끊고 갑자기 물었다.

"네. 그건 왜요?"

"당신이 그 '교사'가 나를 공격할 거라고 말한 적 있잖아요."

"그냥 해본 말이에요. 그리고 내 말을 믿지도 않았잖아요?"

린윈은 무릎에 올려놓은 철모에 턱을 괴고 앞을 응시하며 말했다. "아뇨. 당신에게 그 말을 들은 날부터 난 매일 안전핀을 뽑은 권총을 베고 잠을 잤어요. 사실 정말 무서웠지만 창피해서 말하지 못했어요."

"미안해요. 놀라게 해서."

"정말 그런 일이 가능할까요?"

"이론적으로는…… 가능할 수도 있지만, 확률이 너무 낮아서 현실에서는 일어나지 않을 거예요."

"가능하다는 거군요." 린윈이 중얼거렸다.

"그 '교사'가 나를 공격할 수 있다면, 나도 적의 항공모함을 공격할 수 있겠네요."

"뭐라고요?"

"내가 작은 어선을 타고 적의 함대 가까이 갈 수 있어요."

"그래서 뭘 하게요?"

"거기서 구상섬전으로 내 몸을 태워버리는 거예요. 그럼 내가 양자 유령이 되지 않겠어요?"

"무슨 소리를 하는 거예요!"

"생각해 봐요. 양자 상태가 되면 항공모함에 잠입할 수 있어요. 적들은 나를 볼 수 없죠. 왜냐하면 그들이 나를 보는 순간, 당신 말처럼 내 양자 상태가 붕괴되기 때문에요. 항공모함에는 거대한 탄약고와 수천 톤 규모의 연료탱크가 있어요. 그곳만 찾아내면 항공모함을 쉽게 파괴할 수 있어요…….”

“린윈, 이번 실패로 어린아이가 되었군요.”

“난 원래부터 그냥 어린애였어요.”

“좀 쉬어요. 베이징까지 두 시간 남았으니 눈 좀 붙여요.”

“내가 말한 게 불가능한 일이에요?” 린윈이 철보에 괴었던 머리를 돌려 무언가 간청하는 눈빛으로 딩이를 응시했다.

“좋아요. 양자 상태가 도대체 뭔지 설명해 줄게요. 양자 상태의 당신은, 아, 당신이 구상섬전으로 태워졌다고 가정하면 말이에요. 당신은 단순히 확률구름일 뿐이에요. 그 구름 속에서 당신의 모든 것은 불확정적이에요. 자신이 어디에 나타날지 결정할 자유 의지는 없어요. 확률구름의 어느 위치에 나타날지, 심지어 나타날 때 살아 있는 상태일지 죽은 상태일지조차 불확실해요. 모든 건 신이 주사위를 굴려 결정하는 거예요. 만약 어선에서 불타버렸다면, 당신의 양자화된 확률구름은 어선을 중심으로 형성되죠. 항공모함의 탄약고와 연료탱크에서 나타날 확률은 매우 희박해요. 바닷속에서 나타날 가능성이 가장 크고요. 그때 살아 있는 상태라면 곧바로 익사할 거예요. 그렇게 되면 당신의 양자 상태에서 살아 있을 가능성은 사라지고, 오로지 죽은 상태일 가능성만 남게 될 거예요. 혹은 극단적으로 100만 분의 1의 확률로 당신이 적의 항공모함의 중요한 지점에서 나타났다고 칩시다. 당신이 그곳에서 살아 있는 상태일까요? 그곳에 얼마나 오래 머물 수 있을까요? 한 시간? 아니면 0.1초? 게다가 적의 병사 한 명 또는 적의 카메라가 당신을 발견하면, 당신은 그 즉시 확률구름의 중심에 있는 그 잿더미로 붕괴되어 다음 100만분의 일의 기회를 기다려야 해요. 그리고 그 기회가 다시 찾아왔을 때, 항공모함은 이미 수만 킬로미터 밖으로 사라졌을 것이고 지구상의 모든 전쟁이 끝나 있을지도 몰라요. 린윈, 당신은 지금 성냥팔이 소녀처럼 온갖 환상을 보고 있는 거예요. 지금 당신에게 필요한 건 휴식이에요."

린윈은 갑자기 철모를 던지고 딩이의 어깨에 얼굴을 묻고 울기 시작했다. 그녀는 평생의 슬픔을 한 번에 쏟아내는 듯 야윈 몸을 떨며 서럽게 오열했다.

"그때 내 기분을 상상할 수 있겠어요?" 딩이가 말했다. "난 내가 이성적인 사고 외에 다른 감정은 상황에 따라 능숙하게 다룰 수 있는 사람이라고 생각했어요. 여러 번의 경험으로 그 사실이 증명되기도 했죠. 하지만 난 이제 이성 외에 다른 어떤 것이 날 온통 차지해 버릴 수 있다는 걸 알았어요……. 그때 린윈은 정말로 작아 보였어요. 목표를 향해 오로지 전진만을 외치던 예전의 소령과 힘없이 떨고 있는 어린애 같은 그녀, 어느 쪽이 진짜 그녀일까요?"

"아마 둘 다겠죠. 난 당신보다 여자에 대해 더 몰라요." 내가 말했다.

"장싱천의 죽음으로 이미 린윈의 마음은 줄곧 짓눌려 있었어요. 작전 실패는 그런 그녀의 정신이 버틸 수 있는 한계를 넘어선 것이었죠."

"린윈의 상태가 좋지 않군요. 그녀의 아버지에게 연락해야 해요."

"내가 어떻게 그렇게 높은 분과 연락이 닿을 수 있겠어요?"

"내게 린 장군의 전화번호가 있어요. 린윈을 돌봐달라며 직접 내게 주신 거예요." 딩이가 미동도 없이 나를 뚫어져라 응시했다.

"이미 늦었어요."

딩이의 그 말에 섬뜩한 기운이 나를 훅 덮쳤다. 나는 그제야 깨달았다. 딩이가 들려준 모든 이야기에 슬픈 선율이 흐르고 있었다는 것을.

딩이가 일어나 창가로 다가가 찬비가 내리는 밤 풍경을 묵묵히 바라보다가 한참 뒤에 돌아서서 테이블 위 빈 술병을 가리켰다. "더 있어요?"

또 한 병을 꺼내 반쯤 따라주자 딩이가 테이블에 앉은 채 술잔을 뚫어지게 쳐다보며 말했다.

"그다음에 또 일이 있었어요. 당신이 상상도 못할 일이."

# 현(絃)

작전이 참담한 실패로 돌아간 뒤 구상섬전 무기 연구 프로젝트는 모두 중단되었고, 기지 인원도 대거 다른 곳으로 옮겨졌다. 연구 부서가 해체되지는 않았지만 기지는 활기를 잃고 방치되었다. 바로 그때 장빈 교수가 세상을 떠났다.

"장빈 교수님은 중국 구상섬전 연구의 선구자셨으니, 그분의 유언에 따라 구상섬전을 이용해 장례를 치르기로 했어요. 기밀 유지 문제로 외부인인 당신에게는 연락할 수가 없었어요." 딩이가 말했다.

나는 작은 한숨을 내쉬었다. 그토록 혼란스러운 시대였기에 스승의 죽음도 내게 그리 큰 충격을 주지는 않았다.

장례식은 연구 기지의 번개 시험장에서 열렸다. 잡초가 무성해진 시험장을 정리해 한가운데에 공터를 만든 뒤 시신을 옮겨다 놓고 모두 100미터 밖 안전거리까지 물러났다. 잠시 후 아주 높은 에너지로 활성화된 구상섬전이 시험장 한쪽에서 나타나 시신이 있는 쪽으로 매우 느리게 날아갔다. 구상섬전이 시신 위를 천천히 맴돌며 이 평범한 탐험가의 한 맺힌 일생을 읊조리듯 낮은 훈 소리를 냈다. 10여 초 뒤 구상섬전이 귀를 찢는 폭발음과 함께 사라지자 시신에서 흰 연기가 피어올랐다. 시신을 덮고 있던 흰 천이 바닥으로 흘러내리자, 아주 고운 뼛가루만이 그곳에 남아 있었다.

기지의 모든 활동이 중단되자 딩이는 물리연구원으로 돌아가 광전자 이론 연구를 계속했다. 그는 연구원이 있는 도시에 머무르고 있었기에 장빈 교수의 장례에 참석하지 못했다. 나중에 장빈 교수가 보관하고 있던 계산 원고를 본 딩이는 그 엄청난 양에 놀랐다. 딩이가 보기에 장빈 교수는 진리를 발견할 만한 상상력이나 기회를 얻지 못한 채 진흙탕 같은 황무지에서 일생을 마감한, 존경스럽지만 가련한 인물이었다. 딩이는 그 선구자의 묘를 찾아가 마지막 인사를 해야겠다고 생각했다.

장빈 교수의 무덤은 바다링(八達嶺)*에서 멀지 않은 공동묘지에 있었는데 린윈이 차를 몰고 함께 가주었다. 차에서 내린 두 사람은 돌길을 따라 묘지로 걸어갔다. 발밑에는 노란 낙엽이 쌓여 있었고, 멀리 산등성이에 붉은 단풍으로 물든 만리장성이 보였다. 또다시 가을이 왔다. 죽음의 계절, 이별의 계절, 시를 쓰는 계절이었다. 두 산봉우리 사이로 비스듬히 비낀 한 줄기 석양이 줄지어 선 묘비들을 비추었다.

딩이와 린윈은 장빈의 소박한 묘비 앞에 서서 날이 완전히 저물 때까지 각자 생각에 잠겨 있었다.

* 베이징 근교에 있는 유명한 만리장성 관광지.

숲속에 두 갈래 길이 나 있었고
나는 사람이 덜 지나간 길을 택했다.
그리고 그 선택이 모든 것을 바꿔놓았다.*

린윈이 맑은 시냇물 같은 목소리로 프로스트**의 시를 읊었다.

"다른 길을 선택했다면 어땠을까 생각해 본 적 있어요?" 딩이가 물었다.

"그런 길이 있나요?" 린윈이 가볍게 되물었다.

"전쟁이 끝나면 군대를 떠나서 나와 함께 광전자 연구를 합시다. 난 이론에 강하고 당신은 공학 천재니까 내가 이론을 수립하고 당신이 실험을 한다면 둘이서 현대 물리학의 위대한 돌파구를 열 수 있을 거예요."

린윈이 웃으며 말했다. "나는 군대에서 자랐어요. 내가 군대가 아닌 다른 어딘가에 온전히 속할 수 있을지 모르겠어요." 그녀가 잠시 멈췄다가 한마디 덧붙였다. "또 다른 누군가에게도요."

딩이는 더 말하지 않고 가져온 꽃을 묘비 앞에 놓았다. 꽃을 내려놓은 뒤 묘비에서 뭔가를 발견한 듯 허리를 펴지 않고 있더니 이내 그 앞에 앉아서 거의 얼굴이 닿을 듯 가까이 다가가 묘비를 자세히 살펴보았다.

"맙소사, 이 비문 누가 쓴 거예요?" 딩이가 놀란 목소리로 말했다.

* 시 「가지 않은 길(The Road Not Taken)」(1915) 중 일부.

** 미국의 시인. 캘리포니아에서 태어나 매사추세츠에서 자랐으며 '뉴잉글랜드의 전원 시인'으로 불린다. 그의 시는 소박하고 섬세하면서 함축적이다. — 원주

린윈은 어리둥절했다. 묘비에는 장빈이라는 이름과 생몰년도 외에 아무것도 쓰여 있지 않았기 때문이다. 그것은 장빈 교수의 유언이었다. 그는 자신의 인생에서 기릴 것이 없다고 생각했다. 린윈도 가까이 다가가 묘비를 살펴보다가 깜짝 놀랐다. 묘비 앞면은 물론이고 꼭대기와 뒷면까지 작은 글씨들이 빽빽하게 새겨져 있었다. 모두 방정식과 계산 공식들로, 마치 묘비를 방정식과 공식으로 이루어진 액체에 통째로 담갔다가 건져낸 것처럼 보였다.

"아, 글씨가 점점 희미해지고 있어요!" 린윈이 소리쳤다.

딩이가 린윈을 홱 밀쳤다. "뒤로 돌아서요! 관측자가 줄어들면 붕괴가 느려질 거예요!"

린윈은 돌아서서 초조하게 두 손을 비비고 있고, 딩이는 묘비에 얼굴을 바짝 대고 깨알 같은 글씨들을 읽기 시작했다.

"그게 뭐예요? 뭔지 알겠어요?"

"말하지 말아요!" 딩이가 소리치고는 글씨를 계속 읽었다.

린윈이 주머니를 뒤적였다. "차에 가서 종이와 펜을 가져올까요?"

"그럴 시간 없어요. 방해하지 말아요!" 딩이가 묘비를 뚫어버릴 것 같은 눈빛으로 빠르게 비문을 읽어 내려갔다.

곧 마지막 석양 한 줄기가 공동묘지를 기이한 푸른색으로 감쌌다. 주변 숲은 이내 어두컴컴해졌다. 하늘에 나타난 별들은 깜빡이지도 않고 드문드문 매달려 있었다. 때때로 마른 나뭇잎들이 미풍에 흔들리며 사각사각 소리를 냈지만 금세 다시 조용해졌다. 마치 어떤 힘에 의해 멈춰진 듯한 침묵이 모든 것을 감쌌다. 온 세계가 딩이와 함께 양자화된 비문을 읽는 데 온 신경을 집중하고 있는 것 같았다.

10분 뒤, 딩이는 앞면을 다 읽고 묘비 꼭대기와 옆면을 빠르게 훑은 뒤 뒷면을 읽기 시작했다. 하늘이 완전히 어두워지자 라이터 불의 희미한 빛을 빌려 빠르게 읽어 내려갔다.

"랜턴을 가져올게요!" 린윈이 묘비 사이의 좁은 길을 달려 주차장으로 향했다. 하지만 그녀가 랜턴을 들고 돌아와 보니 라이터는 이미 꺼져 있었다. 랜턴을 비추자 딩이가 묘비에 등을 기대고 앉아 두 다리를 뻗은 채 하늘을 올려다보고 있었다.

묘비의 작은 글씨들은 흔적도 없이 사라져 대리석의 매끄러운 표면이 랜턴 불빛을 거울처럼 반사해 냈다.

랜턴 불빛이 비치자 딩이가 꿈에서 깨어난 듯 정신을 차렸다. 그가 린윈의 팔을 끌고 묘비 뒤로 돌아가더니 맨 아래쪽을 가리켰다. "저길 봐요. 한 줄 남아 있어요. 저 몇 글자만 유일하게 양자 상태가 아니에요." 린윈이 무릎을 꿇고 묘비 밑부분의 한 줄을 보았다.

> 빈, F를 일으킬 수 있는 속도는 겨우 초속 426.831미터에 불과해. 나 너무 무서워.

"이 글씨체 알아요!" 린윈이 말했다. 장빈 교수가 남긴, 구상섬전을 맞아 한 장 건너 한 장씩 타버린 그 수첩에서 본 글씨체였다.

"맞아요. 그분이에요."

"뭐라고 새겨져 있었어요?"

"수학적모델이요. 굉원자에 대한 완벽한 수학적모델이었어요."

"아, 카메라를 가져올 걸 그랬어요."

"괜찮아요. 전부 머릿속에 담아놓았어요."

"그렇게 많은 것들을요?"

"그중 대부분은 나도 도출해 낸 것들이에요. 하지만 내 이론 체계가 몇 군데서 막혀 있었는데 그녀가 그 막힌 부분을 해결해 주었어요."

"정말 중요한 돌파구일 거예요!"

"그뿐만 아니라, 원자핵을 찾을 수도 있을 거예요."

"굉원자핵이요?"

"네. 굉전자가 공간에서 움직이는 것을 관측하고 이 수학적모델을 활용하면 그 굉전자와 짝을 이루는 굉원자핵의 정확한 위치를 찾을 수 있을 거예요."

"하지만 그 원자핵을 어떻게 탐지할 수가 있죠?"

"굉전자와 마찬가지로 놀랍도록 간단해요. 그걸 우리 눈으로 직접 볼 수 있어요."

"와…… 그건 어떻게 생겼어요? 굉원자핵은 거품인 굉전자와 전혀 다르게 생겼다고 했었잖아요."

"현(絃)이요."

"현이라고요?"

"네. 한 줄의 현처럼 생겼어요."

"굵기와 길이는요?"

"굉전자와 비슷해요. 길이는 1~2 미터쯤 되는데 원자의 종류에 따라 다를 수 있어요. 굵기는 무한히 가늘어요. 그 현 위에 있는 모든 점은 크기가 없는 특이점이에요."

"무한히 가는 현을 우리가 어떻게 육안으로 볼 수 있어요?"

"마찬가지로 빛이 그 근처에서 휘어져요."

"그럼 그건 어떤 모습일까요?"

딩이가 잠에서 깬 사람이 방금 꾼 꿈을 회상하듯 눈을 반쯤 감은 채 말했다. "투명한 크리스털 뱀 같기도 하고, 끊어지지 않는 밧줄 같기도 해요."

"끊어지지 않는 밧줄 같다고요? 이상한 비유네요."

"거대한 물질을 이루는 최소 단위이기 때문에 잘라낼 수 없어요."

무덤에서 돌아오는 길에 린윈이 말했다. "또 한 가지 질문이 있어요. 당신은 중국 이론물리학의 최고 권위자예요. 그런데 당신도 발견하지 못한 걸 수십 년 전 구상섬전을 연구하던 누군가가 발견했다는 걸 믿을 수가 없어요. 정민은 천재였다고 장빈 교수님이 말씀하셨던 데에는 분명 주관적인 요소가 있었을 텐데, 정말 정민이 이런 발견을 할 만큼 능력이 있었던 걸까요?"

"만약 인류가 마찰력이 없는 세계에서 살았다면, 뉴턴의 운동 법칙은 훨씬 더 일찍 더 평범한 사람에게 발견되었을 거예요. 당신이 양자 상태의 거대한 입자가 된다면, 우리보다 훨씬 쉽게 그 세계를 이해할 수 있겠죠."

그 후 기지에서는 굉원자핵을 포획하기 위한 실험이 시작되었다.

우선 거품 광학 탐지 시스템을 이용해 굉전자가 공간에서 자유롭게 움직이는 상태를 정밀하게 관측했다. 굉전자 또는 굉전자가 활성화되어 만들어진 구상섬전이 불규칙적으로 움직이며 떠다니는 것은 사실 끊임없는 양자도약* 현상이지만 우리 눈에는 연속적인 움직임으로 보인다. 장빈 교수의 묘비에 적혀 있던 그 위대한 수학적 모델을 활용한다면 이러한 양자도약 현상의 다양한 매개변수를 매우 정밀하게 계산할 수 있었다. 만약 이 굉전자가 실제로 특정 굉원자의 구성요소라면, 그 계산을 통해 굉원자핵의 위치를 확정할 수 있을 것이었다.

처음 관측한 굉전자 열 개는 모두 500미터 상공에서 발견되었다. 각각의 굉전자를 최소 30분씩 관측해야 충분한 원시 데이터를 얻을 수 있었다. 분석 결과, 이 굉전자 열 개 중 두 개는 자유전자였고, 나머지 여덟 개는 각각 하나의 굉원자핵과 짝을 이루고 있었다. 굉전자와 굉원자핵 사이의 거리는 300~600킬로미터로, 딩이가 초기에 추정했던 거리와 근접했다. 그중 세 개의 굉원자핵은 대기권 밖의 우주 공간에 위치해 있었고, 한 개는 지각 깊숙한 곳에, 나머지 네 개는 대기층 안에 있었는데 이 중 두 개는 중국 국경 밖에, 두 개는 국경 안에 있었다. 이에 연구진은 그중 하나를 찾아 나섰다. 그것은 관측된 굉전자로부터 534킬로미터 떨어져 있었다.

전시 상태라 헬리콥터는 사용할 수 없었지만, 기지에는 굉전자 포획용 헬륨 기구 세 대가 있었다. 이 기구는 사용이 편리하고 비행 비용이 적게 들지만, 최대 비행속도가 고속도로를 달리는 자동차 속도와 비슷할 정도로 느리다는 단점이 있었다.

* 원자 내 전자가 서로 다른 에너지 준위 사이를 연속 경로 없이 순간적으로 이동하는 현상으로, 양자역학의 대표적 비연속성 사례다.

그날 중국 북부는 구름 한 점 없이 맑은 날씨로, 포획 작전을 진행하기에 딱 알맞은 날씨였다. 헬륨 비행선을 타고 서쪽으로 네 시간 넘게 날아 산시성(山西省)에 진입하자 밑으로 굽이굽이 이어진 타이항산(太行山)이 나타났다. 굉원자핵은 굉전자처럼 빠르고 불규칙하게 날아다니지는 않아도 느린 속도로 움직이고 있었다. 그래서 기지에서 굉전자를 지속적으로 추적하며 굉원자핵의 현재 위치를 계산해 비행선에 계속해서 알려줘야 했다. 기지 관측팀이 비행선이 목표 위치에 도달했다고 알리자, 조종사가 광학 탐지 시스템을 작동시켰다. 인식 프로그램의 인식 목표도 이미 원형에서 선분으로 변경되어 있었다. 굉원자핵에 대한 위치 추적의 오차범위는 약 100미터였으므로, 광학 탐지 시스템을 이용해 이 좁은 구역을 세밀하게 관찰한 끝에 마침내 목표물을 발견했다. 조종사가 비행선의 고도를 약간 낮춘 뒤 조종실 좌측 전방 몇 미터 앞에 목표물이 있다고 말했다.

"아마 우리 눈에 보일 거예요." 딩이가 말했다. 굉전자는 시력이 아주 뛰어난 사람이 아니면 상공에서 육안으로 보는 게 거의 불가능했다. 하지만 딩이에 따르면, 굉원자핵은 외형이 훨씬 뚜렷하고 움직임이 느리고 규칙적이기 때문에 눈으로 보면서 따라가는 게 가능했다.

"저기 있습니다." 조종사가 가리키는 대로 왼쪽 아래를 보았지만 굽이굽이 이어진 산맥만 보였다.

"봤어요?" 린윈이 물었다.

"아니요. 데이터를 근거로 말씀드린 겁니다." 조종사가 탐지 시스템 화면을 가리키며 말했다.

"더 내려가서 하늘을 배경으로 봅시다." 딩이가 조종사에게 말했다.

비행선의 고도가 약간 내려갔다. 조종사가 계기판을 조작하며 화면을 계속 주시했다. 잠시 뒤 조종사가 비행선을 정지시킨 뒤 왼쪽 위를 가리키며 "저기……."라고 말하더니 이번에는 손을 내리지 않았다. "오, 정말 보여요! 저길 보세요! 위로 올라가고 있어요!"

인류가 굉전자를 발견한 데 이어 최초로 굉원자핵을 직접 목격한 순간이었다.

푸른 하늘을 배경으로 한 줄의 '현'이 희미하게 모습을 드러냈다. 그것은 '거품'과 마찬가지로 투명했으며, 빛의 굴절로만 형태가 나타났다. 정지 상태라면 육안으로 볼 수 없었겠지만, 현은 허공에서 계속 몸을 구부리고 비틀며 기이한 춤을 추고 있었다. 그 변화무쌍한 활력에는 보는 이를 강하게 매혹하고 최면에 빠지게 할 듯한 힘이 느껴졌다. 그 후 이론물리학에는 '현무(絃舞)'라는 시적인 단어가 하나 더해졌다.

"무엇처럼 보여요?" 딩이가 굉원자핵에서 눈을 떼지 않고 물었다.

"크리스털 뱀도 아니고 끊어지지 않는 밧줄도 아니에요." 린윈이 말했다. "시바가 생각났어요. 영원히 춤을 추는 힌두교의 신이요. 시바가 춤을 멈추면 세상이 굉음과 함께 멸망하죠."

"멋진 비유예요! 요즘 추상적인 아름다움에 대한 감수성이 생긴 것 같아요."

"무기의 아름다움에 대한 관심이 사라지니 다른 무언가로 그 공백을 채워야 했나 봐요."

"곧 다시 무기에 관심을 갖게 될 거예요."

딩이의 마지막 말에 린윈은 굉원자핵에서 시선을 거두고 이상하다는 듯 딩이를 흘긋 보았다. 허공에서 춤추고 있는 한 줄의 현은 무기와 전혀 연관이 없어 보였다. 그녀는 시선을 다시 창밖으로 옮기고도 한참 만에야 굉원자핵을 다시 찾을 수 있었다.

눈앞에서 춤을 추고 있는 투명한 현 하나가, 아주 멀리 있는 투명한 거품과 함께 반경 500킬로미터의 원자를 이룬다는 사실은 도저히 믿기 어려웠다. 그렇다면 이런 굉원자들로 이뤄진 거대 우주는 또 얼마나 광활할 것인가? 정신을 아득하게 만드는 상상이었다.

굉원자핵을 포획하는 방식은 굉전자를 포획하는 것과 비슷했다. 굉원자핵의 양성자는 양전하를 띠기 때문에 자기장에 이끌렸다. 그러나 굉전자와는 달리 초전도 전선을 따라 흐르지는 않았다. 비행선의 해치가 열리고, 강력한 전자기 코일이 장착된 탐지봉 하나가 천천히 현을 향해 다가갔다. 굉전자의 존재로 인해 굉원자 전체는 중성을 띠지만, 비행선은 이제 원자 내부에 깊숙이, 중성을 띠지 않는 원자핵에 접근하고 있었다. 이 또한 상상을 초월한 광경이었다. 탐지봉 끝의 전자기 코일이 현에 가까워지자, 현은 일시적으로 춤을 멈추고 한 바퀴 회전하더니 자신의 한쪽 끝을 전자기 코일에 맞댔다. 마치 어느 쪽 끝을 코일에 맞대야 하는지 알고 있는 것처럼 자연스러웠다. 그러고 나서 현은 그 황홀한 춤을 다시 추기 시작했지만, 한쪽 끝은 코일에 고정되어 있었다.

린윈과 딩이는 낚시를 하듯 조심스럽게 탐지봉을 거두어들였다. 현의 춤은 비행선 안에서도 멈추지 않았다. 약 1미터 길이의 현이 마치 한여름의 아스팔트에서 피어오르는 아지랑이처럼 꿈틀거리자, 그 너머에 보이는 선실 벽이 약간 일그러져 보였다. 린윈이 현을 향해 손을 뻗다가 처음 굉전자를 만졌던 헬리콥터 조종사처럼 중간에서 손을 멈췄다. 그녀가 불안한 눈빛으로 딩이를 쳐다보자 딩이가 보란 듯이 손을 저어 현의 중간 부분을 휘저었다. 하지만 현은 아무 영향도 받지 않고 계속 춤을 추었다. "괜찮아요. 이 현은 우리 세계의 실체 물질과 아무런 상호작용도 하지 않으니까."

린윈과 함께 한참 동안 현을 관찰하던 딩이가 길게 탄식했다. "공포네요. 대자연의 공포."

린윈은 그의 말을 이해할 수 없다는 듯 물었다. "구상섬전으로 활성화되지도 못하는데 뭐가 무서워요? 내 눈에는 세상에서 제일 무해한 물체 같은데요."

딩이가 다시 긴 한숨을 쉬더니 '기다려 봐요'라고 말하듯이 몸을 돌려 다시 자리로 돌아갔다.

기지 관측팀이 비행선의 현 위치에서 300킬로미터 이상 떨어진 곳에서 또 다른 굉원자핵을 찾았다. 비행선이 곧바로 이어서 출발해 세 시간 뒤 허베이성(河北省) 헝수이(衡水) 상공에서 두 번째 굉원자핵을 포획했다. 그 부근에서 굉원자핵 세 개를 추가로 찾아냈다. 가장 멀리 있는 것은 400킬로미터 이상, 가장 가까운 것은 100킬로미터 정도 떨어져 있었다. 문제는 비행선에 실려 있는 전자기 코일 두 개에 이미 현이 한 줄씩 붙어 있다는 점이었다. 이에 린윈이 코일 하나에 두 개의 현을 모두 흡착시킨 뒤, 남는 코일 하나로 새로운 현을 포획하자는 아이디어를 내놓았다.

"무슨 말도 안 되는 소리를 하는 거예요!" 딩이가 버럭 화를 내자 린윈과 조종사 모두 깜짝 놀랐다. 딩이가 현이 한 줄씩 붙어 있는 코일 두 개를 가리키며 말했다. "다시 말하지만, 코일끼리는 최소 5미터 이상 떨어져 있어야 해요! 알겠어요?"

린윈은 생각에 잠긴 채 딩이를 몇 초 동안 바라보다 말했다. "굉원자핵에 대해 아직 말하지 않은 게 있군요……. 묘비에 남겨진 그 글귀가 무슨 뜻인지도 설명해 주지 않았죠."

"중요한 문제라 상부와 직접 논의하려고 했어요." 딩이가 린윈의 시선을 피하며 말했다.

"나를 믿지 못하는 거예요?"

"네. 당신을 믿지 않아요." 딩이가 결심을 굳힌 듯 린윈을 똑바로 응시하며 말했다. "나는 쉬 대령님이나 기지의 다른 사람들을 믿을 수 있지만, 당신은 믿지 않아요! 내가 믿을 수 없는 또 다른 사람은 바로 나 자신이고요. 우린 너무 닮았어요. 우린 어떤 결과가 초래되든 개의치 않고 굉원자핵을 이용할 수 있는 사람들이에요. 다만 이유는 다르죠. 난 우주에 대한 주체할 수 없는 호기심 때문이고, 당신은 무기에 대한 집착과 이미 경험한 실패 때문일 거예요."

"또 무기 얘기군요." 린윈이 혼란스러운 듯 고개를 저었다. "현은 이렇게 한없이 부드럽고 가늘고, 또 우리 몸을 통과해도 아무 느낌도 나지 않는 걸요. 외부 에너지를 이용해 고에너지 상태로 활성화할 수도 없는 물체인데 대체 무기와 무슨 상관이 있다는 거예요. 당신이 진실을 감추는 바람에 일에 지장이 생기고 있잖아요."

"사실 당신이 알고 있는 지식만으로도 잘 생각해 보면 알 수 있는 문제예요."

"잘 모르겠어요. 두 개의 현을 함께 두는 게 뭐가 위험하다는 거죠?"

"그것들은 서로 얽힐 거예요."

"그게 뭐가 어때요?"

"우리 세계의 원자핵 두 개가 서로 얽힌다면 어떻게 될까요?"

딩이는 진실을 덮고 있던 얇은 종이가 찢어졌다는 걸 알았다. 린윈의 얼굴에서 공포와 충격이 나타날 것을 기대하며 그녀의 얼굴을 바라보았다. 처음에는 그런 기미가 보이는 듯했지만, 이내 그것은 어떤 흥분으로 바뀌었다. 그것은 아이가 새로운 장난감을 발견했을 때와 같은 흥분이었다.

"핵융합!"

딩이가 가만히 고개를 끄덕였다.

"엄청난 에너지를 방출할까요?"

"물론이죠. 구상섬전이 방출하는 에너지의 크기는 거대 세계의 화학반응에서 나타나는 에너지의 크기와 비슷한 수준이에요. 입자의 양이 같다면, 핵융합에너지는 화학반응 에너지보다 10만 배 이상 크죠."

"굉원자 핵융합……. 그렇게 불러야겠죠? 이것도 구상섬전처럼 목표물을 선택해 에너지를 방출하나요?"

"이론상으로는 확실히 그래요. 그 둘의 에너지 방출 경로가 같기 때문이죠. 모두 우리 세계와 양자 공명을 일으키니까요."

린윈은 돌아서서 코일에 붙어 있는 두 가닥의 현을 살펴보며 말했다. "정말 놀라워요. 10억 도의 고온에서만 가능했던 핵융합이, 가느다란 현 두 줄을 엉키게 하는 것만으로 실현될 수 있다니."

"그렇게 단순하지 않아요. 두 현을 서로 떼어놓는 것은 만일에 대비한 조치예요. 실제로는 두 현을 합쳐 놓아도 얽히지 않을 거예요.

각각의 전기적 반발력이 접촉을 방해하겠죠." 딩이가 춤추고 있는 현 한 줄을 손으로 만졌지만 아무 감촉도 느껴지지 않았다. "그 반발력을 극복하려면 어느 정도의 상대속도가 필요해요. 이제 그 묘비에 남아 있는 말의 의미를 이해하겠죠?"

"F를 일으킬 수 있는 속도는 초속 426.831미터……. 여기서 F가 핵융합을 뜻하는 'Fusion'인가요?"

"네. 두 개의 현이 그 상대속도로 충돌해야 서로 얽힐 수 있어요. 그게 바로 융합이에요."

린윈의 공학적 사고가 빠르게 돌아가기 시작했다. "현이 양전하를 띠기 때문에 긴 전자기 가속 레일 두 대를 사용하면 각 현을 초속 200미터 넘는 속도로 가속시키는 건 어렵지 않을 거예요."

"그런 방향으로 생각하지 말아요. 지금은 이 현을 안전하고 효율적으로 저장하는 방법을 찾는 게 제일 시급해요."

"가속 레일 두 대를 만들기 시작해야 해요……."

"내가 말했잖아요. 그쪽으로 생각하지 말라고!"

"단지 준비를 해야 한다는 얘기예요. 상부에서 굉원자 핵융합 실험을 하기로 결정한 뒤에 시작하면 시간이 없을 거예요." 린윈은 이야기를 하는 도중 갑자기 화를 내며 좁은 선실을 초조하게 오갔다. "당신 대체 왜 이래요? 왜 이렇게 신경질적이고 시야가 좁아졌어요? 처음 기지에 왔을 때와 비교하면 완전히 딴사람 같아요!"

"큭큭큭……." 딩이가 이상한 웃음을 터뜨리며 말했다. "소령, 난 내 알량한 책임을 다했을 뿐이에요. 내가 정말로 다른 걸 신경 쓰는 줄 알아요? 천만에요. 그 어떤 물리학자도 진정으로 다른 걸 신경 쓴 적은 없어요. 예를 들어 20세기 초의 물리학자들도 원자 에너지를 방출하는 공식과 기술을 엔지니어와 군인 들에게 넘겨주곤 히로시마와 나가사키에 대해서는 마치 아무것도 몰랐던 것처럼 슬픈 표정을 지었죠. 얼마나 위선적이에요? 사실, 그들은 처음부터 그걸 보고 싶었던 거예요. 자신들이 발견한 힘이 어떻게 발휘되는지 보고 싶었던 거죠. 그건 그들의 본성이고, 또 우리의 본성일 수도 있어요. 내가 그들과 다른 점은 위선을 떨지 않는다는 것뿐이에요. 나도 특이점으로 이루어진 현들이 얽히면 어떤 일이 일어나는지 보고 싶어요. 그런데 내가 다른 걸 신경 쓰겠어요? 웃기지 말아요!"

딩이가 왔다 갔다 서성이며 말했다. 두 사람의 움직임으로 비행선이 흔들리자 조종사가 고개를 돌려 그들이 싸우는 모습을 지켜보았다.

"그럼 기지로 돌아가서 가속 레일을 만들어요." 린윈이 한꺼번에 힘이 풀린 듯 고개를 숙인 채 중얼거렸다. 딩이의 어떤 말이 그녀에게 상처를 입힌 듯했다. 딩이는 얼마 안 가서 그 의문의 해답을 알 수 있었다. 기지로 돌아가는 길에, 린윈은 춤을 추고 있는 두 가닥 현 사이에 딩이와 나란히 앉아 나지막이 물었다. "정말로 우주의 비밀 외에는 아무것도 관심 없어요?"

"아, 난……." 딩이는 순간 말문이 막혔다. "내 말은 광원자 핵융합 실험의 결과에 개의치 않는다는 뜻일 뿐이에요."

## 특별지휘팀

최초로 굉원자핵 포획에 성공한 뒤 상부에 연구보고서를 제출하자 잊혀가던 구상섬전 무기 프로젝트가 다시 주목받기 시작했다.

기지는 곧 이전 명령을 받고 베이징 외곽에서 서북부의 모처로 옮겨졌다. 이미 포획해 보관 중인 굉원자핵 스물다섯 개를 운반하는 작업이 서둘러 진행되었다. 이것들을 수도 근처에 두는 것은 매우 위험한 일이기 때문이었다.

기지 이전에는 한 달이 걸렸다. 이 기간에도 굉원자핵(이제는 '현'으로 불리고 있었다.) 포획 작업은 계속되어 기지 이전이 완료되었을 때, 포획해 저장한 현은 이미 300개에 달했다. 대부분은 가벼운 원자핵으로, 거대 우주도 우리 우주와 마찬가지로 수소 같은 가벼운 원소가 가장 많은 것 같았다. 하지만 딩이는 이것들을 '굉수소핵', '굉헬륨핵' 등으로 정의하는 것을 단호히 반대했다. 거대 세계의 원소체계는 우리 세계와 완전히 다르다는 것을 알고 있었기 때문이었다. 우리는 거대 세계의 원소주기율표에 대해서 전혀 알지 못했고, 그 원소들이 우리 세계의 원소들과 일대일로 대응하는 것도 아니었다.

포획한 현들은 서북부의 드넓은 고비사막에 급조한 임시 창고에 보관했다. 전자기 코일에 하나씩 부착되어 최소 8미터 이상의 간격을 두고 보관되었고, 각각의 현 주변에는 차단 자기장이 설치되는 등 철저한 안전조치가 이루어졌다. 이 창고들은 멀리서 보면 온실처럼 보였기 때문에 기지의 대외 명칭은 '가뭄 예방 및 사막화 방지 식물 연구센터'로 정해졌다.

상부는 안전상의 이유로 기지를 이전한다고 밝혔지만, 기지의 위치는 이전에 다른 목적이 있음을 짐작케 했다.

그곳은 핵폭탄이 중국에서 최초로 폭발한 장소였다. 핵폭발의 충격으로 휘어진 철탑의 잔해와 마치 잊기 위해 세운 듯한 작은 기념비가 기지 바로 옆에 있었다. 멀지 않은 곳에 당시 핵무기를 위해 설치된 실험장이 있었다. 그곳에는 핵폭발 효과를 관찰하기 위해 지어진 건축물과 교량, 그리고 대량의 폐기된 장갑차들이 남아 있었다. 가이거 계수기*에서도 더 이상 삑삑 소리가 나지 않았고 핵폭발의 잔류 방사능은 세월과 함께 거의 사라졌다. 폐기물 중 상당수는 인근 지역 농민들이 가져가 고철로 팔았다는 이야기가 전해지기도 했다.

베이징에서는 현에 관해 중요한 회의가 열렸다. 부총리를 포함한 고위 지도자들이 회의에 참석했고, 린펑 장군이 회의를 주재했다. 긴박한 전쟁을 지휘하는 와중에도 그가 이 회의에 하루를 온전히 할애했다는 사실은, 당국이 현 문제를 얼마나 중대하게 여기는지 분명히 보여주었다.

* 방사선량을 측정하는 기기로, 방사성 물질의 유무와 강도를 파악하는 데 사용된다.

딩이를 비롯해 현 연구에 참여한 물리학자들이 두 시간에 걸친 기술 보고를 마친 뒤 린 장군이 말했다. "매우 상세하고 전문적인 보고였네. 딩 교수, 이번에는 청중의 이해를 위해 전문적인 용어는 최대한 배제하고 문제의 본질에 대해 명확히 설명해 주게."

"우리는 거대 세계의 물리 법칙에 대해 아직 피상적으로만 이해하고 있습니다. 현에 대한 연구는 이제 막 시작 단계에 있기 때문에 몇몇 문제에 대해서는 모호하거나 심지어 불확실한 답변밖에는 드릴 수 없다는 것을 우선 양해해 주시길 바랍니다."

딩이의 말에 린 장군이 고개를 끄덕였다. "우선 가벼운 원소의 현 두 가닥이 임계속도*로 충돌할 때 그 충돌로 핵융합이 일어날 가능성은 어느 정도로 보나? 우리 세계에서는 수소의 두 동위원소와 헬륨-3만이 핵융합 반응을 일으킬 수 있다고 알고 있네만."

"장군님, 거대 세계와 우리 세계의 물질 원소는 비교하기 어렵습니다. 굉원자핵이 가진 독특한 현 구조로 인해 그것들끼리 매우 쉽게 융합하기 때문입니다. 따라서 굉원자 간의 핵융합 반응은 우리 세계의 핵융합보다 훨씬 쉽게 일어납니다. 또 굉입자의 운동 속도는 우리 세계의 입자보다 수십만 배 더 느리고요. 따라서, 거대 세계의 관점에서는 초속 400미터 정도로만 충돌해도 이미 우리 세계에서 핵융합을 일으키는 임계속도에 해당합니다. 따라서 이 속도로 충돌한다면 반드시 핵융합이 일어날 것입니다."

"좋네. 다음은 가장 중요한 질문일세. 굉원자의 핵융합에너지 크

* 물체가 특정 현상을 나타내거나 상태가 변할 때 필요한 최소 또는 최대 속도를 의미한다.

기와 그 영향 범위는 어느 정도로 파악하고 있나?"

"바로 그것이 이론적인 변수가 많아 확정하기 힘든 문제입니다. 저희가 가장 우려하는 것도 바로 그 부분입니다."

"그럼 비교적 안전한 상한선을 제시해 봅세. 예를 들면 TNT 당량** 으로 15~20메가톤이라든가."

딩이가 웃으며 고개를 저었다. "그 정도로 위력적이지는 않습니다."

"안전을 위해 일단 그 수치를 기준으로 고려해 보지. 인류가 실험한 열핵폭탄 중 가장 강력한 것의 TNT 당량이 그 정도였으니 말일세. 20세기 중반, 미국은 해상에서 소련은 육지에서 그런 폭발력 지닌 핵을 실험했지. 당시 파괴 반경은 약 50킬로미터였고, 이는 충분히 통제 가능한 범위였네. 연구진이 우려하고 있는 점은 무엇인가?"

"장군님, 한 가지 간과하신 것 같습니다. 굉입자의 에너지 방출은 고도의 선택성을 가지고 있습니다. 기존의 핵융합은 에너지를 선택적으로 방출하지 않습니다. 이때의 에너지는 주변의 모든 물질, 즉 대기, 암석, 토양 등과 상호작용하며 빠르게 감쇠됩니다. 따라서 기존의 핵융합의 경우, 에너지는 거대하지만 작용 범위는 제한적입니다. 하지만 굉원자 핵융합은 다릅니다. 굉원자 핵융합의 경우 특정 물질에만 에너지를 방출하고, 다른 종류의 물질은 그 에너지를 전혀 흡수하지 않습니다. 굉원자 핵융합의 에너지를 흡수하는 특정 물질

** 핵폭탄의 폭발 에너지의 단위로, 티엔티(TNT) 화약의 폭발 에너지양으로 환산한 수를 이른다.

의 양이 매우 적다면, 에너지 감쇠량도 적으므로 아주 넓은 범위까지 작용할 수 있습니다. 20메가톤의 에너지가 방출될 때, 그것에 선택성이 없다면 단지 반경 50킬로미터 지역을 초토화시킬 뿐이지만, 만약 그것이 오직 머리카락만을 목표물로 삼는다면 전 세계 사람들을 대머리로 만들기에 충분할 것입니다."

재미있는 비유였지만 아무도 웃지 않았다. 회의장 분위기는 매우 엄숙하고 무거웠다.

"그럼 현재 연구진은 어떤 현이 무엇을 목표로 삼아 에너지를 방출하는지 정확히 알아낼 수 있나?"

"가능합니다. 저희는 이전 실험에서 이미 마이크로파가 굉전자를 통과한 후 복잡한 주파수 스펙트럼으로 변조된다는 사실을 발견했습니다. 굉전자는 마치 지문처럼 각각 서로 다른 주파수를 가지고 있습니다. 동일한 목표물에 에너지를 방출하는 굉전자는 동일한 스펙트럼을 갖고 있습니다. 이 방법은 이론적으로 현에도 적용됩니다."

"하지만 처음 굉전자의 주파수 스펙트럼을 얻을 때는 에너지 방출 실험을 하지 않았나. 지금 연구진은 특정 굉전자와 현이 스펙트럼이 동일하다면 에너지 방출 목표물도 동일하다고 주관적으로 판단하고 있는 듯한데, 이론적 근거가 있는 이야기인가?"

"있습니다. 증명할 수 있습니다."

"그럼 현재 포획한 현들의 목표물은 어떤 것들이 있나?"

"갖가지 종류가 다 있습니다. 그중 가장 위험한 것은 생명체를 목표물로 하는 현입니다. 만약 핵융합이 발생한다면 그 살상력은 상상을 뛰어넘을 만큼 강력할 것입니다."

"마지막 질문이네. 전자 칩을 목표로 하는 현이 있는가?"

"광전자와 마찬가지로 그 종류의 현도 매우 드물어서 지금까지 세 개만 수집되었습니다."

"알겠네. 고맙네." 린 장군의 질문이 끝나자 회의장은 침묵에 빠졌다.

"상황 설명은 이 정도로 충분한 것 같군요. 지도부 동지들만 남고 모두 퇴장들 하시오." 줄곧 말없이 듣고 있던 부총리가 말했다.

멀리 서북부에 있는 구상섬전 연구 기지에서는 광원자 핵융합 실험을 준비하는 작업이 긴장감 속에서 진행되고 있었다.

현 가속 레일은 이미 완성되어 있었다. 각 10여 미터 길이로 작은 철교처럼 생긴 이 장비의 코드명은 '다리 1호'와 '다리 2호'였다. 두 줄의 현이 두 '다리'에서 각각 전자기장으로 가속되어 초속 250미터 속도에 도달한 뒤 한 지점에서 충돌해 광원자 핵융합을 일으키게 될 것이었다.

이번 실험에 사용될 현은 전자 칩을 에너지 방출 목표물로 하는 현으로 실전 적용 가능성이 가장 높은 유형이었다. 현재 보유한 현 가운데 이 종류의 현은 세 개뿐이었다.

목표물 구역 설치에 가장 많은 노력과 시간이 투입되었다. 해외에서 대량의 전자 폐기물을 수입했다. 폐기된 컴퓨터 메인보드와 IC 카드가 대부분이었다. 무역이 봉쇄된 전시 상황에서 수입이 가능한 몇 안 되는 품목이었다. 심지어 제3국을 통해 적국으로부터 대량 수입하기도 했다. 국내 수집분까지 합쳐 8만 톤이 넘는 전자 폐기물이 고비사막 한가운데 기이하게 솟은 산처럼 쌓였다. 전자 칩이 대량으로 장착된 보드는 융합 지점을 중심으로 세 겹의 원을 그리며 배치되었다. 제일 안쪽에 있는 원의 반경은 10킬로미터, 제일 바깥쪽에 있는 원의 반경은 100킬로미터로, 고비사막 가장자리에 위치한 소도시 두 곳까지 원 안에 들어갔다. 이 구역에는 노란색 깃발로 된 표지판이 곳곳에 설치되었고, 각 깃발 아래에는 몇 개의 회로 기판이 밀봉된 검은색 가방이 고정되어 있었다.

마지막 회의에서 딩이가 말했다. "한 가지만 당부하겠습니다. 굉원자 핵융합 지점 근처는 에너지밀도가 극도로 높아 에너지의 목표물 선택성이 무의미합니다. 핵융합 지점 주변 200미터 반경 안에 있는 것들은 모두 녹아버릴 것이므로 가속 레일은 한 번밖에 사용할 수 없고, 기지 인력들도 핵융합 지점으로부터 2킬로미터 이상 안전거리를 유지해야 합니다. 몸에 전자기기를 소지하지 않도록 주의하세요."

모두 딩이의 다음 말을 기다렸지만 딩이는 더 말하지 않았다.

"다른 주의사항은 없나요?" 쉬 대령이 물었다.

"필요한 당부사항은 모두 필요한 곳에서 필요한 인력에게 이미 전달했습니다." 딩이가 무표정하게 말했다.

"예기치 못한 사고가 벌어질 거라고 생각해요?" 린윈이 물었다.

"지금까지 굉원자 핵융합에 대해 우리가 예측할 수 있는 건 아무것도 없어요."

"원자핵 두 개가 합쳐지는 것뿐이잖아요. 원자핵의 크기가 크기는 하지만 고작 두 개뿐이에요. 우리 세계의 핵융합, 예를 들어 수소폭탄 하나만 해도 무게가 몇 톤이나 되잖아요. 현 두 가닥과는 비교도 할 수 없을 만큼 큰 질량을 갖고 있다고요."

딩이가 말없이 고개만 가로저었다. 자기도 모르겠다는 뜻인지 린윈의 무지함에 대한 체념의 뜻인지는 알 수 없었다.

다음 날, 지역 부대에서 1개 대대 병력이 도착해 기지의 경계를 강화했다. 실험이 곧 시작된다는 의미였으므로 모두 들뜨기 시작했다.

"융합 후 에너지가 첫 번째 원 안의 칩을 파괴하기만 해도 우린 적이 막아낼 수 없는 무기를 얻게 되는 거예요. 생각해 봐요. 함대 하나가 10킬로미터 밖에서 일어나는 폭발을 어떻게 막아낼 수 있겠어요? 이 폭발로 함대의 모든 전자 시스템이 마비될 텐데!" 린윈이 흥분해서 말했다.

기지 사람들은 대부분 그녀와 비슷한 생각이었다. 지난번 실패로 그들은 역사를 창조할 기회를 놓쳤지만 또다시 그들 앞에 기회가 찾아왔고, 이번에는 더 현실적이었다.

밤늦게 린윈은 엔지니어들과 함께 '다리'를 최종적으로 점검했다. 두 개의 '다리'는 공중 정찰을 피하기 위해 체육관 크기의 대형 천막 안에 설치되어 있었다. 실험이 시작되면 이 천막은 융합 에너지에 의해 제일 먼저 파괴될 것이었다. 그때 딩이가 린윈을 불러냈다. 두 사람은 고비사막의 찬바람 속을 천천히 걸었다.

"린윈, 기지를 떠나요." 딩이가 갑자기 침묵을 깼다.

"그게 무슨 소리예요?"

"기지를 떠나라고요. 다른 지역으로 전보를 신청하든 휴가를 내든 당장 떠나요. 필요하다면 아버지께 도움을 청해요."

"미쳤어요?"

"당신이 여기에 있는 게 미친 거예요!"

"나한테 숨기는 게 있어요?"

"없어요. 그냥 직감이에요."

"내 감정은 생각하지 않아요? 내가 지금 어떻게 떠날 수가 있겠어요?"

어둠 속에서 딩이의 한숨 소리가 들렸다. "난 지난주 현에 관한 회의에 참석해 국가에 대한 책임을 다했어요. 이제 당신에 대한 책임도 다했고요." 그가 무언가를 내던지듯 밤하늘을 향해 두 팔을 힘껏 휘저었다. "좋아요. 떠나지 않겠다면 함께 기적을 감상할 준비를 합시다. 꿈에서도 상상할 수 없는 기적을!"

달빛이 쏟아지는 광활한 고비사막 위, 하얀 임시 창고 안에서 300여 가닥의 현들이 마치 영원히 계속될 것만 같은, 소리 없는 춤을 추고 있었다.

다음 날 아침, 상부의 명령이 하달되었다. 특별지휘팀이 오늘 도착해 기지의 모든 지휘권을 인수할 것이라는 내용이었다. 이 소식이 전해지자 사람들의 흥분과 기대가 최고조에 달했다. 굉원자 핵융합 실험이 곧 진행될 것이라는 가장 확실한 신호였다.

그날 오후 특별지휘팀이 두 대의 헬리콥터에 나누어 타고 도착했다. 팀장인 소장 두위룬(杜玉倫)은 안경을 쓴 학구적인 이미지의 군인이었다. 기지 책임자와 구상섬전 프로젝트팀 전체가 착륙장에 나가 특별지휘팀을 맞이했다. 쉬 대령이 린윈을 소개하자, 딩이는 두 소장의 얼굴에서 미소가 사라지는 것을 보았다. 린윈이 그에게 경례할 때, 쉬 대령은 그녀가 "선생님."이라고 부르는 것을 분명히 들었다. 두 소장이 냉랭하게 고개를 끄덕인 뒤 곧바로 다음 사람에게 시선을 돌렸다.

기지 사무실로 가는 길에 딩이는 두 소장과 쉬 대령이 나누는 대화를 들었다.

"소장님, 혹시 린 소령을 아십니까?" 쉬 대령이 물었다.

"아, 내가 린 소령의 박사학위 지도교수였네."

"그렇군요." 쉬 대령은 더 묻지 않았다. 쉬 대령이 두 소장과 린윈 사이의 어색한 관계를 눈치챈 듯했지만 두 소장은 굳이 화제를 돌리지 않았다.

"난 린윈의 박사학위 취득을 막으려고 온갖 노력을 다 했지." 두 소장이 멀리 뒤처져 있는 린윈 쪽을 슬쩍 돌아보며 말했다.

"무슨 이유로요? 린 소령은 자기 전공 분야에 아주 뛰어나지 않습니까?"

"학문적으로만 보자면 내가 지도한 학생 중 가장 우수하지. 특히 기술 분야에서는 누구도 따라가지 못할 천재성을 가지고 있다는 걸 부인할 수 없네. 하지만 이런 연구를 할 때는 도덕성을 재능과 동등한 위치에 두고 평가해야 하네."

쉬 대령이 놀라며 물었다. "아⋯⋯ 그렇죠. 린 소령이 성격이 너무 강하고 독선적인 면이 있긴 합니다."

"아니, 아니." 장군이 손을 내저었다. "그건 성격과 무관하네. 무기를 마약처럼 여기는 사람은 무기 연구에 적합하지 않다고 생각하네. 그게 첨단 무기와 신개념 무기 연구라면 더더욱."

쉬 대령이 말없이 고개를 돌려 린윈을 슬쩍 보았다.

"쉬 대령도 액체 지뢰 사건에 대해 들어봤겠지." 두 소장이 말했다.

"네. 본부 감찰위원회의 연락을 받았습니다. 조사 결과가 나왔습니까?"

두 소장이 고개를 끄덕였다. "린윈이 그걸 서로 적대 관계에 있는 칠레와 볼리비아 양쪽에 동시에 기술을 이전했어. 아주 악질적인 행동이지. 린윈은 그 일에 대해 책임을 져야 할 거야."

쉬 대령이 어두운 눈빛으로 다시 한번 린윈을 보았다. 그녀는 뒤에서 젊은 기술 장교들과 무슨 문제에 대해 한창 대화를 나누고 있었다.

"린윈을 격리해 조사에 들어갈 거야. 지금 이 시각부터 린윈이 현 연구와 관련된 모든 자료와 장비에 접근하지 못하도록 금지해. 특별히 말해두지만 이건 린펑 장군님의 뜻이네. 린 장군님은 우리보다 당신 딸에 대해 더 잘 알고 계실 게야."

"하지만…… 린윈은 우리 기지의 핵심 기술 인력입니다. 린윈이 없으면 굉원자 핵융합 실험을 진행할 수가 없습니다."

두 소장이 의미심장한 표정으로 쉬 대령을 흘긋 보고는 더 말하지 않았다.

회의가 시작되자마자 기지 사람들은 이상한 분위기를 감지했다. 그리고 바로 뒤 시작된 두 소장의 발언이 모두를 충격에 빠뜨렸다.

"쉬 대령, 일을 어떻게 한 건가? 현에 관한 회의에 참석하고도 상부의 생각을 파악하지 못했단 말인가? 굉원자 핵융합 실험을 진행할 계획은 애초에 존재한 적도 없고, 실험을 실시하기로 결정한 적은 더더욱 없네! 실험 준비를 지시한 건 단순히 만일의 경우에 대비한 조치일 뿐이야!"

쉬 대령이 한숨을 쉬며 말했다. "소장님, 저도 그 점을 기지의 동지들에게 수차례 강조했습니다만…… 모두 자기 생각을 더 우선시했습니다."

"그건 대령이 위험한 사상을 방치하여 그들을 오도했기 때문이네!"

회의실이 술렁였다.

"다음은 상부의 명령이다." 두 소장이 안경을 고쳐 쓰고 발표했다. "첫째, 굉원자 핵융합 실험의 모든 준비 작업을 즉시 중단하고 모든 실험 장비를 봉인하라. 둘째, 굉원자핵에 관한 모든 실험을 즉시 중단하고 굉원자핵에 관한 연구는 순수 이론 범위 내에서만 진행하도록 엄격히 제한한다. 셋째, 이미 포획해 저장하고 있는 굉원자핵을 대부분 대기층으로 방출하고, 향후 연구를 위해 10퍼센트만 남겨둬라. 넷째, 특별지휘팀이 기지의 모든 시설을 인수한다. 소수 인원을 제외한 구상섬전 프로젝트팀의 모든 인력은 즉시 기지에서 철수한 뒤 베이징으로 돌아가 명령을 기다린다."

회의실이 일순간 침묵에 휩싸였지만, 이 얼음동굴 같은 침묵은 오래가지 않았다. 곧 린윈의 목소리가 정적을 깼다.

"선생님, 이유가 뭔가요?"

"지금 난 네 선생이 아니다. 또 하급 기술 장교인 너는 이번 회의에 참석할 수는 있지만 발언할 수는 없다." 두 소장이 린윈에게 눈길조차 주지 않고 말했다.

"하지만 저는 군인으로서의 책임이 있습니다. 군인으로서 이 심각한 전시 상황에서 그런 확실치도 않은 리스크 때문에 승리의 기회를 포기하란 말씀입니까?"

"린윈, 네 가장 큰 무지와 어리석음은 새로운 무기 하나로 전쟁에 승리할 수 있다고 믿는 점이다. 네 행동을 돌이켜 보아라. 네가 책임을 말할 자격이 있느냐?" 두 소장은 린윈을 똑바로 쳐다보고 이렇게 대답한 뒤 회의장을 둘러보며 말했다. "동지들, 전세는 확실히 엄중하다. 하지만 우리는 전쟁뿐만 아니라 인류 문명 전체에 대한 책임이 있다는 것을 명심해라!"

"선생님은 스스로 대단히 고귀하다고 생각하시나요?" 린윈이 고개를 쳐들고 당돌하게 물었다.

"린윈!" 쉬 대령이 화를 냈다. "장군님께 뭐 하는 짓이야!"

두 소장이 쉬 대령을 손짓으로 저지하고는 린윈에게 말했다. "나는 고귀한 명령을 수행하고 있다. 이 명령은 너보다 더 이성적이고 도덕적이고 책임감 있는 사람들이 내린 것이고, 그중에는 네 부친도 포함되어 있어."

린윈은 더 이상 말하지 않았다. 그녀의 가슴이 빠르게 들썩이고 눈시울에 눈물이 가득 차올랐지만 눈빛은 불꽃처럼 뜨거웠다.

"좋아. 쉬 대령, 즉시 인수인계를 준비하게. 분명히 말해두지만 린윈 소령은 인수인계팀에 포함되지 않는다. 린윈은 이미 구상섬전 연구팀에서 제외되었으며 이 회의가 끝나는 즉시 헬리콥터로 기지를 떠난다." 두 소장이 린윈을 보며 말했다. "이것도 네 부친의 뜻이다."

린윈이 천천히 앉았다. 딩이는 잠시 후 그녀를 다시 보고는 깜짝 놀랐다. 완전히 다른 사람처럼 보였기 때문이다. 조금 전의 격정과 혼란은 순식간에 누그러지고 물처럼 평온한 표정을 짓고 있었다. 회의가 끝날 때까지 그녀는 한마디도 하지 않았다.

회의는 한 시간 정도 더 이어졌고, 주로 기지 업무의 인수인계에 대한 세부 사항이 논의되었다. 회의가 끝난 뒤 린윈이 밖으로 나가는 사람들 틈을 헤치고 두 소장에게 다가왔다. “선생님, 저랑 같이 갈 사람 하나만 붙여주세요.”

“어딜 가려고?” 두 소장이 의아해하며 물었다.

“핵융합 지점이요. 떠나기 전에 제 개인 물품을 좀 챙겨야 합니다.” 린윈이 차분히 말했다.

“네, 린윈은 실험 준비 때문에 최근 며칠 동안 ‘다리’에서 숙식을 했습니다.” 옆에 있던 쉬 대령이 말했다.

“자네가 동행하게.” 두 소장이 옆에 있던 한 중령에게 말했다.

린윈은 경례를 하고 돌아서서 걸어갔다. 피처럼 붉게 물든 고비 사막의 석양 속으로 천천히 사라져갔다.

## 굉원자 핵융합

회의가 끝난 뒤 특별지휘팀과 기지의 기술 책임자 몇 명이 남아 소량의 연구용 굉원자핵 보관 문제를 논의했다. 그들은 공습 같은 외부 요인으로 인한 위험을 방지하기 위해 이 굉원자핵들을 지하 벙커에 보관해야 한다는 데 의견을 모았다.

쉬 대령이 구상섬전 연구팀의 거취에 대해 다시 묻자 두 소장이 말했다. "회의 때 내가 너무 심각하게 말한 것 같군. 이 연구팀의 뛰어난 성과는 상부에서도 인정하고 있네. 굉원자핵 연구는 잠시 중단하지만, 굉전자 연구는 재개될 수 있네."

"일반적인 구상섬전 무기는 이미 한계에 도달했습니다." 쉬 대령이 쓴웃음을 지으며 말했다.

"그렇게 심각할 필요는 없어. 함대 공격 작전에 한 번 실패했을 뿐인데. 함대는 현대 전쟁에서 가장 강력한 방어 시스템을 가진 목표물이지. 하지만 지상전은 어떤가? 모든 병사가 전자기 방어 장치를 들고 다니겠나? 탱크와 장갑차 한 대당 하나씩 장착하기도 힘들 거야. 그러니까 이 무기는 연구 가치가 있네. 관건은 어디에 사용하느냐 하는 거야. 또 상부에서는 단순 소산형 구상섬전에 관심이 많네."

"단순 소산형 말씀입니까? 그건 쓸모없는 것들입니다만." 쉬 대령이 이해할 수 없다는 듯 말했다. 단순 소산형 구상섬전이란 폭발적인 에너지 방출이 일어나지 않는 구상섬전이었다. 활성화된 뒤 일반적인 전자기 방사 형태로 천천히 에너지를 방출하기 때문에 군사적 용도와 무관한, 가장 온화한 유형의 굉전자로 분류되었다.

"그렇지 않네. 그것들의 전자기 복사를 자세히 관찰해 보지 않았나? 거의 모든 통신 주파수 대역을 커버할 뿐 아니라 강도도 매우 크네. 현재 우리 군이 전자전에서 적의 전 주파수 대역을 간섭하고 방해하고 있지만 전파 간섭원의 위치가 쉽게 발각되고 파괴되고 있어. 그래서 단순 소산형 구상섬전을 간섭원으로 활용하는 방법을 검토하고 있네. 쉽게 파괴되지 않는다는 것이 최대 장점이지."

"그렇습니다! 단순 소산형 뇌구가 공중을 떠다니면 그 주위 넓은 범위에 걸쳐 무선 통신이 모두 중단됩니다. 게다가 수명도 길어서 최대 두 시간에 걸쳐 에너지를 방출합니다."

"게다가 파괴하기도 어렵지. 우리 측에서 실험을 해봤는데, 비행 중인 구상섬전은 포탄에 관통당하고도 아무런 영향을 받지 않더군."

"네. 소장님. 저희가 진작에 그 아이디어를 냈어야 했습니다."

"쉬 대령, 아이디어는 바로 자네들이 낸 걸세. 자네들이 제출한 기술 보고서가 아주 많아서 아마 자네가 미처 보지 못한 것 아니겠나."

"기억납니다. 린윈의 아이디어였습니다." 딩이가 말했다.

린윈의 이야기가 나오자 모두 침묵에 빠졌다.

바로 그때, 핵융합 지점 방향에서 총성이 들렸다.

핵융합 지점은 그곳에서 몇 킬로미터 떨어져 있어 아주 작은 소리만 들렸지만, 주위에 있는 군인들이 술렁이는 것을 보고 딩이는 그게 총소리임을 직감했다. 곧이어 몇 발의 총성이 더 울리자 회의실에 있던 사람들이 밖으로 달려 나가 핵융합 지점 쪽을 바라보았다.

누군가 핵융합 지점과 회의실이 있는 사무동 사이에 넓은 공터를 가로질러 달려오고 있었다. '다리'가 설치되어 있는 대형 천막에서 달려 나온 듯했다. 조금 더 가까워지자 린윈과 동행해 융합 지점으로 갔던 중령이라는 걸 알아볼 수 있었다. 더 가까워지니 중령이 왼손으로 오른쪽 어깨를 감싸 쥐고, 오른손으로 권총을 들고 있는 것이 보였다. 그가 사무동 앞에 도착했을 때, 총구를 따라 피가 뚝뚝 떨어지고 있었다.

중령은 응급 처치를 해주려는 사람들을 밀쳐내고 두 소장 앞으로 달려가 숨을 헐떡이며 말했다. "소장님, 린 소령이 굉원자 핵융합 실험을 강행하려고 합니다!"

일순간 공기가 얼어붙고 모두 일제히 핵융합 지점 쪽으로 고개를 돌렸다. 그 순간, 그들의 눈앞에서 세상 다른 모든 것은 사라지고, 오직 그 거대한 천막만이 우뚝 서 있었다. "누가 먼저 총을 쐈나?" 두 소장이 물었다.

"제가 쐈습니다. 저쪽 인원이 많아서 먼저 총을 쏘지 않으면 빠져나올 수 없었습니다." 중령이 피가 떨어지는 권총을 내려놓으며 털썩 주저앉았다.

"사상자가 더 있나?" 쉬 대령이 물었다.

"제가 분명 그들 중 한 명을 맞혔습니다. 대위 같았는데, 죽었는지 다쳤는지 모르겠습니다."

"린윈은?" 두 소장이 물었다.

"무사합니다."

"저 안에 전부 몇 명이나 있지?" 소장이 계속 물었다.

"린 소령을 포함해 여섯 명입니다. 린 소령 외에 소령 세 명과 대위 두 명이 있습니다."

"린윈에게 동조하는 사람이 그렇게 많았나?" 두 소장이 쉬 대령에게 물었다.

"급진적인 성향의 젊은 장교들이 린윈을 잘 따랐습니다."

"핵융합 실험에 쓰일 원자핵은 어디 있지?"

"두 개 모두 '다리'에 있습니다."

모두의 시선이 대형 천막에서 두 소장에게로 일제히 옮겨졌다.

"기지 경비 부대에 명령한다. 즉시 핵융합 지점을 습격해 점령하라." 두 소장이 부름을 듣고 막 달려온 경비 부대 지휘관에게 말했다.

"소장님, 안 됩니다!" 특별지휘팀의 부팀장인 스젠(石劍) 대령이 두 소장에게 한 걸음 다가서서 다급히 말했다. "두 개의 현 모두 이미 '다리'에 있습니다. 언제든 융합을 일으킬 수 있습니다. 더 확실한 조치를 취해야 합니다."

"명령대로 해." 두 소장이 무표정하게 말했다.

스젠 대령이 불안한 눈빛으로 그를 보며 뭐라고 말하려는 듯하다가 다시 입을 다물었다.

"교수님, 린윈을 설득하러 함께 가시죠." 쉬 대령이 딩이에게 말했다.

딩이가 고개를 저었다. "저는 안 가겠습니다. 소용없습니다. 그리고 저는, 린윈을 이해합니다." 그가 자신을 이상하게 쳐다보는 주위의 시선을 담담히 받으며 말했다. "여기서 린윈을 이해하는 사람은 저뿐일 겁니다."

"가자!" 쉬 대령이 딩이를 내버려 두고 경비 부대 지휘관과 함께 급히 천막으로 향했다. "가급적 발포는 하지 말도록!" 두 소장이 그들을 향해 소리쳤다. 경비 부대 지휘관이 돌아서서 "알겠습니다!" 하고 대답했다.

"소용없어. 설득해 봤자 소용없어. 내가 린윈을 모르겠는가……." 두 소장이 혼잣말로 중얼거렸다. 그는 갑자기 노쇠한 노인이 된 듯 힘이 빠져 보였다. 감정에 흔들려 이성적으로 행동하지 못한 것을 자책하고 있는 듯했다. 린윈은 그가 제일 아끼는 제자였다는 걸 이제는 모든 사람이 알 수 있었다.

경비 부대가 빠르게 핵융합 지점을 포위한 뒤 조금씩 포위망을 좁혀갔다. 이 과정에서 양쪽 모두 총을 쏘지 않고 조용히 대치했다. 포위선이 천막 바로 앞에 다다르자 쉬 대령이 확성기로 소리쳤다. 그러나 그 자신도 이미 평정을 잃어 냉정을 되찾으라거나 돌이킬 수 없는 결과를 초래하지 말라는, 두서없고 설득력이 없는 말밖에 하지 못했다.

쉬 대령의 설득에 대한 응답인 듯 천막 안에서 뇌구 기관총의 날카로운 방전음이 울려 퍼졌다. 곧이어 서늘한 푸른빛의 구상섬전 한 줄기가 굉음과 함께 쏟아져 나와 천막을 포위하고 있는 병사들의 머리 위를 스쳐 지나갔다. 병사들은 본능적으로 몸을 웅크렸고, 구상섬전들은 그들 바로 뒤에서 연달아 폭발했다. 밭은 굉음이 여러 차례 터져 나온 뒤, 나무 몇 그루와 근처에 쌓여 있던 목제 상자 두 더미가 불에 타지도 않고 순식간에 재로 변했다. 그 위로 희푸른 연기만 가늘게 피어올랐을 뿐이었다. 그것들은 식물과 목재를 목표물로 삼는 구상섬전이었다.

"경고는 단 한 번뿐일 겁니다." 린윈의 목소리가 확성기를 통해 잔잔한 물결처럼 천막 안에서 흘러나왔다.

"린윈! 정말…… 전우들을 죽이려는 거냐!" 쉬 대령이 절망적으로 소리쳤다.

아무 대답도 없었다.

"일단 부대를 철수시켜." 두 소장이 말했다.

"우리도 뇌구로 천막을 공격해야 합니다. 소장님, 더 이상 지체할 수 없습니다!" 스젠 대령이 말했다.

"공격은 불가능합니다." 연구 기지의 한 장교가 말했다. "린 소령이 가진 뇌구 기관총은 자체적으로 전자기 방어 시스템을 갖춘 최신형 장비입니다. 반경 50미터 안으로 들어오는 모든 구상섬전을 튕겨낼 수 있습니다."

두 소장이 몇 초 동안 생각하더니 전화기를 들고 린윈의 아버지 린펑 장군에게 전화했다. "장군님, 두위룬입니다. B436 프로젝트 기지에서 전화드립니다. 특별지휘팀이 기지를 접수하는 과정에서 돌발 상황이 발생했습니다. 린윈과 젊은 장교 다섯 명이 무력으로 굉원자 핵융합 지점을 점령하고 실험을 강행하려 합니다. 현재 두 개의 현이 가속 장치에 장착되어 있으므로 언제든 핵융합을 일으킬 수 있습니다. 저들은 뇌구 기관총을 무장하고 있습니다. 어떻게 할까요……."

전화 너머에서 침묵이 흘렀다. 단 2초 뒤, 린 장군의 차분한 목소리가 수화기를 타고 흘러나왔다. "이게 보고가 필요한 상황인가?"

"하지만, 장군님……."

"자넨 지금 해임됐네. 스젠 대령에게 전화를 넘겨."

"장군님!"

"명령이야!"

두 소장이 옆에 있는 스젠 대령에게 수화기를 건넸다. 대령이 수화기를 귀에 대자마자 짧고 단호한 명령이 들렸다. "핵융합 지점을 폭파한다."

"예! 장군님."

대령이 수화기를 내려놓고 옆에 있는 소령에게 물었다. "여기서 제일 가까운 전술 미사일 기지가 어디지?"

"홍(紅)331기지입니다. 약 150킬로미터 떨어져 있습니다."

"지금 당장 거기로 핵융합 지점 좌표를 전송해. 4급 정밀도로. 공격 권한도 함께 전달하고, 홍331 지휘관과 핫라인을 연결해."

곧 홍331 미사일 기지 지휘관과 전화가 연결되었다. 대령이 수화기를 들었다. "그렇다. 좌표와 공격 권한은 받았나? 그래, 즉시 실행하라! 지상 4급 목표물로 처리하라……. 그 부분은 재량으로 결정하고, 단, 반드시 파괴하도록. 즉시! 전화를 끊지 않고 있겠다……."

"잠깐만요. 다른 방법은 없습니까? 광원자 핵융합에 관해……." 딩이가 앞으로 나서며 말했다.

수화기를 든 스젠 대령이 사나운 눈빛으로 딩이를 쏘아보며 한 손으로 허공을 내리쳤다. 다른 방법이 없다는 뜻인지, 딩이의 말을 막으려는 것인지는 알 수 없었다.

"알겠다." 대령이 수화기에 대고 말한 뒤 전화를 끊었다. 그는 몸짓이 느려지더니 조금 전의 초조함도 사라진 듯 보였다. 무거운 짐을 내려놓은 듯, 혹은 뒤늦은 두려움에 휩싸인 듯 긴 한숨을 내쉬었다.

"미사일이 발사됐다. 3분 뒤 도착한다." 그가 말했다.

"소장님, 목표물에서 더 후퇴하는 게 좋겠습니다." 한 장교가 두 소장에게 말했다.

"필요 없다." 두 소장은 고개를 들지 않고 지친 듯 손을 저었다.

곧 미사일이 시야에 들어왔다. 정남쪽 하늘에서 전투기처럼 흰색 꼬리를 그리며 날아왔지만 속도는 훨씬 빨랐다. 그때 천막의 확성기에서 린윈의 목소리가 들렸다. 지금 일어나고 있는 모든 일이 그녀가 연주하는 음악인 것처럼 그녀의 목소리는 여전히 평온했다. 그녀는 그 음악이 끝났음을 선언했다.

"아버지가 한발 늦으셨어요."

괭원자 핵융합은 소리 없이 일어났다. 목격자들의 말에 따르면, 심지어 핵융합이 일어난 순간은 오히려 평소보다 더 조용했다고 한다. 마치 자연의 모든 소리가 차단된 듯, 모든 과정이 믿기 힘들 만큼 평화롭게 진행되었다. 한 목격자는, 마치 푸른 태양이 뜨고 지는 것처럼 보였다는 말로 그 과정을 짧게 묘사했다. 먼저 천막에서 푸른 빛이 번쩍이더니 모두의 눈앞에 작고 푸른 구체가 나타났다. 천막이 밝은 구체를 감싼 셀로판지처럼 투명해져 사방에서 그 안을 볼 수 있었다. 곧이어 천막이 녹아내리듯 붕괴했다. 이상하게도 붕괴 과정에서 천막 안에 있는 모든 것이 핵융합의 중심부로 빨려 들어갔다. 천막 전체가 아무런 잔해도 흔적도 남기지 않고 회오리에 빨려 들어가듯 순식간에 푸른 구체 속으로 사라졌다. 천막이 사라진 뒤 구체가 계속 커지더니 고비사막 위로 마치 푸른 태양처럼 떠올랐다. 구체는 반경 200미터까지 팽창한 뒤 멈추었다. 딩이가 예측한 대로였다. 그는 200미터 밖에서는 광원자의 핵융합에너지가 선택적으로 작용하지만, 이 범위 안에서는 극도로 높은 에너지밀도로 인해 모든 것이 파괴될 것이라고 했다.

푸른 태양은 최대 크기에 이른 뒤 약 30초간 그 상태가 유지되었다. 그 시간 동안 그것은 매우 안정적이었고, 모든 것을 압도하는 기묘한 정적이 어우러져 그 짧은 순간이 영원처럼 느껴졌다. 마치 세상이 처음 시작된 순간부터 그곳에 그 푸른 태양이 존재해 온 것만 같았다. 그것은 서쪽 지평선 아래로 반쯤 넘어간 석양조차 빛을 잃게 만들었다. 고비사막 전체가 푸르스름한 빛에 잠겨 온 세상이 낯설고 기이하게 보였다. 그것은 가까운 거리에서도 한 점의 열기가 느껴지지 않는 차가운 태양이었다.

그때, 가장 기이한 광경이 벌어졌다. 푸른 태양의 속에서 수많은 작은 별들이 튀어나와 사방으로 흩어졌다. 그 별들은 태양 표면에서 떨어져 나오는 순간 크기가 제각각인 어떤 물체로 변했다. 그 날아가는 물체가 무엇인지 깨달은 순간 사람들은 경악했다. 그것은 바로 그 속으로 빨려 들어갔던 천막이었다. 푸른 태양에서 튀어나온 그 천막 조각들은 질감이 뚜렷해 결코 환영이 아니라는 것을 알 수 있었다. 크기가 전부 달랐다. 어떤 것은 원래 천막보다 더 커서 마치 하늘을 떠다니는 거대한 그림자처럼 보였다. 작은 것은 아주 작은 파편 같았지만 자세히 보면 천막 구조물의 원래 형태를 그대로 갖추고 있어 마치 정교하게 축소된 모형 같았다.

이 천막들은 양자 중첩 상태에 있었고, 사람들이 관측할 때마다 곧바로 붕괴되어 파괴된 상태로 변하더니 잔상을 남기고 허공에서 사라졌다. 하지만 푸른 태양에서 수없이 많은 양자 상태의 천막들이 계속해서 쏟아져 나오고 있었다. 이는 천막의 확률구름으로, 주변으로 계속해서 퍼져나갔다. 푸른 태양 또한 확률구름에 휩싸였으며 오직 관측자만이 그 팽창을 억제할 수 있었다.

마침내 정적을 깨는 소리가 들렸다. 책상 위 컴퓨터와 사람들의 휴대폰에서 가벼운 파열음이 났다. 바로 전자 칩이 파괴되는 소리였다. 그와 동시에 수많은 작은 파편들이 아무런 흔적을 남기지 않고 컴퓨터 외장 케이스를 뚫고 나와 사람들의 눈앞을 날아다녔다. 완전한 형태의 CPU와 메모리 모듈을 비롯한 각종 칩들이었다. 양자 중첩 상태의 칩은 동시에 여러 위치에 존재하기 때문에 헤아릴 수 없이 많은 칩들이 시야를 가득 채웠다. 회의실은 순식간에 빽빽한 칩의 확률구름에 휩싸였다. 그러나 이내 사람들의 시선이 무형의 빗자루처럼 그 칩들을 파괴 상태로 붕괴시켰다. 그것들은 저마다 잔상을 남기며 사라졌고, 컴퓨터와 휴대폰 속에서 재로 붕괴되었다. 회의실을 가득 채웠던 칩들이 사라지고 허공은 다시 텅 빈 상태가 되었다.

그때 더 큰 소리가 들려왔다. 거대한 폭음과 함께 하늘에 거대한 불덩이가 나타났다. 남쪽에서 날아온 미사일이었다. 미사일 내부의 모든 칩이 재가 되자 목표 지점에 닿지 못한 채 추락하다가 공중에서 폭발한 것이었다.

그 후, 다시 정적이 찾아왔다. 푸른 태양은 급격히 줄어들어 지표면 근처에서 한 점으로 응집된 후 사라졌다. 1분 전 바로 그 지점에서 '다리'에서 날아온 두 개의 굉원자핵이 초속 500미터의 상대속도로 충돌했다. 특이점으로 구성된 두 가닥의 현이 순간적으로 얽히는 순간, 상상할 수 없을 만큼 넓은 거대 우주 속에서 두 개의 원자가 사라지고 새로운 원자가 탄생했다. 이 사건은 거대 세계의 어떤 관측자도 감지할 수 없었다. 우리 세계와 마찬가지로, 수십억 쌍의 현이 동시에 얽혀야만 그들이 사건이라고 부를 만한 일이 발생할 수 있었다.

석양이 고비사막과 기지를 조용히 비추었다. 숲에서 새소리가 들려왔다. 마치 아무 일도 없었던 것만 같이.

사람들이 핵융합 지점에 도착했을 때, 천막과 그 안에 있던 모든 것이 흔적도 없이 사라지고, 반경 약 200미터의 거대한 거울만이 고비사막의 모래밭 위에 평평하게 놓여 있었다. 그 거울은 사막의 모래와 돌이 순간적으로 녹았다가 다시 굳어져 만들어진 것이었다. 거울은 구상섬전에 의해 녹은 다른 물체와 마찬가지로 다른 시공간에서 파동의 형태로 녹아내린 것이었기에 만져보아도 차갑기만 했다. 놀랍도록 매끄러운 거울 위로 사람들 얼굴이 또렷하게 비쳤다. 딩이는 이 유리 같은 평면을 자세히 들여다보았지만, 응결 과정에서 어떤 메커니즘이 작용해 고비사막의 지면이 이토록 매끄러워졌는지 알 수가 없었다. 사람들은 거대한 거울 주위에 서서, 그 거울에 비친 서쪽 하늘의 아름다운 노을과 밤하늘에 떠오른 첫 번째 별을 묵묵히 내려다보았다.

그사이, 괭원자 핵융합으로부터 분출된 거대한 에너지는 이미 사방으로 퍼져나가 세 겹의 원을 가뿐히 넘었다. 반경 100킬로미터 안에 쌓아놓은 8만 톤의 칩을 단숨에 잿더미로 만들었다. 그 후에도 1000킬로미터 이상 확산한 뒤에야 막대한 양의 칩들에 의해 완전히 감쇠되어 사라졌다. 그 결과 중국 국토의 3분의 1이 농경시대로 되돌아가게 되었다.

## 린윈(2)

어느새 비가 그치고 창밖에는 희미한 아침 햇빛이 비쳤다.

소년 시절의 그 생일날 밤에 그랬듯, 하룻밤 사이에 나는 더 이상 어제의 내가 아니게 되었다. 잃은 것이 너무 많아 무엇을 잃었는지도 알 수 없었고, 지금의 나는 그저 속이 텅 비어버린 허약한 껍데기일 뿐이라는 느낌만 들었다.

"다음 이야기를 더 듣겠어요?" 딩이가 붉게 충혈된 눈을 하고서 취한 목소리로 몽롱하게 말했다.

"아니, 듣고 싶지 않아요." 나는 힘없이 말했다.

"린윈에 관한 이야기인데."

"린윈이요? 린윈에게 또 무슨 일이 있을 수 있어요? 말해봐요."

굉원자 핵융합이 일어나고 사흘 뒤, 린윈의 아버지가 기지에 도착했다.

포획해 보관하고 있던 300여 가닥의 현 대부분이 대기 중으로 날아간 뒤였다. 현을 붙잡고 있던 전자기 코일에 전기 공급이 끊기자 현들은 공중에서 춤을 추며 빠르게 날아오르더니 이내 흔적도 없이 사라졌다. 연구용으로 남겨두었던 서른 개 남짓의 현은 더 안전한 보관 장소로 옮겨졌고, 기지 인원도 대부분 철수했다. 두 세기 동안 두 번이나 거대한 에너지가 방출된 이 사막 지대는 또다시 정적에 잠겼다.

쉬원청 대령과 딩이가 린 장군을 핵융합 지점으로 안내했다. 현 관련 회의에 참석했을 때와 비교해 그는 눈에 띄게 노쇠해 보였다. 그러나 강인한 정신력으로 버텨냈기에, 여전히 무너지지 않았다는 인상을 주었다.

그들은 광원자 핵융합으로 만들어진 거대한 거울의 가장자리에 섰다. 거울 표면에 얇은 모래가 한 겹 쌓였지만 여전히 매끄럽고 광택이 났다. 하늘에 떠 있는 구름이 거울에 비쳐 마치 하늘 한 조각이 사막에 떨어진 것 같기도, 다른 시공간으로 통하는 창인 것 같기도 했다. 세 사람은 말없이 서 있었다. 이 세상의 시간은 멈추고 거울 속 세상은 빠르게 흘러가고 있는 듯했다.

"아주 특별한 기념비입니다." 딩이가 말했다.

"천천히 모래에 파묻히도록 둡시다." 린 장군이 말했다. 새로 생긴 흰 머리칼 몇 가닥이 바람에 흩날렸다.

바로 그때 린윈이 나타났다.

경비병이 방아쇠를 당기는 소리에 모두 놀라 고개를 들었다. 린윈은 400미터쯤 떨어진 거울의 다른 쪽 끝에 서 있었다. 먼 거리에서도 모든 사람이 그녀를 알아볼 수 있었다. 그녀가 거울 위를 걸어 이쪽으로 다가왔다. 모두 그녀가 환상이 아닌 진짜 린윈이라는 걸 알았다. 시계 초침처럼 거울을 또각또각 두드리는 발소리가 들렸기 때문이었다. 또 거울 표면의 얇은 먼지층에 남은 선명한 발자국도 보였다. 그녀는 구름 위를 걷듯, 구름이 유유히 떠다니는 넓은 거울 위를 가로지르며 가끔 손을 들어 고비사막의 찬 바람에 흩날리는 짧은 머리를 쓸어 넘겼다. 린윈이 거울 전체를 가로질러 와 가까워지자 새것처럼 아주 깨끗한 군복과 창백한 그녀의 얼굴이 보였다. 낯빛은 창백했지만, 눈빛은 맑고 평온했다. 마침내, 그녀는 아버지 앞에 멈춰 섰다.

"아빠." 그녀가 가볍게 불렀다.

"샤오윈, 무슨 짓을 한 거냐?" 린 장군의 나직한 목소리에서 깊은 슬픔과 절망이 묻어났다.

"정말 피곤해 보이세요. 앉아서 이야기하세요."

린 장군은 경비병이 가져온 실험 장비 상자에 천천히 앉았다. 그는 정말로 지쳐 보였다. 아마 군인으로 살아온 일생 동안 이렇게 피곤한 모습을 드러낸 건 처음일 것이었다.

린윈이 쉬 대령과 딩이에게 가볍게 목례를 하고는 익숙한 미소를 지었다. 그리고 경비병에게 말했다. "난 무기를 갖고 있지 않아요."

린 장군이 경비병에게 손짓하자 경비병이 린윈을 겨누고 있던 총구를 천천히 내렸지만 손가락은 방아쇠에서 떼지 않았다.

"아빠, 핑원자 핵융합의 위력이 이 정도로 클 줄은 몰랐어요." 린윈이 말했다.

"너는 국토의 3분의 1을 방어 불능 상태로 만들었어."

"네. 아빠." 린윈은 말하며 머리를 숙였다.

"샤오윈, 널 꾸짖고 싶지 않다. 이미 늦었어. 모든 게 끝났어. 난 며칠 동안 한 가지 생각만 했어. 네가 어쩌다 여기까지 왔는지 말이다."

린원이 고개를 들어 아버지를 보며 말했다. "아빠, 우린 여기까지 함께 온 거예요."

린 장군이 무겁게 고개를 끄덕였다. "그래. 우린 함께 여기까지 왔지. 네게 짧지 않았던 이 길은 아마도 네 엄마가 희생되었을 때부터 시작된 것 같구나." 그가 과거의 시간을 응시하듯 가늘게 뜬 눈으로 거울에 비친 파란 하늘과 흰 구름을 보았다.

"네. 그 밤을 기억해요. 추석이었고 토요일이었어요. 그날 유치원에 저 혼자만 남아 있었죠. 선생님에게 받은 월병을 들고 앞뜰에 있는 작은 의자에 앉아 있었어요. 하늘의 둥근 달 대신 정문을 보고 있었어요. 선생님이 '샤오원, 아빠 부대에 일이 생겨서 오늘 데리러 올 수가 없으시대. 오늘은 유치원에서 자야겠다.' 하고 말했어요. 내가 '아빠는 한 번도 저를 데리러 오신 적이 없어요. 엄마가 데리러 오실 거예요.' 하고 말하자 선생님이 말했어요. '엄마는 돌아가셨잖니. 남부 전선에서 전사하셨으니 이제 널 데리러 오실 수 없어.' 저는 이미 그걸 알고 있었지만 한 달 넘게 지켜왔던 꿈이 완전히 깨져버렸어요. 그 무렵 깨어 있을 때나 꿈속에서나 유치원 정문이 항상 내 눈앞에 보였어요. 꿈속에서는 항상 엄마가 그 문으로 들어왔지만 현실에서는 아무도 데리러 오지 않았다는 게 달랐죠……. 그 추석날 밤에 내 인생이 바뀌었어요. 외로움과 슬픔이 한순간에 증오로 변했어요. 엄마의 생명을 앗아 간 사람들, 추석에도 절 유치원에 내버려 둔 사람들을 증오했어요."

린 장군이 말했다. "일주일 뒤 널 데리러 가보니 너는 늘 작은 성냥갑을 들고 다니더구나. 그 안에 벌 두 마리가 들어 있었지. 선생님이 네가 벌에 쏘일까 걱정돼 성냥갑을 버리려 했더니 네가 악을 쓰고 울면서 성냥갑을 손에 꼭 쥐고 놓지 않았다고 하더구나. 네 그 악착같은 모습에 모두 놀랐지."

린윈이 말했다. "제가 아빠에게 말했죠. 그 벌들을 훈련시켜서 적들이 엄마를 벌로 쏘아 죽인 것처럼 적들을 쏘도록 만들 거라고. 저는 또 적을 죽이는 여러 가지 방법을 생각해 내 자랑스럽게 얘기했었죠. 적들의 집에 돼지를 풀어 그들의 식량을 다 먹어 치우게 해서 굶겨 죽이겠다거나, 적의 집 앞에 스피커를 설치해 놓고 밤마다 섬뜩한 소리를 틀어 그들을 두려움에 떨게 만들겠다거나……. 이런 방법들을 계속 궁리하다가 어느새 그게 멈출 수 없는 재미있는 놀이가 됐어요."

"내 딸이 그렇게 되는 걸 보고 정말 걱정스러웠단다."

"네, 아빠. 그때 제 얘기를 들은 아빠는 한참 동안 말없이 저를 보더니 서류 가방에서 사진 두 장을 꺼내셨죠. 똑같은 사진이지만 한 장은 모서리가 타버렸고, 다른 한 장에는 갈색 자국이 있었어요. 그게 핏자국이라는 건 나중에 알았죠. 사진 속에 가족으로 보이는 세 사람이 있었어요. 부모는 모두 군인이지만 아빠와는 다른 군복을 입고 있었고, 그때 아빠에게는 아직 없었던 견장도 있었어요. 저와 비슷한 나이로 보이는 여자아이는 아주 예쁘게 생겼었죠. 북쪽에서 자란 저는 본 적도 없는 흰 피부에 허리까지 내려오는 검은 머리가 정말 예뻤어요. 아름다운 엄마에 잘생긴 아빠까지. 부러운 가족이었어요. 그런데 아빠는 제게 말씀하셨죠. 그들은 적군 장교들이고, 모두 우리 포격에 전사했다고. 전투가 끝나고 시신을 수습하다가 시체 두 구에서 똑같은 사진을 발견했다며, 이제 그들의 딸은 엄마도 아빠도 없다고 하셨죠."

린 장군이 말했다. "나는 또 네게 말했지. 네 엄마를 죽인 그 적들은 악인이 아니라고. 그들도 군인이기 때문에 자기 사명을 다해야 했던 거라고. 이 아빠가 군인으로서 전장에서 적을 사살하는 사명을 다해야 하는 것처럼 말이야."

"기억해요, 아빠. 당연히 기억하고 있어요. 80년대였어요. 아빠는 저를 남들과는 다르게 교육했고, 그건 다른 사람들에게 인정받지 못하는 방식이었죠. 그 사실이 알려졌다면 아빠는 군복을 벗어야 했을 거예요. 아빠는 내 마음속에 있는 증오의 씨앗을 파내 싹트지 못하게 하려고 했죠. 그것만으로도 아빠가 저를 얼마나 사랑했는지 알 수 있었고, 지금도 감사해하고 있어요."

"이젠 다 소용없는 일이지." 린 장군이 탄식했다.

"네. 전 그때 사명이라는 게 뭔지 궁금했어요. 사명감이라는 게 무엇이기에 군인들이 서로를 죽이고도 서로 원망하지 않을 수 있는지 말이에요. 하지만 전 그러지 못했어요. 여전히 그들이 미워서 그들이 벌에 쏘이길 바랐어요."

"네 얘기를 듣고 가슴이 아팠단다. 엄마의 사랑을 잃은 외롭고 슬픈 아이의 증오를 어떻게 쉽게 지울 수가 있겠니. 그 증오를 없앨 수 있는 건 오직 엄마의 사랑뿐이었겠지."

"아빠도 그 사실을 알았던 것 같아요. 한동안 어떤 아주머니가 우리 집에 자주 왔었죠. 저를 예뻐해 주었고 저와 잘 지냈지만, 무슨 이유에선지 그분은 결국 새엄마가 되지 못했어요."

린 장군이 또 한숨을 내쉬었다. "그때 내가 널 더 생각했어야 했는데."

"전 엄마가 없는 생활에 서서히 적응했고, 어린 마음에 새겨졌던 증오도 시간이 지나며 희미해졌어요. 하지만 그 재미있는 놀이는 멈추지 않았죠. 다양한 상상 속 무기들이 제 성장기와 함께했어요. 하지만 무기가 제 삶의 일부가 된 건 초등학교 2학년 여름방학이었어요. 그해에 아빠는 해병대 창설을 위해 남쪽에 가야 하셨어요. 제가 그 얘기를 듣고 시무룩하자 저도 데리고 가셨죠. 주둔지가 너무 외진 곳이라 함께 놀 아이들이 없었어요. 아빠가 바쁠 때는 아빠의 부하와 동료들이 저와 놀아주었어요. 모두 야전 부대 장교들이라 아이를 키워본 경험이 없는 군인들이었죠. 그들이 제게 가장 많이 준 장난감은 탄피였어요. 각종 크기의 탄피가 다 있었죠. 저는 그걸 호루라기 삼아서 불며 놀았어요. 하루는 한 아저씨가 탄창에서 탄환을 빼내는 걸 보고 그걸 달라고 졸랐어요. 그건 장난감이 아니라면서 탄두가 없는 것만 가지고 놀 수 있다고 하길래, 그럼 탄두를 빼서 달라고 했죠. 그랬더니 갖고 놀던 탄피와 똑같으니 탄피를 더 많이 주겠다고 했어요. 하지만 저는 계속 그 탄환에서 탄두를 빼서 달라고 졸랐어요."

"넌 그런 아이지. 한 번 정한 목표는 절대로 포기하지 않아."

"제가 계속 조르자 난감해진 아저씨가 하는 수 없이 말했어요. '좋아. 하지만 이건 잘 안 빠지니까 총을 쏴서 빼내주마.' 아저씨가 탄환을 탄창에 다시 넣고 기관총을 들고 밖으로 나가더니 하늘을 향해 한 발 쏘고는 땅에 떨어진 탄피를 가리켰어요. '저기 있다. 저걸 가져.' 저는 그걸 줍지 않고 눈을 크게 뜬 채 탄두가 어디로 갔는지 물었죠. 아저씨가 '하늘로 날아갔어. 아주 높이.' 하고 말했어요. 제가 '탕' 하는 소리 후에 '피융—' 하는 소리가 바로 탄두가 날아가는 소리였느냐고 묻자 아저씨가 똑똑하다고 칭찬하며 하늘을 향해 또 한 발을 쏘았어요. 총알이 공기를 가르고 날아가는 소리를 또 한 번 들었죠. 아저씨가 '총알은 정말 빨라서 얇은 강판도 뚫을 수 있어.' 하고 말했어요. 기관단총의 따뜻한 총신을 만지는 순간, 그때까지 상상했던 모든 무기들이 갑자기 무력하게 느껴졌어요. 제 앞에 있는 이 현실의 무기에 저항할 수 없는 매력을 느꼈어요."

린 장군이 말했다. "어린 여자애가 총을 좋아하는 게 귀여워서 군인들이 계속 네게 총을 보여주며 놀곤 했지. 그때는 부대의 탄약 관리가 지금처럼 엄격하지 않아서 전역하는 병사들이 수십 발씩 가지고 나가기도 했을 때였고. 네가 가지고 놀 총알은 충분했어. 결국 넌 탄피를 갖고 노는 것에 만족하지 못하고 직접 총을 쏘아보게 됐지. 처음에는 총을 잡아주며 쏘게 했지만 나중에는 너 혼자서도 총을 잡고 쏠 수 있게 됐어. 난 그걸 알고도 별로 신경 쓰지 않았고. 여름방학이 끝날 무렵 넌 이미 기관단총을 들고 바닥에 엎드려 연발 사격을 할 수 있을 정도가 되었지."

"다른 아이들이 노랫소리가 나오는 인형을 안고 있을 때 전 총을 안고 격발할 때의 진동을 느꼈어요. 나중에 훈련장에서 경기관총으로 사격하는 것을 봤어요. 그 소리는 제게 시끄럽게 들리지 않았고 오히려 기쁜 노랫소리처럼 들렸죠. 방학이 끝날 때쯤에는 수류탄이 터지고 무반동포를 발사하는 소리에도 귀를 막지 않게 되었어요."

"그 후에도 방학 때마다 너와 더 많은 시간을 보내려고 널 부대에 데려갔어. 부대는 아이가 지내기 좋은 곳이 아니지만 그래도 세상에서 가장 단순한 환경이기도 했으니 네가 잠시 지내도 해로울 게 없다고 생각했지. 하지만 내 생각이 틀렸던 거야."

"방학 때마다 점점 더 많은 무기를 접했어요. 일선 부대 장교와 병사들은 내가 무기를 갖고 노는 걸 보면서 즐거워했죠. 무기는 그들의 자부심이자 자랑이었어요. 그들의 어린 시절 기억 속에서 무기는 아이들에게 최고의 장난감이었죠. 그래서 그들은 다른 아이들이 장난감 총을 갖고 놀 때 저는 진짜 무기를 만질 수 있는 걸 행운으로 여겼어요. 조심한다면 아이에게 총 쏘는 법을 가르치는 건 군인들에게도 재미있는 일이었고요."

"그래. 해병대 창설 초기였기 때문에 실탄 사격 훈련이 자주 있었어. 너는 총기를 직접 조작해 보고 또 탱크, 중포, 군함 같은 중장비의 실탄 사격도 봤지. 해안가 언덕에 서서 군함에 탑재된 중포로 해안 기슭을 향해 포격하는 것도 보고, 폭격기가 해상 목표물에 폭탄을 연달아 투하하는 것도 구경했지……."

"제일 기억에 남는 건 화염방사기를 처음 보았던 날이에요. 엄청난 소리를 내며 바닷가에서 불을 내뿜는 화염방사기를 보며 흥분을 감출 수 없었어요. 해병대 중령이 내게 말했죠. '샤오윈, 전쟁터에서 제일 무서운 게 뭔 줄 아니? 총도 아니고 대포도 아니야. 바로 이거지. 남부 전선에서 내 동료 하나가 이 끝에 살짝 닿았다가 피부가 다 벗겨졌어. 살아 있는 게 정말 죽는 것보다 못했지. 결국 야전병원에서 사람들이 안 보는 사이 권총으로 자살했어.' 그 얘기를 듣고 저는 병원에서 보았던 엄마의 마지막 모습을 떠올렸어요. 엄마는 전신의 피부가 썩고 손가락이 모두 퉁퉁 부어오르고 검게 변해서 권총으로 자살할 수도 없었어요. 그런 일을 겪으면 평생 무기를 두려워하는 사람들도 있지만 되려 무기에 매료되는 사람도 있어요. 전 후자였어요. 그 무시무시한 기계가 가진 힘이 마약처럼 저를 사로잡았어요."

"샤오윈, 무기가 네게 큰 영향을 미친다는 걸 어렴풋이 알았지만 크게 신경 쓰지 않았어. 그 해변 사격장에서 실시된 사격 훈련 때까지는 말이다. 한 소대가 기관총으로 근해의 목표물을 사격하는 훈련이었지. 해상 목표물이 불안정하게 움직이고, 모래사장에서 기관총을 세워놓고 사격할 때 삼각대가 모래에 빠지기 쉽기 때문에 무척 힘든 훈련이었어. 예상대로 병사들의 성적도 좋지 않았지. 그러자 소대장인 대위가 병사들에게 외쳤어. '이 쓸모없는 놈들! 어린 여자애보다도 못한 놈들아! 이리 와, 샤오윈! 이 쓸모없는 놈들에게 시범을 보여줘라!'"

"전 보란 듯이 모래사장에 엎드려 사격을 했고, 두 탄창에 든 탄환을 거의 모두 표적에 명중시켰죠."

"그때 난 네 작고 하얀 손에서 기관총이 안정적으로 흔들리는 것을 보았단다. 열두 살 아이의 손에서 말이다. 총구에서 피어오른 열기가 네 앞머리를 날리고, 총구에서 나온 불꽃이 네 큰 눈동자에 반사되는 걸 보았어. 그리고 네 눈동자에 차오른 희열과 흥분도…….
샤오윈, 난 그때 두려웠다. 정말로 두려웠어. 내 딸이 어쩌다 그렇게 됐는지 이해할 수가 없었어."

"아빠는 해병대원들의 환호성 속에서 저를 끌어내며 성난 목소리로 모두에게 소리치셨죠. '앞으로 내 딸이 총을 만지지 못하게 해!' 아빠가 그렇게 화난 모습을 처음 봤어요. 그 후로 아빠는 저를 부대로 데려가지 않았고, 진급에 불리할 수 있다는 것도 개의치 않고 저와 집에서 더 많은 시간을 보내주셨어요. 음악, 미술, 문학을 많이 접하게 하셨죠. 쉽고 가벼운 것부터 시작해서 점점 고전적이고 복잡한 것들까지."

"네게 정상적인 미적 감각을 길러주고 싶었단다. 그 섬뜩한 것들로부터 벗어나게 해주려고 했어."

"아빠는 해내셨어요. 그리고 그건 오직 아빠만이 할 수 있는 것이었어요. 당시 아빠의 동료들 중 그 누구도 그렇게 하지 못했을 거예요. 아빠의 박식함을 가장 존경해요. 그리고 제게 쏟으셨던 그 모든 노력에 이루 말할 수 없이 감사해요. 하지만 아빠는 제 마음에 꽃을 심을 때 토양이 어떤 상태인지 살펴보지 않으셨어요. 그 토양은 이미 바꿀 수 없게 되었다는 걸 모르셨어요. 맞아요. 저는 자라면서 음악, 문학, 미술에 대해 또래보다 풍부한 지식과 감수성을 갖게 되었죠. 하지만 그런 경험들 때문에 저는 무기의 아름다움을 더 심오한 차원에서 느끼게 되었어요. 저는 대다수 사람들의 인격 함양에 도움이 되는 아름다움은 나약하고 무력하다는 걸 알았어요. 진정한 아름다움은 내면의 힘으로 지탱되어야 하고, 공포와 잔인함 같은 더 강한 감정을 통해 자신을 드러내야 하는 것이에요. 그래야만 아름다움에서 힘을 얻고 그것을 위해 목숨을 바칠 수도 있는 것이죠. 그리고 무기야말로 이런 아름다움을 가장 아낌없이 표현한 매개체라는 걸 깨달았어요. 그때부터 무기에 대한 제 열정이 미학적, 철학적 차원으로 승화되었죠. 아마 고등학생 때였을 거예요. 슬퍼하지 마세요. 아빠가 저를 완성시켜 주신 거니까."

"하지만, 샤오윈, 어쩌다 여기까지 왔니? 아무리 무기가 널 냉혹하게 만들었다 해도 이렇게 광적인 수준까지 와서는 안 되는 거였어."

"아빠, 제가 고등학교에 들어가서부터 우리가 함께 보내는 시간이 점점 줄어들고 나중에 군사학교에 들어가서는 얼굴도 보기 힘들었죠. 그 사이에 아빠가 모르는 일들이 있었어요. 그중 엄마에 관한 일은 아빠에게 말한 적이 없어요."

"엄마에 관한 일? 네 엄마가 죽은 지 10년도 더 지났을 때였잖아."

"네. 그 일이 제게 큰 영향을 미쳤어요."

찬바람이 부는 고비사막, 구름이 잔뜩 낀 하늘과 거대한 거울에 비친 하늘 사이에서 린펑 장군과 쉬 대령, 딩이는 그 끔찍한 이야기를 듣게 되었다.

"남부 전선에서 엄마에게 침을 쏘아 죽인 그 벌은 현지에서 서식하는 종이 아니라는 걸 아빠도 아시겠죠. 그 벌은 훨씬 고위도 지역에서 서식하는 종이에요. 이상하죠. 전선의 열대 밀림에 다양한 종의 벌이 많은데 왜 하필 먼 북쪽에 사는 벌을 무기로 이용했을까요? 게다가 그 벌은 평범한 종이라 무리 지어 다니며 침을 쏘는 습성이 없고 그런 독성은 더더욱 없어요. 그런 공격 사건이 몇 번 더 있었고 사상자도 있었지만 전쟁이 금방 끝났기 때문에 별로 주의를 끌지 못했어요.

대학원에 다닐 때 제인스 연감* 홈페이지의 무기 관련 토론 게시판에 자주 들어갔어요. 3년 전 그곳에서 러시아 여자를 알게 되었는데, 자신에 대해 자세히 밝히지는 않았지만 이야기하는 태도로 보아 아마추어 마니아가 아니라 경험이 풍부한 전문가임이 분명했어요.

* 영국에 있는 군사 및 국방 분야 전문 정보 업체 겸 출판사인 제인스(Jane's)에서 발간하는 군사 및 무기 관련 연감.

그녀의 전문 분야는 생물공학으로 저와는 달랐지만 신개념 무기 이론에 대해 자기만의 뚜렷한 견해를 갖고 있었기 때문에 대화가 잘 통했어요. 우린 온라인 채팅으로 몇 시간씩 대화를 나누곤 했죠. 두 달 뒤 그녀는 국제기구 조사팀의 일원으로 합류해 베트남 전쟁 당시 미군의 화학 무기 사용이 생태계에 미친 장기적 영향을 조사하기 위해 인도차이나반도에 가게 되었다면서 같이 가자고 제안했어요. 마침 방학이었기 때문에 저도 흔쾌히 응했죠. 하노이에서 만난 그녀는 제 상상과 달랐어요. 건장한 체격의 러시아 여자가 아니라, 마른 체형인 데다 40대인 나이에도 감출 수 없는 고상한 아름다움을 가진 여자였어요. 함께 있으면 따뜻하고 편안한 느낌을 주었죠.

조사단의 활동은 쉽지 않았어요. 미군이 제초제를 뿌렸던 긴 호찌민 루트**부터 화학 무기 흔적이 발견된 라오스 정글까지 직접 찾아다니며 조사했어요. 그녀는 아주 성실했고, 사명감과 희생정신이 투철했어요. 유일한 단점은 술을 많이 마시는 것이어서 한번 마시면 만취해서 인사불성이 될 때까지 마셨어요. 우린 금세 아주 친해졌고, 몇 번의 술자리 후 그녀는 자기 과거를 제게 조금씩 털어놓았어요.

그녀는 제게 소련이 60년대 초반에 이미 '총참모부 장비 장기계획위원회'라는 이름의 신개념 무기 연구 기관을 설립했다는 사실을 알려줬어요. 그녀와 그녀의 남편이 그 기관의 생화학 부서에서 근무

** 베트남 전쟁 당시 북베트남과 남베트남을 연결했던 군사 보급로로 라오스와 캄보디아를 연결해 만든 통로.

했다고 했죠. 그곳에서 어떤 일을 했는지 알아내려고 했지만 그녀는 아무리 술에 취해도 그에 관해서는 일절 함구했어요. 그래서 군부의 비밀 연구 기관에서 오래 일한 사람이라는 걸 알 수 있었죠. 내가 끈질기게 물었더니 한참 만에야 한 가지 얘기를 해주었어요. 그 기관이 깊은 해저에 숨어 있는 북대서양조약기구의 핵잠수함을 탐지하기 위해 초능력자들을 대상으로 대량의 연구를 진행했는데, 그 사실이 외부에 알려져 과학계의 웃음거리가 되었대요. 하지만 그런 연구를 했었다는 것만으로도 그 기관이 상당히 유연하고 개방적인 분위기였다는 걸 알 수 있었죠. 3141 기지의 경직된 방식과는 완전히 달랐던 거예요.

냉전 종식과 함께 그 기관은 해체되었고, 설상가상으로 군대 상황이 열악해지자 연구원들은 군복을 벗고 사회로 나가 생계를 꾸려야 했어요. 하지만 쉬운 일이 아니었죠. 서방의 연구 기관들이 그 틈을 타 유리한 조건을 제시하고 그들을 데려갔죠. 그녀의 남편도 전역 후 듀폰사로부터 높은 보수와 함께 스카우트 제안을 받았어요. 듀폰사는 그녀가 일하기를 원한다면, 똑같은 대우를 받을 수 있다고 약속했어요. 다만 그들은 신개념 무기 연구 자료를 요구했죠. 그녀는 이 문제를 두고 남편과 심하게 다투었어요. 그녀는 남편에게 자신이 현실과 완전히 담을 쌓은 사람이 아니라고 했죠. 그녀도 가난에서 벗어나 안락한 집과 수영장이 딸린 별장에서 살고 싶었고, 매년 스칸디나비아로 휴가를 가고 외동딸에게 훌륭한 교육을 제공하고 싶었어요. 특히 과학자로서 그들이 약속한 훌륭한 연구 조건은 그녀에게 거부하기 힘든 유혹이었어요. 만약 그녀가 민간 프로젝트나 일반적인 군사 프로젝트를 수행한 연구자였다면, 주저하지 않고 그 조건을 받아들였을 거라고 했어요. 하지만 그들의 연구 프로젝트는 공개적으로 논의할 수 있는 단순 개념 단계가 아니라 거의 실용화 단계에 가까웠어요. 게다가 기술적으로도 매우 앞서 있었고, 군사적으로 엄청난 잠재력을 가지고 있었어요. 다음 세기 각국의 군사력 균형을 결정할 수도 있는 연구였죠. 그녀는 자기 일생의 노력을 바쳐 일궈낸 성과가 언젠가 조국을 공격하는 수단이 되는 것은 결코 용납할 수 없었어요. 하지만 남편은 그런 그녀를 비웃었어요. 조국이 어디에 있단 말인가? 그의 고향은 우크라이나였고, 그녀의 고향은 벨라루스였어요. 그녀의 마음속 그 조국은 이미 여러 국가로 쪼개졌고, 그중 일부는 서로 거의 적국이 되어버렸죠. 결국 남편은 떠났고 딸도 아빠를 따라갔어요. 그 후 그녀는 홀로 외롭게 살아야 했죠.

그 얘기를 듣고 전 그녀에게 더 친밀함을 느꼈어요. 그녀에게 제가 여섯 살 때 엄마가 전사했고, 그 후로 계속 기억 속의 엄마와 함께 살아왔다고 고백했죠. 제 기억 속에서 엄마는 여전히 젊은 모습이었어요. 저는 엄마가 나이 든 모습을 그려보려 했지만, 좀처럼 상상해 낼 수 없었어요. 그런데 그녀를 만난 뒤 갑자기 그 모습이 선명하게 떠올랐어요. 만약 엄마가 지금 살아 있었다면 분명 그녀와 비슷했을 거라고 믿었어요. 그 얘기를 듣더니 그녀가 저를 끌어안고 울면서 말했어요. 6년 전, 그녀의 딸이 남자 친구와 함께 약물 과다 복용으로 네바다의 고급 주택에서 숨진 채 발견되었다고요.

헤어진 뒤 우리는 서로에 대한 그리움이 더 깊어졌어요. 그래서 저는 구상섬전 연구를 위해 천 박사와 시베리아로 가기 위해 모스크바에 들렀을 때 그녀를 찾아갔어요. 그녀가 나를 보고 얼마나 기뻐했을지 상상할 수 있겠죠? 그녀는 냉골 같은 노인 아파트에서 살고 있었고, 예전보다 술을 더 많이 마셔서 하루 종일 반쯤 취한 상태로 지내고 있었어요. 그녀는 제게 보여줄 것이 있다며 옛날 신문 더미를 치우더니 그 밑에서 특이하게 생긴 밀폐용기를 꺼냈어요. 초저온 액체질소 저장 탱크라면서 그 용기에 액체질소를 보충하기 위해 얼마 안 되는 퇴직금을 대부분 써버렸다고 했어요. 저는 집에 그런 물건이 놓여 있는 것을 보고 깜짝 놀라, 그 안에 뭐가 들어 있느냐고 물었어요. 그녀는 자신이 20년 동안 노력한 결실이 들어 있다고 말했죠.

그녀는 과거 이야기를 들려주었어요. 70년대 초 소련의 신개념 무기 연구 기관이 신개념 무기에 관한 아이디어와 성과를 수집하기 위해 전 세계적인 조사를 진행했대요. 전문 정보기관 외에도 해외에 파견된 민간 기업의 직원들까지 광범위하게 이 임무를 수행했죠. 심지어 일부 부서의 연구원들은 007시리즈 영화를 수없이 반복해서 보면서 제임스 본드가 사용하는 신기한 소형 장치에서 서방 신개념 무기에 관한 단서를 찾으려 하기도 했죠. 그리고, 세계 각지에서 진행 중인 국지전에서 신개념 무기의 실제 적용 사례를 수집하는 작업도 진행되었어요. 가장 대표적인 전쟁이 베트남 전쟁이었어요. 대나무 함정 등을 포함해 여러 가지 새로운 무기의 실전 효과를 세밀하게 관찰했죠. 그녀가 소속된 부서는 특히 베트남 남부 게릴라들이 벌을 무기로 사용한다는 사실에 주목했어요. 뉴스 보도에서 이 사실을 알게 된 그녀는 실사를 위해 베트남으로 파견되었어요. 당시 미국은 베트남을 포기하려 했고 사이공 정권은 붕괴되기 직전이었어요. 베트콩의 남부 게릴라전이 점차 대규모 정규전으로 발전하면서 그녀가 조사하려던 그런 특이한 작전 방식은 더 이상 존재하지 않았죠.

하지만 그녀는 게릴라전 병사들과 접촉해 이 무기의 실전 효과를 자세히 조사했어요. 뉴스 보도는 과장된 것이었어요. 벌을 무기로 사용했던 게릴라 부대원들은 모두 그 무기가 거의 살상력이 없다고 증언했죠. 만약 그 무기가 정말 어떤 기능을 했다면, 그건 전적으로 심리적인 효과에 불과했을 거예요. 미군 병사들에게 그들이 낯설고 기이한 땅에 들어와 버렸다는 불안감을 불러일으켰겠죠.

하지만 그녀는 그 조사에서 중요한 영감을 받았어요. 귀국 후 그들은 유전자 기술을 이용해 벌을 개량하기 시작했어요. 아마도 유전자 기술이 응용된 최초의 사례였을 거예요. 처음 몇 년은 아무런 성과가 없었어요. 그때만 해도 분자생물학은 매우 초보적인 단계였고, 소련이 유전학을 정치적으로 탄압하는 바람에 소련의 유전자 기술이 국제 수준과 큰 격차가 있었기 때문이에요. 80년대 초에야 그들에게 결정적인 계기가 마련되었어요. 독성과 공격성이 아주 강한 벌 품종을 만들어 낸 거예요. 드미트리 야조프 국방부 장관이 직접 참관한 시연에서 살인벌 한 마리에 쏘인 수소가 그 자리에서 죽었어요. 야조프 장관은 연구팀의 성과를 치하하며 프로젝트를 주도한 그녀에게 붉은 별 훈장을 수여했어요. 이 프로젝트에 대규모 자금이 투입되었고 실전 사용이 가능한 살인벌에 대한 추가 연구가 진행되었어요. 먼저 식별 기술 분야에서 기술적 진전이 있었어요. 이 새로운 품종의 벌은 특정 화학물질에 아주 예민해서 아군은 식별제를 조금만 발라도 오인 공격을 피할 수 있었어요. 그리고 살인벌이 지닌 독성도 다양해졌어요. 극독성으로 즉사하게 하는 기존의 품종 외에도 독성의 강도는 동일하지만 닷새에서 열흘 뒤에 사망하도록 만들어 적의 부담을 가중시키는 품종도 개발되었죠……. 그녀가 보관하고 있는 액체질소 저장 탱크 안에는 10만 개의 살인벌의 배아 세포가 저장되어 있었어요."

린윈이 한숨을 쉬며 떨리는 목소리로 말했다. "그 얘기를 들었을 때 제 기분을 상상하실 수 있겠죠. 눈앞이 아득해지고 기절할 것 같았어요. 하지만 저는 아주 작은 희망을 품고 물었죠. 그 벌이 실전에 사용된 적이 있느냐고. 사실 그 답을 이미 예상하고 있었어요. 그녀는 아무것도 모른 채 더 흥분해서 이렇게 얘기했어요.

'베트남은 캄보디아와의 전쟁과 중국과의 국경 분쟁 때문에 소련에 지속적으로 무기 제공을 요청했어. 하지만 소련 공산당 정치국은 그들의 요구를 귀찮게 여기며 형식적으로 응하는 척만 했지. 당시 서기장은 소련을 방문한 베트남 장성에게 최첨단 무기 시스템을 제공하겠다고 약속했어. 그게 바로 살인벌이었지. 그래서 나는 살인벌 10만 마리와 함께 베트남에 파견됐고 베트남인들은 크게 분노했단다. 상상이 가지? 그들이 그토록 바라던 최첨단 무기가 고작 벌떼에 불과했으니 말이야. 그들은 소련이 최전선에서 피를 흘리며 사투를 벌이는 동지들을 뻔뻔하게 기만했다면서 분통을 터뜨렸지. 소련의 서기장이 그들을 건성으로 대우한 것은 맞지만, 나는 그들이 속았다고 생각하지 않았어. 베트남인들은 살인벌의 위력을 알지 못했지만, 실제로 그 벌들을 전장에 투입했어. 게다가 비밀정보기관 요원들을 차출해 그 임무를 맡겼지. 나는 그 요원들을 일주일 동안 훈련시켰고, 그들과 함께 최전선으로 투입됐어.'

저는 떨리는 목소리로 '어떤 전선으로요? 캄보디아요?'라고 물었어요. 그때까지도 한 가닥 희망을 품고 있었어요. 그런데 그녀가 대답했어요. '캄보디아 전선에는 투입되지 않았어. 그곳은 베트남군이 절대적인 우위에 있었으니까. 그 무기는 북부 전선에 투입되어 중국 군대를 상대로 사용되었어.' 떨리는 마음으로 베트남과 중국 사이 국경에 가보았느냐고 조심스럽게 묻자 그녀는 그렇다고 대답했어요. 물론 최전방까지는 갈 수 없었지만 랑선*까지 갔다고 했어요. 그곳에서 마른 체구의 청년들이 식별제를 옷깃에 바르고 5인 1조로 살인벌 1000~2000마리를 갖고 전선으로 떠나는 걸 보았대요.

그제야 그녀가 제 표정이 이상한 걸 알아채고 물었어요. '왜 그래? 우린 처음부터 끝까지 실험 공격만 했어. 전쟁이 끝날 때까지 살인벌에 사망한 중국군은 몇 명밖에 안 돼.' 그녀는 마치 축구 경기 얘기를 하듯 가볍게 말했어요. 군인 대 군인으로 대화한 것이었다면 제 반응은 확실히 이성적이지 못했어요. 전바오다오(珍寶島)** 전투에 대해 얘기했다고 해도 우린 틀림없이 차분하게 얘기했을 테니까요. 하지만 저는 엄마의 죽음에 대해 말하고 싶지 않았어요. 그래서 그녀가 놀라는 걸 보고 당황해서 밖으로 뛰쳐나왔어요. 그녀가 따라 나와 저를 끌어안으며 자신이 무슨 잘못을 했느냐고 물었지만 저는 그녀를 밀쳐내고 추운 거리를 정처 없이 걸었어요. 폭설이 내리는 거리를 걸으며 세상의 흉악함을 느꼈어요. 나중에 주취자를 단속하러 다니던 경찰들이 나를 발견하고 순찰차로 호텔까지 데려다줬어요.

귀국 후 그녀에게 이런 메일을 받았어요. '원, 내 어떤 행동이 네

* 중국과 국경을 맞대고 있는 베트남 북부 도시.

** 1969년 3월 중국과 소련 국경에 있는 전바오다오에서 중국과 소련 사이에 벌어진 소규모 무력 충돌.

게 상처를 줬는지 모르겠구나. 네가 떠난 뒤 며칠 동안 잠도 안 자고 계속 고민했지만 이유를 모르겠어. 내 살인벌 무기와 관련이 있는 건 분명한 것 같아. 만약 네가 평범한 젊은 여자였다면 난 그 얘기를 절대로 하지 않았을 거야. 하지만 너도 나처럼 신개념 무기를 연구하는 군인이고, 우린 공통의 목표를 갖고 있기 때문에 네게 모든 걸 털어놓았던 거야. 네가 울며 떠난 그날 밤, 내 마음은 칼로 찢어지는 것 같았어. 나는 집으로 돌아와 저장 탱크 뚜껑을 열고 액체질소가 증발해 하얀 안개로 공중에 퍼져 나가는 것을 지켜봤어. 연구소가 해체될 때 혼란 속에서 살인벌 배아 세포 수백만 개가 관리 부실로 인해 죽었고, 이 저장 탱크 속에 있던 것들이 전 세계에 마지막으로 남은 살인벌 배아 세포였어. 그때 난 액체질소가 모두 증발하는 걸 밤새도록 지켜보고 싶었어. 러시아의 추운 겨울 날씨에도 그 세포들은 살아남지 못하고 빠르게 죽을 테니까. 내 20년의 노력과 청춘 시절의 꿈을 내 손으로 파괴하고 있었어. 내 딸보다 사랑스러운 중국인 아가씨 때문에 말이야. 하얀 질소 안개가 피어오를수록 원래도 추웠던 집이 더 추워졌어. 그 추위에 정신이 번쩍 들었어. 그 저장 탱크 속에 담긴 건 나 혼자만의 것이 아니라는 걸 깨달았지. 그걸 개발하는 데 수십억 루블이 투자되었고, 그 돈은 소련 인민의 피와 땀이었어. 그런 생각이 든 뒤 저장 탱크의 뚜껑을 다시 단단히 닫았어. 나는 내 남은 생을 걸고 이것들을 지키다가 마지막에 이걸 받아야 할 사람에게 주고 떠날 거야. 원, 우리 둘은 이상과 신념을 위해, 조국을 위해, 험난한 길을 걸어왔어. 내가 너보다 더 오래 걸어왔기 때문에 이 길이 얼마나 위험한지 너보다 더 잘 알아. 자연 속의 모든 힘, 사람들이 가장 부드럽고 무해하다고 생각하는 힘조차도 생명을 살상하는 무기가 될 수 있단다. 그중 일부는 눈으로 직접 보지 않고는 상상도 할 수 없을 만큼 잔인하고 공포스러워. 하지만 네가 엄마처럼 여기는 나는, 너에게 해줄 얘기가 있어. 우리 길은 틀리지 않았고, 나는 내 인생에 한 점 후회도 없어. 내 나이쯤 되었을 때 너도 이렇게 생각할 수 있길 바란단다. 얘야, 난 네가 모르는 곳으로 이사했어. 앞으로는 너와 연락하지 않을 거야. 작별 앞에서 공허한 축복의 말은 하지 않을게. 군인에게 축복은 무의미하니까. 그 대신 경고의 말을 남길게. 그 무시무시한 것들이 언젠가 네 동포와 가족의 머리 위에 떨어질 수 있고, 네 품에 안긴 아기의 연약한 피부에 닿을 수 있어. 그런 일을 막는 최고의 방법은 적이나 잠재적인 적보다 먼저 그걸 만들어 내는 거야! 얘야, 이게 내가 네게 전할 수 있는 유일한 축복이란다.'"

이렇게 린윈은 오랫동안 가슴 깊이 감추고 있던 일을 털어놓았다. 다른 사람들은 충격에 빠져 침묵했지만 그녀는 해방감을 느꼈다. 그때 해는 서서히 서쪽으로 기울고 있었고, 고비사막 위로 또 한 번의 황혼이 찾아왔다. 거대한 거울에 비친 석양빛이 모두를 황금빛으로 감쌌다.

"딸아, 일은 이미 일어났어. 우리가 지금 할 수 있는 건 각자의 책임을 다하는 것뿐이야." 린 장군이 천천히 명령했다. "견장과 배지를 떼어라. 넌 더 이상 군인이 아니라 죄인이다."

해가 지평선 밑으로 내려가고 거대한 거울도 린윈의 눈동자처럼 어두워졌다. 그녀의 슬픔과 절망도 어둠의 장막이 내려앉는 사막처럼 끝이 없었다. 딩이는 그녀를 응시하며 장빈 교수의 무덤 앞에서 그녀가 했던 말이 떠올랐다.

'나는 군대에서 자랐어요. 내가 군대가 아닌 다른 어딘가에, 또

다른 누군가에게 온전히 속할 수 있을지 모르겠어요.'

린윈은 왼쪽 어깨의 소령 계급장을 향해 오른손을 뻗었다. 그것을 떼어내려는 것이 아니라 쓰다듬으려는 것처럼 보였다.

딩이는 그녀가 들어 올린 손이 잔상을 남기는 것을 보았다.

그녀의 손이 견장을 스치자 모든 것이 멈춘 듯했다. 그것이 그녀가 세상에 남긴 마지막 모습이었다. 곧 그녀의 몸이 투명해지며 크리스털처럼 빛나는 실루엣만 남았다. 잠시 후 양자 상태의 린윈은 사라졌다.

숲속에 두 갈래 길이 나 있었고
나는 사람이 덜 지나간 길을 택했다.
그리고 그 선택이 모든 것을 바꿔놓았다.
……

# 승리

딩이의 이야기가 끝났을 때 창밖은 이미 환하게 빛나고 있었다. 전쟁으로 폐허가 된 도시에 또다시 아침이 밝아왔다.

"아주 잘 지은 이야기예요. 날 위로하기 위한 거라면 성공했어요." 내가 말했다.

"내 얘기를 잘 생각해 봐요. 이걸 내가 지어낼 수 있었겠어요?"

"양자 상태의 린윈이 관측자들 앞에서 그렇게 오랫동안 붕괴되지 않고 버틸 수 있겠어요?"

"사실 거시적 양자 상태의 존재를 처음 발견했을 때부터 계속 한 가지 문제에 대해 생각해 왔어요. 의식을 가진 양자 상태의 개체는 의식을 지니지 않은 일반적인 양자와 구별되는 아주 중요한 차이점을 지니고 있다는 거예요. 전자를 묘사하는 파동함수에서, 우리는 매우 중요한 매개변수 하나를 무시했어요. 바로 관측자예요."

"관측자요? 누구요?"

"그 개체 자체요. 일반적인 양자 입자와 달리, 의식을 가진 양자 상태의 개체는 자기 관측을 할 수 있어요."

"그렇군요. 자기 관측은 어떤 역할을 하죠?"

"당신도 보았듯이, 다른 관측자의 영향을 상쇄하고 양자 상태가 붕괴하지 않도록 유지할 수 있어요."

"그런 자기 관측은 어떤 과정으로 이루어지나요?"

"아마 우리는 상상하기도 어려울 만큼 아주 복잡한 과정일 거예요."

"린윈이 그런 방식으로 다시 돌아올까요?" 나는 기대감을 품고 가장 중요한 질문을 했다.

"아마 아닐 거예요. 굉원자의 핵융합에너지와 공명한 실체는, 공명이 끝난 뒤 일정 기간 동안은 존재 상태의 확률이 파괴 상태보다 높아요. 그래서 핵융합 당시 확률구름을 볼 수 있었던 거죠. 하지만 시간이 흐르면서 양자 상태는 감쇠되고 결국 파괴 상태가 존재 상태보다 훨씬 커지죠."

"아……." 내 마음 깊은 곳에서 탄식이 터져 나왔다.

"하지만 확률이 아무리 작아도 존재 상태는 어쨌든 항상 존재해요."

"희망과 같군요." 나는 약해지는 마음을 떨쳐내려고 애썼다.

"네. 희망과 같아요." 딩이가 말했다.

딩이의 말에 대답하듯 밖에서 소란스러운 소리가 들렸다. 창밖을 내려다보니 바깥에는 이미 많은 사람이 모여 있었고, 건물에서 더 많은 사람들이 계속 뛰쳐나오고 있었다. 그들은 삼삼오오 모여 흥분해서 무슨 얘기를 나누고 있었는데 가장 놀라운 것은 그들의 표정이었다. 마치 밤새 기다리던 해가 불현듯 솟아오른 것처럼 밝게 웃고 있었다. 전쟁이 발발한 후로 나는 사람들이 그런 미소를 짓는 것을 처음 보았다. 놀랍게도 수많은 사람이 그렇게 웃고 있었다.

"우리도 내려갑시다." 딩이가 말하며 테이블 위에 있던 반 병 남은 홍싱 이과두주를 집어 들었다.

"술을 왜 가져가요?"

"내려가면 술이 필요할 수도 있잖아요. 물론 내 예상이 틀려도 놀리지 말아요."

우리가 정문을 나서자 웅성거리고 있던 사람들 중 한 명이 우리 쪽으로 달려왔다. 가오보 소장이었다. 그에게 무슨 일이냐고 묻자 그가 소리쳤다.

"전쟁이 끝났어!"

"아, 우리가 항복했어요?"

"우리가 승리했어! 적군의 동맹이 와해되는 바람에 일방적으로 휴전을 선언하고 철수하기 시작했어. 승리했어!"

"그게 무슨 잠꼬대 같은 소리예요?"

나는 어리둥절한 시선을 딩이에게로 옮겼다. 딩이는 전혀 놀란 기색이 아니었다.

"잠꼬대를 하고 있는 건 너지! 모두 밤새도록 협상 상황을 지켜보고 있었는데 넌 뭘 하고 있었던 거야? 쿨쿨 자고 있었어?"

가오보 소장은 이 말을 마친 뒤 기쁨에 겨워 군중 속으로 뛰어 들어갔다.

"예상하고 있었어요?" 내가 딩이에게 물었다.

"내가 아니라 린윈의 아버지가 말씀하셨어요. 린윈이 사라지고 나서 우리에게 핑원자 핵융합이 이 전쟁을 끝낼 수도 있다고 하셨어요."

"이유는요?"

"단순해요. 전자 칩 대량 파괴 사건이 외부에 공개되자 전 세계가 경악했으니까요."

나는 웃으며 고개를 저었다.

"어떻게 그럴 수가 있어요? 우리가 가진 열핵무기조차 아무도 두려워하지 않았는데."

"이건 열핵무기와는 달라요. 당신이 생각하지 못한 가능성이 있어요."

나는 어리둥절한 눈빛으로 딩이를 보았다.

"상상해 봐요. 만약 우리가 우리 영토 안에서 모든 핵폭탄을 폭발시킨다면 무슨 일이 일어날까요?"

"바보나 그렇게 하겠죠."

"하지만 우리가 만약 칩을 파괴할 수 있는 현을 수백 개 가지고 있고, 그것들로 연이어 우리 영토 안에서 굉원자 핵융합을 일으킨다면, 그것도 바보 같은 짓일까요?"

딩이의 설명을 듣고 그가 말한 가능성이 무엇인지 나도 곧 깨달았다. 동일한 위치에서 두 번째 굉원자 핵융합이 발생한다면, 첫 번째 핵융합으로 이미 모든 칩이 파괴된 주변 지역에서는 두 번째 핵융합의 에너지가 감쇠되지 않는다. 그것은 첫 번째 핵융합에너지가 파괴한 지역을 넘어 더 광범위한 지역에서 칩을 파괴할 것이고, 칩에 의해 완전히 감쇠될 때까지 계속해서 퍼져나갈 것이다. 이런 식으로, 동일한 위치에서 굉원자 핵융합을 반복해서 진행하면, 그 에너지는 전 세계로 퍼져나갈 것이고 지구 전체가 그 에너지에 의해 '투명'해질 수 있다. 이런 특성을 가진 현이 열 쌍만 있어도 전 세계를 일시적으로 농경시대로 되돌릴 수 있을 것이다.

전자 칩을 파괴하는 광원자 핵융합은 지구라는 이 거대한 하드디스크를 포맷할 수 있고, 선진국일수록 타격이 클 것이다. 또한, 정보화시대로 회복하는 과정에서 불확실하고, 완전히 새로운 세계 질서가 등장하게 될 것이다.

이 사실을 깨닫자 나는 이것이 꿈이 아니라는 걸 알았다. 전쟁은 정말로 끝났다. 내 몸을 지탱하고 있던 실 하나가 뽑혀 나간 듯 다리에 힘이 풀려 땅에 풀썩 주저앉은 뒤 멍하니 앉아 있었다. 해가 서서히 떠올랐다. 첫 햇살의 희미한 온기 속에서 나는 얼굴을 감싼 채 울음을 터뜨렸다.

주위에서 환호성이 점점 커졌다. 나는 눈물을 흘리며 일어났다. 딩이는 이미 인파 속에 섞여 보이지 않았지만 누군가가 나를 덥석 끌어안았고 나도 그를 끌어안았다. 이 위대한 아침에 얼마나 많은 사람들과 부둥켜안았는지 알 수 없었다. 흥분이 조금 가라앉은 뒤 나와 끌어안고 있는 사람이 여자라는 것을 알았다. 우린 그제야 끌어안고 있던 손을 놓고 서로를 보았다. 눈이 마주친 순간 우리 둘 다 멈칫 놀랐다.

우린 서로 아는 사이였다. 오래전 깊은 밤 대학 도서관에서 내게 분명한 목적을 갖고 있는 것 같다며 무엇을 찾고 있느냐고 물었던 그 여학생이었다. 한참 만에 그녀의 이름을 기억해 냈다. 다이린이었다.

## 양자 장미

두 달 뒤 다이린과 나는 결혼했다.

전쟁이 끝난 뒤 사람들의 생활 방식은 보다 전통적으로 변했다. 독신자들은 가족을 꾸리고 딩크족 부부들도 아이를 가졌다. 전쟁을 겪고 난 사람들은 이전에 당연하게 생각했던 가치들을 더 소중히 여기게 되었다.

경제가 천천히 회복되는 과정에서 생활은 힘들었지만 우리의 일상은 따뜻했다. 나는 대학 졸업 후에 겪은 일들을 다이린에게 얘기하지 않았고, 다이린도 과거 얘기를 하지 않았다. 그녀도 나처럼 돌이키고 싶지 않은 기억이 있는 듯했지만, 전쟁은 우리에게 진정으로 소중한 건 현재와 미래라는 사실을 가르쳐 주었다. 반년 뒤, 우리는 아이를 가졌다.

그사이 우리의 평범하고도 분주한 생활을 방해한 유일한 사건은 한 미국인의 방문이었다. 그는 자신을 노턴 파커라는 이름의 천문학자라고 소개하며 내가 자신을 알 거라고 했다. 그가 SETI@home 프로젝트에 대해 이야기하자 나는 그가 그 프로젝트의 책임자였음을 기억해 냈다. 나와 린윈은 그들의 컴퓨터 서버에 침입해 구상섬전의 수학적모델을 몰래 올려놓았었다. 그 기억은 이제 다른 세상의 일처럼 느껴졌다. 구상섬전의 초기 연구 과정이 세상에 알려졌으므로 그가 나를 찾는 건 어렵지 않았을 것이다.

"함께 연구하시던 여성분이 계셨던 것 같은데요."

"세상을 떠났습니다."

"전쟁으로 죽었나요?"

"……그런 셈이죠."

"빌어먹을 전쟁……. 찾아뵌 것은, 제가 진행하고 있는 구상섬전 응용 프로젝트를 소개해 드리고 싶어서입니다."

이제, 구상섬전에 관한 비밀은 공개되어 있었고, 굉전자를 수집하고 이를 구상섬전으로 활성화하는 과정도 거의 산업화 단계에 있었다. 구상섬전은 체내의 다른 조직은 전혀 손상시키지 않고 암세포만 파괴하는 데 사용되는 등, 군사 분야가 아니라 민간 분야에서 활발하게 응용되고 있었으며 활용할 수 있는 분야가 무수히 많았다. 하지만 파커는 자신들의 프로젝트는 현실을 초월한 의미를 가지고 있다고 했다.

"우린 구상섬전의 특정 현상을 연구하고 있습니다. 관측자가 없을 때도 양자 상태로 전환되지 않고 붕괴 상태를 유지하는 현상 말입니다."

나는 회의적으로 대답했다. "그 현상은 우리도 몇 번 본 적이 있지만, 결국에는 하나 또는 그 이상의 관측자가 있었습니다. 관측자를 발견하기가 어려웠을 뿐이죠. 사격장에서 경험한 일이 가장 기억에 남는군요. 처음엔 관측자를 발견하지 못했지만 나중에 우주에 있는 정찰 위성이 구상섬전을 붕괴 상태로 만든 관측자였다는 사실을 알게 되었죠."

"그래서 우린 모든 관측자를 절대적으로 차단할 수 있는 장소에서 실험을 했습니다. 바로 폐광 속 깊은 갱도요. 갱도에 있는 사람과 관측 장비를 모두 철수시켰으므로 관측자가 존재했을 가능성은 없었습니다. 구상섬전 가속 장치를 자동으로 작동시켜 목표물 실험을 진행한 후에 탄착점을 관측해 실험 시 구상섬전이 붕괴 상태에 있었는지 확인했습니다."

"실험 결과는요?"

"현재 서른다섯 곳의 광산에서 실험을 진행했고 대부분의 결과는 정상적이었지만, 두 번의 실험에서 관측자가 없는 갱도 속에서도 구상섬전이 계속 붕괴 상태를 유지했습니다."

"그 결과가 양자역학을 뒤엎을 수 있다고 생각하세요?"

"하하하, 아니에요. 양자역학에는 문제가 없습니다. 제 전문 분야를 잊으셨군요. 우린 구상섬전을 이용해 외계인을 찾고 있습니다."

"네?"

"광산 실험에서 인간 관측자는 존재하지 않았고, 인간이 만든 관측 장비도 존재하지 않았어요. 그럼에도 구상섬전이 붕괴 상태를 유지했다는 건 인간을 초월한 관측자가 존재한다는 뜻입니다."

나는 그의 얘기에 흥미가 생겼다. "지층을 뚫고 땅속까지 관측했다면 아주 강력한 관측자겠군요."

"그게 유일하게 타당한 해석이에요."

"그 두 번의 실험을 다시 반복할 수 있나요?"

"지금은 불가능합니다. 하지만 초기에 실시한 여러 차례 실험에서 붕괴 상태의 결과가 나왔어요. 그 상태가 정확히 사흘 동안 지속되다가 정상적인 양자 상태로 돌아갔어요."

"그것도 설명이 되는군요. 그 관측자가 우리가 자신들을 감지했다는 걸 깨달았을 거예요."

"그럴 수도 있습니다. 그래서 우리는 지금 더 큰 규모의 실험을 계획 중이에요. 유사한 현상을 더 많이 찾아내 연구할 계획입니다."

"파커 박사님, 아주 중요한 연구가 될 겁니다. 만약 정말로 우리 세계를 관측하는 초월적 관측자가 존재한다는 사실이 증명된다면 인류의 행동은 훨씬 더 신중해질 겁니다……. 비유하자면 인류 사회 전체도 불확정적인 양자 상태에 있는 것과 마찬가지죠. 그렇지만 그런 초월적 관측자가 있다면 인류 사회를 다시 합리적이고 안정적인 상태로 '붕괴'시킬 수 있을 겁니다."

"그 초월적 관측자를 더 일찍 발견했더라면 지난 전쟁도 피할 수 있었을지도 모릅니다."

파커의 연구를 돕기 위해 딩이를 찾아가 보니 그는 뜻밖에도 연인과 함께 살고 있었다. 그의 애인은 전쟁으로 일자리를 잃은 무용수였는데 꾸밈없고 솔직한 성격으로 보였다. 두 사람이 어떻게 만났는지는 모르지만 딩이도 물리학 이외의 삶을 즐기게 된 것 같았다. 물론 그는 결혼 같은 번거로운 일을 할 사람이 아니었고, 그녀도 그런 계획은 없는 듯했다. 내가 찾아갔을 때 딩이는 집에 없었고 그녀 혼자 있었다. 그의 집은 예전처럼 휑해 보이지 않았고, 계산 원고 외에도 귀여운 장식품들이 곳곳에 보였다. 내가 딩이의 친구라는 말에 그녀는 딩이에게 다른 애인이 있느냐고 대뜸 물었다.

"있다면 아마 물리학이겠죠. 그에게 물리학이 있는 한 누구도 그의 마음속에서 첫 번째가 될 수 없어요." 나는 솔직하게 말했다.

"물리학은 상관없어요. 다른 여자가 있는지 묻는 거예요."

"없을 거예요. 이미 머릿속이 꽉 차서 두 명에게 내어줄 만한 공간이 없을걸요."

"전쟁 때 젊은 여자 장교와 친한 사이였다고 들었어요."

"아, 그냥 동료이자 친구였어요. 게다가 그 소령은 이미 세상을 떠났고요."

"그건 알아요. 그런데 그거 아세요? 딩이가 매일 그 소령의 사진을 꺼내 보고 닦아준다는 거."

뜻밖의 얘기에 나는 깜짝 놀라 되물었다.

"린윈의 사진을요?"

"아, 그 사람 이름이 린윈이군요. 교사였던 것 같아요. 군대에도 교사가 있나요?"

내가 그 말에 더 놀라서 사진을 보여달라고 하자 그녀는 나를 서재로 데리고 가서는 책장에 달린 서랍 속에서 은색 테두리의 액자를 꺼내 보여주었다.

"이거예요. 딩이가 매일 밤 잠들기 전에 이 사진을 몰래 꺼내 보고 정성껏 닦아요. 한번은 그에게 액자를 책상에 올려놓아도 난 상관없다고 했지만 그 후에도 계속 서랍에 넣어두고 매일 밤 살며시 꺼내서 닦아요."

나는 액자를 받아 바닥면이 위로 향하게 든 채 눈을 반쯤 감고 가슴을 진정시켰다. 딩이의 애인은 아마도 놀란 눈으로 날 보고 있었을 것이다. 나는 심호흡을 한 뒤 액자를 뒤집어 사진을 보았다. 사진이 눈에 들어온 순간, 그녀가 왜 린윈이 교사일 거라고 생각했는지 알 수 있었다.

린윈은 아이들과 함께 있었다.

아이들에게 둘러싸여 있는 그녀는 깨끗한 소령 군복을 입고 있었고, 얼굴에 밝은 미소가 떠올라 있었다. 그토록 아름다운 모습은 처음이었다. 나는 그녀와 함께 있는 아이들이 원자력발전소 사건 때 테러리스트들과 함께 구상섬전에 의해 파괴된 그 아이들이라는 것을 바로 알아볼 수 있었다. 아이들 모두 환하게 웃고 있었고 행복해 보였다. 특히 린윈이 한 팔로 꼭 안고 있는 작은 소녀가 눈길을 끌었다. 귀여운 아이가 눈망울을 반짝이며 해사하게 웃고 있었지만, 그 미소보다 더 눈길을 끈 건 아이의 왼쪽 손이었다.

그 아이는 왼쪽 손이 없었다.

린윈과 아이들은 잘 다듬어진 푸른 잔디밭 위에 있었고, 그곳에는 희고 작은 동물들도 몇 마리 있었다. 그리고 그들 뒤로 낮익은 건물이 보였다. 커다란 창고를 개조한 광전자 활성화 실험실이었다. 우리는 그 앞을 지나가다가 양자 상태의 염소의 울음소리를 들은 적이 있었다. 하지만 사진 속 실험실은 넓은 외벽에 화려한 색깔의 동물 캐릭터와 풍선, 꽃 등이 그려져 있어서 마치 건물 전체가 거대한 장난감처럼 보였다.

린윈은 사진 속에서 환하게 웃으며 나를 보고 있었다. 나는 그녀의 맑은 눈동자 속에서 그녀가 생전에 가지지 못했던 많은 것들을 읽어낼 수 있었다. 안식처에서 얻은 행복감, 진심에서 우러나온 평화로움 같은 것들. 나는 오래전에 잊힌 어느 조용한 항구에 작고 외로운 돛단배 한 척이 정박해 있는 풍경을 떠올렸다.

나는 사진을 조심스럽게 서랍에 넣고 몸을 돌려 발코니 쪽으로 향했다. 딩이의 애인에게 눈물을 들키고 싶지 않았다.

그 후에도 딩이는 내게 사진에 대해 얘기하지 않았고 린윈의 얘기도 하지 않았다. 물론 나도 그에게 묻지 않았다. 그건 그의 가슴속 깊이 간직한 비밀이었다. 그리고, 나도 곧 나만의 비밀을 갖게 되었다.

어느 깊은 가을밤, 나는 새벽 2시까지 책상 앞에 앉아 고개를 숙이고 일을 하고 있었다. 문득 고개를 들어보니 책상 위의 자수정 화병이 보였다. 내가 결혼할 때 딩이가 선물해 준 것이었다. 화병은 아름다웠지만 언제부터 꽂혀 있었는지 기억나지 않는 꽃 두 송이가 시든 채 바짝 말라 있었다. 나는 그 꽃을 꺼내 쓰레기통에 버리고, 쓴웃음을 지으며 생각했다. '살림살이는 점점 더 부담스러워지고, 언제쯤 다시 화병에 싱싱한 꽃을 꽂을 여유를 찾을 수 있을지 모르겠군.'

그러고 나서 나는 의자에 기대어 눈을 감고 멍하니 앉아 있었다. 늦은 밤 나는 매일 이렇게 잠시 앉아 있었다. 이 시간이 내게 하루 중 가장 평온한 순간이었다. 마치 온 세상에 나 혼자만 깨어 있는 것 같은 기분이었다.

그때 청량한 향기가 코끝을 스쳤다.

달콤하지 않고 쌉싸름한 향기에 편안한 기분이 들었다. 그것은 폭우가 그치고 맑게 갠 초원과 탁 트인 하늘에 떠 있는 엷은 구름, 깊은 골짜기에서 짧게 울리고 사라지는 방울 소리를 떠올리게 했다……. 하지만 그 향기는 희미했고, 내가 맡는 순간 그것은 사라져 버렸다. 그리고 내가 후각에 쏠렸던 신경을 다른 데로 돌리자 다시 향기가 은은하게 퍼졌다.

*이 향수 마음에 들어요?*

*아…… 네. 군대에서는 향수 사용이 금지되어 있지 않나요?*

*가끔은 괜찮아요.*

"당신이에요?" 나는 눈을 감은 채 조용히 물었다.

대답이 없었다.

"당신이라는 걸 알아요." 나는 계속 눈을 감은 채 물었다.

이번에도 대답이 없었고 사방이 고요했다.

나는 눈을 번쩍 떴다. 바로 그 순간 책상 위 자수정 화병에 파란 장미꽃 한 송이가 나타났다. 그러나 내가 그것을 본 순간 장미는 사라졌다. 빈 화병만 조용히 그곳에 서 있었다. 하지만 장미의 세세한 모습은 내 뇌리에 생생히 새겨졌다. 그것은 생명력으로 가득 차 있었고, 얼음과 눈처럼 맑고 투명한 기운을 풍기고 있었다.

눈을 감았다 떠보았지만 장미는 다시 나타나지 않았다. 하지만 나는 그 장미가 거기에 있다는 걸, 자수정 화병에 꽂혀 있다는 걸 알고 있었다.

"누구랑 통화했어?"

아내가 침대에서 몸을 일으키며 잠에서 덜 깬 눈으로 물었다.

"아니야. 더 자."

나는 작은 소리로 말하고는 살며시 화병을 들어 올려 물을 반쯤 채운 뒤 다시 조심스럽게 책상에 올려놓고 동이 틀 때까지 그 앞에 앉아 있었다. 그날 오후, 화병에 물이 담겨 있는 것을 보고 아내가 퇴근길에 꽃 한 다발을 사왔다. 화병에 꽃을 꽂으려 하기에 내가 말리며 말했다.

"안 돼, 화병에 꽃이 있잖아."

아내가 이상한 눈으로 나를 보았다.

"파란 장미 한 송이가 있어."

"아, 그거 제일 비싼 품종이잖아." 아내는 내가 농담을 하는 줄 알고 웃으며 말했다. 그러고는 다시 화병에 꽃을 꽂으려 했다. 나는 화병을 도로 조심스럽게 책상에 올려놓고는 아내가 들고 있는 꽃다발을 빼앗아 쓰레기통에 던졌다.

"화병에 꽃이 있다고 했잖아! 무슨 짓이야!"

아내가 멍한 눈으로 나를 보다가 말했다. "알아. 당신 마음속에 당신만의 세계가 있다는 걸. 나도 그래. 그렇게 오랫동안 떨어져 있었으니 그럴 수밖에 없겠지. 당신이 그걸 간직하는 건 상관없어. 하지만 우리 생활에 영향을 미치게 하지 마!"

"그 화병 속에 정말 꽃이 꽂혀 있다고. 파란 장미 한 송이가." 나는 낮은 목소리로 중얼거리듯 말했다.

아내가 얼굴을 감싸고 울며 밖으로 나갔다.

그렇게, 보이지 않는 장미는 나와 다이린 사이를 갈라놓았다.

"그 상상 속의 장미를 누가 꽂았는지 말해. 이대로는 나 정말 견딜 수가 없어!" 아내는 여러 번 이렇게 말했다.

"상상이 아니야. 화병에 정말 장미 한 송이가 꽂혀 있어, 파란 장미야." 그때마다 나는 그렇게 대답했다.

우리 사이의 틈이 회복될 수 없을 만큼 깊어지고 말았을 때, 아이가 우리 결혼 생활을 구원했다.

어느 날 아침 아이가 일어나 하품을 하며 말했다. "엄마, 책상에 있는 자수정 화병에 장미 한 송이가 꽂혀 있었어요. 아주 예쁜 파란색 장미였는데 엄마가 보자마자 사라졌어요."

아내가 놀란 표정으로 나를 보았다. 우리가 그 일로 처음 다퉜을 때 아이는 그 자리에 없었고, 그 후에도 아이 앞에서 다툰 적이 없었기 때문에 아이는 파란 장미에 대해 알지 못했다.

이틀 뒤 아내는 밤에 논문을 쓰다가 책상에 엎드려 잠이 들었다. 그런데 새벽에 겁에 질린 표정으로 나를 깨웠다.

"책상에서 자다가 깼는데 눈을 뜨자마자…… 장미 향기가 났어. 그 화병에서 나는 향기였어. 그런데 다시 맡으려고 했더니 향기가 사라졌어. 정말이야. 장미 향기가 틀림없어! 거짓말이 아니라고!"

"거짓말이 아니라는 걸 알아. 화병에 정말로 파란 장미가 꽂혀 있으니까." 내가 말했다.

그 뒤로 아내는 화병 속 파란 장미에 대해 다시 말하지 않았고 화병을 치우지도 않았다. 가끔 화병을 닦을 때도 장미가 떨어질까 봐 조심하는 듯 세운 상태로 닦았고, 줄어든 물을 보충했다.

그 후로 나는 파란 장미를 다시 보지 못했다. 그러나 거기에 있다는 걸 아는 것만으로 충분하다. 깊고 조용한 밤, 나는 가끔 화병을 창가에 옮겨놓고 등을 돌리고 서 있곤 한다. 그럴 때 종종 희미한 꽃향기를 맡을 수 있고, 그 꽃이 틀림없이 거기에 존재한다는 것을 느낀다. 나는 마음의 눈으로 꽃의 작은 부분 하나하나를 똑똑히 볼 수 있다. 마음으로 파란 장미의 꽃잎을 어루만지며 창밖에서 불어오는 밤바람에 꽃잎이 살짝 흔들리는 것을 바라보는 것이다……. 그 꽃은 오직 마음으로만 볼 수 있는 꽃이다.

하지만 나는 여전히, 살아가는 동안 그 파란 장미를 다시 한번 볼 수 있으리라는 희망을 품고 있다. 딩이는 양자역학의 관점에서 보면 인간의 죽음은 강한 관측자에서 약한 관측자로, 그리고 마침내 비관측자로 변하는 과정이라고 했다. 내가 약한 관측자가 되면 장미의 확률구름이 파괴 상태로 붕괴되는 속도가 느려질 것이고, 그때 나는 그 장미를 볼 수 있을 것이다.

인생의 끝에 다다를 때, 마지막으로 눈을 뜰 때. 모든 지성과 기억이 과거의 심연 속으로 사라지고 다시 어린 시절의 순수한 감정과 꿈속으로 돌아갈 때. 그때가 바로 양자 장미가 내게 미소 짓는 순간일 것이다.

## 작가 후기

폭우가 내리는 밤이었다. 푸른 번개가 번쩍이는 짧은 순간마다 창밖의 빗방울이 또렷하게 보였다. 저녁 무렵에 시작된 폭우가 점점 사나워지며 천둥 번개가 더 심해졌다. 눈부신 섬광 한 줄기가 하늘을 가른 뒤, 커다란 나무 아래에서 그것이 나타났다. 그것은 공중에서 서서히 떠다니며 주변의 빗줄기를 주황빛으로 비추었고, 마치 훈을 부는 것 같은 소리를 내다가 20초도 채 되지 않아 사라졌다.

이것은 SF 소설이 아니다. 1982년 여름, 내가 허베이성 한단(邯鄲)시 중화루(中華路) 남쪽 끝에서 직접 목격한 일이다. 그곳은 넓은 밭이 펼쳐진 비교적 한적한 곳이었다. 그 후 20년 동안 나는 구상섬전에 관한 상상력 넘치는 아이디어들을 구상했다.

바로 그해에 영국 작가 아서 클라크의 『2001 스페이스 오디세이』와 『라마와의 랑데부』를 읽었다. 두 작품은 중국 본토에 처음으로 출간된 현대 서구 SF 소설이었다. 그 전까지 중국에 소개된 서구 SF 소설은 쥘 베른과 허버트 조지 웰스의 작품뿐이었다.

이 두 가지 경험은 내게 큰 행운이었다. 구상섬전을 보았다고 주장하는 사람은 100명 중 1명꼴에 불과하고(중국 기상학 학술지 논문에 실린 통계수치인데 이 비율도 너무 높게 잡힌 것이 아닌지 의심스럽다.) 또 중국에서 이 두 작품을 읽은 사람은 아마 1000명 중 1명도 되지 않을 것이기 때문이다. 아서 C. 클라크의 작품들은 내게 SF 세계관을 확립해 주었고 훗날 『삼체』 3부작의 촉매제가 되었지만, 『삼체 0: 구상섬전』에까지 영향을 미치지는 않았다. 2003년 『구상섬전』을 썼을 때 나는 이미 『삼체』 3부작의 대부분을 완성한 상태였다. 하지만 당시 중국 독자들은 『구상섬전』 같은 소설에 더 흥미를 느낄 것이라고 생각했다.

중국에서 SF 소설은 100여 년 전인 청나라 말기에 탄생했지만, 오랫동안 현대의 서구 SF 소설과 완전히 단절된 채 고립된 상태로 발전했다. 이로 인해 이 시기 작품들은 독특한 스타일을 띠게 되었는데, 그 차이점은 『구상섬전』과 『삼체』를 비교했을 때 뚜렷하게 드러난다.

그 폐쇄적인 시기의 중국 SF 소설은 대부분 발명에 관한 이야기였다. 그러나 미래의 기술 장치를 묘사하고 그것이 즉각적으로 일으키는 긍정적인 효과를 추측하는 데 치중했을 뿐, 그 발명이 지닌 더 깊은 사회적 함의는 거의 다루지 않았고 그러한 기술이 어떻게 사회를 근본적으로 변화시킬 것인가에 대해서는 더더욱 언급하지 않았다. 『구상섬전』도 마찬가지다. 이처럼 강력한 기술력의 출현은 정치, 경제는 물론 문화 전반에 이르기까지 인류 사회에 막대하고 광범위한 영향을 미칠 수밖에 없지만, 이 소설은 이런 부분을 전혀 다루지 않는다.

하지만 이 작품에 나타난 초기 중국 SF 소설과의 유사성은 피상적인 것일 뿐이며, 본질적으로 이 소설은 중국식 이야기가 아니다. 작품에 묘사된 구상섬전이 과거 작품 속 미래 발명 장치와 비슷해 보일 수는 있지만, 구상섬전을 통해 펼쳐지는 기묘한 상상은 당시의 작품에서는 찾아볼 수 없는 것이다. 『구상섬전』은 현실적인 중국을 배경으로 하고 있지만, 작은 구상섬전들은 현실을 초월하려는 것처럼 보인다. 마치 비즈니스 수트라는 엄격한 공식에 얽매이지 않고 좁은 범위 안에서도 다채로운 색상과 패턴의 조합을 자유롭게 펼치는 넥타이처럼 말이다.

어떤 면에서 『구상섬전』은 『삼체』 3부작의 프리퀄이라고 할 수 있다. 훗날 인류를 위협하게 될 외계 문명이 처음으로 등장하며 끝이 나고, 딩이는 『삼체』에서 다시 등장하기 때문이다. 소설의 말미, 인류가 구상섬전의 양자 상태를 붕괴시키는 신비하고 전지전능한 관측자의 존재를 감지했을 때 주인공 천 박사는 이렇게 말한다. "만약 정말로 우리 세계를 관측하는 초월적 관측자가 존재한다는 사실이 증명된다면 인류의 행동은 훨씬 더 신중해질 겁니다. 비유하자면 인류 사회 전체도 불확정적인 양자 상태에 있는 것과 마찬가지죠. 그렇지만 그런 초월적 관측자가 있다면 인류 사회를 다시 합리적이고 안정적인 상태로 '붕괴'시킬 수 있을 겁니다." 하지만 천 박사의 예측은 완전히 빗나갔다. 그 초월적 관측자는 인간보다 훨씬 사악한 존재이기 때문이다. 인간 세계와 공존하는 구상섬전과 달리, 그 외계의 초월적 관측자는 인간 사회를 전복시키고 지구 문명을 멸망의 문턱까지 몰아갈 것이다.

이 책이 처음 출간되고 8년 뒤인 2012년 7월, 란저우(蘭州)시에서 시베이(西北)사범대학교 연구팀의 스펙트럼 및 영상 관측을 통해 뇌우가 몰아치던 중 갑자기 나타난 지름 5미터 크기의 구상섬전이 우연히 포착되었다. 구상섬전이 나타나서 사라질 때까지 모든 과정이 기록된 이 관측은, 자연 상태에서 구상섬전을 과학적으로 관측한 최초의 사례였다.

사실 구상섬전은 그리 드문 현상이 아니며, 최근 몇 년간의 연구 성과를 보면 그 미스터리도 머지않아 풀릴 것으로 보인다. 한 가지 분명한 사실은 구상섬전에 대한 과학적 해석은 이 소설에 묘사된 것과는 전혀 다를 것이라는 점이다. SF 작가들은 하나의 주제를 놓고 다양한 가능성을 고려하지만, 항상 그중에서 일어날 가능성이 가장 작은 것에 대해 쓰는 것을 택한다. 우주 문명에 관한 수많은 가능성 가운데 『삼체』는 가장 어둡고 파괴적인 방향을 택했다. 『구상섬전』 또한 마찬가지로 가장 기이한 가능성을 다루지만, 동시에 가장 흥미롭고 낭만적인 가능성을 담고 있다. 에너지로 가득 찬 구체 속 공간, 존재와 비존재 사이를 오가는 빈 거품, 축구공 크기의 전자와 같은 것들은 순전히 상상력의 산물이다. 소설 속 세계는 현실의 잿빛 세계다. 우리에게 익숙한 잿빛 하늘과 구름, 잿빛 산과 바다, 잿빛 인간과 인생이다. 그러나 이 평범한 잿빛 세계 속에서 작고 초현실적인 존재가 마치 꿈에서 빠져나온 먼지 한 점처럼 아무도 모르게 떠다니며, 우주의 광대한 신비, 그리고 우리 현실과는 전혀 다른 세계가 존재할 가능성을 암시하고 있다.

SF 소설 속에서 가장 일어날 가능성이 없어 보이는 것들이 결국 현실이 되곤 한다. 그러니, 누가 알겠는가?

• 2018년 출판사 Tor Books에서 출간된 영문판의 작가 후기.

## 추천사

넷플릭스 드라마《삼체》는 전 세계 SF 애호가를 열광시켰다. 이 책『삼체 0: 구상섬전』은 소설『삼체』로 휴고상을 수상한 작가 류츠신이『삼체』이전에 발표한 장편 SF 소설이다. 류츠신은 소설에서 여러 과학 분야와 인물의 생생한 삶을 촘촘하게 연결해 놀라운 가상의 세계를 창조해 낸다. 실제로 존재하는 기이한 현상을 자연스럽게 과학에 연결하는 작가는 또 이를 훌쩍 뛰어넘어 그 너머의 세계를 연이어 보여준다. 이야기가 전개되며 류츠신이 펼쳐내는 상상력은 정말 경이롭다. 올해는 1925년 하이젠베르크가 탄생시킨 양자역학이 딱 백 살이 되는 해다. 이 소설을 읽으며 파동-입자 이중성, 양자 중첩, 관측자 효과 등 기묘하고 신기한 여러 양자 현상을 재밌게 배우고 이해해 보자. 책을 다 읽고서 문득 바라본 책상 위 빈 화병에 파란 장미가 잠깐 보인다면, 십 년 전 찍은 사진에서 올해 출시된 휴대폰이 얼핏 보인다면 꼭 이 소설을 다시 떠올리시길.『삼체』시리즈 세 권을 아직 읽지 않은 독자라면 이 책을 먼저 읽기를 바란다. 이미『삼체』를 읽은 독자도 꼭 이 책을 읽기를 추천한다.『삼체』의 세계관을 제대로 이해하려면『삼체 0: 구상섬전』은 필수다.

김범준(성균관대 물리학과 교수)

옮긴이 허유영

한국외국어대학교 중국어과와 같은 대학교 통번역대학원을 졸업하고 현재 전문번역가로 활동하고 있다. 옮긴 책으로 『삼체』(2, 3부) 『도둑맞은 자전거』 『햇빛 어른거리는 길 위의 코끼리』 『팡쓰치의 첫사랑 낙원』 『마천대루』 『적의 벚꽃』 『원스 어폰 어 타임 인 홍콩』 『길상문연화루』 『나는 범죄조직의 시나리오 작가다』 『고독한 용의자』 등이 있다.

## 삼체 0: 구상섬전

**초판 1쇄 발행** 2025년 8월 25일
**초판 5쇄 발행** 2025년 11월 21일

**지은이** 류츠신
**옮긴이** 허유영
**펴낸이** 김선식

**부사장** 김은영
**콘텐츠사업6팀장** 박진혜 **콘텐츠사업6팀** 윤보황, 김현서, 양우림
**마케팅사업2팀** 오서영 **홍보2팀** 정세림, 고나연
**미디어홍보본부장** 정명찬 **브랜드홍보팀** 오수미, 서가을, 박장미, 박주현
**영상홍보팀** 이수인, 염아라, 이지연, 노경은
**저작권팀** 성민경, 이슬, 윤제희 **편집관리팀** 조세현, 김호주, 백설희
**재무관리팀** 하미선, 임혜정, 이슬기, 김주영, 오지수
**인사총무팀** 강미숙, 김혜진, 이정환, 황종원
**제작관리팀** 이소현, 김소영, 김진경, 유미애, 이지우, 황인우
**물류관리팀** 김형기, 김선진, 주정훈, 양문현, 채원석, 박재연, 이준희, 문명식

**펴낸곳** 다산북스 **출판등록** 2005년 12월 23일 제313-2005-00277호
**주소** 경기도 파주시 회동길 490
**전화** 02-704-1724 **팩스** 02-703-2219
**이메일** dasanbooks@dasanbooks.com
**홈페이지** www.dasan.group **블로그** blog.naver.com/dasan_books
**용지** 스마일몬스터 **인쇄 및 제본** 정민문화사 **코팅 및 후가공** 제이오엘앤피

ISBN 979-11-306-6945-8 (03820)